Ernest K. Gann:

Lorbeer für die Besiegten

Roman um Masada

Droemer Knaur

Über dieses Buch

Von dem erregenden Kampf um die Wüstenfestung Masada handelt dieser große Roman Ernest K. Ganns. Er erzählt von erschütternden Schicksalen, von heldenmütiger Tapferkeit und dem unauslöschlichen Triumph der Besiegten – die Geschichte der dramatischen Entscheidungsschlacht von Masada im Jahr 73 nach Christus.
Zwei große Widersacher stehen einander gegenüber: der römische General Flavius Silva, Befehlshaber der ruhmreichen Zehnten Legion und Prokurator von Judäa, und Eleasar ben Jair, Führer der 900 aus Jerusalem geflüchteten Juden, die den römischen Belagerern erbitterten Widerstand leisten und ihre Freiheit von den Höhen Masadas herab verteidigen.
Tag für Tag rückt die große Rampe der Römer, dieses Wunderwerk der Kriegskunst, drohend näher ...
Aber als die Römer die Festung endlich erstürmen, fällt der Sieg ihnen auf unerwartete und furchtbare Weise kampflos zu.
Flavius Silva spürt, daß Rom durch diesen Sieg eine moralische Niederlage erlitten hat, und verläßt erschüttert die Stätte des Grauens.
Er eilt zu der Frau, deren Eroberung ihm fast soviel bedeutete wie die Einnahme Masadas: zu Schewa, der Jüdin. Wie lange hatte er unter ihrer Verachtung und ihrem Spott gelitten, bis schließlich sein heißersehnter Wunsch in Erfüllung ging und seine Liebe erwidert wurde. In ihren Armen will er jetzt Trost und Vergessen finden. Aber eine grausame Überraschung wartet auf ihn ...

Juli 1975
Vollständige Taschenbuchausgabe

Erschienen bei Simon and Schuster, New York
Titel der Originalausgabe »The Antagonists«
Aus dem Amerikanischen übersetzt von Peter de Mendelssohn
Umschlaggestaltung Atelier Blaumeiser
Umschlagfoto Kanus-Bavaria
Gesamtherstellung Ebner, Ulm
Printed in Germany
ISBN 3-426-00402-X

Meiner lieben Polly gewidmet

Vorbemerkung des Autors

In unseren Tagen werden »Patrioten« mit größtem Mißtrauen betrachtet. Es wäre deshalb möglich, daß einige Leser das Verhalten der Zeloten von Masada für unglaubwürdig halten. Solche Zweifler möchte ich an die Märtyrer unserer Tage erinnern, an die Ungarn etwa, die den sowjetischen Panzern mit Steinen trotzten, oder an den Tschechen Jan Palach, der den sowjetischen Invasoren mit seinem Selbstopfer entgegentrat. Auf den Barrikaden standen auch viele mutige Nord- und Südvietnamesen, Kubaner, Afrikaner, Russen, Franzosen, Deutsche, Chinesen, Griechen, Bulgaren und Japaner, die auf diese oder jene Weise überzeugt waren, daß ihr Leben nichts wert sei ohne das, was sie persönlich unter Freiheit verstanden. Sie sind die wahren Helden von heute, und ohne Zweifel wird es solche Helden immer geben.

Der Mensch ist das einzige Geschöpf auf Erden, das im Namen der Freiheit seine eigene Spezies bekämpft. Jeder, der glaubt, daß der Patriotismus tot sei, hat weder aus der Geschichte der Antike noch aus der Geschichte unserer Tage etwas gelernt. Ich war peinlich darum bemüht, die Authentizität der in diesem Buch dargestellten historischen Ereignisse zu wahren, die ja weitgehend erforscht sind, wenn auch nicht in dem Maße, wie man es bei einem geschichtlichen Ereignis von dieser Bedeutung normalerweise erwarten würde. Wenn ich also gegen Tatsachen verstoße, so geschieht es unabsichtlich. Die Werke des Josephus waren für meine Darstellung von unschätzbarem Wert, doch leider hat er die Belagerung Masadas nicht selbst miterlebt. Deshalb beeinflußten die großartigen archäologischen Leistungen von Yigael Yadin, seine Bücher und seine außerordentliche Begeisterungsfähigkeit diesen Roman stärker als alles andere. Seine Forschungsarbeit bildet die Grundlage für meine Erzählung.

Eleasar ben Jair und General Flavius Silva, die beiden Hauptwidersacher im Kampf um Masada, haben tatsächlich gelebt. Während Eleasar ben Jairs Leben in Masada, so wie ich es beschreibe, sein Ende findet, verliert sich Silvas weiterer Lebensweg im Dunkel der Geschichte.

Friday Harbor
San Juan Island

ERNEST K. GANN

I. *Im vierten Jahr der Regierungszeit Vespasians, 73 n. Chr. . . .*

»Die Sache ist doch so«, sagte der Zenturion Rosianus Geminus, »dieser verdammte Helm ist dein Zuhause und bleibt's, bis du entweder so fertig bist, daß du nicht mehr kämpfen kannst oder ins Gras beißt oder in Pension gehst. Und diese gottverdammte Wüste hier ist zwar kein Paradies, so mies nun aber auch wieder nicht, wenn du bedenkst, wie's um diese Jahreszeit in den Ländern oben im Norden aussieht . . .«
Er kratzte sich den schwarzen Bart und seufzte tief auf, um anzudeuten, daß er das Elend seines Zuhörers durchaus begriff. »Wir sitzen hier alle zusammen in demselben verrotteten Scheißhaus. Ich behaupte wahrhaftig nicht, daß ich weiß, wie lange das noch dauern wird. Aber es hat auch keinen Zweck, ständig darüber zu jammern, daß wir hierhergekommen sind, und warum und wieso. Wir sind nun mal hier. Ich hab's genauso satt wie du, dauernd diesen verfluchten Felsen anstarren zu müssen, bis er einem in der sengenden Sonne vor den Augen zu tanzen scheint. Aber eins kann ich dir versprechen. Ewig kann das hier ja nicht so weitergehen. Unser verdammter General hängt vielleicht seine Nase etwas tiefer in den Weinkrug, als gut für ihn ist, aber die Juden wird er von diesem Felsen runterholen, selbst wenn er dafür aufs Saufen verzichten muß. Darauf kannst du dich verlassen!«
Daraufhin setzte Geminus, der mit allen Wassern gewaschene, narbenbedeckte Veteran, seinen Weg unterm gleißenden Sternenschein fort.
Als die Sterne im aschfarbenen Morgenlicht zu verbleichen begannen, seufzte der Wachtposten erleichtert auf. Seine Wache war jetzt fast zu Ende; und ganz gleich, wo man Posten stand, ein leerer Bauch gab überall dieselben Töne von sich. Und die herablassenden Hinweise dieser verdammten Offiziere, daß alles noch viel schlimmer sein könnte, füllten weder die Schüssel noch linderten sie den Hitzeausschlag, der einen besonders an den Stellen fast verrückt machte, wo Metall und Leder die Haut berührten; und gegen die mächtigste aller Reizungen, die nicht im Bauch saß, sondern in der Leistengegend, halfen sie erst recht nicht. Die alten Hasen spotteten darüber, spuckten verächtlich aus und machten obszöne Kopulationsbewegungen, doch einige der Gutmütigeren meinten, auch sie seien mal achtzehn gewesen, bevor ihnen klar wurde, daß sie mit der Legion verheiratet waren.
Er blickte hinauf zu der riesigen schwarzen Masse, die den größten Teil des östlichen Himmels verdeckte. Da stand sie, die Festung, für immer

und ewig. Wie die Menschen in ihr ... und die Sterne darüber. Ein neuer Morgen dämmerte hinter dem verhaßten Felsen von Masada herauf, der weit eher ein Berg war als ein bloßer Felsen. Und unsereiner muß hier Wache stehen, um den Abgrund dazwischen zu beobachten, als ob die Juden unbemerkt unter den Sternen durchschlüpfen könnten. Die Offiziere wußten natürlich, daß das unmöglich war, und auch dieser verdammte General sollte es eigentlich wissen. Der Posten schob den Helm zurück, bis ihm der Helmrand die Eiterpusteln in seinem Nacken schmerzhaft in Erinnerung brachte. Er seufzte, und das Heimweh packte ihn wieder.

Er wandte sich um und blickte nach Westen auf das Feldlager, wo er auch sein eigenes Zelt erkennen konnte; immerhin eine bessere Zuflucht als der Helm. Es stand nicht weit entfernt von dem wesentlich größeren Zelt des Generals, das schon eher ein Heim ersetzen konnte, und das kein gemeiner Soldat, außer den Angehörigen der Prätorianergarde, je betrat. Und die waren so darauf bedacht, weiterhin Kissen unter ihre verdammten Ärsche schieben zu können, daß sie über die Wunder in diesem Zelt kein Wort verloren. Folglich stellte sich jeder etwas anderes vor; einige sagten, es sei voller Beutestücke, andere meinten, die ganze Welt östlich von Brundisium werde da drinnen regiert, wieder andere, der General sei die ganze Zeit stockbesoffen, vor allem aber nachts.

Er hieß Sem und war der Sohn Ismaels, *des* Ismael, der ihnen zusammen mit dreißig anderen Gefangenen bei den Freudenfesten nach dem Fall von Jerusalem als menschliche Fackel gedient hatte. Sems Vater mußte auf diese grausame Weise sterben, weil Titus den Geburtstag seines Bruders Domitian gebührend feiern wollte – zumindest behauptete er das. Die Titus Nahestehenden erkannten in der Verbrennung freilich eine Maßnahme mit doppelter Absicht: Einmal sollte sie der routinemäßigen Abschlachtung von weiteren zweitausend Juden eine besondere Würze verleihen, zum anderen würde sie all denen, die von dem Schauspiel auch nur andeutungsweise erfuhren, klarmachen, daß der Krieg nun zu Ende war und die Römer in Zukunft nicht den geringsten Widerstand mehr dulden würden.

Wohl fanden einige in Titus' Stab die Verbrennungen abscheulich und verlangten, man solle den Gefangenen wenigstens gestatten, sich gegenseitig zu töten oder im Kampf mit wilden Tieren zu beweisen, daß sie Sterbliche waren, aber die Mehrzahl fand eher am Schauplatz etwas auszusetzen. Anstelle eines ordentlichen Amphitheaters, in dem sie alle Platz gefunden hätten, wählte Titus ein schattenloses, von Fliegen verseuchtes Tal, das an Bequemlichkeit einiges zu wünschen übrig ließ. Die Zuschauer, die mit gekrümmten Oberkörpern auf Steinen sitzen mußten,

sahen in der Wahl dieses Platzes einen Ausdruck der Verachtung, die Titus insgeheim für seinen Bruder empfand.
Sem, der Sohn des Ismael, den es zusammen mit mehr als hundert anderen Jungen unwiderstehlich in die Nähe des Geschehens gezogen hatte, war an den Rand des Dickichts gekrochen, das das Tal umschloß, und mußte so aus dieser Entfernung den Tod seines Vaters mit ansehen. Er war vierzehn Jahre alt und hatte damit das *Maar*-Lebensalter erreicht. Seit jenem Tag wußte er, daß er den Rest seines Lebens damit verbringen würde, Römer zu töten. Jetzt, mit siebzehn, war er *Bachur*, und man hatte ihm einen der achtunddreißig Türme entlang der Festungsmauern von Masada anvertraut. Bisher hatte er mit nur fünfzehn Pfeilen elf unvorsichtige Römer niedergestreckt.
Zuweilen, so auch an diesem Morgen, kam sich Sem wie ein Vogel vor. Er stand so hoch über allem und hatte einen so weiten Blick, daß er, bevor die Morgendämmerung den Horizont enthüllte, meinte, er würde zu den Sternen emporgehoben, wo man ihm ein Paar Flügel gab, mit denen er, ganz nach Belieben, über Freunden und Feinden dahinschweben konnte. Am Fuße seines Turms schlief das Volk von Masada, und in der riesigen Leere ringsum ruhte die sanft schlummernde Wüste. Um die Römer zu sehen, brauchte er nur einen Blick hinabzuwerfen. Die Lichter ihrer Feldlager blinkten wie die Sterne über ihm, und es schien genauso viele davon zu geben. Und entlang der Westseite Masadas, wo die Römer ihre Gefangenen Tag und Nacht zur Arbeit an der großen Rampe trieben, bewegten sich die Fackeln der Aufseher unablässig hin und her.
Die Römer waren vorsichtiger geworden. Auch nachts hielten sie sich jetzt in gebührender Entfernung, und wenn dicht unter den Mauern von Masada Arbeiten zu verrichten waren, dann schickten sie ihre gefangenen Juden hin. Oder aber, wie Sem argwöhnte, sie verkleideten sich selbst als Juden.
Diese Möglichkeit beunruhigte ihn immer wieder. So manche Nacht hatte er darüber nachgedacht, wie er die Ziele für seine Pfeile am besten identifizieren könnte. Es war schon viel zu lange her, beinahe einen ganzen Monat, seit Sem, der Sohn des Ismael, einen Römer getötet hatte.

General Flavius Silva lag flach auf dem Rücken und beobachtete den schmalen Halbmond, der über der Mitte seines Zeltes aufging und allmählich größer und heller wurde. Im Lichtschein kreisten seine Gedanken abwechselnd um seinen Brummschädel und um sein Haus in Praeneste. Bei allen Göttern, es war doch überall und immer dasselbe – ob man nun in der liebreizenden, rosenduftenden Landschaft, die so bequem von Rom aus zu erreichen war, oder hier in der Einöde von Judäa etwas zustande bringen wollte. Ein neues Haus oder eine Belagerung – damit eine Sache

richtig durchgeführt wurde, bedurfte es mehr als nur eines Befehls. Was immer es auch war, man mußte sich doch um alles und jedes selbst kümmern.
Einen Augenblick lang sann er über den letzten Brief eines Mannes nach, der offensichtlich nicht nur ein Schurke, sondern außerdem noch unfähig war – ein gewisser Antoninus Mamilianus, der sich anmaßend Architekt nannte.

»An Flavius Silva, General der Legionen, Prokurator von Judäa, von Antoninus Mamilianus, Grüße zuvor.
... Ich glaube zuversichtlich, daß Sie alle während des vergangenen Monats geleisteten Arbeiten billigen werden, obwohl die Kosten die ursprüngliche Schätzung beträchtlich überschreiten. Das ist zum größten Teil auf die von Ihnen selbst gemachten Änderungen in den Plänen zurückzuführen ... und gilt vor allem für das große Badebecken und die sechs Statuen, die das Peristilium zieren werden. Die Säulen sind aus etruskischem Marmor, ihre Kapitelle aus Obsidian, den ich durch einen glücklichen Zufall beschaffen konnte. Ich habe mich sehr nachdrücklich bemüht, den großen Sextus Cerealius für die Bildhauerarbeiten zu gewinnen, aber seine Werke sind hier gegenwärtig so sehr gefragt, daß er mir nicht versprechen konnte, früher als in drei Jahren zu liefern. Also habe ich die Arbeit aufgeteilt zwischen Fronto, dessen Ruf Ihnen bekannt sein dürfte, und Colpurnius Fobatus, einem griechischen Freigelassenen aus Syrakus, der jüngst einige interessante Säulen geschaffen hat.
Diese beiden Männer sind – gelinde gesagt – teuer. Ersterer verlangt sechzigtausend Sesterzen und letzterer vierzigtausend sowie ein zusätzliches Honorar von zehntausend, wenn er vor Ende dieses Jahres liefert. Sie mögen aber einen gewissen Trost darin finden, daß das Ganze bestimmt Ihren ursprünglichen Vorstellungen entsprechen wird, wenn die Blumenkästen erst einmal an Ort und Stelle und die Weinrebenlaube sowie die schattenspendenden Bäume in vollem Wachstum stehen. Wenn alles fertig ist, wird die Villa eine Oase der Ruhe und des Friedens sein.«

Silva versuchte, sich zu entsinnen, was Vitruvius in seinem Werk *De architectura* geschrieben hatte. Irgend etwas über Theorie und Praxis. Hieß es nicht »... wer sich allein auf die Theorie verläßt ... jagt nur dem Schein nach und erfaßt nicht das Wesen«?
Mamilianus täte gut daran, wieder einmal seinen Vitruvius zu lesen.

»... wir haben im Baugewerbe in letzter Zeit sehr viel Unruhe gehabt. Zuerst weigerten sich die Stukkateure, ihre Arbeiten selbst zu tünchen, und so mußte eine zweite Gruppe von Handwerkern hinzugezogen wer-

den, deren Lohnforderungen so hoch waren, daß ich meinen eigenen Ohren nicht traute. Kein einziger Arbeiter war jedoch bereit, auch nur in die Nähe der Villa zu kommen, solange diese Angelegenheit nicht geregelt war. Folglich blieb mir gar nichts anderes übrig, als mich ihren Erpressungen zu beugen und mich damit zu trösten, daß mein Hauptwert für Sie darin besteht, als eine Art Wachhund die Disziplin der Arbeiter zu erhalten, damit wir zügig vorankommen. Aber dann weigerten sich vergangene Woche die Installateure, die Bronze-Schmuckhähne anzubringen, bevor die Extraarbeit, der Anschluß an die vorhandenen Bleileitungen, bezahlt worden war ...«

Et cetera!
Der halbmondförmige Lichtschein über Flavius Silva rührte daher, daß irgendein Tölpel die Zeltseile zu straff gespannt hatte. Dadurch war ein Spalt zwischen der Zeltleinwand und dem Stützpfahl entstanden. Das ging zu Lasten von Rosianus Geminus, der ja nicht nur Hauptmann der Prätorianergarde, sondern auch für das Wohlbefinden des Generals verantwortlich war. Ergo würde Geminus in Kürze von seinem Oberbefehlshaber einige harte Worte in Sachen militärischer Zucht bei der Zehnten Legion zu hören bekommen, die er bestimmt an den Mann weitergeben würde, der an dem Halbmond schuld war. Und das zweifellos mit seiner berüchtigten Peitsche. Der Tölpel würde beteuern, daß es in Judäa doch nie regnete, wozu also das ganze Getue wegen eines kleinen Spalts im Zelt des Generals; und damit würde er sogar recht haben – trotzdem aber ausgepeitscht werden. Da das römische Heer für die Welt, die es zu beherrschen hatte, eigentlich zu klein war, lebte es von seiner Disziplin; das galt sowohl für die besiegten Völker als auch für das Heer selbst. Die blutenden Striemen des Gezüchtigten würden das ganze Lager daran erinnern, daß bei den Römern sogar ein so kleines Versehen wie ein falsch gespanntes Zeltseil seine Strafe fand.
Silva hatte ein Gefühl, als bestehe sein eigener Kopf aus Obsidian; außerdem mußte während der Nacht irgend jemand Asche auf seine Augen gestreut haben. Er richtete sich halb von seinem Ruhebett auf, um die Frau neben sich zu betrachten. Sie schien zu schlafen. Bestimmt, dachte er, tut sie wieder nur so, wie sie es bereits mit unterschiedlichem Erfolg während der recht lebhaften Augenblicke der vergangenen Nacht getan hatte; es war eine jener weintrunkenen Nächte gewesen, die jetzt schon wieder vergessen waren. Wohl hatte sie sich immer im richtigen Augenblick gekrümmt und gewunden und wie nach militärischen Exerziervorschriften geseufzt und gestöhnt, doch trotz ihrer heftigen Bewegungen war ihr Körper nicht wirklich beteiligt gewesen, ihre Leidenschaft nicht geweckt worden. Sie hatte sich ihm mürrisch hingegeben, jeder Anweisung teil-

nahmslos gehorcht und ihre Vereinigung damit wieder einmal zu einer Farce gemacht.
Er bedauerte diese Nacht. Es war, als habe er abermals ein Scharmützel verloren, das er nicht hätte verlieren dürfen. Diese Frau, mit nichts als einer Haut aus poliertem Bernstein bewaffnet, hatte ihn die Bitterkeit des Rückzugs spüren lassen, und offensichtlich machte sie sich so wenig aus ihrem Sieg, daß sie es wagte, ihn auf ihr Erwachen warten zu lassen – als sei er der Hofschranze einer Königin.
Während er sie betrachtete, amüsierte er sich über seine Geduld mit ihr und überlegte gleichzeitig, wie er sich dieses Weibsstück völlig unterwerfen könnte; sie kam ihm oft wie eine mürrische alte Frau mit einem jugendlichen Körper vor, eine Hexe, der es gelungen war, ihn zuerst in ihrem Netz zu fangen, um dann die Schlingen immer enger zuzuziehen. Ein wirklich einmaliges Verhältnis, dachte er. Es konnte nur das Ergebnis irgendeiner barbarischen Zauberei sein, die ihm verborgen blieb. Gleichzeitig war alles ausgesprochen lächerlich! Warum sollte ausgerechnet er sich mit diesem Weibsbild solche Mühen machen, wenn er nur in die Hände zu klatschen brauchte, um so viele zu bekommen, wie er nur wollte? Aber was für Frauen! Was fing er mit diesen schmutzstarrenden, einheimischen Kühen an, diesen verseuchten Lagerhuren, die nur noch aus Haut und Knochen, Knorpel und ein paar Haaren bestanden, denn mehr war nach dem langen Feldzug von ihnen nicht übriggeblieben. Sie waren selbst für den armseligsten Legionär kaum noch ein Trost. Während seiner ganzen Zeit in Judäa, und das waren nun schon mehr als drei Jahre, hatte er nicht eine einzige Frau getroffen, die es wert gewesen wäre, seinen Samen zu empfangen.
Bin ich schon so lange weg von Rom, dachte er, daß diese Kind-Frau hier mir wie das große Los vorkommt? Was für eine Figur wird sie auf dem Kapitol machen, falls ich dickköpfig und töricht genug sein sollte, sie so lange bei mir zu behalten, bis ich mich völlig an sie gewöhnt habe? Wie wird sie sich im Theater des Marcellus aufführen, wie in den Läden am Forum und wie, wenn sie an Pompejus' Haustür vorbeispaziert? Wenn ich diese Landpomeranze zu den Spielen mitnehme, stelle ich sie dann meinen Freunden vor ... um ausgelacht zu werden? Werden die lieben, reizenden und völlig erbarmungslosen Damen Roms mit einem Blick ihre Vorgeschichte erkennen? »Seht euch den blinden General an«, werden sie vielleicht sagen, »er hat in Palästina seine Sehkraft und seinen Verstand eingebüßt und eine Trophäe heimgebracht, die er für einen Schatz hielt! Noch eine Jüdin! Habt ihr schon gehört, daß bei ihrem Anblick seine sämtlichen Hausgötter kopfüber in den Tiber gesprungen sind? Glaubt ihr, sie wird eines schönen Tages darauf bestehen, daß der arme ausgelaugte Flavius Silva sich beschneiden läßt? Oje!«

Was für ein Schauspiel, sinnierte er. Anscheinend bin ich nur irgendein geiler Zuchthengst, der sich auf etwas stürzt, von dem er annimmt, daß es ebenso brünstig ist wie er selbst. Und die Besitzerin dieses Etwas sieht nur darum so überaus verführerisch aus, weil sie keine echte Konkurrenz hat. Vielleicht bin ich einfach nur deshalb so von ihr eingenommen, weil sie Griechisch spricht, als sei es ihre Muttersprache; auch ihr Hebräisch klingt ausnahmsweise nicht wie eine Halsentzündung und ihr Aramäisch so, daß sogar ich es verstehen kann. Verschluckt sie vielleicht die Endsilben nach der neuesten vulgären Mode? Überhaupt nicht! Ich habe sie nicht ein einziges Mal dabei ertappt, daß sie ihre *Ws* verschleift oder sonst irgendwie auf unserer Landessprache herumkaut. Aber das kann doch nicht alles sein!
Vielleicht blähe ich die Nüstern und stampfe mit den Hufen in ihrer Gegenwart, weil sie unerschrocken ist; vielleicht mimt sie das aber auch nur. Wie gierig muß ich doch sein und wie einsam, daß ich mich dabei ertappe, wie ich mich für ihre Ankunft herausputze und ihr zuhöre, mit dem Kinn in der Hand – ganz lernbegieriger Jüngling –, als habe sie irgendeine unsterbliche Botschaft zu übermitteln! Und schließlich, der Gipfel der Absurdität, zwingt sie mich wahrhaftig, sie richtiggehend zu verführen. Ich muß Zärtlichkeiten mit ihr austauschen, während wir uns mit Blicken abtasten, wobei sie ganz kühl die Stärke meiner Begierde kalkuliert. Wenn Erhitzung und Druck schließlich ihren Höhepunkt erreicht haben, müssen wir erst noch miteinander herumspielen, dies und jenes probieren und alles sehr vorsichtig erkunden, als wäre sie die unschuldigste aller Jungfrauen. Dann endlich, wenn mir bereits alles vor den Augen schwimmt und ich nur noch ein wiehender Hengst bin, dann endlich, je nach Tageszeit und Wetter und der Menge Wein, die wir bei unserem Stelldichein getrunken haben, sowie abhängig von dem, was die Wahrsagerin ihr gestern anvertraut hat, dann endlich, nach einem tränenreichen oder mit Gelächter erfüllten Vorspiel, und nachdem wir auch noch Geschwindigkeit und Richtung des Windes, ob er aus Norden oder Süden, Osten oder Westen bläst, anhand musikalischer oder anderer Geräusche festgestellt haben, dann endlich und überhaupt erst dann kommen wir dazu, uns auf diese oder jene Art richtig zu vögeln ... es sei denn, sie überlegt es sich im letzten Augenblick wieder anders.
Und bei dieser Betätigung gibt es bekanntlich nichts Schlimmeres als eine gleichgültige Partnerin.
Er war sich jetzt sicher, daß sie nur so tat, als ob sie schlafe; er sah, daß sie es sogar fertiggebracht hatte, ihrem ebenmäßigen Gesicht einen Ausdruck von Zufriedenheit zu geben. Sie hat einen zu großen Mund, dachte er bei sich, wie schon einige Male zuvor. Bei jeder anderen Frau wäre dieser Mund abscheulich, aber ihre Lippen waren ausgesprochen verführe-

risch und zogen sofort die ganze Aufmerksamkeit auf sich. Jochbogen, Nase und Stirn waren gleichfalls recht ausgeprägt, und doch standen alle Züge dieses Gesichts in so völligem Einklang, daß ihr Antlitz ein subtiles Meisterwerk bildete. Oder etwa nicht, du blinder Mann? Ein echtes Meisterwerk konnte es ja schließlich nicht wagen, in all seinen Teilen perfekt zu sein.

Er erinnerte sich plötzlich an jenes erste Mal, als ihm ihre Augen auffielen, die ihn aus einem Ozean ängstlicher und flehender Blicke trotzig und herausfordernd anstarrten. An jenem Tag, es war noch kaum einen Monat her, hatte er diesem nicht endenwollenden Unternehmen hier in der Einöde vorübergehend den Rücken gekehrt und sich eilends nach Jericho begeben, von wo ihm eine Meuterei in der Garnison gemeldet worden war. Die Nachricht stellte sich als Übertreibung heraus, obwohl die Truppen tatsächlich außer Rand und Band geraten waren. Das wiederum war kein Wunder, da es sich um Hilfstruppen handelte, ein Sammelsurium von Syrern, Numidiern, Griechen und Arabern – nicht ein einziger echter Römer darunter. Die Hauptschuld an den Unruhen lag jedoch bei ihrem schwächlichen Kommandeur, einem Tribunen, der sich Quadratus nannte – ein normalerweise durchaus honoriger römischer Name –, obwohl er ein gebürtiger Ägypter war. Den armen Hund hatten seine eigenen Truppen so eingeschüchtert, daß er sie herumtoben ließ, wie es ihnen beliebte, nur weil sich die Auszahlung ihres Soldes verzögert hatte. Unter anderem versuchten sie ihre Habgier dadurch zu befriedigen, daß sie sämtliche gesunden und kräftigen Einwohner von Jericho zusammentrieben, um sie als Sklaven zu verkaufen. Wer allerdings zu einer Zeit, da auf allen Märkten von Rom bis Byzanz ein Überangebot herrschte, diese Sklaven kaufen sollte, darüber hatten sie nicht nachgedacht.

Silva erinnerte sich mit Vergnügen daran, daß er und zehn seiner Prätorianer sowie vierzig berittene Legionäre genügt hatten, diesen wüsten Haufen zur Vernunft zu bringen. Er hatte sich mit seinem prächtigsten Streitwagen direkt in das Durcheinander gestürzt; es war jener Wagen, den Titus ihm nach dem Fall von Jerusalem geschenkt hatte, ein fabelhaftes Fahrzeug, dessen Räder mit bronzenen Medusenköpfen verziert waren und mit einem goldenen Satyr als Knauf am Ende der Zugstange. Umgeben von seinen Prätorianern war er in seinem schönsten Küraß, auf dem in getriebener Arbeit die vier Jahreszeiten sowie ein Stier, ein Adler und zwei gen Himmel weisende Standarten zu sehen waren, mitten durch die rebellischen Truppen gefahren, als seien sie nicht einmal seiner Verachtung wert. Er hatte ihnen befohlen, die Juden auf der Stelle freizulassen, doch sie antworteten nur mit höhnischem Gebrüll. Er hob die rechte Hand zum Zeichen, daß er sein Wort als Römer verpfändete, und versicherte ihnen, daß ihr Sold frisch gemünzt aus Rom unterwegs sei. Das

entsprach auch der Wahrheit, sonst hätte er auf keinen Fall seine rechte Hand gehoben. Es war ihm eine Genugtuung, daß er in siebenunddreißig Lebensjahren nicht ein einziges Mal sein Wort verpfändet hatte, um jemanden zu hintergehen. Sein Vorgänger Lucilius Bassus dagegen war ein Meister der Doppelzüngigkeit gewesen; doch jetzt herrschte in Judäa eine andere Art von Prokurator: Ein echter Cornelier von der Mutter her – ihr Schoß war der letzte des Imperiums gewesen, der Träger dieses berühmten und hochgeehrten Namens hervorgebracht hatte.
Nach einigem Murren hatten fast alle Hilfstruppen ihre Gefangenen freigelassen; nur eine Gruppe von etwa hundert Mann zauderte zu lange. Als sie weiter protestierten, öffnete Silva lediglich die linke Faust in ihre Richtung, und unverzüglich stürzte sich seine Begleittruppe mit gezogenem Schwert auf sie. Neun der Zauderer wurden durchbohrt und starben auf der Straße. Diese Lektion begriffen sie sofort. Nachdem die Ordnung wiederhergestellt war, hatte Silva den Überlebenden geduldig erklärt, daß Plündern, Vergewaltigung und Töten entweder auf Befehl, und zwar römischen Befehl, erfolgten oder überhaupt nicht, und ihnen den Rat erteilt, diese seine Bekanntmachung an ihre Kameraden weiterzugeben. Alle Juden – ohne Ausnahme – zählten zum Besitz des Imperiums und konnten nicht willkürlich von einzelnen beansprucht werden, die selbst der römischen Autorität unterstünden.
Als Silva in Jericho eintraf, hatten mehrere hundert der schlaueren Juden in Quadratus' Innenhof vor den plündernden Hilfstruppen Schutz gesucht. Sie kannten den Mann eben nicht, sonst hätten sie gewußt, daß dies ein recht kläglicher Zufluchtsort war, doch blieben ihnen dort wenigstens die Gefahren und Pöbeleien erspart, die sie auf den Straßen erwartet hätten. Bei dieser Gelegenheit war er unter den vielen Augen zum ersten Mal den ihren begegnet.
Silva erinnerte sich, daß Quadratus es immerhin zuwege gebracht hatte, ihm auf der oberen Terrasse seines Quartiers eine einigermaßen anständige Mahlzeit vorzusetzen, obwohl der Gastgeber so um seine eigene Sicherheit zitterte, daß er kaum seinen Wein trinken konnte. Die Wachteln waren zäh gewesen und die Oliven mittelmäßig, die Barbe dafür aber um so vorzüglicher, frisch aus dem See Genezareth. Und dem ausgedörrten Wüstenkrieger mit den aufgesprungenen Lippen hatte dieser Fisch genügt, um aus dem bescheidenen Mahl ein Festessen zu machen.
Danach waren sie an die Brüstung der Terrasse getreten und hatten auf die Juden im Hof unten hinabgeblickt. Seit drei Tagen waren sie dort eingesperrt und stritten und prügelten sich natürlich, was Juden ja immer taten, wenn sie nichts Besseres zu tun hatten. Es war wirklich erstaunlich, wieviel groben Unfug diese Leute anrichten konnten, wenn sie sich nicht gewinnbringenden Geschäften widmen durften. Es sah so aus, als ob sie

dazu verdammt waren, nie zu wissen, was gut für sie war.
Durch reinen Zufall war Silva dabei eine Gruppe von Juden aufgefallen, die ein wenig abseits von den anderen stand. Sie verhielten sich still und ruhig, und nur jene Frau blickte herauf, und schnell wurde ihm klar, daß sie ihn herausforderte. Er ertappte sich bei dem Wunsch, sie möge ihre Blicke endlich abwenden; sie aber schien ihm trotzig die Stirn zu bieten, auf eine Weise, wie es noch kein Jude gewagt hatte. Schließlich war er es, Flavius Silva, Herr von Judäa, der den Blick abwandte.
»Kennst du das Mädchen?« hatte er Quadratus gefragt.
»Ja. Sie gehört zu einer Familie aus Alexandria. Soviel ich weiß, waren sie ziemlich wohlhabende Schiffsreeder – hauptsächlich Getreide nach Rom.«
»Ist das ihr Vater dort neben ihr?«
»Ja. Für einen Juden scheint er ziemlich intelligent zu sein. Die ganze Familie tut übrigens sehr gebildet, was ich einigermaßen komisch finde.«
»Was machen sie in Palästina?«
»Sie behaupten, sie wären lediglich auf einer Pilgerreise nach Jerusalem zu ihrem Tempel, außerdem wollten sie Verwandte besuchen. Doch Juden verbinden natürlich sowohl mit erhabenen wie profanen Absichten immer auch geschäftliche. Man muß stets nach ihren versteckten Beweggründen fragen. Ich weiß, daß sie versuchten, von hier aus den Export von Weizen, Öl und Balsam in die Wege zu leiten, denn sie sind oder waren Mitglieder einer Vereinigung, die in Ägypten die *Naviculari* genannt werden.«
»Wer ist der andere Mann?«
»Der Bruder des Vaters, ein Einheimischer aus Jericho. Er hatte seine Verwandten vor drei Jahren eingeladen. Haben sich nicht gerade einen günstigen Zeitpunkt ausgesucht, was, General?«
Quadratus, dieser aufgeblasene Esel, brach daraufhin in brüllendes Gelächter aus, so daß sich ihm sämtliche Augen zuwandten.
Während das Lachen des Kommandeurs dünner wurde und schließlich aufhörte, verstärkte sich in Silva wieder der Ärger über seine ägyptische Aufgeblasenheit. Warum nur benahm sich dieses heruntergekommene Volk hartnäckig weiter so, als stamme es samt und sonders von Kleopatra ab?
»Du lachst zu leicht, Quadratus, und das mag auch der Grund sein, warum deine Truppen so zügellos sind. Ich werde dir aus deinen gegenwärtigen Schwierigkeiten heraushelfen, aber wenn deine Soldaten noch einmal außer Rand und Band geraten, mußt du damit rechnen, daß *dein* Kopf auf einer Lanze stecken wird.«
Das Mädchen konnte den Verweis unmöglich gehört haben, und doch schien es erfreut, als Quadratus vor Unterwürfigkeit beinahe auf die Knie

sank. »Ich bin zutiefst dankbar, Herr. Du darfst sicher sein, daß ich irgendeinen Weg finden werde, um das Entgelt für mein Leben das Deine zu bereichern.«

Wie ein solch feiger Schlappschwanz dazu fähig sein sollte, blieb mehr als eine Woche lang ein Geheimnis. Wieder schien das ganze Leben auf diese Wüste beschränkt zu sein. Da wurde gemeldet, daß sich von der Oase Engedi im Norden her eine kleine Karawane Masada nähere.

Mit typisch ägyptischer Unterwürfigkeit und, wie man zugeben mußte, nicht ohne Phantasie, versuchte Quadratus, seine Schuld zu begleichen. Er hatte *die Augen* in die Wüste geschickt, begleitet von ihrem Vater, ihrem Onkel und dessen Frau sowie drei angeblichen Vettern, ebenso vielen Bediensteten und einer bewaffneten Begleitmannschaft zu ihrer Sicherheit. Außerdem hatte er mit kaum verhohlener Unverschämtheit in einem blumigen und parfümierten Begleitschreiben seine Hintergedanken enthüllt; die längst dahingegangene Kleopatra wäre darüber sicher zu Tränen gerührt gewesen. Doch was fast noch schlimmer war – dieser Ägypter hatte sich in seiner Mitteilung die römische Form angemaßt:

»An Flavius Silva, Prokurator von Judäa und Befehlshaber der X. Legion, von Ptolemäus Quadratus, zeitweiliger Militärgouverneur von Jericho, Grüße zuvor:

Alle, die mit Ihrem Standort vertraut sind, teilen mir mit, daß es einer der trostlosesten und unbehaglichsten Orte dieser Erde ist. So hege ich noch größere Bewunderung für Ihre edle Beharrlichkeit und restlose Hingabe an die Ihnen gestellte Aufgabe. Ich muß deshalb annehmen, daß an einem solchen Ort selbst ein Römer von Ihren wohlverdienten Machtbefugnissen und Ihrer Findigkeit gewisse grundlegende Annehmlichkeiten des Lebens entbehren muß, die er nur ungern vermißt. Der Gedanke daran raubt mir einen Großteil des geringen Schlafes, den dieses untergeordnete Kommando mir gestattet ...«

Die Vorstellung, daß Quadratus wegen der Unannehmlichkeit seines Oberbefehlshabers schlaflose Nächte verbrachte, war gewiß herzbewegend, aber noch gar nichts im Vergleich zu der nachfolgenden Geste. Silva konnte nur lächeln, als er den Kern der Mitteilung las:

»... ich bitte um Vergebung, hochverdienter General, wenn ich mir anmaße, Ihnen ein Geschenk zu übersenden, das sich anfänglich vielleicht schwer öffnen läßt und ihre Geduld etwas auf die Probe stellt. Ich denke aber, daß das Geschenk Ihrem großen Charme doch bald zugänglicher wird und Ihnen Stunden des Amüsements und erholsamer Abwechslung bietet ...

...mein Geschenk kommt reichlich versorgt mit Zelten und allem erdenklichen Luxus zu Ihnen; doch wegen seines Umfangs muß ich um Nachsicht bitten. Um der Wahrheit die Ehre zu geben: Der wichtigste Teil meines Geschenks hat sich entschlossen geweigert, die Reise ohne die anderen anzutreten. Ich wäre selbstverständlich weder überrascht noch im geringsten gekränkt, wenn Sie über die Anhängsel nach Ihrem Belieben verfügten.
...die Eingebung zu diesem Geschenk kam mir, als ich Sie während der jüngsten Unruhen hier beobachtete, vor allem, als Sie an der Brüstung meiner Terrasse standen und in den Hof hinunterschauten. Es heißt von uns Ägyptern, wir besäßen einen besonderen Sinn, um sogar aus der Entfernung menschliche Wahlverwandtschaften entdecken zu können. Ich werde der Venus ein Opfer darbringen in der Hoffnung, daß meine Sinne in diesem Fall fehlerlos gearbeitet haben und meine Wahl Ihre Zustimmung findet.
Möge der große Vespasian ewig über uns herrschen!«

Quadratus, du hinterlistiger Schurke! Du solltest lieber deinen Truppen mehr Disziplin beibringen, als auf orientalische Art und Weise deine Fehler mit einem parfümierten Geschenk zu verdecken! Gut, gut, Quadratus, du hast mir in der Tat eine Freude bereitet, wenn ich mich auch weigere, diesem seltsamen Geschöpf so sehr zu verfallen, daß ich deine Unzulänglichkeiten vergesse. Jawohl, dein Geschenk war genau das Richtige, denn ich habe mich in meiner augenblicklichen Umgebung wahrhaftig nach ein wenig Zärtlichkeit gesehnt. Wir sind hier von nichts als Felsen umgeben, von denen einer härter ist als der andere. Und das Volk, das wir bekämpfen, ist noch härter als sein Felsen. Und der größte Felsen von allen, Masada, erscheint uns mit jedem Tag gewaltiger. Daher bin ich, was du wohl auch gehofft hast, Quadratus, geneigt, deinem Namen wohlgesinnt zu sein, ob er nun von den Lippen anderer fällt oder nur mir selbst durch den Sinn geht. Und ich bewundere in der Tat deine Hellsichtigkeit, denn du hast genau meinen Geschmack getroffen; wäre deine Wahl anders ausgefallen, hätte ich sie gewiß ablehnen müssen. Aber ich bin mir durchaus nicht sicher, ob ich dir je nachsehen kann, daß du mir dieses Mädchen und seine Familie mit Geschichten über die sagenhafte Berenike schmackhaft machen willst und darüber, was diese erstaunliche Jüdin für sich selbst vollbracht sowie mit Titus und, wie das Gerücht wissen will, sogar mit Vespasian angestellt hat.
Du hast deine Pläne mit größter Schlauheit angelegt, mein durchtriebener Quadratus, denn wenn dieses Wesen tatsächlich nicht nur meine Hoden, sondern auch meinen Verstand leeren könnte und mich zu einem zweiten Titus machte, der jeder ihrer Launen zu Gefallen ist, wo wärest du dann

wohl, du schlauer Fuchs? Direkt unter der Sonne stündest du! Es wäre nur natürlich, daß du als Förderer alsbald ihr Vertrauter würdest und als ihr Vertrauter mein geheimer Ratgeber, der in der Lage wäre, alles so zu schieben und zu lenken, wie es ihm paßt. Und so hätten wir dann mit der Zeit einen neuen Prokurator in Judäa, einen Ägypter von Geburt und Mentalität, der sich lediglich nach römischer Art Quadratus nennt. Das wäre dann deine Rache für die Demütigung, die meine Anwesenheit in Jericho dir bereitet haben mag. Denn du hättest das erlesene Vergnügen, mich in der ältesten aller Fallen gefangen zu sehen; ich käme dadurch in jene wenig beneidenswerte Lage, in welcher ein Mann sich fragt, ob seine Frau ihn um seiner selbst willen oder nur deswegen liebt, weil er einiges für sie tun kann.

Doch als erfahrener Berufssoldat darf ich dir, mein schlauer Quadratus, versichern, daß es gerade die unvorhersehbaren Ereignisse in jedem Feldzug sind, die unsere schönsten Pläne schließlich so unappetitlich aussehen lassen wie einen verschütteten Becher Wein. Mein Vater pflegte mir den Rat zu geben, nur keine Sorge daran zu verschwenden, was vielleicht passieren könnte. Das, worüber du dir den Kopf zerbrichst, sagte er, passiert normalerweise doch nicht – es sind vielmehr die zunächst verborgenen Entwicklungen, die uns dann ganz plötzlich Schwierigkeiten bereiten. Du hast einen wichtigen Faktor bei dieser kunstvollen Kabale nicht berücksichtigt, und dieser Faktor ist die Wesensart des Weibes, das du mir als Geschenk übersandt hast. Denn auf einen Gedanken bist du offensichtlich nicht gekommen – daß ich ihr nämlich zunächst einmal gefallen muß, damit sie sich überhaupt so anstrengt, daß ich wirklich meinen Verstand verliere; dies aber ist, wie ich zu meinem Bedauern zugeben muß, bis jetzt nicht der Fall.

Wahrscheinlich, weil dir daran lag, sie ohne Folter – oder Todesdrohungen auf diese Expedition zu schicken; beides hätte, wie du wohl gewußt haben dürftest, deine Pläne zunichte gemacht. Wenn du es nicht ausdrücklich versprochen hast, so wirst du doch zumindest angedeutet haben, daß ich, wenn sie mir zu Gefallen ist, sie und möglicherweise auch ihre Angehörigen, die sie begleitet haben, freilassen würde. Das ist das Abkommen, hinter dem sie wirklich her ist, und sie wird an nichts anderes denken, bis es fest vereinbart ist. In gewisser Weise ist es geradezu schade, daß du nicht hier sein kannst, um Zeuge ihrer zärtlichen Liebe zu mir zu sein.

Er legte die Hand an ihre Wange und rief ihren Namen.

»Schewa! Der Morgen ist da.«

Sie seufzte, öffnete die Augen und starrte ihn an, als sei er ein Fremder.

»Kann ich jetzt gehen?« fragte sie mit tonloser Stimme.

»Nein. Ich habe ein bißchen über dich nachgedacht, und das hat mich ziemlich belustigt. Ich habe ja nicht allzuviel zu lachen, solange deine wahnsinnigen Landsleute über mir hocken und wie die Tauben auf mich herunterkacken.«

»Das sind nicht meine Landsleute. Ich habe dir schon hundertmal gesagt, daß ich nicht aus diesem gottverlassenen Land stamme.«

»Jetzt lästerst du wieder den Boden, den euer ewig unsichtbarer Gott angeblich auserwählt hat! Du bist keine richtige Jüdin, sonst wärst du überall zu Hause. Manchmal kommt es mir so vor, als hätten wir in Rom mehr Juden als Römer.«

Sie machte Anstalten, sich zu erheben; aber er packte ihren Arm und zog sie wieder auf das Ruhebett. »Ich hätte Lust, dich sofort noch einmal zu vernaschen«, sagte er eher scherzhaft, war aber dann doch ein wenig enttäuscht, daß seine Worte sie veranlaßten, sich rasch seinem Griff zu entwinden. Nachdem sie sich befreit hatte, blickte sie auf ihn herab, und er entdeckte nicht die geringste Ermutigung in ihren Augen. Plötzlich riß sie die seidene Überdecke zurück und ergriff seinen Penis.

»Selbst der große General Silva vermag nicht alles«, höhnte sie. »Der Stolz des Römischen Reichs hat sich in ein Würmchen verwandelt.«

Einen Augenblick lang war kein Laut zu vernehmen. Eine plötzliche Zorneswallung jagte ihm das Blut wie Feuer durch den Leib. Dann, so plötzlich wie ihre Hand ihn umfaßt hatte, entspannte er sich wieder. Er legte den Kopf zurück und lachte leise.

»Leider sagst du die Wahrheit, Schewa.« Sie ließ ihn los, er blickte an seinem nackten Körper herab und knurrte: »Aber falls du das noch mal versuchen solltest, würde ich dir raten, etwas sanfter zu sein. Sonst lasse ich dich doch noch kreuzigen.«

Sie zuckte die Achseln und ging in die andere Ecke des Zeltes. Dort hob sie die Arme und schlüpfte in ein besticktes Leinengewand. Wie schade, dachte er. Jetzt ist diese herrliche Bernsteinhaut wieder verhüllt.

Sie band sich die Sandalen und sagte dabei zornig auf griechisch: »Man hat mir die Freiheit versprochen, wenn ich mich deinen widerlichen Händen und Küssen sowie der Berührung deiner ekelhaften Reptilienhaut nicht widersetze.«

»Wer hat dir das versprochen?«

»Du.«

»Unsinn. Ich habe zwar ein wenig Wein getrunken, aber dabei nicht mein Gleichgewicht verloren, weder geistig noch sonst.«

Er setzte sich mühsam auf und mußte im selben Augenblick feststellen, daß sein Kopf wie ein großer Marmorblock war. Jetzt weiß ich, dachte er, warum die Statuen, die das Dach eines Tempels tragen, immer so vornübergebeugt stehen. Er hatte allerdings eine ansehnliche Menge Wein getrunken. Das geschah in letzter Zeit etwas zu häufig; er mußte sich unbe-

dingt mehr zusammennehmen. Denn wenn Vespasian erfuhr, daß ein Mann der Traube ernstlich den Hof machte, wurde dieser sehr bald seines Amtes enthoben … und früher oder später erfuhr Vespasian alles.
Er preßte die Hand auf die Stirn und sagte: »Ich glaube, du hast mich letzte Nacht vergiftet.«
»Mein Gott, der der eine und einzige Gott ist, hat mich mit Aussatz gesegnet und mir befohlen, ihn mit dir zu teilen.«
Langsam und sehr behutsam streckte er Arme und Beine. Er ließ sich Zeit damit. Dann gähnte er. »Wenn das wahr ist, dann weiß ich einen gewissen griechischen Doktor bei der Zehnten Legion, den man wegen seiner schlampigen Untersuchungsmethoden sicher bald mit dem Hintern auf einen rostigen Wurfspeer spießen wird.« Er stöhnte und fügte dann hinzu: »Komm, reib mir ein bißchen den Nacken.«
Zu seiner Verwunderung gehorchte sie ohne Zögern. Das war das Faszinierende an diesem Weib – sie war voller Überraschungen. Man wartete immer gespannt, was als nächstes kam. Etwas fiel ihm auf: Sie bewegte die Finger so, daß man die Massage unmöglich als Liebkosung mißverstehen konnte, aber die Wirkung war trotzdem lindernd, und er wandte den Kopf ein wenig, um ihr zuzulächeln. »Ich habe heute morgen einige Zeit damit vergeudet, mir darüber klarzuwerden, was mich eigentlich so an dir fesselt. Schließlich hab' ich's gefunden: Ich bin schon so lange in diesem schauderhaften Land, daß ich nicht mehr zwischen einer Ziege und einer Frau unterscheiden kann. Ich habe mich sogar gefragt, ob es wohl sein könnte, daß mein normalerweise durchaus urteilsfähiger Penis meint, irgend etwas Seltenes und Ungewöhnliches bei dir zu entdecken, wenn ich mir dir schlafe, oder ob er vielleicht nur die Verbindung mit meinem Verstand verloren hat, so daß sich nun beide nicht mehr darum kümmern, was der andere treibt?«
»Vielleicht ist es der Geruch, den ich an mir habe? Alle Juden stinken doch, oder etwa nicht, großer Cäsar?«
»Schon gut, schon gut, verderben wir uns diese interessanten Überlegungen nicht durch unangenehme Details. Ich ziehe es vor, deine zweifelhafte Herkunft zu ignorieren.«
Er bemerkte, daß der Bewegungsrhythmus ihrer Finger gleichmäßig geblieben war. Sie hätten ebensogut über das Wetter reden können. Folglich muß ich genau aufpassen, daß auch ich unter allen Umständen meine Haltung bewahre, dachte er. Das Spiel ist amüsant, weil mein Gegner auf jede meiner Schwächen achtet und mich dadurch zwingt, sehr vorsichtig zu sein. Aber selbst dann kann sie unmöglich gewinnen, außer ich gestatte ihr, mich so sehr aus der Fassung zu bringen, daß ich etwas ausgesprochen Törichtes tun oder sagen würde. Wenn es ihr auch nur ein einziges Mal gelingt, meine Verteidigung zu unterlaufen, ist das der Anfang vom Ende,

dann bin ich ihr Gefangener – und was wäre wohl seltener als ein Weib mit Mitleid?
Sie schwiegen eine Weile; Silva lauschte dem knirschenden, schleifenden Geräusch, das Tag und Nacht von draußen hereindrang. Man hatte manchmal das Gefühl, als lebe man mitten in einem Steinbruch; doch es wäre noch viel schlimmer gewesen, wenn das Geräusch plötzlich aufgehört hätte. Denn das hätte nur bedeuten können, daß irgend etwas das große Vorhaben störte, diese militärische Meisterleistung, die jedermann auf Erden, ob Feind oder Freund, nun bald bewundern würde – oder auslachen. Dieser Gedanke kam ihm oft. Flavius Silvas große Rampe! Hahaha! Daß ich nicht lache! Legt den Mann in Ketten und vergeßt nicht, ihm die Zähne zu ziehen, sonst beißt er seinen Wärter! Merkt ihr denn nicht, daß der Kerl wahnsinnig geworden ist!
Leider hatte Vespasian Masada nie mit eigenen Augen gesehen. Sonst hätte er vielleicht eher begriffen, warum man es nicht einfach im Sturmangriff nehmen konnte. Wenn Vespasian hier wäre, könnte er außerdem selbst sehen, daß die Juden da oben Verrückte waren; er könnte dann auch hören, wie sie erklärten, keine Macht der Welt werde sie dazu bringen, von Masada herabzukommen, und im übrigen seien alle Römer ein Haufen räudiger Paviane und Hyänen. Welche Genugtuung wäre es doch, auf die Spitze des Felsens zu weisen, nachdem die Juden ihre Tagesration an wüsten Schmähungen herabgeschrien hatten, und zu Vespasian zu sagen: »Wie Sie ja ohne weiteres selbst sehen, Herr, besteht gar keine Möglichkeit, diese Höhen zu erklimmen, es sei denn, man wäre eine Eidechse. Folglich müssen wir diese Höhen auf unsere Ebene herabholen, was bedeutet, daß wir einen guten Teil dieses Berges zu jenem Berg hinüberschaffen müssen, und das dauert natürlich seine Zeit. Aber wenn die Rampe erst einmal fertig ist, können Sie sich vorstellen, wie wir unsere Belagerungsmaschinen die Rampe hinaufschaffen, die Mauer durchbrechen und dieses allerletzte Ärgernis in Judäa beseitigen werden ...«
Und natürlich würde Vespasian zustimmend lächeln und dann so laut und deutlich, daß sein ganzer Stab es hören konnte, erklären, daß Flavius Silva ein militärisches Wunderwerk geschaffen habe, wie es ja von einem Genie auch gar nicht anders zu erwarten sei. Ach, wirklich? Ganz gewiß würde er *nichts* dergleichen sagen, es sei denn, er hätte seine Anschauungen gründlich geändert, seit Silva ihn das letzte Mal gesehen hatte ... Wann war das noch gewesen? – richtig, an dem Tag, als Vespasian den Bau des Forums bekanntgab. Dieser knauserigste aller Römer würde sich vielmehr bitter über die Kosten beklagen, die dieses absolut unerläßliche militärische Hilfsmittel verursachte, und wissen wollen, warum die Arbeit nicht mit hundert anstatt mit fünfhundert Eseln durchgeführt werden konnte. Und wenn die Rampe sich als Versager erwies? Ganz gewiß würde

es dann nicht lange dauern, bis General Flavius Silva sich bestenfalls als Prokurator für die fünfprozentige Erbschaftssteuer irgendwo in der Eiswüste Britanniens wiederfände.
Silva lauschte den Geräuschen und versuchte, das Knirschen der großen Steinblöcke vom unablässigen Widerhall der Spitzhacken und Hämmer, dem Quietschen der Wagen und dem Knallen der Peitschen zu unterscheiden. Dazwischen Schmerzens- und Wutschreie der Arbeiter sowie das Grunzen der Schweine und das Geschrei der Esel außerhalb der Lagermauer. Dann wieder Gelächter und Rufe seiner Soldaten; das alles inmitten einer öden Wüstenei. Und nur wegen weniger als tausend dickköpfiger Juden! Er lauschte, ob er einen Ruf aus der Höhe vernehmen könne, aber jeglicher Laut von da oben schien in dem allgemeinen Lärm unterzugehen.
Er legte den Kopf zurück und seufzte. »Bacchus hat meine Zunge mit Schwammpilz bedeckt. Ich werde keinen Tropfen Wein mehr anrühren, bis deine Freunde da oben sich ergeben haben.« Ihre Finger hielten nicht inne, während sie antwortete. »Herzlichen Glückwunsch! Du hast dich soeben auf immer und ewig zum Abstinenzler erklärt!«
»Die Rampe wird bald fertig sein. Der Traubensaft kann solange warten.«
»Wirklich?« sagte sie verächtlich, wobei ihre Finger mit der rhythmischen Bewegung fortfuhren. »Dazu reicht deine Willenskraft nicht aus.«
Jetzt hielten die Finger inne, und sie trat vor ihn hin. »Und was ist jetzt mit deinem Versprechen? Du hast gesagt, ich werde frei sein. Du hast gesagt, es wird mir nichts geschehen, außer ich verstoße gegen das römische Gesetz. Das waren deine eigenen Worte, großer und huldvoller Statthalter von Judäa.«
»Dann war ich also doch betrunken.«
»Genauso habe ich es mir vorgestellt.« Sie stand vor ihm und sah ihn unverwandt an.
Er wich ihrem Blick aus. Er entsann sich jetzt undeutlich irgendeines Gesprächs über ihr weiteres Schicksal. Doch war nicht jeder, wenn der Wein ihn beherrschte, geneigt, sentimental zu werden? So hatte er einmal in Gallien einem vorüberkommenden Bettler sein schönstes Pferd geschenkt, nur weil der Mann im Schnee barfuß ging. Der Grund dafür lag einzig und allein darin, daß er in einer Festung in der Nähe von Chardonay, die er gerade verlassen hatte, einen Schlauch Wein getrunken hatte. Ach, mein liebes armes Gehirn! Es ist wieder einmal so tief im Morast der Selbstvorwürfe versunken, daß es heute früh nur mit den allereinfachsten Sachen zurechtkommt. Es sagt mir, daß ich wahrscheinlich wie ein Kamel stinke, und je eher ich mich mit einem Bad erfrische, desto besser. Es sagt mir außerdem, daß diese Schewa mich auf etwas festnagelt, was ich gesagt habe, als ich nicht ganz bei Sinnen war.

»*Was* hast du dir genauso vorgestellt?« fragte er. Er sah zu ihr hoch, doch ihre Augen waren so kalt, daß er seinen Blick über ihren Kopf hinweg auf den Licht-Halbmond richtete. »Was hast du dir gedacht? Sag mir, was es ist, ich bin guter Laune.«
»Ich habe mir gedacht, daß dein Wort so schwach ist wie dein Wille – und deine Lenden«, sagte sie tonlos.
Er erhob sich rasch, holte mit dem Arm aus und schlug sie über den Mund. Der Schlag schleuderte sie weit von dem Ruhebett weg, und Blut trat auf ihre Lippen.
Als er nach der Wache rief, klang seine Stimme so hysterisch, daß sie ihm völlig fremd vorkam. Als die Wache erschien, wartete er, bis sein schwergehender Atem sich beruhigt hatte. »Nehmt dieses Weibsstück«, begann er. Nehmt sie und – was? Wie konnte er es dieser kleinen Schlampe am besten heimzahlen? Ich muß ihr zeigen, daß die Weinseligkeit bei mir kein permanentes Leiden ist, und ich muß mir selbst jetzt beweisen, ehe es für immer zu spät ist, daß ich sie mir vom Halse schaffen kann.
Von jetzt an, beschloß er, würde er alle Juden als Juden behandeln, als ein hinterhältiges Volk von Barbaren. Außerdem würde er nicht einen Tropfen Wein mehr anrühren, bis er in Judäa abgelöst wurde und sich wohlbehalten in seinem neuen Haus bei Praeneste niedergelassen hatte. Und vor allem würde er seine kostbare Zeit nicht mehr auf dieses rachsüchtige kleine Tier oder ihre Verwandten verschwenden.
Er sprach mit gewollt leiser und beherrschter Stimme, als er die Wache heranwinkte. »Nehmt diese Frau und führt sie zum Zenturion Rosianus Geminus. Sagt ihm, ich wünsche, daß sie die Freiheit erhält. Er soll sie im Lager der Dritten Kohorte frei herumlaufen lassen, wie es ihr paßt ... nachdem er fünfzig Freiwillige aufgerufen hat, die sich folgende Belohnung verdienen wollen: Der erste Mann, der sie einfängt und besteigt, erhält fünfzig Schekel. Wenn er mit ihr fertig ist, wird sie wieder freigelassen, damit ein zweiter Mann sich neunundvierzig Schekel verdienen kann. Der letzte Mann, der wohl kaum mehr sehr flink zu sein braucht ... vielleicht könnte der alte Galineus, der in Mazedonien ziemlich zusammengeschlagen wurde, der letzte sein, der sie flach legt ... erhält einen Schekel.«
Er neigte den Kopf ein wenig zu ihr hin und dachte: Endlich habe ich in Schewas Augen Angst gesehen. »Bis dahin wird sie auch kaum mehr als einen Schekel wert sein.«
Er war entschlossen, sich gleichgültig und unbeteiligt zu geben, als die Wachen sie an den Armen faßten und zum Ausgang drängten. Paternus und Severns, Bauernburschen aus Spanien, bärenstarke Kerle und nicht besonders helle, dachte er. Sieh sie dir an, Schewa! Siehst du nicht an ihren steinernen Gesichtern, daß deine schlauesten Listen und Kniffe sie

nicht an der Ausführung ihrer Befehle hindern werden? Merkst du nicht, daß es eiserne Männer mit eisernen Köpfen sind, die dich tatsächlich ins Lager der Dritten Kohorte bringen werden, wenn du nicht soviel Vernunft aufbringst, mich um Gnade anzuflehen? Ist dir nicht klar, kleine Jüdin, daß ich ein sehr einsamer Mann bin, und kannst du dich nicht daran erinnern, wie wir noch vor einer kleinen Weile so viel Vergnügen zusammen genossen haben ... wovon es für uns beide mit der Zeit noch mehr geben könnte, wenn du nur etwas mehr Verständnis aufbrächtest ... Wärst du erstaunt, kleine Jüdin, wenn du wüßtest, daß auch ich Angst um dich habe und dich brauche? Er suchte in ihrem Gesicht nach der leisesten Andeutung eines Kompromisses; er entdeckte keine und hielt mit erhobener Hand die Wachen auf.
»Schewa. Begreifst du, daß du nie mehr zurückkommen kannst? Begreifst du, was dir passieren wird?«
Sie starrte ihn auf genau die gleiche Weise an wie damals im Hof in Jericho.
»Ja«, sagte sie ruhig. »Und ich weiß nun auch, was das Wort eines edlen römischen Feldherrn wert ist. Wie alle Römer sprichst du mit dem Mund und versprichst mit dem Arschloch.«
Sie räusperte sich sorgfältig und spuckte ihm mitten ins Gesicht.

Ein wenig später saß General Flavius Silva in seiner ovalen Feldbadewanne. Sie war aus Bronze und an beiden Enden mit Widderköpfen verziert. Er hatte sie anläßlich seiner Ernennung zum Tribunen bei der Siebenten Legion in Dalmatien als Geschenk von seinem Patenonkel Tiberius Alexander erhalten – ein Name, der in römischen Militärkreisen einen guten Klang hatte. Es war damals noch nicht seine Absicht gewesen, länger als die üblichen sechs Monate zu dienen; er strebte vielmehr eine Laufbahn als Senator an. Leider, leider, dachte er, war eine solche Karriere inzwischen höchst unwahrscheinlich geworden. Ich bin zwar jetzt ein neu ernannter Prokurator, aber länger als fünfzehn Jahre war ich der Welt größter Prokrastinator, ein Zögerer und Zauderer. Man denke nur, wie ich jede Trennung vom Heer immer wieder hinauszuschieben wußte, stets mit der lahmen Ausrede, die Armee sei doch auf ihre Weise gewissermaßen die Gewähr für die Gunst der Götter. Dasselbe Leben, dieselbe Badewanne, dasselbe Schwert, dieselbe persönliche Ausrüstung während all meiner Reisen und Kriege.
Man sehe sich nur diese Badewanne an! Sie ist geradezu ein Spiegelbild meiner selbst geworden, ein vielverwendeter, abgenutzter Gegenstand, vorzeitig gealtert, in Ausübung ihrer Pflicht angeschlagen, zerbeult und

narbenbedeckt. Da, jene Delle am Fußende, ein Andenken an den ungeschickten Esel, der sie durch Mazedonien zu transportieren hatte. Das Tier fiel einen Steilhang hinunter, und es bedurfte einer halben Kohorte, um die Badewanne wieder heraufzuholen. Inzwischen gleicht sie einer Ruine – wie ich. Ihre vielen Beulen und Kratzer holte sie sich auf Kamelen in Afrika, Pferden in Aquitanien, auf Schleppkähnen und Schlitten, Galeeren, Segelbooten und den Rücken von Sklaven in Thrakien, Dalmatien, Britannien und Lusitanien.

Vielleicht, dachte Silva, sollte ich der Badewanne einen militärischen Rang und einen Orden für besondere Verdienste verleihen und sie einmal im Jahr befördern?

Er sah an seinem Körper hinab. Ja, er paßte gut zu der Badewanne, bis hin zu seiner Bronzefarbe – ein Geschenk der judäischen Sonne. Da war zum Beispiel dieser kleine Krater in seinem rechten Oberschenkel; ein Andenken an einen thrakischen Wurfspeer, den der Chirurg, ein geschickter Grieche, lieber herausgeschnitten hatte, anstatt ihn durchzuziehen. Der Bursche hatte zuerst einen Schwamm mit Mandragorasaft getränkt und ihm in den Mund gesteckt. Wie vom Arzt vorausgesagt, war der Saft in den Darm gelangt, und seine einschläfernde Wirkung hatte zumindest zum Teil den Schmerz gelindert, als er die Blutgefäße vollends durchtrennte und abband, um schließlich die Wunde mit einem glühenden Eisen auszubrennen. Das Ergebnis war eine gut ausgeheilte Narbe, die sich den ursprünglich wohlgeformten Körper mit mehreren anderen Verunstaltungen teilte.

»Ich sollte alles tun, um meinen Verstand zu schärfen«, sagte er zu Epos, seinem Numidier, »denn dieses übel zugerichtete Gerippe wird immer weniger wert.« Es gefiel ihm, sich den Numidier zum Vertrauten zu machen, denn der Mann war taub und stumm, und zwar keineswegs von Natur aus, was ihn lediglich zu einem von vielen uninteressanten Sklaven gemacht hätte: Sein vormaliger Herr, ein Magistratsbeamter und Steuerpächter auf Zypern, muß von Epos dabei beobachtet worden sein, wie er einen zypriotischen Knaben verführte, und Epos war so unklug gewesen, diese Tatsache zu bestätigen, als die hoffnungslos engstirnige Gattin des Konsuls Fragen zu stellen begann. Wer weiß, was ihm passiert wäre, wenn er sich geweigert hätte, der Frau Rede und Antwort zu stehen; die Wut seines Herrn jedenfalls hatte ihre deutlichen Spuren hinterlassen. Der sorgte ein für alle Male dafür, daß Epos kein Geschwätz mehr über ihn oder sonst jemand verbreiten konnte und ließ ihm so lange schwere Ohrfeigen verabreichen, bis seine Trommelfelle zerstört waren; außerdem befahl er, ihm die halbe Zunge herauszuschneiden.

Kurz darauf brachte die eifersüchtige Ehefrau ihren Gatten wegen einer weiteren Affäre mit einem Knaben um, und Epos wurde schließlich als

Teil seiner Hinterlassenschaft auf den Markt von Antiochia gebracht, wo Silva ihn kaufte. Warum auch nicht? Er kostete nur tausend Sesterzen – kaum das Wochengehalt eines Prokurators –, außerdem war es ein gutes Geschäft. Nur wenige Leute hatten gern einen Stummen in ihrer Nähe, aber für einen Legions-General, der gewisse Geheimnisse zu wahren hatte, konnte es kaum einen besseren Diener geben.

Während Epos Silvas Körper mit Öl einrieb, musterte der General mit einer gewissen Genugtuung seinen Oberkörper, der erfreulicherweise keinerlei Fettansatz aufwies, und dann, nicht ohne flüchtiges Bedauern, seine Beine, die für die Badewanne viel zu lang waren. Das rechte Bein mit der thrakischen Speernarbe war so makellos und muskulös wie eh und je, das linke dagegen, wenngleich ohne die geringste Schramme, um beinahe ein Drittel dünner und fast zwei Zoll kürzer. Daran war wieder einmal sein Zögern schuld gewesen.

Bei dem Angriff auf Jerusalem hatte sich Sextus Cerealius, der Kommandeur der Fünften Legion, in eine Klemme manövriert. Er hätte wissen sollen, daß man sich mit Juden nicht auf Verhandlungen einlassen darf. Dieser Naivling war jedoch überzeugt gewesen, daß man ihm für ein paar tausend Schekel einen Zugang zur Stadt verraten werde. Er hatte sich also einverstanden erklärt, nur vier Mann Begleitung mitzunehmen, und war natürlich prompt in einen Hinterhalt geraten.

Cerealius, der ein wesentlich besserer Politiker als Soldat war, hätte nie wieder eine Volksrede halten können, wenn du nicht zufällig mit einem Trupp Berittener dieselbe ausgetrocknete Wasserrinne entlanggekommen wärst. Die Juden ergriffen sofort die Flucht, und du schwangst dich mit großartiger Geste von deinem Pferd. Nur leider etwas zu rasch. Anstatt den Dank des Cerealius mußtest du sein Mitgefühl entgegennehmen, denn in deiner Übereile warst du statt auf festem Erdboden auf einem Felsen gelandet, und noch dazu auf höchst unrühmliche Weise mit dem Gesicht im Staub und alle viere von dir gestreckt; dabei war dir irgendwie die Achillessehne gerissen.

Der Schmerz war erträglich gewesen, solange man ihn mit Wein betäubte, und so hattest du fast eine Woche verstreichen lassen, ehe du die griechischen Ärzte herbeiriefst. Und da war es natürlich zu spät. Sie hatten Pflaster und Packungen aus Elaterium aufgelegt, die nichts nützten, und dich dann mit Mohnsamenpillen vollgestopft, geschnitten, zusammengeflickt und schließlich erklärt, das Bein würde verkürzt bleiben und du müßtest auf immer und ewig hinken. Ein Humpelgreis mit siebenunddreißig! Beim allmächtigen Zeus! Nicht einmal eine Schildkröte würde er noch fangen können. Und als bleibende Erinnerung an diesen Vorfall hatte Cerealius es auch noch fertiggebracht, seine Null von einem Sohn deinem Stab zuteilen zu lassen. Wenn man sich *dieses* Bürschchen ansah, konnte man geradezu dankbar sein, daß man kinderlos geblieben war! Die Wärme des Bades und das Öl auf seinem Körper linderten die scheußlichen Nachwirkungen des Weines, dennoch gelang es Silva nicht, seine Gedanken von der Jüdin abzuwenden. »Durch die halbe Welt bin ich marschiert«, meinte er zu Epos, »aber noch nie hat mir ein Weib so viel Kopfzerbrechen gemacht ...«

Bereits wenige Augenblicke, nachdem Schewa aus seinem Zelt abgeführt worden war, hatte er seinen Adjutanten Attius herbeigebrüllt und ihn mit einem neuen Befehl ins Lager der Dritten Kohorte geschickt. »Ein Gegenbefehl zu meinem ursprünglichen Befehl, Epos. Völliges Durcheinander im Hauptquartier. Eine Gegenorder jagte die andere. Im Grunde nur ein erneutes Zeichen meines Wunsches, die Sache mit Ausflüchten hinzuhalten, bis mir etwas Besseres einfällt. Meister-Zauderer, der ich nun mal bin ... jetzt sitzt sie wieder in ihrem behaglichen Zelt und lacht sich eins mit ihren Verwandten, die mit ihr unter einer Decke stecken.«

Als der Numidier sich daranmachte, ihm mit einem Striegel das Öl von Rücken und Armen zu schrubben, ermahnte Silva ihn, sanft zu verfahren, obwohl er wußte, daß der Mann ihn ja gar nicht hören konnte. »Ich bin heute morgen in angegriffenem Zustand, und unter der heraufziehenden Hitze werde ich sicher bald noch mehr zu leiden haben.«

Die Vorstellung eines weiteren Tages in dieser Wüste schien plötzlich seine Einsamkeit um ein Vielfaches zu steigern, so daß selbst der Klang seiner eigenen Stimme schon etwas Beruhigendes für ihn hatte. »Als ich ein kleiner Junge war, Epos, wurde ich von einer griechischen Kinderfrau gebadet, und ich kann mich erinnern, daß sie immer ganz besonders lange dazu brauchte, meine Juwelen zu waschen. Jahrelang begriff ich nicht, warum sie dabei die ganze Zeit so vor sich hin grinste, bis mir dann eines Tages ein Licht aufging, und seither habe ich unablässig nach einer Scheide für mein Schwert gesucht ...«

Er plätscherte mit den Händen im lauwarmen Wasser und meinte, indem er sie prüfend betrachtete: »... wenn ich überhaupt einen Anspruch auf Berühmtheit habe, Epos, dann den, nicht einen einzigen Ring an meinen Fingern zu tragen. Ich glaube, ich bin überhaupt der einzige Römer der Welt, der sich weigert, auch nur einen anzustecken. Meine Frau Livia, die ich mehr geliebt habe als mich selbst, hat mir alle möglichen Ringe gekauft, aber ich habe mich stets geweigert, sie zu tragen. Nachdem sie gestorben war, nahm ich mir eine Konkubine, die hoch und heilig erklärte, sie werde sich keinesfalls mit mir in der Öffentlichkeit sehen lassen, wenn ich nicht wenigstens zwei Ringe trüge, doch ich weigerte mich. Mit dem Flöteblasen war es dasselbe. Livia und die Konkubine, beide verlangten sie, ich solle ihnen was vordudeln, weil es geradeso Mode war, und ich konnte sie einfach nicht davon überzeugen, daß ich überhaupt kein Gehör

für Musik habe.
Einmal nahm ich der Konkubine zu Gefallen eine Flöte nach Lusitanien mit und hatte auch die Absicht, darauf zu üben, aber nachdem ich das Instrument zehn Minuten lang geschunden hatte, wußte ich, daß ich von Anfang an recht gehabt hatte, und schmiß das Ding in den Tejo. Als ich anderthalb Jahre später zurückkam, verlangte meine Konkubine, ich solle ihr eine Melodie blasen, und ich fragte sie, ob ihr eine Melodie oder eine Balgerei auf dem Ruhebett lieber wäre. Sie wollte zuerst eine Melodie, also gab ich ihr einen Phallus aus Elfenbein, den ich auf dem Markt in Valencia gekauft hatte, und sagte, sie solle sich selbst eins blasen. Seitdem habe ich sie nicht mehr gesehen.«
Während der Numidier das restliche Öl in seine Schultern massierte, machte Silva pflichtschuldigst seine Bewegungsübungen mit dem linken Augenlid, das so tief herabhing, daß der Augapfel kaum noch zu sehen war. Ein tiefer Schnitt, der vom Kinn quer über die Lippen verlief und an der Helmlinie endete, hatte den Ringmuskel durchtrennt. Die Chirurgen hatten versichert, wenn er mit dem Lid nur ordentlich übe, werde er es eines Tages wieder heben können. Blödsinn! Sechs Jahre waren inzwischen vergangen, seit dieses Vieh von einem Gallier ihm das Ding verpaßt hatte, und das Lid war immer tiefer herabgesunken. Na schön! Wenn es sich ganz schloß, würde er wenigstens leichter einschlafen können.
»Ganz hübsche Geschichte, das mit dem Flötenspiel, findest du nicht auch, Epos? Doch leider nicht wahr. Nur eine Erfindung von mir, um die Wahrheit zu verschleiern. Denn ich habe meiner Konkubine den Phallus nicht einfach so gegeben, sondern ihn ihr durch einen Boten überreichen lassen, der ihr gleichzeitig meine tiefempfundenen Entschuldigungen überbrachte. Die Frau besaß viel Humor, und ich hoffte, das Symbol würde ihr wenigstens ein Lächeln entlocken, falls sie jemals wieder meiner gedacht. Ich hoffte, wenn ich ihren Lippen Heiterkeit schenkte, werde diese vorzügliche Frau mir verzeihen, daß es mir nicht gelungen war, sie auch nur ein einziges Mal richtig zu nehmen.
Du mußt mir zugute halten, Epos, daß ich es immerhin versucht habe, so wie ich es später auch mit vielen anderen versuchte. Du kannst mir glauben, Epos, ich habe jeden erdenklichen Gott angerufen, mir zu helfen, jeden Quacksalber und jeden Priester, jeden Zauberkünstler und jeden Ratgeber konsultiert, den ich finden konnte. Und was mußte ich nicht alles für Mittelchen ausprobieren: Ich habe heiße und kalte Bäder genommen, Stierurin getrunken, der nach einer Geheimformel mit bei Morgengrauen zerstoßenen Ziegenhufen gemischt war; ich bin gegen Mitternacht um den Circus Maximus herumgelaufen, einmal mit dem rechten Fuß zuerst und einmal mit dem linken; ich habe die Daumen in die Quellen des Clitumnus getaucht, die Schnauze eines wilden Ebers ge-

küßt, täglich eine Portion Eiweiß mit Zimt und heißem Met getrunken, bis mir schon beim Gedanken daran alles wieder hochkam, und ich habe extra eine Pilgerfahrt in die Alpen unternommen, um mich nackt in die Sommergewitter zu stellen. Außerdem habe ich mir Huren und ihre Zuhälter gemietet, damit sie mir die Sache vorführen, während ich selbst mich mit einer anderen, mehr als willigen Partnerin im Schweiße meines Angesichts bemüht habe, ihre Kunststücke nachzumachen. Und all das, Epos – war eine einzige Pleite. Keine Sinnesempfindung, weder mit den Augen noch mit dem Gehör, keine Berührung und kein Geruch, konnte mir meine Standarte wieder aufrichten ...

Aus Gründen, die mir völlig unbegreiflich sind, hat das Ding sich seit dem Verlust meiner Frau strikt geweigert, strammzustehen und seine Pflicht zu tun. Und das ist nun schon lange her, Epos, so lange, daß es Zeiten gab, da ich dachte, ich verliere deswegen den Verstand. Zeiten so voller Verzweiflung, daß ich nahe daran war, mir die Pulsadern aufzuschneiden. Und diese Jüdin hat ihn nun wieder zum Stehen gebracht. Sie braucht nur an mir vorüberzugehen, und schon fließt das Blut in meinen so lange recht zurückhaltenden Freund hinein, er bebt und reckt sich, als ob er ein Jüngling wäre; ich besitze wieder einen richtigen Speer.

Was mache ich nur, Epos? Ist diese Jüdin etwa die einzige Frau auf der Welt, die ihm gefällt, oder ist da irgendeine innere Veränderung vorgegangen, die es mir aber nicht gestatten würde, irgendeine andere Frau zu befriedigen? Soll ich die Jüdin behalten oder sie wegschicken? Soll ich ihn mal mit einem anderen Weib ausprobieren ... ach, ich weiß nicht, davor habe ich Angst. Angenommen, es klappt nicht? Epos, was mache ich nur mit dieser Jüdin, die mich so sehr haßt?«

Silva beugte sich nach vorn und zog die Schultern hoch, damit der Numidier ihm besser den Rücken abschrubben konnte. Wie sehnte er sich jetzt nach einem richtigen römischen Bad, mit einem *laconicum*, das ihm die Schmerzen aus den Muskeln zog, und einem *tepidarium*, wo er mit anderen Männern seines Standes zusammentreffen und darüber debattieren konnte, wie Ohrenbläser, Narren und Opportunisten das Imperium zugrunde richteten. Sie würden ihm bestimmt beipflichten, daß die Jugend Roms verweichlicht und in unentschuldbarer Weise verwöhnt und verzogen war ... und daran waren die allzu nachsichtigen römischen Mütter schuld, die einen beunruhigend großen Teil des Nationalvermögens besaßen.

»Epos, mein schweigsamer Freund, kannst du dir vorstellen, daß es früher ungesetzlich war, mehr als hunderttausend Sesterzen seines Vermögens einer Frau zu vermachen? Aber dieses Gesetz haben die Frauen umgangen, indem sie ihre Männer bewogen, es einem Freund zu hinterlassen, der sich seinerseits verpflichtet hatte, es an die Ehefrau weiterzugeben,

so daß ihnen heute nahezu alles in Seh- und Reichweite gehört. Vespasian wird etwas dagegen unternehmen müssen, sonst sind wir alle über kurz oder lang ihre Sklaven.«
Silva stellte sich auf die Füße, damit der Numidier seine Beine schrubben konnte, und während er wartete, mußte er daran denken, wieviel besser er sich doch fühlen würde, wenn er diesen Kater in einem *frigidarium* mit dampfendem Leib, lautem Gebrüll und Hinternklatschen loswerden könnte. Ich habe den Kontakt verloren, dachte er, den Kontakt mit Rom, und das bedeutet, den Kontakt mit dem Leben. Wenn der Kurier dreißig bis fünfzig Tage braucht, wie kann man dann hoffen, auch nur eine Ahnung von dem zu haben, was sich auf dem Kapitol der Welt abspielt? Ich ersäufe mich in Wein, weil ich keinen anderen Freund habe, keinen Menschen auf dieser Welt, der sich um meine Sorgen kümmert, der mich um meiner selbst willen aufsucht. »Und außerdem«, sagte er laut, indem er aus dem Bad stieg, »habe ich, Flavius Silva, den Flavius Silva und sein endloses Selbstmitleid gründlich satt!«
Epos hielt Silva einen Spiegel vor, während dieser sich nachlässig durch die Locken fuhr. »Kahl werden wir auch langsam«, murmelte er, »und der Rest des Gesichts würde gerade noch für eine Schauspielermaske reichen, wenn sie einen Krug Wein darzustellen hätte, der allzu lange in Sonne und Wind gestanden und zudem an der einen Seite einen bösen Sprung hat.« Er fuhr mit dem Finger die tiefe Narbe entlang, die der Hieb des Galliers hinterlassen hatte. »Du bist heute morgen ganz ungewöhnlich hübsch«, sagte er zu seinem Spiegelbild. »Wer sonst trüge wohl eine Narbe mit derselben Farbe wie der Wein der vergangenen Nacht?«
Silva zog es vor, sich selbst zu rasieren. Als er damit fertig war, putzte er sich die Zähne mit einem Pulvergemisch aus gebrannten Knochen, Austernschalen und einer Prise Natron, das angeblich das Zahnfleisch kräftigte. Er griff nach seinen kurzen Hosen, die der Numidier ihm bereithielt, und als er sie angezogen hatte, setzte er sich auf eine Truhe, damit Epos ihm die Sandalen binden konnte: Sie waren aus Gamsleder und am Ende der Schnürung mit einem Miniatur-Fuchskopf verziert, die Sohle war wie bei allen Legionären mit schweren Nägeln beschlagen.
Epos hielt ihm eine unten offene Tunika hin. Er stülpte sie sich über, und als sein Kopf am Halsausschnitt herauskam, gewahrte er zu seinem Erstaunen im Zelteingang einen Fremden. Doch dann kam der Besucher ihm plötzlich recht bekannt vor. Hinter der lächerlichen Aufmachung verbarg sich Pomponius Falco, der einzige Mann aus der großen Stadt Rom, auf den Silva, wie er unverzüglich feststellte, ganz und gar nicht neugierig war. Und neben ihm im Zelteingang stand schüchtern einer seiner Knaben, die ihn überallhin begleiteten.
»Bei allen Göttern, Falco, wie kommen Sie hierher?«

»Nach meiner höchst aufreibenden Reise, wie ich Ihnen versichern kann, lieber Freund, hätte ich eigentlich ein wärmeres Willkommen erwartet.« Er berührte die Hand des Jünglings neben sich. »Ich darf Cornelius Tertullus vorstellen ... er stammt aus Ravenna – wie ich.«
»Ich fühle mich nicht sonderlich geehrt«, sagte Silva, ohne den Jungen zu beachten. Er sah, wie Falcos kalte Augen im Zelt hin und her flitzten, und wußte, daß dieser jede Kleinigkeit seiner persönlichen Lebensführung untersuchte. Der Schurke trug entweder eine Perücke, oder er hatte sich das Haar locken lassen, doch das kam aufs gleiche heraus, und wie immer stank er nach Nardensalbe und Parfüm. Seine Finger strotzten von Ringen, und jetzt erinnerte Silva sich auch an seinen sehr schlechten Teint. Anstatt ihn wie alle, die daran litten, mit Galle oder Weißem Andorn oder Bitterwicke zu behandeln, reiste Pomponius Falco, wie jedermann wußte, mit einer Herde von Eselinnen im Gefolge, um sich aus ihrer Milch eine Paste zu machen, mit der er dann vor dem Schlafengehen sein Gesicht einschmierte. Wie erfreulich, feststellen zu können, daß diese Prozedur sein Aussehen nicht im geringsten verbessert hatte.
Doch vorsichtig! Was für Geschichten über Pomponius Falco auch immer umlaufen mochten und wie sehr es Flavius drängte, seinem Abscheu Ausdruck zu verleihen, war es doch ratsam, nicht zu vergessen, daß er ein äußerst gefährlicher Mann sein konnte. Er hat den Verstand eines Buchhalters mit einem geradezu unglaublichen Gedächtnis für die Geschäfte, Affären, Intrigen und Machenschaften anderer Leute – einen sehr weiblichen Verstand, mußte Silva denken. Er war einer jener windigen und durchtriebenen Männer, die heutzutage das Kapitol so verpesteten.
Gleich vielen anderen war er zu Reichtum gekommen, indem er sich an Aktiengesellschaften beteiligte, die die Einkünfte einer Provinz bei öffentlichen Versteigerungen aufkauften. Durch irgendeinen Glücksfall, eher aber noch dank genau kalkulierter Bestechungsmanöver, war es Pomponius Falco gelungen, Direktor einer dieser Gesellschaften zu werden. Während der fünfjährigen Nutzungszeit, die dem Meistbietenden zugestanden wurde, hatte er genug Einkünfte herausgequetscht, um andere Nutzungsrechte und Gesellschaften aufkaufen zu können. Jetzt flossen ihm die Dividenden von allen Seiten zu, und niemand wußte, wie reich er eigentlich war. Drei Jahre waren vergangen, seit er Falco das letzte Mal gesehen hatte, und wenn die Gerüchte stimmten, dann war es ihm inzwischen gelungen, sich bei Berenike einzuschmeicheln, die ihrerseits Titus bewogen haben dürfte, ihn zum *Vir Perfectissimus*, zum *Höchst Vorzüglichen Mann* zu proklamieren. Als guter Sohn hatte Titus natürlich auch Vespasian über Falcos Talente berichtet, und der Imperator würde ihn womöglich eines Tages zum *Vir Clarissimus*, zum *Höchst*

Ruhmreichen Mann, ernennen.
»Wenn Sie mir Ihre Ankunft vorher mitgeteilt hätten, wäre ich besser vorbereitet gewesen«, sagte Silva vorsichtig. »So hingegen trifft es sich, daß ich einen fürchterlichen Brummschädel habe, mein Magen mit Grünspan überzogen ist und meine Leber vor Gallensäure schäumt. Ich heiße Sie aber offiziell in Judäa willkommen, möchte Sie jedoch daran erinnern, daß das Betreten meines Zelts, besonders zu dieser unmenschlich frühen Morgenstunde, ungeachtet des Rangs des Besuchers der vorherigen Ankündigung und Vereinbarung bedarf. Ich schlage vor, Sie sprechen später am Tage wieder vor, wenn ich meine dringendsten Geschäfte erledigt habe.«
Der Numidier hielt Silvas bronzebeschlagenen ledernen Schurz bereit; Silva schnallte ihn sich um die Hüfte und tat, als interessiere ihn Falco nicht mehr. »Ich werde einen meiner Tribunen rufen, der dafür sorgen wird, daß Sie und Ihre Begleitung so behaglich untergebracht werden, wie die beschränkten Mittel dieses Vorpostens es nur gestatten.«
Als Falco antwortete, hörte Silva die Verärgerung aus der normalerweise recht dünnen Stimme deutlich heraus. Wie befriedigend! Wie schauerlich affektiert dieser Mann doch sein Latein ausschmückte!
»Ich erbitte keine Audienz! Ich habe eine lange Reise zurückgelegt, beträchtliche Kosten auf mich genommen und empörende Beschwernisse erduldet, um Ihnen eine Mitteilung direkt vom Kaiser zu überbringen. Hier haben Sie sein Wort.«
Silva nahm die kurze, schwere Papyrusrolle entgegen und zwang sich, wenigstens den Anschein von Gleichgültigkeit zu erwecken. Ich bin ein recht schlechter Schauspieler, mußte er dabei denken, während dieser Pfau gerade damit Karriere gemacht hat. Was für ein Gesicht ich auch aufsetze, es muß ihm doch klar sein, daß es nichts Alltägliches ist, wenn Vespasian die Hand über eine so große Entfernung ausstreckt, um die meine zu berühren.
Er erbrach das Siegel und las:

»*Imperator Titus Flavius Vespasianus,* Pontifex maximus, *Inhaber der tribunischen Macht im vierten Jahr, zwölfmal zum Imperator ausgerufen, Vater seines Landes, zu vier Malen Konsul und zum fünften vorbestimmt, Censor – an Flavius Silva, General der Zehnten Legion, Prokurator von Judäa, Grüße zuvor:*
Ich erkläre hiermit, daß Pomponius Falco als Gesandter in unserem Namen nach Judäa reist. Er ist beauftragt, verschiedene Angelegenheiten von entscheidender Bedeutung mit Ihnen zu besprechen und Ihnen jeden Beistand zu leisten, der Ihre Lage zu erleichtern vermag.
Ich, der Imperator Cäsar Vespasianus, habe dies unterzeichnet.«

Silva warf einen Blick auf den Unterschrifts-Krakel und murmelte unwillkürlich »Papperlapapp«. Er fing sich jedoch rechtzeitig und ordnete einen Augenblick lang seine Gedanken. »Gut, gut, es sieht so aus, als ob Sie sich in einer Art offizieller Mission hier befinden. Ich bin jedoch überzeugt, daß Vespasian Verständnis dafür haben dürfte, daß jeder Soldat zu Beginn des Tages gewissen Dingen nachzukommen hat. Würden Sie also bitte, nachdem Sie nun seine Mitteilung übergeben haben, so rücksichtsvoll sein, mir zu gestatten, richtig wach zu werden und meine Organe zu erleichtern?«

»Vespasian ist verärgert über Sie.«

»Ach wirklich? Na, und ich bin verärgert über Vespasian.«

»Sie würden es nicht wagen, diese Worte in seiner Gegenwart auszusprechen?«

»Nein, wirklich nicht? Ich werde es ihm sogar schriftlich geben. Glauben Sie, ich halte das hier für eine Belohnung, nach den vielen Schlachten, die ich für Rom geschlagen habe? Man gibt mir das miserabelste Land im ganzen Kaiserreich mit dem Befehl, es wieder zum Leben zu erwecken, nachdem wir uns erst alle Mühe gegeben haben, es umzubringen. Ich kann Ihnen versichern, daß dies die einzige halbwegs erträgliche Stunde des judäischen Tages ist, schon bald werden sich sogar die Eidechsen über die Hitze beklagen. Falls Sie in dieser Einöde irgendeine den Geist oder die Seele erfreuende Annehmlichkeit entdecken können, so wäre ich Ihnen für unverzügliche Verständigung darüber dankbar, um hineilen zu können, ehe sie zerschmilzt. Bisher bin ich auch außerstande gewesen, in dieser Einöde auf irgendeine Art und Weise meine Börse aufzufüllen, und die Einheimischen sind dreckiger und jähzorniger als jedes andere Volk, das wir besiegt haben.«

»Wir haben auch in Rom Juden. Und zwar ziemlich viele. Sie sind kein Problem.«

»Aber nicht Juden wie diese hier. Die Juden hier sind alle total verrückt. Die große Mehrheit dieser Leute ist so versessen darauf, zu zanken und zu streiten, daß sie weder Zeit noch Interesse für irgendwas anderes haben. Einige von ihnen laufen sogar noch immer einem Bettler namens Christus nach, obwohl der Mann wahrscheinlich schon vor ungefähr vierzig Jahren gestorben ist. Das bißchen Landwirtschaft und Industrie, das ich bisher habe in Gang bringen können, basiert lediglich auf Peitschenhieben. Ich kann Ihnen versichern, für diese Leute ist schon allein der Anblick eines Römers Aufforderung genug, zum Dolch zu greifen. Und aus dieser Wildnis, bevölkert mit Menschen, die lieber streiten und kämpfen als essen, soll ich nun einen römischen Staat machen – mit sehr kümmerlicher Beihilfe von seiten Roms, wie ich übrigens hinzufügen darf.«

Silva streckte mit geschlossenen Fäusten die Arme vor, und der Numidier schnallte ihm mit geübtem Griff die Bronzeschulterstücke und den Brustharnisch um.
Falco hob die beringte Hand zum Ohr und spielte mit seinem Ohrläppchen. Er warf Tertullus einen Blick zu, wie um sich seiner vollen Aufmerksamkeit zu versichern, dann sagte er: »Aber mein bester General, niemand kann doch wohl bestreiten, daß Judäa erobert ist. Wir haben Feste veranstaltet und Triumphbögen zur Erinnerung an unseren Sieg errichtet. Gedenkmünzen wurden geprägt ...«
»Ich habe davon gehört«, brummte Silva. »Und in Judäa ist auch soweit alles in Ordnung mit Ausnahme von rund neunhundert Dickköpfen, die direkt über diesem Zelt hier hocken und sich hartnäckig weigern zuzugeben, daß sie besiegt sind.«
»Genau deswegen bin ich hier. Vespasian und Titus sind höchst ungehalten über die Lage.«
»Jetzt weiß ich wenigstens, warum Sie die weite Reise gemacht haben. Als nächstes würde es mich brennend interessieren, was Sie in dieser Sache zu unternehmen gedenken.«
»Vespasian findet es ausgesprochen peinlich, daß eine Handvoll miserabler Juden den römischen Waffen so lange Widerstand leisten kann. Es fällt schwer, das im Senat zu erklären. Sie sind sein Legat.«
»Die Triumphfeste unseres geschätzten Kaisers waren einigermaßen voreilig.«
»Wollen Sie damit sagen, daß dieser Pöbelhaufen unbegrenzt standhalten kann?«
Silva holte tief Atem und ermahnte sich zur Ruhe. »Vor langer Zeit hat ein Jude, ein gewisser Herodes, die Höhe von Masada befestigt. Zu seiner persönlichen Behaglichkeit hat er dort oben zwei Paläste gebaut. Er besaß außerdem einen sehr ausgeprägten Sinn fürs Praktische und verfügte über sehr geschickte Baumeister und Ingenieure. Er hat die Speicher mit Lebensmitteln gefüllt, die für Tausende von Menschen reichen, und sie so sorgfältig konserviert, daß sie die gegenwärtigen Bewohner seiner Ruinen bei bester Gesundheit erhalten. Außerdem erlaubt ihnen der Boden, das nötige Gemüse und Grünzeug selbst zu ziehen. Dieser Herodes hat auch riesige Zisternen gebaut und mittels eines Systems von Felskanälen Wasser von diesem Berghang hier in sie hinübergeleitet.«
»Falls Sie versuchen, die Sache, um die es hier geht, zu verschleiern, General, so seien Sie versichert, auch ich weiß, daß es in der Wüste nie regnet.«
»Ach, das wissen Sie? Dann möchte ich Ihrer Bildung etwas nachhelfen und Ihnen versichern, daß es dennoch manchmal regnet, zumindest so viel, daß es sich für Herodes lohnte, zwei große Aquädukte zu bauen. Wir

haben sie zwar beide zerstört, sind aber völlig außerstande, an das Wasser heranzukommen, das sich bereits in den Reservoiren befindet und das, wie ich in Erfahrung gebracht habe, ausreicht, um die Leute noch einige Jahre lang zu versorgen. Was den sogenannten Pöbelhaufen betrifft, wie Sie die Leute da oben zu bezeichnen belieben, so werden Sie ihre hartnäkkige und störrische Wesensart vielleicht besser begreifen, wenn Sie sich klarmachen, daß sie Seite an Seite mit ihren Familienangehörigen kämpfen und von einem gewissen Eleasar ben Jair geführt werden, der – wie es sich so trifft – ein sehr geschickter und einfallsreicher Befehlshaber ist. Mit dem Schwert kann man im übrigen keine Steine schneiden.«
»Ich bin nicht von so weit hergekommen, um mir Platitüden anzuhören.«
»Sie werden noch viel mehr Platitüden zu hören bekommen, wenn Sie mich weiter ärgern.«
Einen Augenblick lang herrschte Schweigen im Zelt, nur das metallische Schnappen war zu hören, als Silva sein Schwert nach Legionärsart auf der rechten Seite einhängte. Dann sagte Falco langsam: »Auch hatte ich nicht erwartet, feststellen zu müssen, daß der Stellvertreter unseres Kaisers mit jüdischen Weibern herumhurt.«
Silva senkte den Kopf und preßte die Lippen fest zusammen. Um dieses Rehkalb mit Reißzähnen werde ich jetzt nicht länger auf Zehenspitzen herumtanzen, dachte er. Er hat sich den falschen Morgen ausgesucht, mich zu reizen, darum werde ich den Bastard hier in meinem Zelt an Ort und Stelle kurzerhand umlegen.
Er zog das Schwert halb aus der Scheide, ließ es dann aber langsam wieder zurückgleiten. Immer mit der Ruhe, du Saufkopf, nur nicht die Nerven verlieren! Pomponius Falco läßt sich auf nichts ein, ohne alle notwendigen Vorsichtsmaßnahmen zu ergreifen. Draußen vor dem Eingang steht bestimmt mehr als ausreichender Schutz, und sein kleiner Lustknabe ist nur eine Elle von der Zeltklappe entfernt. Er wird bestimmt sofort um Hilfe schreien, und einer so hochgestellten Persönlichkeit wie Pomponius Falco wird es kaum schwerfallen, für den höchst bedauerlichen Tod des Flavius Silva und seines Numidiers eine Erklärung zu liefern.
Armer Kerl – entmutigt durch sein Unvermögen, Masada zu erobern, hat er sich in sein Schwert gestürzt. Und Schewa zu verleugnen, war sicher zwecklos. Falco wußte zweifellos schon lange bevor er in die Wüste kam genau Bescheid über sie. Die Post nach Rom mochte über einen Monat brauchen, aber mündliche Mitteilungen flogen auf Falkenschwingen.
»Sie ist keine Hure«, sagte Silva entschieden.
»Ach nein? Wohl nur ein liederliches Dämchen, das in alle Geheimnisse unseres Militärbefehlshabers in Judäa eingeweiht ist und sie folglich an ihre Leute weitergeben kann. Wie praktisch!«
»Das ist wirklich lächerlich! Sie glauben anscheinend, daß es in Judäa ir-

gendwelche Geheimnisse gibt, römische oder sonstige.«
»Auch hatte ich nicht erwartet, den Mann, den Rom mit so großer Verantwortung betraut hat, derart im Wein ersoffen anzutreffen, daß er entweder außerstande oder aber nicht gewillt ist, den Abgesandten seines Kaisers gebührend willkommen zu heißen.«
Silva trat so nah an Falco heran, daß er ihn fast berühren konnte. Dann blieb er stehen; er wußte, wenn er ihm noch näher kam, würde er dem Drang nicht widerstehen können, ihn an der Gurgel zu packen. Seine Stimme bebte vor Zorn. »Ich heiße in meinem Lager keine Emporkömmlinge willkommen. Ich heiße keine sogenannten Ratgeber und Intriganten willkommen, die herbeieilen, um ein paar meiner Soldaten sterben zu sehen, damit sie sich daheim in Rom dann als Fachleute aufspielen können. Ich habe keine Verwendung für militärische Ratschläge von Leuten, die ihre Schlachten auf dem Marktplatz geschlagen haben. Die längste Reise, die Sie je gemacht haben, begann an dem Tag, an dem Ihr Onkel in die unterste Schicht seiner Familie zur linken Hand hinablangte, Sie aus den Elendsvierteln von Ravenna hervorholte, ein Weilchen auf Ihnen herumkaute und Sie dann in die Kloake der römischen Gesellschaft spuckte. Ich gestehe Ihnen zu, Sie sind ein sehr schneller Reisender, aber nichts, was Sie je geleistet haben, empfiehlt Sie als Kriegsmann.«
Der Numidier hielt ihm den Helm hin. Silva griff danach, als Falco hervorstieß: »Sie sind ein ungeschlachtes ... militärisches ... *Vieh!*«
»Stimmt. Und jetzt müssen Sie mich entschuldigen, damit ich mich meinen Pflichten widmen kann. Ruhen Sie sich ein wenig aus, und nehmen Sie Ihren kleinen Freund mit. Er ist bestimmt müde.«
Ich darf ihn nicht merken lassen, wie unbehaglich mir zumute ist, sagte sich Silva warnend. Er wartet ja nur auf die leiseste Andeutung von Angst bei mir.
Silva blies etwas imaginären Staub vom Federbusch seines Helms, klemmte ihn unter den Arm und ging um seine beiden Gäste herum. Er schlug die Zeltklappe zurück und beglückwünschte sich zu seinem Weitblick, denn da stand tatsächlich Falcos Vorkehrung gegen einen eventuellen ernsthaften Widerstand. Kaum einen Speerwurf von seiner Prätorianergarde entfernt, wartete ein Block von etwa zwanzig Mann Hilfstruppen – ihrem Aussehen nach zu schließen Germanen. Es wurde neuerdings Mode unter den einflußreichen Männern Roms, diese Barbaren als Leibwachen zu beschäftigen. Und damit trafen sie eine gute Wahl, denn diese Kerle hingen, wie Silva sich erinnerte, ihrem Vorgesetzten in bedingungsloser Treue an und schreckten vor nichts zurück.
Silva gelang sogar ein Lächeln, als er sich zu Falco umwandte. Er sprach jetzt absichtlich mit deutlich sizilianischem Akzent, damit seine eigenen Leute ihn auch bestimmt verstanden. »Ich muß sagen, Sie reisen in gro-

ßem Stil.« Er warf einen verächtlichen Blick auf die Germanen. »Ich hoffe, Sie haben genug Futter für diese Tiere mitgebracht.«
Er trat hinaus in die glühende Sonne und war gerade im Begriff, Falco mitzuteilen, er werde ihm einen Offizier mit Weisungen für ein geeignetes Quartier schicken, als er plötzlich merkte, daß der ständige Lärm aufgehört hatte. Wie lange schon? Er entsann sich, ihn während seines Bades noch in normaler Lautstärke gehört zu haben, dann, während er sich anzukleiden begann, war eine kleine Pause eingetreten. Wenn der Lärm vor Falcos Ankunft aufgehört hatte, wäre es ihm bestimmt aufgefallen. Denn Stille an diesem Ort konnte nur eines bedeuten: Eleasar ben Jair war auf der Mauer!
Silva klatschte voller Vorfreude in die Hände. Dann wandte er sein verletztes Auge Falco zu und nahm ihn lächelnd beim Arm. »Kommen Sie, Pomponius Falco! Sie werden gleich sehen, wie gründlich wir Judäa erobert haben. Ich werde Ihnen etwas zeigen, womit Sie nach Ihrer Rückkehr die gelangweilten Senatoren amüsieren können. Wenn die Wüste von Judäa auch sonst nichts zu bieten hat, sollen Sie doch hören, daß wir uns wenigstens über die Akustik hier nicht beklagen können.«
Silva schlug trotz seines Hinkens eine so scharfe Gangart an, daß die ihm folgende Prozession kaum mithalten konnte und häufig in Laufschritt übergehen mußte, um ihn wieder einzuholen. Genau das hatte Silva gehofft: Sämtliche Blicke im Feldlager richteten sich auf seine Besucher, während sie die *Via Principalis* entlangmarschierten, und er sah überhaupt nicht ein, warum er besondere Rücksicht auf ihre Würde nehmen sollte. Einmal konnte er der Versuchung nicht widerstehen und warf einen Blick über die Schulter zurück: Sie keuchten und schwitzten, und dieser Anblick bereitete ihm ein solches Vergnügen, daß er einen Augenblick lang die sengende Sonne und seinen eigenen elenden Zustand vergaß. Es wurde wirklich jeden Tag heißer.
Er versuchte, sich auf Angenehmeres zu konzentrieren. Wir wollen doch nicht ganz vergessen, erinnerte er sich selbst, wem gegenwärtig die Ehre zukommt, die ruhmreiche Zehnte Legion zu befehligen! Trajan hatte sie bei Jotapata geführt und Vespasian sich während des ganzen Palästina-Feldzugs hauptsächlich auf sie gestützt. Keine schlechte Gesellschaft! Seht sie euch an, seht den ausgeprägten Kampfeswillen in ihren Gesichtern – vertraute Gesichter, überall in dieser dicht gedrängten Menge zu beiden Seiten der Straße.
Mehr als fünftausend Mann waren in der Zehnten, zweitausend davon allein in diesem Lager, Bogenschützen, Schleuderer, Lanzenträger, Bedienungsmannschaften für die Belagerungsmaschinen, Syrer, Araber, Aufgebote aus sämtlichen Provinzen – alle zu dieser einen und einzigen, unbezwingbaren Legion zusammengeschweißt. Und verstreut in der gro-

ßen Menge alte Kameraden und Kampfgefährten, Männer, die er stets persönlich ansprach und deren Gruß er mit der erhobenen Hand erwiderte: Pedanius! Longus! Fabius! Valens! Maesius! Ummidus! Matarus Arvianus! Und Silvius, dein Blutsbruder! Alter Plinius – welcher gütigen Nachsicht des Mars verdankst du es, noch immer am Leben zu sein? Vettenius Severus – wie heißt wohl deine neueste Dummheit? Attius, wie geht es deiner Verletzung, und Lupercus, was macht die deine? Calpurnius Cilix! Wie wär's, wenn du dein Geheimnis mit mir teiltest? Man sagte mir, du bist ein so durchtriebener Glücksspieler, daß dir schon die ganze Zehnte gehört! Und Valerius Paulinus, deine Wasserversorgungsanlage – gut hast du die gemacht!

Silva schritt noch rascher aus. *Das* ist Rom, mußte er denken. *Das* ist Imperium, und nicht die in exotischer Verweichlichung versinkende Hauptstadt, wo ein gepflegtes Aussehen und wohlgesetzte Worte fast höher eingeschätzt werden als Manneskraft. *Hier* und überall an diesem Morgen wo Heerführer, Legionen, Tausende und aber Tausende von Truppen die Waffen Roms tragen, auf denen die Macht des Imperiums ruht! Die Hauptstadt dagegen ist krank, heimgesucht von solchen Schmarotzern, wie sie jetzt hinter mir hertraben. Sie saugen uns das Blut aus und verwandeln es in Eiter. In diesem Feldlager hier gibt es nicht einen Mann, und wäre er der jüngste Trompeter, der nicht eine edlere Natur hätte als dieser gierige Vampir auf meinen Fersen.

Silva verlangsamte den Schritt, denn von diesem Vorsprung aus konnte er nicht nur sein eigenes Lager, sondern auch noch drei andere der insgesamt acht Lager überblicken, die Masada einschlossen. Und wie stets erfüllte ihn ein Gefühl des Stolzes, wenn er Anlage und Zweck seines großen Plans bedachte.

Er war in der Anordnung der Feldlager dem üblichen, feststehenden Muster des Heeres gefolgt, das er schon so oft angewandt hatte. Es bestand kein Grund, etwas daran zu ändern. Die Soldaten Roms hatten seit langem begriffen, daß allein Planlosigkeit zur Niederlage selbst der besten Truppen führen konnte. Folglich hatten sie einen feststehenden Lagergrundriß entwickelt, an den sich sämtliche Einheiten hielten, wo auch immer im Kaiserreich sie sich befinden mochten. Der frisch eingetroffene Rekrut kannte auf diese Weise sofort seine Einsatzstelle, selbst wenn schon in seiner ersten Nacht im Lager ein Angriff erfolgen sollte, und wenn die Einheit in fernen barbarischen Ländern stationiert war, gab die gewohnte Ordnung der Feldlager Offizieren wie Mannschaften Selbstvertrauen und ein Gefühl der Sicherheit.

Silva hielt, noch immer den Helm unter dem Arm, einen Augenblick inne, um mit Rosianus Geminus zu sprechen, der ihn wie jeden Morgen in der Nähe des *Tribunals* erwartete. Hier bestieg Silva an jedem vierten

Tag die erhöhte Tribüne und nahm die Parade der Truppen seines eigenen Lagers und des anschließenden westlichen Lagers ab. Hier wurden Belohnungen und Auszeichnungen verliehen, Strafen verhängt sowie die Auspizien vor der Schlacht zu Rate gezogen; außerdem erhielten hier die Truppen von ihren unmittelbaren Vorgesetzten die dienstlichen Befehle. Jetzt mußte er daran denken, wie oft er von reservierteren Befehlshabern Verweise wegen seines zwanglosen Kontakts mit der Truppe erhalten hatte. Hm! Die rascheste Methode, um diese arroganten Burschen zum Schweigen zu bringen, war der Hinweis auf jene demokratischen Bräuche, die ein längst dahingegangener Soldat, ein gewisser Julius Cäsar, im Feld eingeführt hatte. Der Kuckuck sollte diese Kommandeure holen, die bis zur letzten Stunde vor einer Schlacht warteten, dann mit großem Pomp die Tribüne bestiegen und eine Rede schwangen, um ihren Leuten Kampfgeist einzuflößen.
Den schlauen und geschickten Rednern mochte das zuweilen sogar gelingen, aber Flavius Silva hielt diese Methode für zu unsicher und außerdem – bei unvorhergesehenen Ereignissen – für recht gefährlich. Wenn du von einem Mann verlangst, daß er in deinem Namen sein Blut vergießt, dann laß ihn wissen, daß du nicht nur sein Vater, sondern auch sein Bruder bist. Hab' ich nicht recht, mein guter Geminus? Und hab' ich nicht recht, daß dieser Schmetterling Falco und seine windigen Gesellen eine ziemlich lästige Landplage darstellen? Könnten sie uns nicht wenigstens eine etwas erfreulichere Gesellschaft aus der Heimat schicken? Du wirst mir recht geben, daß Falco an die hundert Leute in seinem Gefolge hat, die wir alle verpflegen und mit unserem kostbaren Wasser versorgen müssen?
»Geminus«, sagte er laut, »wir werden für unseren geschätzten Gast Pomponius Falco etwas tun müssen. Du wirst für ihn und seine Leute ein Quartier bereitstellen.«
Geminus beäugte die Reisegesellschaft mit größtem Abscheu. »Wir könnten vielleicht auf dem Mittelhof nahe beim Befehlsstand noch ein Zelt hineinzwängen«, brummte er. »Aber wo ich die übrigen unterbringen soll, weiß ich wirklich nicht.«
Ah, mein scharfsinniger Geminus! Wie du doch sofort die eklige Situation erfaßt, ohne auch nur im geringsten zu wissen, worum es sich eigentlich handelt. Geminus, Veteran der Veteranen, Zenturion erster Klasse der hochgeehrten Ersten Kohorte in der höchstgeehrten Legion, der Zehnten! Hauptmann meiner Prätorianer, insgeheim drücke ich dir die Hand.
Geminus blies die Backen auf und stieß schwer den Atem aus wie einer, dem allzu viel zugemutet wird. Wo, überlegte Silva plötzlich, hatte der findige Schurke sich nur den Knoblauch beschafft? Ich riech dich zehn Meilen gegen den Wind, mein lieber Geminus. Hast du das kostbare Zeug

etwa von unseren Medizinmännern geklaut, die es mit Raute und Öl gemischt gegen Skorpionstiche verschreiben? Sieh dich vor, Geminus! Achte auf unseren Vorrat, denn mir scheint, wir haben plötzlich ein solches Insekt bei uns zu Gast.

»Du wirst dir irgendwas ausdenken müssen«, sagte Silva, ohne daß es besonders überzeugend klang. Er beobachtete Geminus' Augen, die Falcos Begleitung musterten, und versuchte, besorgt auszusehen, während Geminus sich grunzend am Bart zupfte. »Die übrigen werden sich eventuell mit einem Platz außerhalb des Lagers begnügen müssen. Ich könnte vielleicht einige der nabatäischen Händler wegjagen, dieses Diebsgesindel...«

Jedes der Feldlager, die Masada einschlossen, hatte seinen Troß von Mitläufern, die den römischen Soldaten so dicht auf den Leib rückten, wie das Gelände oder die Laune des Lagerkommandeurs es gestatteten. Silva hatte festgestellt, daß sie sich in allen Ländern mehr oder weniger glichen, ein ungewaschenes Gelichter von Dieben, Huren, Bettlern, Fakiren, Händlern, deren Habgier in keinem Verhältnis zum Wert ihrer Trödelwaren stand, dazu berufsmäßige Aasgeier, die die Abfallhaufen der Römer durchstöberten. Er war immer wieder verblüfft über ihre Fähigkeit, die aufreibendsten Feldzüge ausschließlich mit ihren eigenen, unsichtbaren Hilfsmitteln durchzustehen; bei den Legionen hieß es, wenn das Gesindel plötzlich verschwindet, dann steht etwas wirklich Übles bevor, aber solange es als Zuschauer in der Nähe des Schlachtfeldes bleibt, ist der Sieg sicher.

Geminus betrachtete Falcos Germanen mit unverhohlenem Argwohn und fragte schließlich: »Und was soll ich mit diesen Wilden aus dem Norden machen; wir haben doch keine Bäume, auf denen sie schlafen können?«

Silva flüsterte ihm zu, er solle seine Zunge im Zaum halten, denn vielleicht verstünden sie Latein. Geminus schüttelte mißvergnügt das schwere Haupt, führte jedoch zum Zeichen des Gehorsams die Hand an den Helm. »Wo haben sie denn ihre Schwänze?« knurrte er. »Ich hab' schon unter allen möglichen ekelhaften Völkern gelebt, aber noch *nie* unter Germanen!«

Silva lächelte sarkastisch, als er die kleine Truppe sah, die sich jetzt um Geminus scharte, eine fast schon routinemäßige Zusammenkunft, mußte er denken, die ein Jude mit seiner Natternzunge jedesmal, wenn es ihm beliebte, auf den Plan rief. Da stand der junge Attius, sein Adjutant, offensichtlich empört über den protzigen Anblick Falcos und seines Lieblings Cornelius, die sich wie Kurtisanen vor ihren haarigen Wilden zur Schau stellten. Der arme junge Attius! Er war erst seit sechs Monaten Tribun und zum ersten Mal in seinem Leben fern seinem Patrizier-

Elternhaus; er hatte noch so viel zu lernen, daß er vorläufig ziemlich nutzlos war. Dem Rang nach war er Geminus' Vorgesetzter, aber er würde es ebensowenig wagen, ihm einen Befehl zu erteilen, wie Geminus auf den Gedanken käme, ihm zu gehorchen.
Zusammen mit Attius in einer Gruppe standen zehn arabische Bogenschützen mit schußbereiten Waffen, ausgewählte Scharfschützen, deren unglaubliches Geschick hier jedoch fast ungenutzt blieb. Aber zumindest, dachte Silva, wußten die Juden, mit wem sie es zu tun hatten, und hielten sich in gebührender Entfernung.
Und dann waren da noch drei Standartenträger. Einer von ihnen hielt die geweihte Legions-Standarte mit dem goldenen Adler auf der Spitze; statt eines Helms trug dieser Mann das Fell eines Leoparden, dessen Maul sich über seinem Kopf öffnete, während das Fell selbst seinen Rücken hinabhing. Neben ihm stand ein Legionär, der in gleicher Weise einen Wolfspelz trug. Er hielt eine Standarte mit einer vergoldeten Siegesstatue und kleinen Bildnissen Vespasians und Titus' – recht unähnliche Porträts, nach Silvas Meinung.
Neben der Kaiser-Standarte sah man die Standarte der Zehnten Legion mit dem symbolischen wilden Eber als Maskottchen an der Spitze, und dahinter seine eigene Standarte, die in eine hochgestreckte Hand auslief und an der von oben nach unten, abgestuft nach ihrem jeweiligen Grad, seine Orden und Ehrenzeichen angebracht waren. Silva bemerkte, daß an allen drei Standarten die Vergoldung abblätterte und sein höchstes Ehrenzeichen, die *Corona Civica,* in der Mitte einen Riß hatte. Kein Wunder bei der Länge dieses Feldzugs, mußte er denken. Es hat schon sein Gutes, daß die Juden uns nur aus der Entfernung betrachten, sonst würden sie vielleicht erkennen, wie schäbig ihre Belagerer allmählich aussehen.
Er setzte den Helm auf und sagte zu Falco gewandt: »Machen Sie sich keine Sorgen. Meine Rüstung hat denselben Zweck wie diese Menagerie hier; sie soll nur Eindruck auf die Juden machen. Es besteht keine Gefahr. Eleasar ben Jair schießt bei diesen Gelegenheiten mit wesentlich wirkungsvolleren Waffen als Pfeilen.«
Er setzte sich wieder in Marsch und ging auf das Prätorianertor des Feldlagers zu, das nach Heerestradition gen Osten blickte. Bei der Befragung der Auspizien empfing man die dem Sieg günstigen Omen meistens aus dieser Richtung. Die Prozession schritt durch das Tor und wandte sich dann dem kleineren Lager zu, das in dem großen Wall, den Silva rings um Masada gebaut hatte, als Kontrollstelle diente. Hier an den westlichen Berghängen war die Befestigung verhältnismäßig einfach; auf der Ostseite jedoch hatte er zwölf Türme gegen etwaige Fluchtversuche der Juden errichten lassen.

Der Wall hatte seinen Zweck voll erfüllt; soviel er wußte, war es bisher nicht einem einzigen Juden gelungen, aus Masada zu entfliehen; aber das Bauwerk hatte große Opfer gefordert, und er hatte bereits vor der Fertigstellung beschlossen, nie wieder einen solchen Wall zu bauen. Die tausend toten Juden waren dabei unerheblich; Hitze, Unfälle und Krankheiten hatten ihn jedoch außerdem dreiundvierzig wertvolle Legionäre gekostet. Und was der Bau außerdem an Anstrengung und Zeit geschluckt hatte, daran dachte er lieber gar nicht mehr. Das war auch so eine von Roms Ideen gewesen, erinnerte er sich verbittert: Aus sicherer Entfernung hatten einige »Ratgeber« darauf bestanden, daß nicht ein einziger Jude entkommen dürfe – als ob es für die Juden noch irgendeine andere Fluchtmöglichkeit gegeben hätte als die Wüste – und damit den sicheren Tod. Während er den anderen jetzt ein gutes Stück vorausschritt, blickte Silva stirnrunzelnd zu dem großen Felsen hinauf, der sich ihm nun schon so lange widersetzte. Vielleicht, dachte er, stürzt er heute morgen von selbst zusammen, wenn ich ihn mit meinem kranken Auge anstarre. Von wegen! Eher hört die Erde auf, sich zu drehen! Da stand er wie ein gigantischer Amboß, der auf den Hammer der Wüstensonne wartet. Dahinter lag das Tote Meer und das sonnengedörrte Geheimnis von Moab. Dieser verfluchte Felsen war von sämtlichen bösen Geistern mit Vulkan als Oberbaumeister errichtet worden. Er war ein Feind, den man mit Speer, Bolzen oder Pfeil nicht verwunden konnte, er war so uneinnehmbar wie nur irgendeine Burg, irgendein Feldlager, irgendeine befestigte Stadt auf der Welt. Er ist vor allen anderen Feinden und mehr als alle anderen mein ganz persönlicher Widersacher. Wenn ich Masada besiegt habe, dann und nur dann habe ich auch Eleasar ben Jair und seine Judenbande besiegt.

Wie schon an so manchem Morgen kam ihm auch jetzt wieder zum Bewußtsein, wie wuchtig der Sockel von Masada aus den tiefen Wadis auf der Westseite emporwuchs, sich dann in einer steilen Schräge erhob und schließlich senkrecht bis zur Spitze verlief. Wieder einmal, wie stets, seit er Masada zum ersten Mal erblickt hatte, bewunderte Silva insgeheim den Judenkönig Herodes. Welche perfekte Zufluchtsstätte hatte er sich hier doch ausgesucht für den Fall, daß Kleopatra, wie er befürchtete, Antonius dazu überreden würde, ihr Judäa zum Geschenk zu machen! Hier war er auch sicher vor seinen vielen Feinden, die entschlossen waren, ihn vom Thron zu stürzen. Alle waren sie längst gestorben, und erst jetzt hatte dieses Zeugnis von Herodes' Furcht seine wahre Bestimmung gefunden. Es gab nur einen Weg zum Gipfel des Felsens hinauf, einen schmalen, gewundenen Saumpfad an der Ostseite von Masada; er trug völlig zu Recht

den Namen »Schlangenpfad«. Denn für Schlangen mochte er gerade noch ausreichen. Doch da nur jeweils ein Mann ihn passieren konnte, waren zehn entschlossene Verteidiger mit ein paar handlichen Steinen durchaus in der Lage, sich mühelos tausend Angreifer vom Leibe zu halten.
Silva sah von seinem Lager aus den kleinen Palast, den Herodes am äußersten nördlichen Ende Masadas errichtet hatte. Dort wehte stets eine kühlende Brise, außerdem bot diese Stelle Schutz vor der erbarmungslosen Sonne; zudem hatte man von dort vermutlich einen herrlichen Ausblick auf das Tote Meer und die Wüste von Judäa. Von dieser Höhe, dachte Silva, würde er vielleicht sogar die Oase von Engedi sehen können, und dorthin, so hatte er sich gelobt, werde ich meinen allerbesten Wein bringen lassen, um mich von allen Strapazen zu erholen, sobald der Felsen mein ist. Und vielleicht auch Schewa? Warum eigentlich nicht?
Er kannte die Anlage von Masada ganz genau. Er brauchte nur, wann immer es ihm beliebte, das kleine Lager aufzusuchen, das er vor der Südspitze des Felsens hatte errichten lassen. Es lag auf einem hohen Plateau hart am Rand des tiefsten Wadis. Die Seitenwände des Abgrunds waren so steil, daß Silva stets ein wenig schwindlig wurde, wenn er hinabblickte; aber wenn er diese schauerliche Wunde der Erde ignorierte und über sie hinweg auf das Plateau von Masada blickte, konnte er aus der Vogelperspektive einen Blick auf die Verteidiger werfen, wobei er jedesmal ein Gefühl hatte, einen Messerstich ins Herz zu bekommen. Hier hatte Herodes einen größeren Palast und zahlreiche Speicher erbaut. Gassen und Pfade führten von einem Abschnitt der Brüstung zum anderen und zu den Wasserbehältern sowie zu zahlreichen Nebengebäuden mit Toren und Türmen, den Verteidigungsanlagen. In letzter Zeit hatte Silva der Versuchung widerstanden, das Südlager aufzusuchen. Es war unerträglich, sehen zu müssen, wie der Feind nach mehr als zwei Jahren der Belagerung noch immer gut ernährt und mit Wasser versorgt sich unbekümmert bewegte, als habe er nichts zu befürchten. Einmal hatte er sich, als er auf sie hinabblickte, dabei ertappt, wie er seufzte: »Das habt ihr gut gemacht«, und gewußt, wie gefährlich ein solches Eingeständnis gegenüber einem Feind war.
Der Fels ließ ihn auch dann nicht los, wenn sich die Dunkelheit über die Wüste senkte. Immer häufiger wurde in diesen Nächten seine Einsamkeit unerträglich, und er suchte im Wein Trost und Vergessen. Dann stand er zuweilen draußen vor seinem Zelt und trank der großen Felsmasse zu, als sei sie lebendig und schlummere nur unter den Sternen. In seiner Trunkenheit schien sie ihm riesig. Er murmelte ihr dann Worte zu und streckte die Hand nach ihr aus, als könne er sie berühren: »Heil dir, du schlafender Elefant, was würde wohl geschehen, wenn du einen Furz abläßt? Wälz dich herum, du gewaltiger Karbunkel auf dem Antlitz der

Erde, und schmeiß die Juden ins Salzmeer! Ich werde es noch erleben, Masada, daß ich dich mit einem Kranz meines Urins kröne...«
Während er betrunken schwankend im Sternenlicht stand, fand sein besäuselter Geist ein eigenartiges Vergnügen in dem Gedanken, daß Masada mit seiner ganzen Pracht und Herrlichkeit einstmals von einem Despoten als Zufluchtsort vor einem Aufstand gedacht war und jetzt von eben jenem Pöbel besetzt gehalten wurde, vor dem Herodes sich hatte schützen wollen.
Silva durchschritt rasch das kleine westliche Lager und verließ es durch das Osttor, das Teil des Belagerungswalles war. Sein Kopf wurde langsam klarer, trotzdem war er dankbar, jetzt in den Schatten des großen Felsens treten zu können, der zwischen den Westhängen und der Sonne stand. Er nahm sich fest vor, in dem Moment, da die Sonne hinter dem Gipfel von Masada heraufkam, den Wortwechsel abzubrechen und weder an diesem noch an irgendeinem künftigen Morgen mehr dazustehen und zu Eleasar hinaufzublinzeln, während dieser die Sonne im Rücken hatte. Es war natürlich kein Zufall, daß Eleasar diese Auseinandersetzungen niemals am Nachmittag anfing, denn dann hätte die Sonne ja *ihn* geblendet. Diese Wortwechsel waren ein Problem, das Silva bisher nicht hatte lösen können, obwohl er mit seinen Offizieren viele Stunden darüber diskutiert hatte. Es waren regelrechte Gefechte, aus denen er selten als Sieger hervorging. Wenn auch für Eleasar sonst nichts weiter dabei heraussprang, so hielten sie doch, schon ehe sie begannen und noch lange danach, die Arbeit an der Rampe auf. *Alles* kam zum Stillstand, während ein römischer General genötigt wurde, sich vor einer Zuhörerschaft von rund zwanzigtausend Sklaven und Soldaten in ein Wortgefecht mit einem jüdischen Verbrecher einzulassen, der sein ganzes Leben in Aufruhr und Rebellion zugebracht hatte. Silva blieb, wie er widerwillig zugeben mußte, ganz einfach keine andere Wahl. Eleasar machte sich die Eigentümlichkeiten Masadas zunutze und wurde, als die große Rampe immer bedrohlicher zu ihm hinaufwuchs, immer unverschämter. Seine Worte wirkten wie Geschosse. Sie überwanden dank der erstaunlichen Akustik mühelos die Entfernung zwischen den feindlichen Lagern und schlugen an Stellen ein, die seine Pfeile und Steine nicht erreichen konnten. Seine sehr sorgfältig vorbereiteten Reden befeuerten und ermutigten seine eigenen Leute und wirkten sich auch ganz offenkundig auf die Tausende von Juden aus, die mit dem Bau der Rampe beschäftigt waren.
Bereits ehe Eleasar auf der Höhe erschien und seine ersten herausfordernden Worte hinabrief, dann während seiner Rede und noch lange danach, legten die jüdischen Zwangsarbeiter sich flach zwischen die großen Steinblöcke, wo keine Peitsche sie erreichte, oder krochen zum äußersten Ende der Rampe, wohin sich kein Römer wagte. Die römischen Aufseher

hatten den Versuch, sie zur Weiterarbeit zu zwingen, längst aufgegeben und standen mit den Peitschen in der Hand genau wie alle anderen da, um gebannt dem Sikarier Eleasar ben Jair und Flavius Silva, dem Prokurator von Judäa, zuzuhören. Silva versuchte lieber gar nicht erst, darüber nachzudenken, wieviel Schaden diese Wortgefechte dem Kampfgeist seiner Truppen tatsächlich zugefügt hatten.

Er überquerte eines der Wadis und kam auf Gelände, das hauptsächlich aus Schiefer, Sand und roten Felsblöcken bestand, die auf der eisenharten Erde verstreut lagen. Wieviel ihm doch die geringsten Kleinigkeiten inzwischen bedeuteten! Es war, als erblicke man die Gärten Roms, wenn man nur ein armseliges grünes Gesträuch entdeckte.

Er gelangte zum Fuß der großen Rampe, die aus zerkleinerten weißen Steinen gebaut wurde und sich jeden Tag ein Stückchen weiter zur Höhe von Masada hinaufschob. Die Pioniere hatten erklärt, es werde noch einen Monat dauern, bis sie so hoch war, daß man die Sturmtürme errichten konnte. Noch einen Monat – damit kommen wir in den April, überlegte er, die Zeit wird knapp. In jeder Armee wurden immer wieder Fehler gemacht, die alles verzögerten, und oft nur, weil die Befähigung der Leute nur selten ihrem militärischen Rang entsprach. Aber hier war für Fehler und Irrtümer einfach keine Zeit mehr.

Er machte den Tribunen Rubrius Gallus ausfindig, der für die gesamten Bauarbeiten an der Rampe verantwortlich war. Den Burschen, dachte Silva, würde ich unter hunderttausend Leuten herausfinden, man braucht nur nach seinem Lateinsegel von einer Nase Ausschau zu halten. Da stand er in seiner ganzen imponierenden Größe, ständig sah er irgendwie beleidigt aus, so, als ob die ganze Welt sich gegen ihn verschworen hätte. Dabei genoß er jeden Widerstand und war wild entschlossen, sich trotz aller Beleidigungen seine Pläne nicht durchkreuzen zu lassen. Gallus schwebte wachsam über jeder Einzelheit seines riesigen Vorhabens wie ein wählerischer Pelikan, der betrübt nach irgend etwas Ausschau hält, was ihm vielleicht Freude machen könnte. Er war ein geschickter und leidenschaftlicher Straßenbauer, der am liebsten für alle Zeit und Ewigkeit gebaut hätte, während es jetzt doch nur um Schnelligkeit ging.

Silva erinnerte sich des bekümmerten Ausdrucks auf Gallus' Gesicht, als er Weisung erhielt, die Rampe so rasch wie möglich zu bauen, wobei es nicht darauf ankäme, ob sie wieder einstürzte, nachdem Masada erobert war. »Es reicht völlig, wenn ich nur die Maschinen hinaufschaffen kann. Gib mir einen sechzig Fuß hohen, durch Panzerplatten geschützten Turm mit einem Rammbock in seinem Inneren, das Ganze werden wir mit Katapulten abschirmen und so die Hebräer zwingen, die Köpfe einzuziehen. Gib mir das, guter Freund, und ich verspreche dir, schon am nächsten Tag ziehen wir aus dieser Wüste ab.«

Guter Freund? O ja, allerdings. Welch bessseren und vertrauenswürdigeren Freund könnte ein Heerführer haben als Rubrius Gallus, dessen Klugheit und Herz ebenso imponieren mußten wie sein gewaltiger Körperbau? Wer sonst würde so teilnahmsvoll zuhören, wenn man ihm von der Jüdin Schewa erzählt? Jeder andere würde höchstens einmal an seiner Riesennase hinabblicken und dann sofort erklären, die Affäre sei nicht nur entwürdigend, sondern außerdem lächerlich. Gallus war wirklich der einzige Freund auf der ganzen Welt, der Flavius Silva geblieben war.
Gallus ärgerte sich über die Verzögerung. Er deutete hinauf zur Brustwehr von Masada und sagte: »Da steht er, General. Die Arbeit geht nicht weiter, ehe er wieder weg ist.«
Silva blickte zu der winzigen Gestalt hoch über ihnen hinauf. Er hob die Stimme nur ganz wenig über den normalen Gesprächston. Er sprach griechisch, was die meisten Juden verstanden, nicht aber seine Soldaten. Auf diese Weise, hoffte er, würden sie nicht merken, welch klägliche Figur er bei diesen Wortgefechten abgab. Eleasar formulierte seine Erklärung natürlich sorgfältig auf latein, damit die Soldaten auch ja alles mitbekamen.
»Heil dir, Eleasar ben Jair! Was willst du heute morgen von mir? Bist du endlich zur Vernunft gekommen und ergibst dich?«
Wie Silva erwartet hatte, kam Gelächter von der Höhe herab. Dann vernahm er Eleasars Stimme, die wie seine eigene ihren natürlichen Tonfall hatte und doch mühelos zu hören war. »Vergangene Nacht wurde mein für gewöhnlich friedlicher Schlummer dadurch gestört, daß ich mir den Bauch zu voll geschlagen hatte! Ich machte mir Sorgen um den armen Flavius Silva und seine erbärmlichen Soldaten dort unten im juckenden Staub unserer Wüste. Und großes Mitleid übermannte mich, denn ich sah euch vor mir, wenn erst die wahre Sommerhitze ausbricht. Die ganze Nacht mußte ich daran denken, wie die Sonne eure Augen versengen wird und sich unzählige Insekten an euren Hitzeschwären und offenen Wunden gütlich tun werden.
Wie geht's eurer Ruhr? Habt ihr vielleicht das Gefühl, als hättet ihr überhaupt keine Eingeweide mehr? Dann laßt euch daran erinnern, daß die kommende Hitze eure Gedärme erst richtig in Brand setzen wird. Habt ihr in letzter Zeit einmal sorgfältig eure Haut untersucht? Ich bitte euch, tut es sogleich. Denn mit der Hitze kommt jetzt der große Fluch unseres Landes, die Plage, die euch alle heimsuchen wird, wenn ihr in Judäa bleibt – der Aussatz! Der Wind trägt ihn in unsere Wüstentäler. Schaut euch sofort eure Hände und übrigen Gliedmaßen an, schon die kleinste Wunde kann das erste Anzeichen sein. Wenn ihr aufpaßt und euch unverzüglich in kühlere Gegenden begebt, könnt ihr vielleicht noch geheilt werden. Sonst müßt ihr bis ans Ende eurer Tage die Aussätzigenglocke tragen ...«

Inzwischen waren auch Pomponius Falco und sein Gefolge angekommen. Silva hörte, daß sie recht erstaunt darüber waren, wie mühelos man den Juden von Masada herab verstehen konnte. Sie glucksen und schnattern wie Weiber, die bei einem Wagenrennen zuschauen, dachte er voller Abscheu; aber es ging ihm darum, daß Falco begriff, warum er in solche Wortgeplänkel einwilligte.
»Er ruft alle paar Tage seine Herausforderungen zu uns herunter. Er verlangt nach mir mit Namen, und wenn ich einen Untergebenen schicke, erklärt er, ich hätte Angst, mich ihm zu stellen. Er weiß genau, daß wir vor Beginn des Sommers hier weg sein müssen, wenn wir nicht verrückt werden wollen, und deshalb erinnert er uns immer wieder daran, wie schnell die Zeit vergeht ... was die Hitze nur noch schlimmer macht. Er hat meine Truppen schon so weit gebracht, daß sie sich krank fühlen, selbst wenn sie es gar nicht sind. Sie bringen ihre ganze Freizeit damit zu, ihren Körper nach Krankheiten abzusuchen, von denen sie noch nie etwas gehört haben, und rennen selbst wegen eines kleinen Pickels gleich zum Arzt. Er legt es darauf an, durch ständig wiederholte Warnungen vor der Hitzegefahr seine Drohungen als Tatsache erscheinen zu lassen, und es ist durchaus möglich, daß ihm das auch gelingt.«
Pomponius Falco scheuchte mit schlaffer Hand die Fliegen weg, die sein Gesicht umschwärmten. »Wie lange gedenken Sie, sich diesen ungezieferverseuchten Volksredner noch anzuhören?«
»Finden Sie, ich sollte vor seinen Worten den Rückzug antreten? Ich kämpfe nicht gern mit dem Mund, aber solange die Rampe nicht fertig ist, habe ich keine andere Wahl.«
Silva kehrte Falco den Rücken zu und wandte sich wieder an die winzige Gestalt auf der Höhe von Masada.
»Hör mir zu, Jude, und zwar etwas genauer als du es bisher getan hast, weil du aufgrund irgendwelcher Hirngespinste glaubtest, in deinen Leuten noch falsche Hoffnungen nähren zu können. Ich fordere dich auf, sie jetzt alle an die Brustwehr zu holen ... Männer, Frauen und Kinder. Laß sie mit eigenen Augen sehen, wie nahe die Rampe schon herangekommen ist, so daß sie sich selbst davon überzeugen können, wie lange es noch dauern wird, bis meine Legionäre ihre Klingen in jüdisches Blut tauchen. Dann wird dein Volk erkennen, wie grausam du es belogen hast ... wie du mit falschen Worten unsere wohlwollenden Angebote verdeckt hast. Sie werden dich noch Generationen lang Eleasar den Täuscher und Betrüger nennen ... eine jede Generation wird der nächsten erzählen, daß du die einzige Ursache ihres Unglücks warst. Ergib dich jetzt, solange noch Zeit ist! Im Namen Vespasians fordere ich dich auf: Leg die Waffen nieder und komm herab! Und ich verspreche, daß die Milch eurer Mütter wieder fließen wird!«

Während Silva die rechte Hand ausstreckte, um sein Gelübde zu bekräftigen, warf er einen Blick über die Schulter auf Falco. »Hören Sie sich jetzt an, wie er auf demselben alten Thema herumreitet.«
Silva freute sich geradezu, als Eleasars Stimme wieder zu ihnen herabkam – in unveränderter Tonlage, derselbe mühelose und lockere Wortschwall – ein gütiger Onkel, der seinem widerspenstigen Neffen Ratschläge erteilt. Vielleicht würde sogar Falco jetzt begreifen, daß Eleasar ben Jair kein gewöhnlicher Widersacher war.
»Mein Volk steht jetzt auf den Mauern und blickt auf deine armseligen Soldaten in ihren komischen Kostümen herab. Ach, Flavius Silva, mein armer kleiner General, flehst du wirklich die wahren Besitzer dieses Landes an, sie mögen dir die tausend Todesfälle oder mehr ersparen, die die kommende Sommerhitze dir bringen wird? Bringt euch in Sicherheit! Ihr habt noch immer Zeit, eure Zelte abzubrechen und zum Meer hinabzuziehen, wo die Luft frisch und kühl ist und unsere scheußlichen Krankheiten euch nicht die Knochen zerfressen können. Zieht hinab zum Meer, wo es Wein, Nahrung und alles andere gibt, was ihr euch nur wünscht. Laßt uns unsere ausgedörrte Wüste, wir wollen nicht mehr. Geht aber, solange es noch Zeit ist. Wir werden euch Lebensmittel und kühles Wasser als Reiseverpflegung hinabschicken ...«
Während die Stimme weiterleierte und auf lateinisch wiederholte, was sie zuerst auf griechisch gesagt hatte, damit auch wirklich alle es verstehen konnten, trat Falco an Silvas Seite. »Das ist entwürdigend!« zischte er. »Wie können Sie nur eine solche Demütigung dulden? Solange Sie ihm zuhören, beschimpft er Rom.«
»Wenn ich mich weigere, ihm zuzuhören, werden es meine Truppen nur um so aufmerksamer tun. Darauf können Sie sich verlassen.«
»Dank göttlicher Vorsehung bin ich gerade rechtzeitig eingetroffen. Das gibt Ihnen die Möglichkeit, diesem Rüpel einfach mitzuteilen, daß ich mit einer Botschaft Vespasians versehen bin. Der Kaiser verfügt, daß ihm und seinen Leuten *völlige* Straffreiheit gewährt wird, wenn sie unverzüglich kapitulieren.«
»Ist das wahr?« Einen Augenblick lang hegte Silva Hoffnung. »Natürlich nicht. Sobald sie ihre Waffen abgeliefert haben, wird jeder dieser Bastarde ans Kreuz geschlagen, um die ganze Sache endlich zu bereinigen.«
Silva blickte in Falcos Augen und bemerkte, daß dieser sie mit einem kosmetischen Mittel nachgezogen hatte. Er sah jetzt auch, daß Falcos Lippen mit Purpur gefärbt waren, und dachte bei sich: Da alles an diesem Mann Schwindel ist, wird es besser sein, ihn nicht aus den Augen zu lassen. Doch das Zelt kann ich auch nicht gerade mit ihm teilen!
»Falco, ich habe Sie unterschätzt«, sagte er bedächtig. »Man sollte uns mehr Leute Ihrer Art aus Rom schicken, vielleicht würden sich dann auch

viele unserer anderen Probleme lösen lassen. Aber vielleicht wollen Sie das Angebot selbst unterbreiten?«
»Ich bin dazu bereit, wenn Sie endlich einsehen, daß ich nicht hier bin, um Sie zu erniedrigen, sondern um Ihnen zu helfen.« Die Umstände zwingen mich, gute Miene zum bösen Spiel zu machen, dachte Silva. Wie sollte ich mich auch sonst gegenüber diesem Chamäleon verhalten? Wieder durchzuckte ihn das Kopfweh, so daß er schmerzhaft die Augen zusammenkniff: »Vielleicht wäre es eindrucksvoller, wenn Sie ein Stück auf die Rampe hinaufgingen. Der Abstand von uns würde auch Ihre Autorität unterstreichen. Da Sie außerdem unbewaffnet sind, wird Ihr Angebot noch glaubwürdiger.« Er sah das Zaudern in Falcos Augen, aber noch ehe dieser widersprechen konnte, rief er bereits zur Brustwehr hinauf:
»Die Götter erweisen sich dir gütig, Eleasar! Zwei hohe Regierungsbeamte sind bei Morgengrauen eingetroffen – Pomponius Falco, der Abgesandte des Kaisers, und sein Adjutant Cornelius Tertullus. Vespasian zeigt väterliches Interesse an eurem Schicksal. Wirst du, wenn diese Männer hervortreten, um dir eine Mitteilung zu machen, dich für ihre Sicherheit verbürgen?«
Auf dem Felsgipfel trat ein kurzes Schweigen ein, dann tönte Eleasars Stimme unverändert herab: »Sie können so weit herankommen, wie sie wollen. Es wird ihnen nichts geschehen.«
Einen Augenblick lang schien es Silva, als wolle Falco zurückscheuen; dann aber gewahrte er, wie seine Züge einen so ernsten Ausdruck annahmen, daß sich das Gesicht völlig veränderte. Er zog seine Toga zurecht und strich sich übers Haar, aber diese Handgriffe wirkten keineswegs besonders weibisch. Und als er dann Cornelius zuwinkte, schien seine Verwandlung sich auch auf den Knaben zu übertragen. Beide schritten jetzt die Rampe hinauf, als nähmen sie eine Parade ab; nach etwa dreißig Schritten blieben sie in aufrechter und stolzer Haltung stehen. Silva bedauerte die beiden sogar einen Augenblick lang, denn er ahnte, was jetzt geschehen würde. Doch dann lächelte er über seine Schwäche. Mitleid für einen Mann, den man verabscheut? Besser, man brachte sich selbst rasch in Sicherheit.
Flüsternd befahl er den Bogenschützen, zurückzubleiben, die Standartenträger forderte er auf, ihn zu begleiten. Dann sagte er zu Attius und Gallus: »Wir zählen jetzt bis zwanzig und schlendern dann langsam zu jenem großen Felsen hinüber.«
Attius und Gallus nickten zum Zeichen, daß sie verstanden hatten; im selben Augenblick ertönte Falcos hohe Stimme:
»Juden von Masada! Vernehmt die Worte Vespasians!«
Falco machte eine dramatische Pause. Außer dem Krächzen der Krähen

vernahm man keinen Laut in der Wüste.
»Wenn ihr Masada unverzüglich aufgebt und euch in der Wüste unserem gemeinnützigen Vorhaben zur Verfügung stellt, dann wird euch völlige Straffreiheit zugesichert. Alle eure bisherigen Verbrechen sollen vergeben sein. Wofür wollt ihr also noch kämpfen und sterben? Fragt Eleasar. Fragt die Männer, die eure Führer sind. Ich warte auf eure Antwort!«
Er hat einen gewissen Stil, mußte Silva zugestehen, während er auf den großen Felsen zuschritt. Und er war auf seine Art auch unerschrocken, wie er dastand, völlig allein, nur den schmächtigen Knaben neben sich, das Kinn hochgereckt, die Beine breit gespreizt, die Arme auf der Brust gekreuzt, so, als halte er mit Masada selbst Gericht.
Silva, der sich jetzt hinter dem Felsen befand, spähte zu den Wällen hinauf. Dann sagte er leise zu Attius und Gallus. »Da kommt die Antwort – wie erwartet.«
Sie sahen, wie ein kleines Etwas in hohem Bogen über die Brustwehr flog und dann einen Augenblick lang am Morgenhimmel zu hängen schien. Es wurde allmählich größer und zerbröckelte beim Herabfallen in eine Vielzahl seltsam geformter Gegenstände. Im nächsten Augenblick regnete und hagelte es auf Pomponius Falco und Cornelius Tertulles herab, bis sie von einer wahren Sintflut von Abfall, Unrat und zahllosen, mit menschlichem Urin und Exkrementen gefüllten Tierblasen völlig verschmutzt waren. Mist und Dreck kamen schließlich in solchen Mengen und mit solcher Gewalt auf sie herab, daß sie den Halt verloren, ausrutschten und hinfielen. Sie strampelten sich in dem stinkenden Kot wieder auf die Füße und rannten schreiend und blind vor Entsetzen die Rampe hinab.
Silva wandte sich Attius und Gallus zu. Er schüttelte den Kopf und meinte mit tonloser Stimme: »Zu dumm, daß so etwas passieren mußte – gar nicht gut für das römische Ansehen.«

Dem letzten Atemzug gleich, der einem sterbenden Körper entweicht, erlosch das Gelächter, und schauerliche Stille herrschte wieder auf der Höhe von Masada. Eleasar ben Jair meinte das Schweigen, das sich auf sein Volk herabsenkte, förmlich hören zu können – er fühlte sich von einem Meer von Ohren umgeben, die sich alle darauf zu konzentrieren schienen, jeden ungebührlichen Laut zu entdecken. Während die Rampe immer höher wuchs, merkte er, daß die Stille immer quälender wurde. Und obwohl sie ab und zu von jemand durchbrochen wurde, der sich weigerte, seine Stimme zu dämpfen, lastete die allgemeine Melancholie immer drückender auf den Juden.

Meine Leute, dachte Eleasar, gleichen den kleinen Wellen im Wind; sie reagieren selbst auf den geringsten Hauch, und die Wirkung hält noch lange an. Ich kann nur hoffen, daß sie wie das Meer der Sonne nicht ihr wahres Antlitz zuwenden, das unter der Oberfläche verborgen liegt.

Eleasar ben Jair dachte, wenn er seine größten Probleme erwog, instinktiv in Seemannsbegriffen, denn vor dem Ausbruch des großen Krieges – eine Zeit, die ihm heute wie ein fremdes Leben vorkam, das von einem anderen Mann gelebt worden war – hatte er Bethsaida seine Heimat genannt, einen Ort am Westufer des Sees Genezareth, der im Volksmund »das Haus der Fische« hieß. Dort hatte er als Fischer einen außergewöhnlichen Ruf gehabt, obwohl er immer wieder lächelnd darauf hinwies, daß man nicht all den Lügengeschichten über seine Fangerfolge Glauben schenken dürfe, denn sonst müsse er wahrhaftig der größte Fischer seit dem Auszug aus Ägypten sein – und das war nun immerhin eintausendfünfundsechzig Jahre her.

»Und vielleicht sogar noch länger«, fügte er dann mit seinem offenen Lächeln hinzu. »Wie ihr wißt, sind alle Galiläer von der Wiege an geborene Kämpfer, und das gilt ebenso für die Fische wie für uns, die wir auf trockenem Land leben. Darum vermag auch nur ein Galiläer galiläische Fische zu fangen – alle anderen brauchen es gar nicht erst zu versuchen.«

Eleasars Hebräisch ähnelte durch seine schleifenden Kehllaute dem Syrischen, aber nur wenige auf Masada nahmen Anstoß daran. Sogar die Judäer, die sich auf die Reinheit ihrer Aussprache so viel einbildeten, sahen Eleasar diese Eigenheit nach und gerieten schon nach wenigen Augenblicken des Zuhörens in den Bann dessen, was er sagte.

Es gab viele Gründe für den meist schon nach wenigen Augenblicken spürbaren Zauber, gleichgültig, ob Eleasar zu einer großen Menschenmenge oder nur zu einem einzelnen sprach. Vor allem sah er sehr eindrucksvoll aus. Er war eine oder gar zwei Handbreit größer als die meisten Männer und um einiges schwerer, aber sehr gut proportioniert. Wie viele Galiläer besaß er eine helle Hautfarbe, und die Farbe seiner blaugrünen Augen glich der Farbe des heimatlichen Sees. Seine Körperkräfte waren nicht größer als die anderer Fischer des Sees von Genezareth oder Männern dieses Berufs überhaupt, und auch seine Hände mit den breiten Fingern hatten nichts Außergewöhnliches an sich. Viele meinten, es seien seine Bewegungen, die den Eindruck eines Mannes von ungewöhnlicher Schönheit hervorriefen, obwohl selbst jene, die am stärksten unter seinem Einfluß standen, sehr wohl wußten, daß er keineswegs schön zu nennen war.

Alle waren sich jedoch darin einig, daß er einen äußerst geschmeidigen Körper besaß; jeder Schritt war von leopardenhafter Anmut, und er verstand es, seinen Bewegungen den Eindruck geballter Kraft zu verleihen. Außerdem konnte er so gewandt mit seinen großen Händen gestikulieren, daß sie die ganze Welt zu umfassen schienen, auch wußte er stets instinktiv, wie er Worten oder Waffen am erfolgreichsten gegenüberzutreten hatte. Sogar seine getreuesten Gefolgsleute gaben zu, daß seine disziplinierte Kraft viel dazu beitrug, daß er zuweilen ein Demagoge genannt wurde. Doch in solchen Fällen rieten sie seinen Kritikern, doch Eleasar ben Jair selbst zu fragen, wie es kam, daß die Verteidiger von Masada ihn zu ihrem Führer gewählt haben. Er würde ihnen dann schon sagen, wie es sich in Wahrheit verhielt:

»Keiner dieser Leute traut dem anderen. Wir Galiläer sind die ewigen Rebellen gegen Rom, ich aber bin ein Zelot, weil es in Palästina nichts anderes mehr gibt, was man sein könnte. Ich bin weder ein Sikarier noch ein Pharisäer oder Sadduzäer oder Essener oder auch nur ein Mann von strengem Gottesglauben. Zuweilen bezweifle ich sogar, daß es Gott überhaupt gibt. Gott scheint alles ziemlich gleichgültig zu sein. So erlaubt er mir im Moment, noch weiterzuleben, während andere rings um mich sterben. Also kann ich nur annehmen, daß dies seinem Wunsch entspricht. Ich habe mit meinen eigenen Händen mehr Juden umgebracht als die meisten Römer, und zwar, weil sie sich geweigert haben zu kämpfen. Ich bin ein Kämpfer, die anderen wissen das, und darum haben sie mich zu ihrem Führer ernannt.«

Das Gesicht Eleasar ben Jairs trug viel zu seiner Faszination bei, die selbst dann von ihm ausging, wenn er völlig entspannt und gelassen war. Nach Art seines Volkes rasierte er sich nicht, aber sein Bart war stets sauber gestutzt. Seine Gesichtshaut war von Wind und Wetter so gegerbt, daß sie manchmal geradezu metallisch wirkte. Es schien, als müsse ein

Schwert, das gegen seine Wange schlug, an ihr schartig werden. Seine Nase hingegen war – wie zur Bestätigung, daß auch er verwundbar war wie andere Menschen – so übel zugerichtet, daß sie sein halbes Gesicht zu bedecken schien; außerdem fehlten ihm mehrere Zähne. Seine Augenbrauen waren für einen so jungen Mann ungewöhnlich dicht und buschig und gaben ihm zuweilen das Aussehen eines gebleichten Satans; er war sich dieser Wirkung sehr wohl bewußt und bediente sich ihrer hin und wieder auch mit der vollen Absicht, um die gespannte Stimmung auf Masada durch Heiterkeit aufzulockern. Seine Stimme war, wie so oft bei Männern der See, von Natur aus sanft und leise, gewann jedoch, wenn er zu seinen Zeloten sprach, unversehens eine besondere Resonanz, als wolle sie das Ohr auch des gleichgültigsten Zuhörers gewinnen.

Die Menschen auf Masada spürten bald, daß es so gut wie unmöglich war, sich dem Einfluß Eleasar ben Jairs zu entziehen. Auch seine Lebensgeschichte trug viel dazu bei: Sie wußten, daß er der letzte Überlebende einer Sippe von Kämpfern und Märtyrern war. Sein Vater Josias war von den Römern erschlagen worden, seinen Großvater Josias hatte Herodes umgebracht, und während der Belagerung von Jerusalem, bei der Eleasar selbst unter Simon bar Giora gekämpft hatte, waren drei seiner Brüder von den Römern gekreuzigt worden. Obwohl er darauf achtete, nicht den Eindruck zu erwecken, als sei er übermäßig von den fanatischen Sikariern beeinflußt, hatte er sich doch viel von ihrem Denken angeeignet und über der Tür zu seinem Quartier ein Sikarier-Banner angebracht – mit der trotzigen Inschrift: »Gott allein ist der Herr. Tod bedeutet nichts. Freiheit ist alles!«

Insgeheim verwünschte Eleasar sämtliche Sekten Palästinas. Was hatten sie den Juden anderes eingebracht als Spaltung, Haß, Chaos und Tod? Sämtliche Sekten waren auf Masada in kleinen Grüppchen vertreten, und es war höchst unwahrscheinlich, daß sie sich jemals einigen würden. »So hört doch, meine lieben, lieben Freunde«, hatte er sie oft ermahnt, »ich bin überhaupt nichts. In den Augen Gottes bin ich nicht mehr als ein Sandkorn. Es ist mir völlig *egal*, wie ihr Gott verehrt, und ich flehe euch an, es möge auch euch jetzt, in der Stunde höchster Gefahr, einerlei sein, wie andere ihn verehren. Es ist mir gleichgültig, ob ihr nach dem schriftlich oder mündlich überlieferten Gesetz lebt oder beide auswendig wißt. Seid wie ich, oder aber wir werden alle an unseren Streitereien zugrunde gehen. Seid wie ich – Juden und *nur* Juden!«

Auch das trug wesentlich zu seinem Einfluß bei.

Hinzu kam noch Eleasars Bildung, die er sich auf ziemlich außergewöhnliche Art und Weise erworben hatte. Wie fast überall in Palästina standen vor dem Krieg jedem Jüngling ausgezeichnete Schulen zur Verfügung – wenn er für sie bezahlen konnte. Und Eleasar hatte für seinen Bildungsdrang bezahlt, indem er von jedem Fang einen Fisch beiseite legte und ihn seinem Lehrer gab, auch dann, wenn er so wenig gefangen hatte, daß der Fisch besser in seinen eigenen hungrigen Magen gewandert wäre. Dann pflegte er zu sagen: »Mein Bauch kann je nach meinem Fischerglück schrumpfen oder sich ausdehnen, aber mein Gehirn läßt sich nicht wie eine getrocknete Feige aufbewahren.« So war Eleasar ben Jair nicht nur als Fischer berühmt, sondern, noch ehe er zweiundzwanzig war, auch als *litterator* bekannt. Alles das war vor dem Krieg gewesen.

Eleasar hatte auch seine Frau Mirjam nach Masada mitgebracht. Sie kam ebenfalls aus einer Fischerfamilie, aber in ihren Adern floß kein Rebellenblut. Obwohl die Zeloten ursprünglich aus Galiläa stammten, hatte Mirjam bis zu ihrer Eheschließung nie etwas von ihnen gehört. Als man ihr erzählte, daß diese Sekte plane, die Römer aus ganz Palästina zu vertreiben, hatte sie lediglich erwidert, das komme ihr töricht und wirklichkeitsfremd vor.

Mirjam war wie ihr Volk – eine Frau von beträchtlicher Körperkraft, schweren Knochen und etwas groben Zügen, was sie oft in Verlegenheit brachte. Sie wäre viel lieber zart und zerbrechlich gewesen, und immer, wenn sie sich in der Nähe einer zierlichen Frau befand, wurde sie ganz schüchtern und scheu, so, als könnte sie sich durch ein derartiges Benehmen tatsächlich in ihr Wunschbild verwandeln. Sie war selbst für eine Galiläerin ungewöhnlich blond, und ihre sandfarbenen, geflochtenen Zöpfe waren Anlaß zu manch bewundernder Bemerkung.

Es war zehn Jahre her, daß Mirjam den Schleier über den Augen getragen und ihn mit einem Myrtenkranz gekrönt hatte. Damals war sie dem Fischer Eleasar ben Jair zur Ehe gegeben worden. Seit jenem dreitägigen Freudenfest hatte sie nur noch völlige Ergebenheit und liebende Hingabe gegenüber ihrem Gatten gekannt, und er war ihr mit gleicher Liebe zugetan, ob sie nun gegen Römer oder Juden ums Überleben kämpften, ob sie im Krieg lebten oder im Frieden – ein Zustand, den sie mittlerweile allerdings fast vergessen hatten.

Während ihr Mann seinen Zweifeln häufig Ausdruck verlieh, gestattete Mirjam niemandem, ihr traditionelles Verhältnis zu Gott zu trüben. Sie war es gewesen, die angesichts des Sikarier-Banners über ihrer Tür die Stirn gerunzelt und still und ohne Aufhebens eine *Mesusa* darunter angebracht hatte, die längsgefaltete Pergamentstreifen enthielt, auf denen in zweiundzwanzig Zeilen zwei Stellen aus dem fünften Buch Mosis geschrieben standen. Mirjam war stets zutiefst beglückt, wenn Besucher die blanke Metallhülse berührten, um dann ihre Finger zu küssen.

Eleasar pflegte über seine Ehe zu sagen: »Meine Mirjam wurde so geschaffen wie alle anderen Frauen auch, nicht aus dem Auge des Mannes, was ihr eine neidische Wesensart verliehen hätte, nicht aus seinem Ohr,

sonst wäre sie eine Klatschblase geworden, und auch nicht aus seinem Mund, denn dann hätte sie sich vielleicht zu einer Schwätzerin entwickelt. Gott erschuf sie vielmehr aus der Rippe des Mannes, und ich habe überall nach der Rippe gesucht, die mir in meinem Brustkorb fehlte, bis ich Mirjam fand.« Zuweilen sagte er, um sie ein wenig zu necken: »Es ist überhaupt nicht erstaunlich, daß der Mann, der aus weichem Stoff gemacht ist, so viel angenehmer wirkt als die Frau, die aus einem Knochen entstand und deshalb schon von Natur aus härter ist.«
Jetzt, da er auf der äußersten vorgeschobenen Brustwehr stand, ließ Eleasar ben Jair, der Sohn und Enkel eines Rebellen, den Blick voll neuerwachter Hoffnung, die ihm der junge Tag schenkte, über seinen Herrschaftsbereich schweifen. Er blinzelte in die Sonne und flüsterte ein Gebet, daß zur Mittagsstunde unerträgliche Glut herrschen möge. Die Sonne war seine einzige Hoffnung; den Römern Unrat auf die Köpfe zu schütten, dachte er, war dagegen nur ein Ausdruck der Verzweiflung.
Er sah hinab auf die große Wüste, die sich auf allen Seiten bis hin zum Horizont erstreckte. Dort, jenseits der Hochebenen im Süden, lag das Tal von Sodom und Gomorrha, das er zunächst als letztes Zufluchtsgebiet erwogen, aber schließlich doch verworfen hatte. Das Tal war vor langer Zeit einmal reich und fruchtbar gewesen, jetzt aber nur noch eine ausgedörrte Einöde, in der nichts mehr gedieh. Die gottlose Verruchtheit seiner Bewohner, so erklärten jene, die an derlei Dinge glaubten, hatte ein göttliches Feuer vom Himmel herabbeschworen, und bis zum heutigen Tag lösten sich die von den wenigen verbliebenen Bäumen gepflückten Früchte alsbald in Rauch und Asche auf. Hier auf Masada, dachte Eleasar, sind wir wenigstens noch auf viele Jahre hinaus mit Lebensmitteln versorgt. Zwar haben wir gestern das letzte unserer Fettschwanz-Schafe geschlachtet und es ist uns nur sein linkes Horn geblieben, aus dem wir zur Erinnerung eine Trompete fertigen werden, aber wir haben Öl und Korn, Datteln und Wein in reicher Fülle und besitzen überdies Waffen für zehnmal soviel Verteidiger, außerdem genügend Wasser, so daß wir sogar die Freuden des Badens genießen können. Wann haben Belagerte je einen solchen Luxus gekannt?
Er blickte hinab auf die Einöde, die Masada umgab, und gewahrte den langen Zug der Lastträger, die Vorräte für die Römer aus dem Norden heranschafften. Sie kamen ununterbrochen, Tag und Nacht. Er kannte ihren Weg nur zu gut, denn er war auf ihm aus Jerusalem hierhergezogen, hatte sich mit einer Schar von neunhundert Männern, Frauen und Kindern durch labyrinthische Schluchten, über zerbröckelnde Felsen, steinharte Erde, endloses Dornengestrüpp, Sand und wirbelnden Staub bis hierher geschleppt – wahnsinnig genug, zu hoffen, die Römer würden ihnen nicht nachsetzen; doch aus irgendeinem verborgenen Grund hatten sie die

Verfolgung tatsächlich nicht aufgenommen, und da dieses Wunder geschehen war, warum sollte es dann unvernünftig sein, jetzt ein zweites zu erwarten? Denk nach, Eleasar ben Jair. Denk daran, daß wir bereits am dreiundzwanzigsten Tag des *Adar* sind und im nächsten Monat die Hitze erbarmungslos auf die Häupter der Römer herabhämmern wird; dieser höllischen Glut werden sie unmöglich standhalten können. Spar deinen Atem. Laß die Sonne ihnen das Gesicht verbrennen. Sie werden sich in ihrem eigenen Schweiß auflösen.
Er spürte die federleichte Berührung einer kleinen, feuchten Hand in seiner eigenen und blickte hinab auf Reuben, seinen Sohn. Na, mein Kleiner, was haben wir denn heute vor? Vielleicht am Strand entlanglaufen und winzige Krabben suchen? Oder eine Muschel umdrehen und das wunderbare Muster ihrer Windungen betrachten, um dann die schwere Entscheidung zu treffen, sie entweder der Mutter nach Hause mitzubringen oder sie ins Meer zurückzuwerfen?
Vergiß nicht, mein Sohn, daß du nächstes Jahr anfangen wirst, mir mit dem Boot zu helfen, und ich dir zeigen werde, wie man eine Barbe fängt und wo die beste Stelle ist, um kleine Fische mit dem Netz zu erwischen. Und dann, im Jahr darauf ...
Eleasar wandte den Blick nach Osten und Norden, wo er ein Stück des Asphaltitis-Sees erkennen konnte, den manche das Tote Meer nannten. Er schimmerte bereits in der Hitze, und er mußte denken, wie seltsam es doch war, daß selbst ein so lebloser Flecken Wasser in ihm Visionen des Lebens hervorzurufen vermochte. Denn aus eben diesem Wasser kam der Asphalt, das Judenpech, mit dem er früher sein Boot abgedichtet hatte. Er sah wieder auf seinen kleinen Sohn und überlegte, ob Reuben dieses Wüstengrab wohl je verlassen und übers Meer segeln werde. Wie winzig klein er noch war und wie zart und zerbrechlich! Und er begriff auch gar nicht, wie irgendein anderer Mensch ihm das geringste Böse antun konnte. Alles, was er hier sah, war für ihn sinnlos und ohne Bedeutung. Er glaubte, die Römer bauten die Rampe, um auf Besuch zu kommen. O Gott, wenn du wirklich für alle Juden existierst, dann verschone ihn. Zeig mir das Wunder, das ihn retten wird ...
»Sein Gesicht ist schmutzig«, sagte er leise zu Mirjam.
»Ich weiß«, lächelte sie. »Er ist gerannt, um zu hören, wie sein Vater den Römern angst macht, und dabei ist er hingefallen. Die Römer haben ihm bei deiner Rede sehr leid getan.«
Sie schwieg einen Moment und blickte dann zur Rampe hinab. Die Legionäre trieben die Sklaven gerade wieder zur Arbeit.
»Wie lange noch?« fragte sie.
»Höchstens dreißig Tage.«
»Und dann? Viele meinen, wir sollten uns jetzt ergeben.«

»Nicht viele. In jedem Schiff sind ein paar Würmer.«
Ihre Augen sagten ihm, daß sie sich fürchtete, und er wußte, sie hatte nicht Angst um sich selbst, sondern um Reuben. Er fragte sich, ob wohl alle Ehegatten sich so mühelos schweigend zu verständigen vermochten. Er hob den Knaben auf und hielt ihn hoch, der Sonne entgegen. Und während Reuben kleine Schreie des Entzückens ausstieß, sagte er zu ihr: »Wie kann ein so glücklicher Junge seine Mutter auf so trübe Gedanken bringen?«
»Einstmals«, sagte sie schalkhaft, »hast du mich den Turm deiner Freude genannt.«
Lachend setzte er den Jungen wieder ab. »Laß es dir gesagt sein, mein Sohn. Du wirst vielleicht lernen, ein Netz zu fertigen, das so gut wie alles fängt, aber ein so dichtmaschiges Netz wie das Gedächtnis einer Frau wirst du nie zuwege bringen.«
Sie nahmen den Knaben zwischen sich, faßten ihn bei den Händen und stiegen von den Wällen hinab. Am Westpalast, der einstmals die Hauptresidenz des Herodes gewesen war, trennte Eleasar sich von ihnen, ging um das Gebäude herum und in nördlicher Richtung weiter. Es war der Weg, den er jeden Morgen nahm, der Abschluß seines täglichen Rundgangs, der zumeist beim Schlangenpfadtor auf der Ostseite von Masada begann und sich dann südwärts entlang der Kasematten fortsetzte, in denen sich viele der jüdischen Familien häuslich eingerichtet hatten. Zwischen dem Tor und der südlichsten Spitze von Masada standen zweiunddreißig Wachtposten; bei jedem einzelnen machte er auf seinem Weg halt, befragte die Späher und grüßte die Menschen und ihre Kinder, die mit ihm von Jerusalem durch die Einöde hierhergezogen waren. Er kannte inzwischen die meisten von ihnen mit Namen, auch viele ihrer Kinder bis hin zu den jüngsten, die erst auf Masada zur Welt gekommen waren.
Es war sehr wichtig, daß er sich zumindest ganz kurz alle Klagen und Beschwerden anhörte, die stets sehr zahlreich waren. Denn wenn er es nicht tat, blieben nur die Priester, um den Menschen zu raten, und denen mißtraute er in höchstem Maße. Selbst jetzt in der äußersten Notlage wurde jeder zehnte Krug mit Nahrung, Wein und Öl eigens für ihren Verbrauch bestimmt und beiseite gestellt, und jede Familie spendete *Hallah* von ihrem täglichen Teig. Und dabei waren diese Priester kaum zu etwas nütze. Sie waren so damit beschäftigt, das Wort Gottes zu lesen, daß sie noch nicht mal Zeit hatten, ihre eigenen Speisen zuzubereiten. Außerdem waren sie so damit beschäftigt, in der *Mikwa* über den Plan für ein weiteres Ritualbad zu streiten, daß sie nicht dazu kamen, auf den Wällen und Brustwehren zu arbeiten. Sie waren so völlig davon in Anspruch genommen, Gott für die Dinge zu lobpreisen, die er vor langer Zeit getan

hatte, daß sie ihn nicht um Hilfe für das, was es jetzt zu tun galt, anflehen konnten. Auch war ihre Aufmerksamkeit von so vielen anderen Dingen in Anspruch genommen, daß sie nicht als Späher zu gebrauchen waren, und keiner von ihnen besaß auch nur das geringste Geschick im Umgang mit Waffen. Einmal, in einem Augenblick des Zorns, hatte er zu ihnen gesagt: »Ich bin die Geißel Gottes, und zwar hier und jetzt! Ich kann euch helfen, wenn ihr auf mich hört. Ich kann euch aber nicht helfen, wenn wir unsere Zeit damit verschwenden, über die Ausmaße von Tempeln zu debattieren!«

Er war über seine eigenen Worte einigermaßen erschrocken, bis er später Zeit hatte, darüber nachzudenken. O doch, in gewissem Sinn stimmte es durchaus. Tagtäglich war er genötigt, die Rolle Gottes zu spielen, und wenn er es unterließ, sich entsprechend zu verhalten, waren jene, die ihn der Despotie bezichtigten, die ersten, die ihn pflichtvergessen nannten. Natürlich gab es häufig Einwände gegen seine Methoden, und er hatte schon mehr als einmal seinen Rücktritt angeboten; doch im Grunde machte ihm niemand auf Masada ernsthaft die Führung streitig. Also gut, sollen sie weiter kritisieren, wenn es ihre verängstigten Gemüter erleichterte und sonst nichts weiter zu bedeuten hatte, sollten sie weiter beten und die Heilige Schrift lesen, wenn es Furcht und Schrecken aus ihren Gedanken verbannte. So kam es, daß er ihnen zurief: »Gebt mir, ein jeder von euch, eure Kraft, so wie ihr sie Gott geben würdet, oder ihr werdet mit Gewißheit auf diesem Felsen zugrunde gehen.«

Es würde, so mußte er denken, dann allerdings die reine Gotteslästerung bedeuten, wenn jemand es wagen sollte, ihn anzuklagen. In diesem Falle würde er seine Kritiker an den größten Heerführer erinnern, den die Römer in Jerusalem auf ihrer Seite hatten. Es war schließlich Gott selbst, der den Juden erlaubte, sich untereinander zu bekämpfen.

Auf seinem Rundgang pflegte er auch zur Zisterne am Südende von Masada hinabzusteigen und dort mit ernster Miene den Wasserstand zu prüfen. Diese Zeremonie sollte lediglich Eindruck machen auf alle, die ihm zusahen, und was er dabei wirklich dachte, wußte er sorgfältig zu verbergen. Tatsächlich wäre auf Masada genug Wasser für noch einmal tausend Menschen vorhanden gewesen, aber der Anblick des Wasserspiegels, der sich so unendlich langsam senkte, stimmte ihn ganz einfach froh und zuversichtlich. Wasser und Lebensmittelvorräte, ging es ihm dabei oft durch den Sinn, waren zwei der wenigen Dinge, über die der Gott von Masada sich keine Sorgen zu machen brauchte.

Am Südende der Wälle pflegte er dann stehenzubleiben und prüfend das römische Lager zu betrachten, das auf der anderen Seite der gähnenden Schlucht stand. Es war im Vergleich zu den anderen ein kleines Lager, und er war überzeugt, daß ein entschlossener Trupp von Männern es im

Handstreich nehmen konnte. Einem solchen Trupp gelänge es bestimmt, von dieser Seite aus in die Schlucht hinabzuklettern und sich auf der anderen Seite an das Lager heranzuschleichen. Und – was dann? Jawohl, das war das Loch im Segel. Selbst wenn es wirklich möglich sein sollte, alle Menschen von Masada in die Schlucht hinabzulassen und dann zu dem eroberten Lager und einem möglichen Fluchtweg hinaufzuziehen, würde das ganze Unternehmen doch viel zu lange dauern. Sobald der Tag anbrach, würden die Römer sich auf sie stürzen, und es gäbe ein blutiges Massaker.
Trotz dieser Überzeugung konnte Eleasar ben Jair doch nie die südliche Zitadelle verlassen, ohne sich immer wieder neue Fluchtwege auszumalen. Er wußte, daß er auch nicht einen Augenblick lang der Hoffnungslosigkeit Zugang zu seinem Denken gestatten durfte, und so ertappte er sich in letzter Zeit, da die Rampe näher und näher an das Westtor rückte, immer häufiger beim Ersinnen zahlloser unmöglicher und undurchführbarer Pläne, um damit seine wachsende Verzweiflung zu überspielen.
Von der südlichsten Zitadelle führte Eleasars Inspektionsrundgang entlang der Westmauer zu dem alten Palast, in dem jetzt dreihundert Männer, Frauen und Kinder wohnten. Sie waren eng zusammengepfercht, aber jede Familie hatte die Ecke eines Raumes für sich, und den meisten gelang es irgendwie, sich selbst hier ein Stück Privatleben zu erhalten. Dieses Gewimmel in den Palästen des Herodes belustigte Eleasar. Der alte Bösewicht würde einen Tobsuchtsanfall bekommen, wenn er seine heutigen Gäste sehen könnte. Er konnte es schwerlich gutheißen, daß sie seine Fresken mit ihrem Gekritzel verschandelten, ihre Lehmöfen auf seinen Kachelfliesen errichteten oder auf seinen Terrassen ihre Notdurft verrichteten. Was war das nur für ein Gott, der gerade solche Leute verschonte? Diese Überlebenden von Jerusalem stammten aus den untersten Schichten, es waren zumeist jene ganz Schlauen und Durchtriebenen, die von Anfang an entschlossen gewesen waren, die Heldentaten anderen zu überlassen. Mit Ausnahme einer kleinen Minderheit fanatischer Zeloten waren es Leute, die sich angstschlotternd in den Ruinen von Jerusalem verkrochen und während der Kämpfe nicht ein einziges Mal hatten sehen lassen; im übrigen waren sie so geschickt, daß sie auch während der Hungersnot immer zu essen hatten. Sie waren vor dem Brand des Tempels von einer Seite zur anderen hinübergewechselt, von Simon zu Johannes, einen Tag gehörten sie zu den Zeloten, am nächsten zu den Konservativen, je nachdem, welche Gruppe mit größerer Wahrscheinlichkeit durchzuhalten schien. Und viele von ihnen wären auch Römer geworden, wenn sich ihnen nur die Gelegenheit dazu geboten hätte.
»Ihr seid nicht mehr als ein Haufen Sandkörner«, hatte er zu ihnen gesagt, als sie schließlich wohlbehalten in Masada eintrafen. »Wenn ihr

diesmal durchkommen und überleben wollt, müßt ihr aber zu Mörtel werden.«

Nach seinem Rundgang begab Eleasar sich jetzt, wie jeden Morgen, zu dem Gebäude, in dem einstmals die Hof- und Verwaltungsbeamten des Herodes gewohnt hatten. Hier waren seine Unterführer und Berater zum täglichen Kriegsrat versammelt. Der Kriegsrat überprüfte den letzten Stand der Vorräte und setzte dementsprechend die Lebensmittelzuteilungen fest. Er untersuchte die Streitigkeiten zwischen den Sekten oder auch zwischen einzelnen Familien und schlichtete sie für gewöhnlich so, daß eigentlich niemand richtig zufrieden war. Er ersann Vorkehrungen, um neuen, von den Römern geschaffenen Situationen zu begegnen, und erörterte stundenlang die Fortschritte beim Bau der Rampe. Waren Berichte und Meldungen von außerhalb Masadas eingetroffen, so wurden sie, selbst wenn es sich nur um Gerüchte handelte, angehört, und war der Wein-Zehnte für die Priester sauer geworden, so wurde auch diese Beschwerde ernst genommen.

Eleasar hatte feststellen müssen, daß mit dem stetigen Wachsen der Rampe immer weniger von Kampfmaßnahmen die Rede war. Vielmehr verschwanden die Rampe und die Todesgefahr Schritt für Schritt im Schatten häuslicher Probleme, die sich in dieser Atmosphäre allgemeiner Spannung ständig zu vermehren schienen.

Judas, der Sohn des Merto, quälte wieder einmal seine Frau, und ihr Geschrei raubte allen, die in der Ostmauer wohnten, den Schlaf. Jakob, der Sohn des Belgas, und seine ganze Familie litten an irgendeiner geheimnisvollen Krankheit. Man überlegte, ob es nicht ratsam wäre, ihnen den Kontakt mit den anderen zu untersagen. Die Tochter des Ardalas, Sohn des Matthias, war den Behauptungen ihrer Familie zufolge von Simeon, dem Sohn des Esra, vergewaltigt worden. Simeons Familie dagegen behauptete, die Tochter habe ihn verführt, wobei es nicht etwa um die Frage ging, ob sie nun heiraten müßten oder nicht, sondern um die Größe ihrer Mitgift und wann diese auszuhändigen sei. Und so ging es weiter. Wie konnte man, dachte Eleasar, den Leuten nur klarmachen, daß ihr Leben jeden Augenblick zu Ende sein konnte, wenn sie nichts anderes im Kopf hatten als ihre albernen kleinen Zukunftssorgen?

Es gab Neider, die seine Behausung zuweilen »Eleasars Lustschlößchen« nannten, doch die Unterstellung, daß er allein sich einer relativen Behaglichkeit erfreute, war unzutreffend. Außer seiner eigenen Familie wohnten noch fünfzehn andere in dem Haus, und wenn sie seine vertrautesten Helfer und Unterführer waren, so hatte dies seinen guten Grund: Man brauchte schließlich ein Hauptquartier, um die Probleme Masadas zu erörtern, und je enger seine Helfer miteinander lebten, desto rascher konnten sie im Ernstfall handeln. Ihre Familien bewohnten eine Anzahl kleiner Räume rings um den Innenhof, und hier, inmitten des Lärms spielender Kinder und schwatzender Weiber, wurden die allmorgendlichen Konferenzen abgehalten.

Als Eleasar den Hof betrat, hallte dieser noch vom Gelächter seiner Kameraden wider. Da war vor allem der alte Esra, ein hitziger und verrückter Bursche trotz seiner sechzig Jahre, ein ehemaliger reicher Importkaufmann aus Joppe und einer der letzten überlebenden Sadduzäer. Schon vor der Zerstörung seiner Heimatstadt durch Vespasian hatte er oft einen eigenen Kopf bewiesen. Damals war er mit der Übersetzung der Heiligen Schrift ins Griechische unzufrieden gewesen, studierte deshalb in Alexandria den Philon, um sich dann an die Abfassung *seiner* Lesart des Pentateuch zu machen. Und diese Arbeit, gelobte er, würde er auch noch beenden – sobald die Römer besiegt und aus Palästina vertrieben waren.

Esra hielt sich die Seiten und kicherte vor Vergnügen: »... zwanzig Jahre jünger hat mich das gemacht, dieser Anblick, wie die beiden Römer davongerannt sind! Die werden noch wochenlang stinken!«

Eleasar hätte den alten Esra nicht gegen hundert Mann eingetauscht, denn er war nicht nur klug und gebildet, sondern außerdem ein Kämpfer bis zum letzten Atemzug. Er pflegte oft zu sagen, er denke nie über die Zukunft nach, denn die komme noch früh genug. Esra hatte acht Söhne und drei Töchter gezeugt, die alle bis auf einen Sohn von den Römern umgebracht worden waren, und doch hatte er sein inneres Gleichgewicht nicht eingebüßt. Esras überlebender Sohn Heth, ein kraftvoller Jüngling von zwanzig Jahren, stand jetzt neben ihm. Die beiden sorgten des Abends häufig für Unterhaltung, wenn sie miteinander rangen, ein Wettkampf, aus dem stets der Sohn als Sieger hervorging, oder einander beim Scheibenschießen herausforderten, wobei immer der Vater gewann.

Gleichfalls im Hof wartete Alexas, ein steinharter Graukopf, aus dem man hätte Funken schlagen können, und einer der letzten, die aus Jerusalem entkommen waren. Er war gleich darauf in Gefangenschaft geraten und gezwungen worden, bei den Gladiatorenspielen in Berytus zu kämpfen, doch es gelang ihm, abermals zu fliehen. Er wurde wieder eingefangen und sollte in Cäsarea Philippi kämpfen, aber kurz bevor man ihm die Ketten anlegen konnte, gelang ihm auf unglaubliche Weise noch einmal die Flucht. Diesmal schloß er sich den Zeloten an; seither trug er den freundlichen Spitznamen »der Ausreißer«. Eleasar schätzte Alexas als seinen findigsten Unterführer.

Es wartete auch Sidon, der Führer der Pharisäer, ein unentschlossener Mann, der sehr beredt sein konnte, wenn es darum ging, Tatsachen zu verschleiern. Gleich den meisten Pharisäern rechnete er jeden Augenblick mit dem Weltuntergang, und einige meinten, er freue sich geradezu darauf, weil dann endlich sein nervöses Gesichtszucken aufhören werde. Er

trug wie stets Gebetsriemen und Gebetsschal, der nach Art der Pharisäer sehr breit und lang sowie mit blauen Rändern versehen war – wie das Gesetz Mosis es vorschreibt.
Es wartete auch Esau, ein Sikarier, dem das Töten eines Menschen nicht schwerer fiel als das Ausspucken. Er war einer der wenigen Überlebenden der Zeloten-Gruppe des Johannes von Gischala in Jerusalem und ein so eingefleischter Revolutionär, daß Eleasar sich fragte, ob er wohl jemals von Tumult und Aufruhr genug bekommen konnte. Er gehörte zu jenen, die in Jerusalem die Scheinprozesse veranstaltet hatten, bei denen ein Jude über den anderen zu Gericht saß und wegen der geringsten Abweichung von der Parteilinie seinen eigenen Bruder umbrachte.
Es fiel Eleasar schwer, Esau zu trauen, und manchmal konnte er sich des Gedankens nicht erwehren, sein Tod hätte dem Burschen durchaus nicht mißfallen; andererseits aber war er ein geschickter und erfahrener Kämpfer und den anderen ein Beispiel an Mut und Unerschrockenheit. Also werde ich, dachte Eleasar, weiter mit einem offenen Auge schlafen und ihn beim ersten Anzeichen von Verrat über die Mauer werfen. Allerdings schien Esau, seit er in Masada war, ziemlich in sich gegangen zu sein. Erst kürzlich hatte er die Absicht geäußert, ein Mädchen aus einer der Essener-Familien zu heiraten.
Hätte sich ein anderer so etwas in den Kopf gesetzt, hätte Eleasar ihm wahrscheinlich geraten, sich die Sache noch einmal zu überlegen. Diese Ehe würde jedoch zwei Menschen aus völlig entgegengesetzten Lagern verbinden, was ziemlich einmalig in der Geschichte des jüdischen Volkes war. Ein abgefeimter Schurke aus der Gosse von Jerusalem holte sich seine Braut aus einem Stamm von Asketen, die sich des Genusses von Wein, Fleisch und Öl enthielten und mit Brot und Salz zufrieden waren, das sie nur bei festlichen Anlässen mit ein paar Kapern verfeinerten! Kein Wunder, daß sie ihre Mahlzeiten schweigend verzehrten! Esau, der Dieb, verband sich mit einem Stamm von so moralischer Reinheit und Lauterkeit, daß seine Mitglieder lieber die ärgsten Qualen erlitten als am Sabbat ihre Notdurft zu verrichten! Das war noch nicht dagewesen! Mein guter Esau, dir steht für den Rest deines Lebens noch allerhand bevor!
Es warteten Javan und Kittim, die Söhne Temas. Es wartete Assur, der Sohn des Joktan, und Nimrod, der Sohn des Abraham. Sie alle waren Eleasars Räte, und er entbot einem jeden von ihnen seinen Gruß. Dann versammelten sie sich um ihn und ließen sich, wie üblich, auf den Treppenstufen des Hofes nieder. Hillel, der junge Priester, erteilte ihrer Sitzung den Segen, und noch ehe er geendet hatte, erhob sich Alexas und ergriff das Wort.
»O ja, wir haben die Römer schön ausgelacht. Gewiß, gewiß. Aber ich sage euch, wir hätten besser getan, dieses Pärchen mit zwei Pfeilen umzu-

legen. Unser Kot vernichtet die Römer nicht und zwingt sie nicht zum Abzug.« Er wandte sich an Eleasar und schüttelte die geballte Faust. »Wenn du mir freie Hand gelassen hättest, dann wären zwei mächtige Römer jetzt tot ...«
Esra unterbrach ihn mit einer lässigen Handbewegung. »Woher wissen wir denn, daß sie so bedeutend waren?« fragte er. »Es hätte auch irgendeine Falle sein können, die Silva sich ausgedacht hat. Wenn sie wirklich wichtige Leute gewesen wären, hätte Silva sie nicht so exponiert.«
»Ich hätte ja auch Silva einen Bolzen verpassen können«, knurrte Alexas, »auf die Entfernung ganz bestimmt.«
Eleasar erhob sich beim Sprechen nicht, den imponierenden Anblick seiner Gestalt wollte er lieber bei ernsteren Herausforderungen ausspielen. Er hob lediglich die Hand, um sich Aufmerksamkeit zu verschaffen, und ließ sich viel Zeit.
»Also gut, Alexas. Wir bringen Silva und ein paar von seinen Leuten um. Glaubst du wirklich, die Römer würden Silva nicht sofort durch einen anderen Mann ersetzen, der dann guten Grund hätte, uns nicht mehr zuzuhören? Um eines Augenblicks der Genugtuung willen hätten wir die Möglichkeit eingebüßt, Furcht unter ihnen zu verbreiten. Furcht ist sehr wichtig – meinst du nicht auch, alter Esra? Furcht ist der Beginn des Schreckens, und wenn Gott uns schon bald einen wirklich heißen Tag gewährt und dazu einen quälenden Sandsturm, muß Silva möglicherweise mit einer Meuterei fertig werden. Es wäre nicht das erste Mal, daß so etwas bei den Legionen passiert. Was meinst du dazu, Alexas?«
»Ich würde zugeben, daß es schon Meutereien gegeben hat, aber nicht bei der Zehnten Legion. Das Verfluchte ist, daß wir es mit Elite-Truppen zu tun haben, und ich kenne sie besser als irgendeiner von euch, und darum sage ich, wir reden zuviel und kämpfen zuwenig. Wir sitzen hier wie eine Schar schnatternder Gänse und warten darauf, daß die Bauern kommen und uns die Hälse umdrehen.«
»Und was genau sollten wir deiner Meinung nach tun?« fragte Eleasar. Das war natürlich der wunde Punkt. Wer seine Waffe scharf halten will, muß sie regelmäßig pflegen, und wenn ein Kämpfer einsatzbereit bleiben soll, muß man ihn gelegentlich Blut lecken lassen. Die Römer hatten ihnen aber keine solche Gelegenheit geboten.
»Silva – in der Hölle soll er braten, nachdem er hier gebrutzelt hat – hält seine Legionäre fest im Zaum und außer Reichweite«, sagte Eleasar geduldig. »Es ist ganz offensichtlich, daß ihnen nicht einmal kleine Scharmützel oder nächtliche Überfälle gestattet werden. Sie konzentrieren sich ausschließlich auf die Umfassungsmauern und die Rampe. Nichts anderes zählt.«
Als Alexas zum zweiten Mal eingefangen wurde, hatte einer der Römer

ihn mit der Kette niedergeschlagen, mit der man ihn fesseln wollte. Das hatte Alexas den größten Teil seiner Zähne gekostet und ließ ihn weit über seine Jahre hinaus gealtert erscheinen. Doch nachdem er herausfand, daß er einen Laut ausstoßen konnte, der sich genau wie der dumpfe Schrei einer Eule anhörte, wenn er seine Lippen auf eine ganz bestimmte Weise kräuselte, hatte er die Sache viel leichter genommen. Packte ihn Ungeduld mit sich selbst oder mit anderen, pflegte Alexas diesen Laut von sich zu geben – so auch jetzt. Dann sagte er: »Was mich betrifft, so habe ich nicht vor, wie ein altes Weib zu warten, bis die Römer mir die Kehle durchschneiden.« Er kratzte sich die faltige Haut, die wie bei einer Eidechse von seiner Kehle herabhing, und Eleasar sah, wie mehrere die Bewegung unwillkürlich nachahmten. »Meiner Meinung nach sollten wir uns in der Nacht den Schlangenpfad hinabschleichen. Zehn gute Leute sind alles, was ich brauche, und ich bringe euch bei Morgengrauen die Köpfe von fünfzig Römern.«

Esau, der Sikarier, lachte und sagte: »Und dann werfen wir sie ihnen hinunter, damit sie sie wieder ankleben können.«

Assur, der Sohn des Joktan, sagte: »Wozu die Mühe, sie den ganzen Weg hier herauf zu schleppen. Köpfe wiegen schwer.«

Hillel, der Priester, sagte: »Deine grausamen Worte sind Gott nicht wohlgefällig.« Doch niemand schenkte ihm auch nur die geringste Beachtung.

Eleasar betrachtete aufmerksam seine großen Handflächen und seufzte. »Zuweilen kommt es mir vor, als segelte ich in einem Boot vor einem sehr starken Wind, und das Boot läuft viel zu rasch. Wenn ich mit vollen Segeln weiterfahre, zerschellen wir über kurz oder lang an einem Riff, das vor uns liegt, aber wenn ich das Segel reffe, kentert das Boot und wir sinken. Nun denn –« Er hielt kurz inne, um sich ihrer vollen Aufmerksamkeit zu vergewissern. »Nehmen wir an, Alexas, daß du Glück hast und es dir gelingt, in eines ihrer Lager einzudringen, ohne die Wache zu alarmieren. Was dann?«

»Wir schlüpfen in eins der Zelte und verwenden unsere Sikariermesser, dafür sind sie ja schließlich gedacht.«

»Und dann schlüpft ihr rasch wieder hinaus und rennt hier herauf? Ist das dein Plan?«

»Ja. Jetzt siehst du die Dinge allmählich mit meinen Augen.«

»Alexas – ich sehe sie schon die ganze Zeit so wie du. Ich finde dieses Warten auch unerträglich ... aber dann denke ich wieder daran, wie dringend ich dich und die Männer brauche, die mit dir auf eine solche Expedition gehen würden. Die Römer schlafen zu zehnt in einem Zelt. Glaubst du etwa, alle zehn werden ruhig liegenbleiben, während ihr im Dunkeln nach ihren Gurgeln sucht? Einer genügt, um Lärm zu machen, und am näch-

sten Morgen seid ihr allesamt ans Kreuz geschlagen, und wir haben das Vergnügen, euch zu sehen und zu riechen, bis ihr verwest seid. Deshalb sage ich nein! Ich gedenke, dich für den Tag aufzuheben, an dem die Römer auf der Höhe ihrer Rampe stehen, und dann darfst du ebenso willig sterben wie wir anderen auch.«
Alexas überdachte Eleasars Worte einen Augenblick lang und gab seinen Eulenlaut von sich zum Zeichen, daß er noch keineswegs überzeugt war. »Also schön, und was ist mit der Rampe? Wir sehen zu, wie sie wächst und wächst und tun nichts dagegen.«
»Was sollten wir deiner Meinung nach tun?« fragte Eleasar. Nun denn, überlegte er, vielleicht besser, wenn es endlich ausgesprochen wird. Besser, Alexas sagt es, als daß ich es vorschlage, besser, einer von ihnen nennt die Sache beim Namen. Wenn die schicksalsschweren Worte erst einmal bis zur letzten Familie durchgedrungen sind, wie es ja stets geschieht, kann niemand sagen, Eleasar ben Jair sei der Vater des Gedankens gewesen, nur um sein kleines Königreich zu retten.
»Was sollten wir deiner Meinung nach tun, Alexas?« wiederholte er sehr bedächtig. »Wir hören dir aufmerksam zu.«
Er beobachtete Alexas' wachsendes Unbehagen und fragte sich, ob der Alte wohl den Mut aufbringen werde, offen zu sprechen. Seine Blicke flehten Alexas an, zu sagen, was sie alle dachten, aber er sah nur einen Mann, der sich in seiner selbstgestellten Falle wand und krümmte, um freizukommen. Er sah, wie Alexas sich am Kopf kratzte, um dann eine offensichtlich starke Reizung in der Gegend seines Zwickels zu entdecken, und während seine Hände sich dort zu schaffen machten, kam nicht ein Wort über seine Lippen.
»*Was* wolltest du vorschlagen?« drängte Eleasar. »Brauchst du denn den ganzen Tag, um ein paar Worte zu finden?«
Er sah, wie Alexas' Blicke verzweifelt alle Gesichter der Runde prüften. Jetzt war er auf einmal nicht mehr Alexas der Wilde und Gewitzte, sondern nur noch ein übel zugerichteter kleiner Jude, der nach einer Ecke suchte, in der er sich verstecken konnte.
Schließlich löste der alte Esra mit einem mächtigen Grunzen und Räuspern die Spannung. Er hievte sich auf die Füße und strich sich so lange schweigend den Bart, daß Eleasar schon fürchtete, auch er werde es nicht über sich bringen, zu sagen, was er dachte. »Gelobt sei Gott«, sagte er endlich, und Eleasar fand, nicht einmal Moses hätte mit mehr Würde auftreten können. »Wir müssen jetzt alle aus unseren Rattenlöchern hervorkommen und der Wahrheit ins Auge blicken. Und die sieht so aus: Die Rampe wird nicht von Römern gebaut, sondern von Juden. Jeder von uns ist mit irgend jemand da unten verwandt. Wir haben genug Öl, um sie darin zu sieden, und genug Steine, um sie zu zerschmettern. Und das muß

geschehen. Nicht einmal Römer sind in der Lage, Tote zur Arbeit zu zwingen.«
Es folgte ein langes Schweigen. Esra raffte sein Gewand und setzte sich wieder. Er schloß die Augen und murmelte ein Gebet; die anderen um sich herum schien er vergessen zu haben.
Sidon, der Führer der Pharisäer, meinte unsicher: »Die Römer haben mehr als fünfzehntausend Juden zur Zwangsarbeit herangeholt. Sehen wir die Sache doch praktisch. Wir können sie doch nicht alle töten.«
»Wir können es, und wir sollten es«, schnaubte Alexas.
Hillel, der Priester, schüttelte entschieden den Kopf.
»Ihr wollt fünfzehntausend töten, um weniger als tausend zu retten? Gott steh euch bei!«
»Hör auf, Gott um Hilfe zu bitten!« antwortete Alexas. Er breitete die Arme aus und erklärte: »Gott ist unser ganzer Kummer und ist es immer gewesen. Betet, seid gut zueinander, liebet euren Nächsten, ihr sollt nicht töten, ihr sollt nicht begehren, seid sanft und milde und laßt euch von den Kamelen auf den Kopf scheißen! Wenn Gott etwas an uns gelegen wäre, dann würde er dieses Geräusch da unten aufhören lassen, dieses Geräusch, das wir Tag um Tag und Nacht für Nacht in den Ohren haben, dieses Knirschen und Stoßen und Poltern der Steine, das jeden Tag lauter wird. Ich sage euch, machen wir diesem Geräusch ein Ende. Und zwar heute noch!«
Jetzt erhob Sidon sich und fingerte an der großen Warze herum, die sein Augenlid zierte, wobei er die Augen fast völlig mit der Hand verdeckte und es dadurch mühelos vermied, die anderen direkt anzublicken. Er sagte auf seine schwerfällige Art: »Ich habe den Römern zugehört, und während sie sprachen, habe ich an meine Kinder gedacht und an eure Kinder und daran, daß sie ums Leben kommen werden, wenn wir weiterkämpfen, und vielleicht am Leben bleiben werden, wenn wir uns Silva ergeben . . .«
Jetzt sprang Esau auf und packte Sidon beim Nacken. »Du galliger alter Windbeutel!« schrie er. »Du hockst dich ja auch beim Pissen hin wie ein Weib!«
Esra und sein Sohn Heth zerrten Esau weg, ehe Sidon der Atem ausging. Sie hielten ihn fest, bis sein Wutanfall vorüber war.
»Laßt Sidon reden«, sagte Eleasar so kühl wie er konnte. Jetzt würde er zum ersten Mal erfahren, wie viele seiner Räte insgeheim für die Übergabe waren.
Sidons Blicke wanderten angstvoll von einem zum andern, während er noch weiter von Esau wegrückte und sich den Nacken rieb. Eleasar beobachtete ihn wie gebannt und war sich nicht sicher, was wohl besser sei: ihn hier und jetzt niederzustechen, zu warten, bis man ihn allein erwischte, oder ganz einfach zu hoffen, daß seine eigenen Worte ihn kreu-

zigen würden. Er griff instinktiv nach dem kurzen Sikarier-Dolch an seiner Seite. Am liebsten wäre er sofort über Sidon hergefallen.
»Nun denn, Sidon, wir hören.«
»Wenn wir zu den Römern hinuntergehen ...«
»Bringt ihn um!« schrie Esau und stürzte wieder vor. Aber Esra und Heth hielten ihn zurück.
»Wenn wir zu den Römern hinuntergehen, können wir einen zweiten Berg Tabor, ein zweites Gamala, vermeiden. Muß ich euch daran erinnern, daß Vespasian und auch Titus den Verteidigern das Leben zusicherten, falls sie sich ergaben? Sie ergaben sich nicht, und die Römer schleuderten ihre Kinder von den Wällen hinab. Seid ihr willens, das mitanzusehen? Titus war bereit, den Tempel zu verschonen – wir haben nicht auf ihn gehört und der Tempel steht nicht mehr. Die Römer brauchen uns. Sie werden Sklaven aus uns machen, aber wir werden *leben*, und unsere Kinder werden *leben* ...«
»Schneidet ihm die Zunge heraus!« brüllte Esau, und auf diesen Ruf hin begannen alle gleichzeitig zu reden. Esau, Javan und Kittim schienen unentschieden, während Assur, Nimrod und Hillel, der Priester, jeder auf seine Art meinten, Sidons Auffassung sei vielleicht die vernünftigste. Dann übertönte Eleasars Stimme alle anderen.
»Ruhe!« Diese Stimme, die so vielen Stürmen getrotzt hatte, fuhr wie ein Blitz in das Stimmengewirr. Einen Augenblick lang war im Hof kein Laut zu vernehmen; sogar Frauen und Kinder gehorchten Eleasars gebieterischem Wort. Es herrschte geisterhafte Stille, während Eleasar sich sammelte.
Er stemmte seine großen Fäuste gegen den Schwertgürtel, und seine Haltung glich der eines Seemanns, der gegen einen scharfen Wind sein Gleichgewicht hält. »Wie sklavisch dein Gedächtnis doch der Angst zu Diensten ist! Einige von euch haben anscheinend vergessen, wie nachsichtig Titus war, als Jerusalem fiel. Laßt euch daran erinnern, daß alle Alten und Kranken zuerst abgeschlachtet wurden. Laßt euch daran erinnern, daß alle unsere Führer, die den Römern in die Hände fielen, zuerst gegeißelt und dann gekreuzigt wurden. Habt ihr vergessen, daß alle unter siebzehn Jahren nach Rom geschafft wurden, um den Triumph des Titus gebührend zu schmücken; wir können nur vermuten, was ihnen zugestoßen ist.
Einige von euch aber, deren Gedächtnis nicht ganz so durchlöchert ist, erinnern sich vielleicht daran, daß alle Juden über siebzehn, die noch am Leben waren, in Ketten gelegt und nach Ägypten in die Bergwerke verschleppt wurden. Wer weiß, wie viele von denen heute morgen noch am Leben sind. Erinnert euch, wenn ihr es ertragt, an die Namen Lydda und Jamnia, und was Vespasian an diesen Orten getan hat. Und Emmaus und

Bethletephon, und Betaris und Kaphaitobas in Idumenäa, wo Vespasian zehntausend der unsrigen erschlagen hat. Und sagt mir jetzt: Wer unter euch kann nach diesen Taten noch die Güte und Gnade der Römer leugnen?«

Eleasar hielt inne und schaute prüfend auf seine Zuhörer. Es war offenkundig, daß ihre Stimmung sich wandelte. Das muß ich jetzt sofort fest verankern, dachte er, damit es nie wieder nach oben kommt.

»Aber nehmen wir einmal an, daß gewisse Leute ganz besonderes Glück haben und irgendein Römer einen von euch zu seinem persönlichen Sklaven auswählt. Nehmen wir weiter an, daß ihr euch eines Tages zusammentut, um euren Herrn umzubringen und zu entfliehen. Wißt ihr, daß das römische *Gesetz* bestimmt, wenn ein Sklave seinen Herrn tötet, müssen *alle* seine Sklaven, ob sie gehorsam sind oder nicht, sterben?«

Sidon erwiderte: »Ich glaube trotzdem, solange sie uns brauchen, werden sie uns nicht umbringen. Und ich denke außerdem an unsere Kinder. Eleasar spricht von längst vergangenen Zeiten. Der Krieg ist seit mehr als zwei Jahren vorbei. Wir sind die einzigen, die das nicht wahrhaben wollen. Und ich sage, wir dürfen nicht Fanatikern erlauben, uns in einen sinnlosen Tod zu führen, wie Simon bar Giora und Johannes von Gischala es getan haben, die nicht auf die Römer und nicht einmal aufeinander hören wollten.

Glaubt mir, es gibt solche, die ihrem Machthunger immer neue Opfer bringen müssen, und diese Opfergabe ist unser Blut. Ich frage euch: Wenn wir in friedlicher Absicht zu den Römern hinabgehen, warum sollten sie uns oder unsere Kinder töten, da doch bereits Tausende von Juden in ihrer Hand sind, die sie töten könnten, wann immer es ihnen gefiele? Dies sind Tage des Friedens oder sollten es zumindest sein. Machen wir uns doch klar: Auch wenn der Staat zugrunde geht, kann sein Geist noch tausend Jahre fortleben. Laßt uns den Frieden annehmen ... und leben.«

Jetzt, dachte Eleasar, ist es zu spät. Ich hätte ihm gleich meine Klinge ins Gewand stoßen oder Esau auf ihn loslassen sollen. Jetzt ist der entscheidende Augenblick vorbei, in dem alles, was ich angeordnet hätte, gebilligt worden wäre, und nun steht Sidon da, zupft an seiner Warze und wirkt wie der Inbegriff der Weisheit mit seinen illusionären Überlebensvisionen. Mit jedem Wort und jeder Geste streut er sein Gift aus; ich muß ihn mir vom Halse schaffen, bevor er uns soweit hat, daß wir alle vor Silva auf den Knien liegen.

»Also gut, Sidon. Geh. Nimm alle Mitglieder deiner Familie mit, die dich begleiten wollen, und außerdem alle übrigen Pharisäer, die kein Vertrauen zu uns haben, vierzig im ganzen und nicht einen mehr. Ich sage dir jetzt Lebewohl, weil ich nicht erwarte, dich je lebend wiederzusehen.«

Eleasar wandte sich um und schritt auf sein Quartier zu. Ich muß mich der Gegenwart dieses Mannes entziehen, dachte er, bevor mein eigenes Vertrauen in unsere Sache zerstört wird. Einem Revolutionär, der auf seine Gegner hört, geht es wie einem Seemann während einer Flaute. Er kann in jede Richtung getrieben werden, ohne zu merken, wo er wirklich ist, und früher oder später hat er die Orientierung verloren.

Der alte Esra ging ihm rasch nach. »Du hast dich entmutigen lassen, mein Sohn«, sagte er. »Laß Sidon nicht dein Feuer austreten.«

»Der Mann ist ein gefährlicher Narr. Wir können seinesgleichen nicht dulden.«

»Ich gehe mit ihm.«

»*Du?*« Eleasar blieb unvermittelt stehen. »Aber du ... du bist doch meine eiserne Faust. Ohne dich kann ich nicht kämpfen. Du glaubst doch nicht etwa diesen Quatsch, daß die Römer dich brauchen?«

»Natürlich nicht. Aber ich bin ein alter Mann und durchaus bereit zu sterben. Hier kann ich nur als einer unter vielen kämpfen, und ich versichere dir, daß meine Kraft und Stärke reines Getue sind. Inwendig bin ich total verfault, und meine Knochen sind schon ziemlich steif. Ich ermüde so rasch, daß ich schon wenige Minuten nach dem ersten Sturmangriff völlig nutzlos für dich wäre. Aber ich habe mir jetzt einen Plan zurechtgelegt, für den ich besser geeignet bin als irgend jemand auf Masada. Ich werde unsere stärkste Waffe einsetzen – nach meiner Meinung, die einzige wirksame Waffe, die wir besitzen, und zugleich unsere einzige Chance, mit dem Leben davonzukommen.«

»Die Hitze?«

»Und die Meuterei. Man muß den Römern klarmachen, wie das ist, wenn man während der großen Hitze unter dem Meeresspiegel lebt, wie die schwere Luft sie dann einfach in den Sand drücken wird. Ich werde ihnen einige schreckliche Prophezeiungen vorsetzen ...«

»Und warum sollten sie auf dich hören?«

»Weil ich so alt bin und weise aussehe, auch wenn ich es nicht bin. Außerdem spreche ich fließend Latein und kenne ihren Aberglauben – sie sind dafür sogar noch anfälliger als wir. Wir würden nicht zwischen zwei Hunden, Schweinen oder Frauen hindurchgehen oder zwei Eier essen wie sie, weil Asmodi, der Geisterfürst, durch die Zahl Zwei herrscht. Verrückt? Oder wärest du gern ein römischer General, dessen Entschluß, ob er in die Schlacht gehen soll oder nicht, davon abhängt, wie die Eingeweide eines Huhnes aussehen, wenn der Vogel geopfert wird?«

»Sie werden dich sofort umbringen, wenn du das erste Lager betrittst.«

»Das glaube ich nicht. Zumindest nicht sofort, denn ich werde ihnen gleich die erste Lüge auftischen und verlangen, zu Silva persönlich geführt zu werden. Ich werde ihnen sagen, daß wir nur der Vortrupp der Kapitulation sind und heruntergekommen wären, um uns die Einzelheiten von Vespasians Angebot bestätigen zu lassen, das seine Abgesandten überbracht haben – wobei ich im übrigen bezweifle, daß das Angebot reell war. Aber ich werde mir den Anschein geben, als nähme ich es völlig ernst, und das wird mir Zeit geben, Silva einige schauerliche Prophezeiungen zu machen.«

»Und wenn wir dann *nicht* herunterkommen – was wird dann aus dir, guter Freund?«

Esra hob die Schultern. »Ich hab' dir doch gesagt, daß ich alt werde.«

Wieder senkte sich eine sternklare Nacht über das Römische Reich. In Britannien lagen die Städte Eboracum, Londinium und Verulamium noch im Zwielicht. Abenddämmerung breitete sich über Gallaecia, Lusitania, Hispania und Mauretania. In Cordoba, Scallabis, Gades und den punischen Städten Timgad und Labaesis wich das letzte Tageslicht den aufgehenden Sternen. In all diesen Orten begaben große und kleine Einheiten der römischen Besatzungsarmee sich gleich den Einheimischen zur Ruhe. In Gallien war die Universitätsstadt Massilia bereits im Dunkel versunken, und nicht anders war es mit Lugdunum, Narbo, Burdigala und Lutetia. Auch über Vindobona war die Nacht hereingebrochen.
In Thrakien wachten die römischen Truppen über Adrianopel und Marcinopolis, über Thessalonica, Aenus, Maronea und Abdulla, in Griechenland über Athen, Sparta und das fröhliche Korinth.
In Ägypten wachten sie über das unvergleichlich wertvolle Alexandria, und in Asien über Pergamon, Smyrna und die rivalisierenden Städte Nicomedia und Nicaea am Schwarzen Meer sowie über Ephesus, Cappadocia, Galatia und Tarsus in Silikien und Antiochia in Pisidien; außerdem noch über Tyrus und Sidon, Bostra, Petra, Palmyra und Damaskus – alles römische Besitzungen, die bewacht und beschützt werden mußten. Deshalb lagen in jeder dieser Städte Garnisonen von fünf bis fünftausend römischen Soldaten – je nach Größe des Gebiets.
Über all diesen Orten und noch sehr vielen anderen leuchteten am Himmel die Sterne und schimmerten auf Erden die römischen Waffen.
Auf Judäa war die Nacht längst herabgesunken, als im düster brütenden Schatten von Masada Pomponius Falco eine höchst vertrauliche Mitteilung diktierte. Die regelmäßige Post nach Rom ging am nächsten Morgen ab, und ihm war darum gelegen, daß seine Gedanken so rasch wie möglich befördert wurden. Er sprach äußerst schnell und in zusammengedrängten Wortbündeln, wodurch es dem Schreiber sehr schwerfiel, mit ihm Schritt zu halten. Verlangte er eine Wiederholung, so runzelte Falco die Stirn und artikulierte dann jedes lateinische Wort übertrieben genau, so, als rede er mit einem kleinen Kind. Zuweilen streckte er, um seine Ungeduld zu dämpfen, die Hand aus und liebkoste die Wange seines jungen Freundes Cornelius, der jedesmal mit einem automatischen Lächeln antwortete. Falco war fasziniert von der ironischen Beziehung zwischen seiner gegenwärtigen Adresse und der Empfängerin dieses Briefes. Berenike – eine

Jüdin! Wie überaus nützlich, daß Titus sich so lachhaft in diese Frau verliebt hatte, daß er schon die geringste Andeutung von ihr gleich seinem Vater mitteilte, als seien ihre Worte in Stein gemeißelt. Und wie überaus klug von dir, dich mit diesem erstaunlichen Weibsbild anzufreunden, das volle zwölf Jahre älter ist als der Thronfolger, überdies schon dreimal verheiratet und Mutter zweier Kinder! Es war wirklich ein verblüffendes Beispiel scharfblickender Voraussicht, verbunden mit der richtigen Einschätzung weiblicher Tricks und Kniffe.

Es war stets schwierig, sich an Vespasian direkt zu wenden, und man konnte nie wissen, was dabei herauskam. Denn Vespasian war im Grunde seines Herzens ein stumpfsinniger Soldat und wie sein Vater mit dem Verstand eines kleinen, untergeordneten Bürokraten begabt. Und doch führte sogar er sich, wie der Klatsch wissen wollte, in Berenikes Gegenwart auf wie ein röhrender Hirsch. Ganz gewiß nicht irgendwelcher Attribute wegen, mit denen Juno sie vielleicht ausgestattet hatte! Sie war mehr als füllig, kleidete sich schlampig und achtete nicht auf ihre Frisur. Aber jeder mußte zugeben, daß sie eine ungewöhnlich anregende Phantasie besaß, wie man es ja wohl von einer Frau erwarten konnte, die in ihrer Jugend so häufig mit ihrem Bruder geschlafen hatte! Sie war in allem eine echte Orientalin, voller Sinnlichkeit und sorgfältig darauf bedacht, eine Atmosphäre von Geheimnis um sich zu verbreiten.

Im übrigen besaß sie genügend Realitätsbewußtsein, um die dauernd drohenden Gefahren zu erkennen, die sie umgaben. Sie wußte sehr wohl, daß sie um so länger auf dem Palatinischen Hügel residieren würde, je mehr Freunde sie bei Hof besaß.

Und ich, liebe Frau, sann Falco, bin erfreut, mich zu deinen vertrauten Freunden zählen zu dürfen. Vor allem weiß ich deine Bemühungen zu schätzen, die mir diesen Auftrag hier eingebracht haben. Ich werde dich auch weiterhin bewundern und anhimmeln, wenn es dir gelingt, unserem Kaiser wenigstens die wesentlichen Punkte dieses Briefes zu übermitteln. Ich werde den Brief deshalb in dürrem Latein diktieren und nicht auf griechisch, das wir beide vorziehen, da es doch schade wäre, wenn du Vespasian nicht dazu brächtest, einen Blick darauf zu werfen, und der ungebildete Lümmel ihn dann nicht verstehen kann.

Falco hatte seinen Brief ursprünglich mit durchaus unrömischen Schmeicheleien für Berenike begonnen, sich dann aber erinnert, was sogar einem so mächtigen Mann wie Caecina zugestoßen war, auf den nur der *Verdacht* gefallen war, das Bett mit ihr geteilt zu haben. Folglich wies er den Schreiber an die »Blumen« wegzustreichen und nur die »Vase« stehenzulassen. »Außerdem, mein lieber Junge«, sagte er zu Cornelius, »ist mir das Betätscheln – und sei es nur mit Worten – einer Frau, ganz zu schweigen von dieser gräßlichen Jüdin, einfach widerwärtig. Warum sollte ich also meinen Kopf riskieren für etwas, das ich eigentlich verabscheue?« Folglich begann der Brief einfach und schmucklos mit ihrem Namen, gefolgt von seinem eigenen.

»... ich sende diesen Brief in großer Eile, da die nächste Post aus diesem gräßlichen Ort, wie man mir sagte, erst wieder in zwei Wochen abgeht. Um der Kürze willen werde ich daher kein Wort über die Härten und Entbehrungen meiner langen Reise verlieren, in der Hoffnung, schon bald in der einem römischen Patrioten angemessenen Behaglichkeit und der Gegenwart einer gewissen großen und bezaubernden Frau, die ich mich erkühne, meine Freundin zu nennen, davon berichten zu können. Ich werde daher vorerst die Lage schildern, die, wie Sie zugeben werden, mehr als erstaunlich ist...

... Wir befinden uns im Feldlager unterhalb eines wilden und zerklüfteten Berges, auf dessen Spitze eine Bande von Dieben und Mördern sitzt, die diese Gegend seit Jahren in Schrecken hält und die Wiederherstellung von Frieden und Wohlstand im umliegenden Land mit Erfolg verhindert hat. Man sagt mir – ich muß Sie allerdings darauf aufmerksam machen, daß es schwerfällt, irgend etwas zu glauben, was man mir hier sagt – daß es sich um etwa tausend Banditen handelt, einschließlich ihrer Frauen – Huren und Dirnen aus den Gossen Jerusalems und anderer Städte Judäas...

... Sie fragen sich mit Recht, wie es kommt, daß eine so berühmte Einheit wie unsere Zehnte Legion dieser lästigen Situation nicht schon längst Herr geworden ist. Ich bin überzeugt, daß zahlreiche Lageberichte in die Heimat gesandt worden sind, die bewegte Klage über die damit verbundenen militärischen Schwierigkeiten geführt haben, doch lassen die wahren Tatsachen sich erst erkennen und beurteilen, wenn man sich an Ort und Stelle ein Bild davon machen kann...

... Der Schreiber dieses Briefes ist seit vielen Jahren mein vertrauter Gefolgsmann, und Sie dürfen überzeugt sein, daß er nicht ein Wort dieses Briefes verraten wird...«

Falco hielt inne und warf einen prüfenden Blick auf den Schreiber. Er hatte sich, als Falco ihn kaufte, den Namen Albinus zugelegt und sich als recht kostspielige Enttäuschung erwiesen. Seine griechische Schrift war ausgesprochen altmodisch und sein Latein so langsam, daß man aus der Haut fahren konnte. Trotz dieser Nachteile hatte Falco, wie er sich erinnerte, wegen seines prachtvollen Körperbaus soviel Geld für ihn bezahlt – eine Investition, deren Dividende er nicht einkassiert hatte, weil er sich beinahe um die gleiche Zeit den liebreizenden Cornelius Tertullus zugelegt hatte. Jetzt bestand zwischen beiden eine gewisse Eifersucht, die allerdings, wie er fand, erst wirklich amüsant wäre, wenn sie zu regelrechtem Haß aufblühen würde.

»Wie lange bist du eigentlich schon bei mir, mein lieber Albinus?« fragte er.
»Drei Jahre und siebzehn Tage.«
»Und woher weißt du das so genau?«
»Sie haben damals versprochen, mir nach fünf Jahren die Freiheit zu geben.«
»Ganz richtig. Das habe ich. Nun, das wird sich finden.«
Ich muß wohl von Sinnen gewesen sein, dachte Falco mit einem halbherzigen Lächeln, einen solchen Gedanken auch nur erwogen zu haben. »Allerdings, mein lieber Albinus, aber du stellst eine beträchtliche Investition dar, und ich empfehle dir deshalb, dich der äußersten Zurückhaltung in deinem Benehmen zu befleißigen, wenn du hoffst, daß ich dir wie zugesagt ein liebevolles Lebewohl entbiete. Sollte zum Beispiel auch nur ein Wort dieser gegenwärtigen Mitteilung in unbefugte Ohren gelangen, so wirst du deine verlieren – neben anderen lebenswichtigen Körperteilen.«
»Cornelius hat auch eine Zunge«, schmollte Albinus.
»Die hat er allerdings«, lächelte Falco. »Aber vergiß nicht, daß er eigentlich gar nicht hier ist. Offiziell sind nur du und ich und unsere unmittelbaren Gefolgsleute befugt, an dieser Expedition teilzunehmen.« Er streckte die Hand aus und ließ die Finger zärtlich über Cornelius' Wange gleiten.
»Ich verstehe«, sagte Albinus.
»Also gut. Fahren wir fort. Nun muß ich«, sagte er mit völlig veränderter Stimme, »auch Sie, hochverehrte Dame, bitten, diese Informationen mit der Ihnen gewohnten Diskretion zu behandeln ...«
Falco wandte sich an Cornelius und sagte: »Und die gewohnte Diskretion einer Frau besteht darin, die Weitergabe vertraulicher Mitteilungen auf vier Personen zu beschränken.«
Er zögerte, kräuselte die Lippen und fuhr dann mit einer schlaffen Handbewegung im Diktat fort: »Ich muß Ihnen mit einem Gefühl aufrichtigen Schreckens und tiefster Empörung Mitteilung davon machen, daß der gegenwärtige Befehlshaber der Zehnten Legion, der leider auch Prokurator dieses Landes ist, seiner Aufgabe überhaupt nicht gewachsen ist. In Wahrheit sind die Truppen führerlos, da Flavius Silva Tag und Nacht betrunken ist. Erst heute morgen bin ich ihm von seinem Zelt bis zum Fuße von Masada gefolgt, wo er mit gewaltigem Kostenaufwand eine riesige Rampe baut, mit deren Hilfe er die Handvoll Renegaten, die ihm jetzt trotzen, wohl gefangennehmen will. Nur ein restlos im Weinbecher ertrunkener Verstand kann auf einen derart haarsträubenden Einfall kommen, und ich versichere Ihnen, daß die Würde Roms wie auch unsere Ehre hier Tag für Tag schweren Schaden erleiden.

Wer könnte es dem buntscheckigen Haufen von Banditen oben auf Masada verdenken, wenn er sich krank lacht über den Anblick von zwanzigtausend Sklaven und fünftausend unserer besten Legionäre, die Stein um Stein aufeinandertürmen, um ein Ding zu bauen, das wie eine Treppe zum Mond aussieht? Man muß diese Rampe gesehen haben, um sie für möglich zu halten. Sie kann es an Verschwendungssucht mit den Pyramiden aufnehmen ... und doch verblaßt sie neben dem Anblick des angeblich großen römischen Heerführers, der aus seinem Zelt hervortorkelt und dann betrunken vor seinen Truppen und dem Feind einherwankt, um seine gewaltige Tollheit in Augenschein zu nehmen. Der Mann kann einem nur leid tun. Er ist erschöpft und erledigt, vielleicht das Opfer allzu vieler Schlachten. Er sollte ersetzt werden, ehe er Bacchus einen Orden anheftet und eine militärische Katastrophe herbeiführt, die unserem Ruf und Ansehen im ganzen Osten schwersten Schaden zufügen würde ...«
Falco hielt inne und überlegte, ob er die Liebelei Silvas mit Schewa zur Sprache bringen solle. Er entschloß sich dagegen. Die Affäre war schließlich jener zwischen Titus und Berenike auffallend ähnlich, und Bemerkungen konnten möglicherweise übelgenommen werden. Berenike hatte sich zwar völlig die römische Sache und die römische Lebensart zu eigen gemacht, aber sie war schließlich noch immer eine Jüdin. Wer konnte wissen, wozu sie zur Verteidigung einer Stammesschwester vielleicht fähig war? Nein, dachte er, es werden sich andere Gelegenheiten bieten, Schewa wenn nötig zu erwähnen.
»Ihr habt ihn doch beide gesehen?« sagte er zu Albinus und Cornelius. »Ihr habt doch gesehen, wie er hinkend einhergetorkelt ist und jeden Augenblick hätte hinfallen können. Würdet ihr sagen, daß meine Äußerung ungerecht ist?«
»Nein«, sagte Albinus. Cornelius schüttelte lediglich den Kopf.
»Also gut. Dann schreib weiter.« Falco räusperte sich nachdenklich. Jetzt galt es, sich mit größtem Takt und Feingefühl auszudrücken und dennoch mit Sicherheit den gewünschten Eindruck zu erwecken. Es galt, Berenike, Titus und vor allem Vespasian behutsam beizubringen, daß ein besserer Prokurator für Judäa bereits zur Verfügung stand – ein Römer, für den es nicht Verbannung, sondern Ehre bedeuten würde, einen solchen Staat zu regieren. Es war unnötig, dachte er, besonders darauf hinzuweisen, daß ein richtiger Gouverneur wie etwa Pomponius Falco Mittel und Wege finden würde, dieses Volk zu einer gewinnbringenden Erwerbung zu machen.
»... Ich bitte um Vergebung, wenn ich anmaßend erscheine in dem Bewußtsein, daß die Götter dem Glück Roms in Judäa lächelten, als sie für mein rechtzeitiges Eintreffen hier sorgten. Denn unser betrunkener General Silva versucht nicht nur Berge zu versetzen, er hat auch die

Gewohnheit, mit seinen Feinden direkt in Verbindung zu treten. Ich vermag das Gefühl der Schmach und Schande nicht hinreichend zu schildern, das mich und alle meine Begleiter erfüllte, als wir genötigt wurden, Zeugen eines Wortgefechts zu sein, zu dem sich unser unseliger Vertreter mit einem der ungezieferverseuchten Banditen herabließ. Da stand unser General, oder vielleicht sollte ich besser sagen, da torkelte unser General und *flehte* dieses erbärmliche Gesindel an, es solle sich doch endlich ergeben! Nach einigen qualvollen Augenblicken hielt ich es für meine Pflicht, mich über das Protokoll hinwegzusetzen und die Sache in die Hand zu nehmen. Es mag als Hinweis auf den Zustand des Generals dienen, daß er nicht den geringsten Einwand dagegen erhob.«
Falco blickte abermals auf Albinus und Cornelius. »Stimmt's? Ich habe keinen Einwand von ihm gehört. Ihr vielleicht?«
Die beiden jungen Männer schüttelten die Köpfe.
»Begleitet von meinem Adjutanten und Schreiber Albinus, richtete ich das Wort an diese Leute mit der Absicht, konkrete Ergebnisse zu erzielen ...«
»Es war nicht Albinus. Ich war es!« quengelte Cornelius.
»Ich möchte dich nicht nochmals daran erinnern, daß du eigentlich gar nicht hier bist. Du hast keine offizielle Genehmigung, und folglich existierst du gegenwärtig nicht.«
»Dann habe ich mir all die Scheiße im Gesicht wohl nur eingebildet?«
Falco griff wieder nach Cornelius' Wange. Er faßte das Fleisch fest zwischen Daumen und Zeigefinger und drehte es langsam.
»Manchmal bist du schlimmer als ein kleines Kind. Deine zänkischen Unterbrechungen wären amüsanter, wenn wir uns hier nur die Zeit vertrieben, aber wenn du fortfährst, mich zu ärgern, wirst du zu Fuß zurück nach Rom gehen ...«
Falco zwickte ihn so heftig in die Wange, daß Cornelius vom Hocker fiel. Als er sich wieder aufrichtete, sah Falco, daß er weinte. Sofort beugte er sich zu ihm herab und liebkoste den hellroten Striemen auf seiner Wange. Dann nahm er Cornelius in die Arme, wischte ihm die Tränen ab und küßte ihn wieder und wieder.
»Verlaß uns«, sagte er zu Albinus. »Warte draußen, bis ich dich rufen lasse.«

Sidon wurde beim Abstieg von seiner ganzen Familie begleitet, mit Ausnahme zweier Neffen namens Onam und Ismael und seines dritten Sohnes Jetur, die trotz der Bitten ihres Führers beschlossen hatten, auf Masada zu bleiben. Hinzu kamen noch elf andere Pharisäer, die mit ihm zogen, teils, weil sie für die Zukunft fürchteten, falls sie auf dem Berg blieben, und teils, weil Sidon ein *Ben Hacheneseth* war und bei den Pharisäern einen so hohen Rang einnahm, daß jeder Beschluß, den er faßte, fast automatisch als richtig angesehen wurde. Außerdem schloß sich ihm der gelehrte Esra an, was Sidon außerordentlich wunderte, denn sie waren bisher noch nie einer Meinung gewesen.

Insgesamt waren sie achtunddreißig, zwei weniger als Eleasar ben Jair bestimmt hatte. Vor dem Abstieg in der Dunkelheit hatten sie alle Angst; der Schlangenpfad war ein tückischer und trügerischer Weg, und einige Male mußten sie den Frauen zu Hilfe kommen, wenn der lockere Schiefer unter ihren Füßen ins Rutschen geriet. Als sie schließlich den Fuß des Berges erreichten, wollte Sidon sich sogleich ungeduldig nach dem nächstgelegenen römischen Feldlager im Osten aufmachen. Aber Esra faßte ihn beim Arm und hielt ihn fest; dieser Weg, erklärte er, könne nur ins Unheil führen, da die östlichen Lager mit Hilfstruppen besetzt seien, mit denen man nicht vernünftig reden könne, und ihre Offiziere seien bestimmt vom gleichen Kaliber. Esra bestand folglich darauf, daß sie den ausgetrockneten Wasserlauf an der Nordseite von Masada entlang gingen und sich dann nach Süden wandten, bis sie auf die Wachtposten von Silvas Lager stießen.

»Jetzt«, erklärte Esra mit so lauter Stimme, daß alle ihn hören konnten, »haben wir uns festgelegt und können nicht mehr zurück. Unsere einzige Hoffnung liegt in unerschrockener Kühnheit. Wir dürfen uns nicht auf Gnade oder Ungnade irgendeinem untergeordneten Offizier ausliefern, den es nach Hebräerblut dürstet. Wir haben den römischen Weg gewählt. Deshalb müssen wir Furcht und Angst aus unserem Herzen verbannen oder zumindest doch aus unseren Gesichtern. Wir müssen fest daran glauben, daß die Römer sich unser annehmen werden. Wir müssen sie wissen lassen, daß wir unser Leben ihrer Ehre anvertrauen.«

So sprach Esra zu ihnen im Sternenlicht, und nach einigem Zaudern pflichtete Sidon ihm bei, daß die hellen Fackeln auf der Rampe die Westseite von Masada besser erleuchteten und so vielleicht eine gefährliche Überraschung zu verhindern vermochten. »Wir werden zu ihnen hinüberrufen und dann hervortreten und uns zeigen. Ihr Frauen, laßt sie euer Wehklagen hören.«

So wanderten sie zwischen den schwarzen Schatten herabgestürzter Felsbrocken mühsam um die Nordseite von Masada herum. Die winzigen Glöckchen, welche die Frauen trugen, bimmelten bei jeder Bewegung, und unablässig ertönten Warnungen und Hilferufe, als einer nach dem anderen stolperte oder sich in einem Dornenbusch verfing. Später wurde der Weg etwas besser und ihr Schweigen nur noch von ihrem Keuchen und dem ängstlichen Wimmern der Kinder unterbrochen.

Mehr als sechs Stunden waren vergangen, seit sie die Höhe von Masada verlassen hatten, als Esra endlich zu ihnen sagte: »Da ist sie!« Und plötzlich sahen sie aus ganz ungewohnter Perspektive die große Rampe der Römer vor sich. Sie war von Tausenden sich hin und her bewegenden Fakkeln erleuchtet und die Juden flüsterten einander zu, sie reiche wahrhaftig bis in den Himmel hinauf. Kurz danach, als sie sich dem Wall näherten, wurden sie von einer Stimme angerufen, die trotz des Lärms von der Rampe klar und deutlich zu hören war.

»Halt! Gebt euch sofort zu erkennen oder ihr seid des Todes!« Sidon erwiderte sanft: Wir sind Juden, die das Angebot Vespasians akzeptiert haben und von Masada herabgekommen sind!«

Und Esra fügte hinzu: »Wir wollen euren General Silva sprechen! Wir haben ihm Wichtiges mitzuteilen!«

Es folgte ein langes Schweigen auf der anderen Seite des Walls. Während sie warteten, sah Esra, wie Sidons Gesichtszucken im Fackelschein immer heftiger wurde. »Mach dir um die Zukunft keine Sorgen«, sagte er. »Sie kommt noch früh genug.«

Esra sah, daß die Münzen, die den Schleier von Sidons Frau verzierten, im Fackelschein aufblitzten, und meinte: »Wenn du diesen Zierat behalten möchtest, dann würde ich dir raten, ihn jetzt abzunehmen.« Aber weder Sidon noch seine Frau hörten ihn. Beide waren von der Nähe der Römer und den ungeheuren Ausmaßen der Rampe so überwältigt, daß sie keiner Bewegung mehr fähig schienen. Sogar Sidons Zucken hatte sich gelegt, seine Augen waren ausdruckslos und wie tot.

Jetzt ertönte die Stimme von jenseits des Walles wieder. »Kommt einer nach dem anderen zum Tor. Laßt eure Waffen in der Scheide und haltet eure Münder ruhig, sonst werden sie nie wieder einen Ton von sich geben.«

So geschah es, daß Sidon und seine ganze Familie sich zusammen mit elf anderen Pharisäern und Esra dem Sadduzäer in die Gewalt der Römer begaben. Der erste, der sie mit einer Speerspitze begrüßte, war der Legionär Plinius Severns, dessen Wachtposten sie sich genähert hatten. Hinter ihm hatten sich die übrigen Wachen versammelt, einige zwanzig Mann sowie der Zenturion Artorius und Cerealius, ein junger Tribun. Sie lauschten verblüfft, als Esra unverzüglich das Schweigeverbot verletzte.

»Ach«, sagte er in einem singenden Latein, wie man es in Sizilien sprach, zu Cerealius, »ich würde zehn Denare wetten, daß ein junger Mann mit einem so prächtigen Aussehen wie du bestimmt aus Messina stammt.«

»Falsch, Jude. Ich stamme aus einem viel besseren Ort. Gib mir sofort die Denare oder ich nehme sie mir selbst.«

»Zu dumm, ich hab's riskiert und verloren. Aber wärst du bereit, die Summe zu verdoppeln? Obwohl euer hochgeschätzter Kaiser sich für unsere Sicherheit verbürgt, habe ich das Gefühl, als ob alle unsere Wertgegenstände konfisziert werden, sobald wir von dieser Mauer hier weg sind. Du, der du uns gerade in Empfang genommen hast, würdest dann nichts davon zu sehen bekommen.«

Du lieber Gott, dachte Esra. Möge die Vorliebe der Römer fürs Glücksspiel sich jetzt bestätigen. Dieser teiggesichtige junge Mann, der schon Tribun ist, obwohl er erst vor kurzem den Zitzen seiner Mutter entwöhnt wurde, spricht das Wort »gib« sehr guttural aus. Er *muß* folglich aus Sizilien sein.

»Einverstanden«, sagte Cerealius. »Die doppelte Summe, wenn du falsch rätst.«

»Dann bist du aus Lilybaeum, einem höchst angenehmen Ort. Ich habe dort einmal den lieblichen Monat April verbracht, und der Duft eurer westlichen Trauben ist mir wohlbekannt.«

Esra wußte, daß er gewonnen hatte, als der Tribun ihn zu den anderen zurückstieß. Jetzt, dachte er, muß ich den Samen ausstreuen. Aber es bleibt so schrecklich wenig Zeit! Sidon treibt uns schon zusammen wie eine Schafherde, als sei er der amtlich bestellte römische Aufseher. Der arme Schlucker wird bald zu spüren bekommen, was wirkliche Autorität ist!

Die meisten Legionäre wurden zurück auf ihre Posten geschickt, und Sidons Truppe formierte sich zu einer geschlossenen Kolonne. Als die Juden schließlich halbwegs ordentlich dastanden, führten zehn Legionäre sie unter dem Kommando eines Dekurion zum Lager. Der Tribun Cerealius ging voran. Sie waren noch keine zehn Schritte den steinigen Hang hinaufgegangen, als Esras Stimme im volkstümlichsten Sizilianisch ertönte: »Ich nehme an, ihr Römer wißt alle, daß auf diesem Ort, genannt Masada, ein Fluch liegt? Natürlich wißt ihr es, Eure Offiziere werden es euch gesagt haben. Aber haben sie euch auch gesagt, daß ihr jetzt unterhalb des Meeresspiegels lebt?« Der Dekurion, ein Riese von einem Mann, wandte den Kopf und blickte über die Schulter. »Ich warne dich, Jude. Schweig still, sonst trete ich dir deine Gedärme in den Sand.«

»Und warum nicht? Ich für meinen Teil hab' es mir anders überlegt. Ich bin der Ansicht, es ist besser jetzt zu sterben, als daß mir in der Hitze der Saft in den Hoden zu kochen beginnt. Ihr Römer seid doch sonst ganz intelligent – habt ihr überhaupt eine Vorstellung davon, was es heißt, bei der kommenden Hitze unter dem Meeresspiegel zu leben? Was mich betrifft, so ist mir jeder rasche Tod von eurer Hand willkommen. Ich bitte euch, kreuzigt mich. Wie leicht und schmerzlos wäre das doch im Vergleich zu der schauerlichen Folter, die ich mit euch zusammen werde erleiden müssen, wenn ihr darauf beharrt, barmherzig zu sein. Bringt uns um! Verschont uns nicht! Wir Juden kennen dieses Land und wissen, was jene erwartet, die darauf bestehen, unter dem Meeresspiegel zu leben, wo das Gewicht der Luft den Menschen in den Erdboden drückt.«

»Halt das Maul, Jude!«

»Das wird schon sehr bald geschehen. Denn wenn ich noch einen Monat lebe, werde ich zusammen mit allen anderen menschlichen Wesen in dieser Wüste, Römern und Juden ohne Unterschied, gezwungen sein, mir ein Loch in den Erdboden zu graben und mein Gesicht hineinzulegen, nur um überhaupt noch atmen zu können. Und Tag für Tag werde ich das Loch tiefer buddeln müssen, um der zunehmenden Hitze standzuhalten, bis ich schließlich mein eigenes Grab gegraben habe. Wenn ihr bedenkt, daß wir mehr Luft über unseren Köpfen haben als irgendein anderes Volk der Welt, dann werdet ihr begreifen, daß wir schon bald in einem großen Kessel gesotten werden ...«

Esra ließ seine Stimme verhallen. Er marschierte schweigend weiter und lauschte im Gehen dem schwachen Bimmeln der Glöckchen an den Frauengewändern, dem Schlurfen der Sandalen auf dem Pfad zum Feldlager und dem schabenden Geräusch eingefetteten Metalls gegen Leder, das von dem Legionär neben ihm kam. Der Mann hat Asthma, dachte er. Für einen so jungen Mann geht sein Atem zu schwer. Ich muß versuchen, ihm zu einem frühen Tod zu verhelfen. »Dein Atmen verrät dich«, sagte er vertraulich. »Ist dir noch nicht aufgefallen, wie schlecht es geworden ist, seit du in der Wüste bist?«

Esra war sich nicht sicher, ob der Knurrlaut des Mannes Bestätigung oder Verneinung bedeutete. Es kam auch nicht darauf an. Wohin auch immer der Mann ging, es würde auf jeden Fall irgendeinen anderen Ort geben, der für sein Atmen besser war. »Du solltest ins Hochland von Nordpalästina gehen. Einen schlechteren Ort als unterhalb des Meeresspiegels kann es für euch gar nicht geben ...«

Kurz vor dem Osteingang des Feldlagers hob Esra die Stimme, so daß alle ihn hören konnten: »Seht, ihr Römer, den alten Hautsack voll Knochen, der uns anführt. Sein Name ist Sidon, und er ist ein guter Mann, wenn auch reichlich naiv. Er glaubt, euer großer General wird aus seinem Zelt heraustreten und ihn willkommen heißen! Könnt ihr euch vorstellen, daß es in dieser Wüste jemanden gibt, der nicht weiß, daß euer General Silva um diese Nachtstunde so voller Wein ist, daß er nicht einmal mehr mit sich selbst reden kann? Ich bin allen euren Göttern und meinem eigenen Gott dankbar, daß ich kein Soldat bin, dessen Schicksal von einem so verwirrten Geist entschieden wird. Wie kommt es bloß, daß Männer wie ihr für einen *Trunkenbold* den sicheren und schauerlichen Tod in dieser Wüste erleiden wollt? Bitte, habt die Güte, einem alten Juden den Grund zu nennen, und dann kann ich zufrieden sterben. Nur zu, rennt mir das Schwert in den Leib, aber vorher sagt mir, warum intelligente Männer die-

sem besoffenen Hanswurst folgen, der seine Fähigkeiten irgendwo in Gallien und seinen Pflichteifer zwischen den Beinen einer unserer Frauen gelassen hat? Wie gut wir Juden doch ein solches militärisches Genie brauchen könnten – das einen Berg an die Seite eines anderen rückt und ihn über die Leichen seiner Leute besteigt!«
Der Handrücken des Begleitsoldaten schlug Esra quer über den Mund, und eine Weile war Esras würgendes Keuchen der einzige Laut, den man vernahm.

Silva stellte mit Genugtuung fest, daß alle Offiziere seines Stabes trotz der heißen Nacht ihre Umhänge trugen. Die scharlachroten, mit Purpur eingefaßten Übermäntel lagen sorgfältig gefaltet auf ihren nackten Knien oder waren lässig über den Arm geschlungen. Gut so, dachte er. Solange seine Offiziere noch Stolz besaßen, würde er auch seinen Truppen nicht fehlen. Heute nacht, da sämtliche Offiziere sich für diese Lagebesprechung auf Hochglanz gebracht hatten und ihre Brustpanzer im Lampenlicht schimmerten, hatte sein Zelt geradezu etwas Festliches.
Silva saß in einem hufeisenförmigen Sessel, einstmals ein prachtvolles Möbelstück; inzwischen aber war das eingelegte Elfenbein zum größten Teil herausgefallen, und er machte einen ebenso angeschlagenen Eindruck wie seine Badewanne. Er ächzte und stöhnte bei jeder seiner Bewegungen und würde wohl früher oder später zusammenbrechen. Hoffentlich, dachte er, ereignet sich diese Katastrophe nicht gerade vor den Augen meiner Offiziere.
Sein Adjutant Attius stand einen halben Schritt hinter dem Sessel. Links von ihm saßen auf einer hölzernen Bank sein Finanztribun Longus Julianus und sein Nachrichtentribun Larcius Liberalius. Neben ihnen stand der Tribun Metilius Nepos, nach Silvas Meinung ein hoffnungslos stumpfsinniger Mensch, aber ein so geschickter Konstrukteur von Sturmwaffen und Belagerungsmaschinen, daß er dennoch unschätzbar wertvoll war. Ganz in seiner Nähe befand sich der Zenturion Lupercus Clemens – verantwortlich für die militärische Disziplin der ganzen Zehnten Legion; ein großer hagerer Mann, dessen erschreckende Häßlichkeit noch durch die verschiedenen Geschwülste und Grützbeutel, die sein Gesicht zierten, verstärkt wurde. Er war als gemeiner Soldat aus dem Mannschaftsstand aufgestiegen und folglich in Gesellschaft so vieler Offiziere aus dem Ritterstand ein wenig schüchtern und verlegen, aber Silva wußte: Wenn es zur Schlacht kam oder um Unstimmigkeiten innerhalb der Legion ging, konnte er sich restlos auf ihn verlassen.
Auf der gegenüberliegenden Seite saß Maturus Arvianus, ein erst kürz-

lich aus Rom eingetroffener Tribun. Er stammte, wie Silva wußte, aus guter Familie, war aber für seinen Geschmack etwas zu geckenhaft. Ob er außer modischer Kleidung noch andere Interessen hatte, mußte sich erst noch herausstellen. Seit seiner Ankunft war ihm die Aufrechterhaltung der Verbindungen zur Meeresküste, die Besorgung der Post und der Brieftauben-Meldeverkehr zwischen den acht Lagern rings um Masada übertragen worden – eigentlich ein leichter und einfacher Dienst, meinte Silva, dennoch waren ihm in letzter Zeit zahlreiche Beschwerden zu Ohren gekommen, und er gedachte, der Sache heute nacht auf den Grund zu gehen.
Neben Arvianus saß, hingeräkelt mit der Arroganz eines Mannes, der sich auf seine Sache verstand und zudem wußte, daß man ihn schätzte, Ummidus Fabatus. Silva hegte seit langem Bewunderung für seine Schlauheit und Findigkeit und hatte seine Fähigkeiten als Versorgungsoffizier mehr als einmal vor aller Öffentlichkeit gerühmt. »Was Fabatus nicht einkaufen kann, das stiehlt er, was er nicht stehlen kann, das eignet er sich einfach an, und wenn es gar nicht anders geht, dann stellt er es eben her.« Fabatus war ein großer Esser, was Silva als eine unerläßliche Voraussetzung für einen tüchtigen Versorgungsoffizier betrachtete.
Auf dem Stuhl daneben hockte brütend Rubrius Gallus, und Silva war überzeugt, daß er wieder über seine Rampe nachdachte, die offensichtlich zu einer Art Zwangsvorstellung für ihn geworden war. Silva überlegte, ob er noch mehr Zeit darauf verwenden solle, sich über Gallus Sorgen zu machen. Konnte sein, daß die Rampe ihm regelrecht den Geist verwirrte. So manche Nacht hatte Gallus in Schweigen versunken dagesessen und der unablässigen Parade der Fackeln zugesehen, die sich die Rampe hinauf und hinab bewegten, und niemand wußte, wann er eigentlich schlief, denn bei Tagesanbruch war er schon wieder wachsam an derselben Stelle. Heute nacht, mußte Silva denken, sieht er wahrhaftig wie ein lebender Leichnam aus, der einen Fuß bereits im Grabe hat. Die Juden bringen uns alle um, langsam, Schritt für Schritt, indem sie einfach nur abwarten. Was für ein scharfsinniges, gewitztes Volk – oder waren sie einfach nur schlau und durchtrieben? Gallus verstand sie. Weißt du noch, wie er seine große sonnenverbrannte Nase entlangstrich und nachdenklich Fetzen der sich schälenden Haut abzupfte, als du ihn wegen Schewa fragtest?
»Was Sie mit ihr tun sollen? Kein Mann *tut* irgend etwas mit einer Frau, während die ersten Strophen des Liebesliedes erklingen. *Sie* tut vielmehr alles mögliche mit ihm. Folglich haben Sie gar keine andere Wahl, als sich mit Ihrer Versklavung abzufinden und gleichzeitig daran zu denken – wie die Frau es zweifellos auch tut –, daß jeder Tag, der vergeht, ihr zum Nachteil gereicht. Beinahe alle Frauen sind sich dieses Zeitfaktors so genau bewußt, daß sie sich instinktiv beeilen, *jetzt* und sofort, während die

Säfte der Begierde noch so vergnüglich schäumen, gewisse feste Gewohnheiten und intime Beziehungen einzuführen. Sie können versichert sein, daß Ihre Jüdin wie alle Frauen der Welt den Zeitpunkt vorausahnt, an dem Sie im Vergleich zu ihr ganz unglaublich viel jünger erscheinen und sich auch so verhalten werden. Dieses beschleunigte Altern ist ein Phänomen, das die Natur anscheinend als eine Art Entschädigung für jene Jahre der einfältigen Leichtgläubigkeit vorgesehen hat, in denen wir gehorsam einhertraben und uns bemühen, die verschiedenen Launen irgendeines Weibsbilds zu befriedigen. Das weiß sie, und da sie außerdem weiß, daß die Männer Gewohnheitstiere sind, schafft sie die Grundlage für ihr Überleben schon lange, bevor ihr magischer Zauber zu verblassen beginnt.«

Silva erinnerte sich, wie er Gallus dann gefragt hatte, was er mit Schewa machen würde, wenn sie seine Geliebte wäre. Würde er sie mit nach Rom nehmen? Gallus hatte mit einem Lächeln erwidert: »Ich bin nicht Sie, und folglich kann meine Antwort wenig Wert für Sie haben. Anscheinend sind Sie jedoch zu der Überzeugung gelangt, daß Ihr Leben sich ohne sie als unerträglich leer herausstellen könnte, was bedeutet, daß Sie sich im letzten Stadium der Kapitulation befinden. Dürfte ich darum, bevor es zu spät ist, vorschlagen, sie auf die Probe zu stellen?«

Und wie, hatte er Gallus gefragt, da doch die klügsten Männer der Welt anscheinend häufig von ehelichen Schwierigkeiten heimgesucht werden – wie konnte er herausbekommen, welches die wirkliche, die echte Schewa war? Auf diese Frage hatte ihm Gallus mit der ihm eigenen Baumeister-Logik geantwortet: »Stellen Sie ihre Aufrichtigkeit auf die Probe! Ist sie nur eine von großem Glück begünstigte Jüdin, die jeden Römer aufs äußerste ausnutzen würde, oder ist sie vielleicht tatsächlich in Sie verliebt – eine Situation, die allerdings, wie ich zugeben muß, in dieser Wüste etwas höchst Ungewöhnliches wäre. Den sichersten Beweis bekommen Sie, wenn Sie ihr eine Möglichkeit geben, Ihnen ans Leben zu gehen. Wenn sie sich nicht überwinden kann, Ihnen etwas anzutun, dann dürfen Sie sicher sein, mit dieser Frau als Gattin das große Los gezogen zu haben. Sollte sie Sie aber umbringen, werden Sie zumindest wissen, daß Sie einen schweren Fehler vermieden haben.«

O Gallus, du große Nase von einem Mann! Hier in diesem Zelt, so weit weg von der Heimat, bist unter allen meinen Offizieren du das echte große Los!

Nahe dem Eingang stand der Zenturion Rosianus Geminus, die behaarten Hände um den Rebstock-Stab, das Wahrzeichen seines Amtes, gefaltet. Er war am weitesten entfernt von den Lampen, die auf einem niedrigen Tisch in der Mitte des Zelts in einer Reihe aufgestellt waren. Die flackernden Schatten und sein schwarzer Bart ließen von seinem Gesicht wenig

mehr erkennen als seine Augen. Auch Geminus, mußte Silva denken, der Inbegriff eines Soldaten, war unersetzlich.
Die Sitzung hatte bisher einen so angenehmen Verlauf genommen, daß Silva auf den Gedanken gekommen war, eine Runde seines besten Weines wäre vielleicht am Platze. Aber er überlegte es sich sofort wieder anders. Wenn seine Offiziere einen Becher Wein tranken, den sie natürlich nicht verweigern konnten, dann mußte er mittun und das Unvermeidliche würde geschehen ... er würde wieder draußen im Sternenlicht stehen und auf den Berg von Masada einreden. Nein! In dieser Nacht gab es Wichtigeres zu tun. Und daß er sich einsam fühlte, hieß ja nicht, daß auch sie es waren. Wenn ihnen nichts Besseres einfällt, dachte er, können sie sich wenigstens zusammensetzen und sich über dich beklagen. Ihre private Situation ist völlig anders als die deine, und da am Morgen die Post abgeht, werden sie die Sitzung rasch hinter sich bringen und ihre Briefe nach Hause schreiben wollen. Außerdem mußt du selbst deinen Lagebericht noch rechtzeitig aufsetzen und auch ein Antwortschreiben an diesen Obertrottel Antoninus Mamilianus, den Architekten, verfassen. Nein, keiner bekommt einen Tropfen.
Auch ohne Wein schienen die Auspizien in dieser Nacht günstig. Timoleon, der Stabsarzt der Zehnten, meldete jetzt, daß gegenwärtig nur einunddreißig Legionäre nicht voll diensttauglich seien. Von diesen waren acht durch einen Felsrutsch bei der Rampe verletzt worden, und am selben Tag hatte ein ausschlagendes Pferd einen Kavalleristen verwundet. Ein Legionär hatte einen Kropf bekommen und wurde mit weißer Nieswurz behandelt. Außerdem gab es elf Fieber- und vier Rotlauffälle, das gleiche wie in der vergangenen Woche. Nachtpusteln waren in allen Kohorten etwas häufiger geworden. Timoleon erklärte, die lästigen eitrigen Geschwüre würden zweifellos durch die große Hitze hervorgerufen, und er habe empfohlen, sie zunächst gewissenhaft mit einer Linsenmehlpakkung und dann mit Polygonum oder grünem Koriander zu behandeln. Solange die Vorräte an Medikamenten reichten, wurde jeder Mann angewiesen, sein Leiden selbst zu behandeln. Es waren nur ein neuer Fall von Aussatz und vier Fälle von Brechdurchfall aufgetreten – in allen Lagern zusammen. Ein Bursche aus Syrakus hatte von einer Lagerhure, mit der er geschlafen hatte, einen Messerstich in die Leistengegend erhalten.
»Wozu denn das?« erkundigte Silva sich lächelnd. »Hat sie ihn vielleicht beschneiden wollen?«
»Wenn sie versucht hat, einen Juden aus ihm zu machen, dann ist ihr das jedenfalls nicht gelungen, Herr.« Der Arzt verneigte sich leicht und erwiderte Silvas Lächeln. »Wir haben unser ganzes Geschick aufgeboten, damit er auch künftig neue Römer zu zeugen vermag. Ich kann zu meiner Freude melden, daß uns das gelungen ist.«

Da Timoleon wie alle Ärzte Grieche war und folglich an den Beratungen der Römer nicht teilnehmen durfte, entließ Silva ihn mit einem anerkennenden Lächeln.
Nachdem Timoleon das Zelt verlassen hatte, erhob sich der Tribun Julianus, um über den Provinzsäckel Bericht zu erstatten. Er schätzte das Tributseinkommen für Judäa auf vier Millionen Schekel, was, umgerechnet auf den Jahressold der Legionäre von zweihundertfünfzig Denare pro Mann, der Zehnten Legion für den Rest des Jahres einen reichlichen Überschuß ließ.
»Das wäre zusätzlich zu dem von Samaria und Galiläa erhobenen Tribut?«
»Jawohl, Herr. Und in dem Maß, in dem sich der Handelsverkehr entlang der Küste verbessert, können wir noch eine direkte Steuer auf Grundbesitz und Geschäftsbetriebe ins Auge fassen. Wenn es uns gelingt, den Frieden zu erhalten, dürfen wir außerdem beträchtliche Summen aus indirekten Steuern verschiedener Art erwarten, wie etwa Versteigerungsgebühren und vielleicht eine Kopfsteuer, wenn wir erst soweit sind, daß wir eine Volkszählung vornehmen können.«
»Wir werden den Frieden erhalten«, antwortete Silva und fragte sich sogleich, wie er seiner Sache so sicher sein konnte. War er gewillt, dem heute nacht gefangengenommenen alten Juden Glauben zu schenken, der erklärt hatte, die Leute auf dem Berg würden nie und nimmer herabkommen? »Julianus, sobald wir diesen Burschen Eleasar erledigt haben, wünsche ich, daß du ein regelrechtes Zollsystem einrichtest. Wir sollten diese Einkommensquelle nicht vernachlässigen.«
»Ich habe bereits die folgenden Zollsätze ausgearbeitet, die natürlich dem Wert entsprechend anzusetzen wären.«
Julianus las mit so eintöniger Stimme aus seiner Aufstellung vor, daß Silva ein Gähnen nicht unterdrücken konnte. »Sklaven – eineinhalb Denare pro Kopf. Pferde eineinhalb, Maultiere dasselbe ... Spanferkel eine halbe Sesterze, gegerbte Häute ein halber Denar ... Leim eine halbe Sesterze für zehn Pfund ... Schwämme eine halbe Sesterze für zehn Pfund. Wein pro Amphore eine Sesterze – das ist vielleicht etwas zu niedrig?«
Silva hob die Hand und sagte: »Ich danke dir, mein guter Julianus. Ich glaube, es ist kaum nötig, daß wir die ganze Liste Punkt für Punkt durchgehen. Ich bin überzeugt, ein peinlich genauer Mann wie du hat die Zollgebühren so festgesetzt, daß die Einkünfte daraus erheblich sein werden, ohne daß die Gans, die uns goldene Eier legt, dadurch zugrunde geht.«
Silva vernahm nicht ohne Genugtuung das zustimmende Gemurmel seiner Offiziere. Würde diese menschliche Rechenmaschine sich nun endlich hinsetzen?

»Ich muß Sie jedoch«, leierte Julianus weiter, »vor übertriebenem Optimismus warnen, da der Seehandel mit diesem Land –«
»Ich habe stets größere Hoffnungen auf den Handel zu Land gesetzt, zum Beispiel auf den früheren Karawanenstraßen.«
»Selbstverständlich, Herr. Ich habe schätzungsweise fünfundzwanzig Prozent an den Grenzen und fünf Prozent zwischen den Bezirken angesetzt. Beide wären wertentsprechend. Auch in diesem Fall dürfen wir Gewinne nur erwarten, wenn wir den Frieden erhalten und damit Handelskarawanen zur Durchreise ermutigen können.«
Als nächsten befragte Silva Metilius Nepos über die Maschinen, die er gerade für den entscheidenden Sturmangriff auf Masada baute. Der Belagerungsturm war in der Nähe des Rampensockels errichtet worden und stand jetzt auf seinen großen Rädern einsatzbereit – es fehlten nur noch die Eisenplatten, welche die ganze Vorderseite und drei Seiten der beiden obersten Stockwerke panzern sollten.
»Und wann werden die Platten eintreffen, Nepos?«
»Sie sind zu Schiff nach Cäsarea gebracht worden mit der Anweisung, sie nach Jerusalem weiterzubefördern.«
»Wir kämpfen nicht mehr in Jerusalem«, sagte Silva so scharf wie er konnte. So sehr er Nepos und seine Kriegsmaschinen bewunderte, gedachte er doch nicht, noch eine seiner qualvoll langweiligen Reden über sich ergehen zu lassen, die genau besehen stets nur Ausflüchte und Vorwände dafür waren, daß etwas nicht termingerecht durchgeführt worden war.
Trotz des offenkundigen Mißvergnügens seines Generals blieb Nepos' Gesicht völlig gelassen. »Der Tribun Fabatus«, erwiderte er seelenruhig, »hatte mir zugesichert, daß sämtliche Platten schon vor zehn Tagen hier sein würden.«
Fabatus knurrte und richtete einen seiner dicken Zeigefinger auf Nepos: »Jetzt gib bloß nicht mir die Schuld an deinen Schwierigkeiten! Ich habe dir gesagt, daß die Platten vor zehn Tagen hätten hier sein *können* – nicht *würden*. Ich habe dir gesagt, daß ein Geleitzug aus Jerusalem abgeht und deine Platten mitnehmen könnte. Du hast mir geantwortet, du wärest noch nicht soweit, und das war das letzte, was ich über die Sache gehört habe.«
»Er dreht einem die Worte im Munde herum, Herr.«
»Bei allen Göttern, das tue ich nicht!« schnaubte Fabatus wütend. Er wandte sich zur Seite, um sein Fett aus dem Stuhl zu heben, und sein Doppelkinn zitterte und bebte bei seinen heftigen Bewegungen. »Ich werde mich von einem Zenturion nicht beleidigen lassen! Meine Leute haben ihm außer den Vestalinnen so gut wie alles herangeschafft, und immer noch beschwert er sich!«

»Setz dich!« befahl Silva. Er rieb sich müde das schlechte Auge und dachte, das letzte, was ich jetzt brauchen kann, ist Zank und Streit zwischen meinen beiden besten Offizieren. »Wir brauchen die Panzerplatten, und zwar jetzt sofort. Sie sind nicht da. Versuchen wir herauszubekommen, warum sie nicht da sind. Fabatus, du hast erklärt, daß die Platten zu einem bestimmten Datum hier sein könnten. Worauf gründete sich deine Behauptung?«
»Ich erhielt Meldung, daß eine Karawane mit Eisenplatten, die für Nepos bestimmt waren, vor mehr als einem Monat Cäsarea verlassen hat. Die Platten waren sehr schwer, und die Träger konnten nur ein paar Meilen am Tag zurücklegen. Sie gingen die Küste hinab bis Joppe, wo es dem befehlshabenden Zenturion gelang, einige Esel zu beschlagnahmen. Doch er büßte fünfzig Träger ein, ehe er Jerusalem erreichte.«
»Eingebüßt?«
»Einige sind unterwegs gestorben, einige sind davongelaufen. Das tun sie immer. Wir rechnen im allgemeinen mit einer Einbuße von dreißig Prozent entlang der Küste. In der Wüste kommt es praktisch auf dasselbe heraus: Dort sterben mehr Juden unter ihren Lasten, dafür laufen nicht so viele weg.«
»Du wußtest also, daß die Platten in Jerusalem waren?«
»Jawohl, Herr. So kam ich auf den Zeitraum von zehn Tagen. Es war nur noch nötig, die Reste der ursprünglichen Karawane mit dem nächsten regulären Geleitzug zu vereinigen.«
»Und wo sind die Platten jetzt?«
»Heute nacht?«
»Ja. Jetzt, zu dieser Stunde. Ich wünsche ganz genau zu wissen, wo sie sind.«
Fabatus zögerte und rutschte unbehaglich auf seinem Stuhl hin und her. Er hob einen Zipfel seines Umhangs auf und betrachtete ihn so genau, als könne er von ihm die Antwort ablesen, dann ließ er ihn wieder auf sein Knie fallen. Er bewegte die Lippen hin und her, als habe er gerade etwas Ranziges geschmeckt und sagte schließlich: »Ich weiß es nicht, Herr.«
»Und *warum* ist es ein Geheimnis, wo sich ein Geleitzug, der nach Masada unterwegs ist, zur Zeit befindet? Es sind kaum vierzig Meilen von hier nach Jerusalem. Sogar mit meinem schlechten Auge kann ich beinahe halb so weit sehen.«
»Nachdem ein Geleitzug Jerusalem einmal verlassen hat, ist er mehr oder weniger auf sich selbst gestellt.«
»Mehr oder weniger – soll das heißen, daß überhaupt keine Verbindung mit ihm besteht?«
»Genau das, Herr.«

»Dann liegt da der Fehler.«
Silva wandte sich Arvianus zu und runzelte die Stirn. »Das ist deine Angelegenheit, Arvianus. Warum hast du nichts dagegen unternommen?«
»Ich bitte um Vergebung, Herr. Gute Verbindungen verlangen Pferde und Boten. Ich bin knapp an beidem, und anständige Ersatzpferde sind in diesem Land überhaupt nicht aufzutreiben. Ich habe zum Beispiel kaum genug, um die Post am Morgen weiter als bis nach Tyrus zu schaffen.«
»Und was geschieht dort? Bleibt die Post dort einfach liegen, zweitausend Meilen von Rom entfernt?«
»Nein, Herr. Aber wir büßen eine Nacht ein, weil der Bote sich ausruhen muß. Dann geht er weiter nach Sidon, wo er die Briefe einem neuen Boten übergibt, der mit der Post von Antiochia herunterkommt.«
»Ich hatte immer den Eindruck, daß die Post auf dem Seeweg schneller zu befördern wäre.«
»Nicht um diese Jahreszeit, Herr. Und zu keiner Zeit ist der Seeweg zuverlässig.«
Silva lehnte sich in seinem Stuhl zurück und winkte dem jungen Attius. »Begib dich sofort zum Zenturion Lupus von der Ersten Kohorte. Er soll acht Mann als Boten und sechzehn seiner besten Reitpferde zum Dienst unter dem Tribunen Arvianus abkommandieren. Sag ihm, ich weiß, daß ihm das nicht gefallen wird, aber für die Kavallerie haben wir hier nicht viel zu tun, und es ist das beste, er findet sich auf seine übliche gutwillige Art mit der Tatsache ab.«
Silva wandte sich wieder an Arvianus. »Du wirst diese Eisenplatten bis spätestens morgen mittag gefunden haben und mir Meldung erstatten. Ich erwarte ab heute nacht eine entscheidende Verbesserung aller unserer Verbindungen, insbesondere zwischen hier und der Küste.«
Ohne eine Pause zu machen, richtete Silva das Wort dann an den Tribunen Liberalius, einen hochgewachsenen, dunkelhäutigen Mann ohne eine Spur von Behaarung auf Gesicht und Schädel. Auf seiner Haut leuchtete der Schweiß in dem gedämpften Licht, und die Feuchtigkeit betonte die scharfen Linien und Kerben seines Gesichtes so stark, daß es Silva wie eine Bildhauerarbeit aus poliertem Marmor erschien. »Hast du noch mehr von den Juden, die heruntergekommen sind, erfahren, Liberalius?«
»Nicht direkt, Herr. Zwei der Leute, die sie jetzt bewachen, sprechen jedoch fließend Hebräisch und Aramäisch, was die Juden bestimmt nicht wissen. Hoffentlich schnappen sie irgend etwas von Wert auf.«
»Was hast du mit ihnen gemacht?«
»Wir halten sie einstweilen in der Südwestecke des unteren Lagers fest. Sie sind schwer bewacht und lassen durch nichts erkennen, daß sie entfliehen wollen. Ich glaube eher, sie sind froh, hier zu sein.«

»Hast du versucht, noch weitere Informationen von ihnen zu bekommen?«
»Vorerst noch nicht, Herr. Ich würde empfehlen, ein paar von ihnen auszupeitschen, um zu sehen, ob sie dem, was sie uns schon erzählt haben, nicht noch etwas hinzufügen möchten.«
»Damit wollen wir lieber einen oder zwei Tage warten. Der junge Cerealius, dieser Einfaltspinsel, hat sie schon genug herumgestoßen. Was aber nun diesen älteren Mann betrifft, der sich Esra nennt und bestreitet, ihr Anführer zu sein – seine Art hat mir recht gut gefallen. Er scheint mir ... ganz anders zu sein als die übrigen.«
»Er ist trotzdem ein Jude, Herr, und folglich kann man ihm nicht über den Weg trauen.«
Silva massierte nachdenklich sein verkrüppeltes Bein. Einen Augenblick lang schien er vergessen zu haben, daß er nicht allein war. Dann blickte er plötzlich prüfend in die Gesichter am Rande der Lampenschatten, als hoffe er, in ihnen eine Bestätigung seiner Gedanken zu entdecken. Aber er stieß nur auf ein unbehagliches Schweigen. Schließlich sagte er: »Ich hoffe selbstverständlich, daß die Juden sich ergeben werden, *bevor* wir gegen sie losschlagen müssen. Dabei denke ich nicht so sehr an die Mühen und Kosten, die notwendig sind, die Rampe fertigzustellen, sondern vielmehr an die Legionäre, die wir bei dem entscheidenden Sturmangriff verlieren werden. Denn wir brauchen diese Männer für die spätere Überwachung von Judäa; Rom hat bereits wissen lassen, daß es keinen Ersatz schicken wird.«
Er hielt inne und wischte sich den Schweiß von den Augen. Konnte er es wagen, die Hitze zu erwähnen? Nein, je weniger darüber geredet wurde, desto besser. Aufgrund irgendeines uralten Militärrituals tröpfelten und sickerten die geheimen Befürchtungen der Offiziere unweigerlich bis zu den Mannschaften hinab. »Hinzu kommt noch ein zweiter wichtiger Faktor, den wir sehr sorgfältig erwägen müssen. Wenn wir Masada einnehmen, werden wir dafür sorgen, daß nur sehr wenige Juden, wenn überhaupt welche, mit dem Leben davonkommen.« Er hielt abermals inne und lächelte seinen Offizieren zu. »Es sei denn, der eine oder andere von euch möchte einen als Andenken mit nach Hause nehmen ... aber meiner Meinung nach gibt es schon mehr als genug Juden in Rom.«
Ein neuerliches Murmeln belustigter Zustimmung war zu vernehmen; dann fuhr Silva fort: »Ich denke dabei an unsere Zukunft in Judäa. Falls die Juden auf Masada bis zum letzten Mann kämpfen, was sie wahrscheinlich tun werden, oder ich müßte Eleasar gänzlich mißverstanden haben, so werden sie möglicherweise für alle anderen Juden in Palästina zu einem Symbol. Daran könnten sich – auf sehr lange Zeit – leicht immer neue Aufstände entzünden.

Bei Jerusalem oder einer unserer übrigen Auseinandersetzungen mit diesem Volk war dies nicht der Fall. Wir können so etwas natürlich auf uns nehmen und ohne weiteres damit fertig werden, aber andererseits sehe ich in der Zukunft hier ein blühendes, ertragreiches Land vor mir, das sich so weit selbst regiert als die Juden überhaupt imstande sind, sich selbst zu regieren – natürlich mit uns als Oberherren.
Wir dürfen nicht vergessen, daß wir zwar die meisten Störenfriede ausrotten, aber nie alle erwischen können. Wenn ein Mann, der sich wirklich fanatisch einer Sache weiht, ein Symbol besitzt, dann braucht es nur noch sehr wenig, um ein bereits unruhiges Volk erneut gegen uns aufzuhetzen – oder auch gegen sich selbst. Für einen gewinnbringenden Frieden – und um einen solchen zu erreichen, sind wir hier – brauchen wir ein Volk, das arbeitet, anstatt zu kämpfen. Und aus diesem Grund, meine ich, soll ten wir jede Möglichkeit ergreifen, um Masada kampflos zu nehmen. Ich bin bereit, mir jeden diesbezüglichen Vorschlag anzuhören.«
Es folgte ein langes und unbehagliches Schweigen. Silva beobachtete aufmerksam, wie seine Offiziere einander ansahen, lautlos die Lippen bewegten und die Augen zusammenkniffen, als seien sie im Begriff, eine aufsehenerregende Erklärung abzugeben. Er ließ ihnen Zeit, ihre Umhänge neu zu falten und sich den Schweiß von der Stirn zu wischen, bis er schließlich mehr belustigt als enttäuscht halblaut zu sich selbst sagte: »Wirklich glänzend ...«
Ihre Reaktion war genauso, wie er erwartet hatte. Da saßen nun sechs Tribunen vor ihm, von denen ein jeder das Recht besaß, den goldenen Ring zu tragen, und außerdem gab es in der Zehnten Legion fünfzig Zenturionen, einhundert Optionen und einhundert Fähnriche, die alle als Offiziere gelten konnten. Und doch – nichts. Alle waren sie gehorsam, alle willig wie die Kinder, wenn ihr Vater sprach. Und wer war der Vater? Silva seufzte und spürte ganz plötzlich den Geschmack von Wein auf der Zunge. Und eine Stimme im Schatten seines Zelts schien ihm zuzuflüstern: »Da hast du deine Antwort. Wenn niemand dich Freund nennen will, wenn niemand aus Angst um seine Stellung dich herausfordern will und wenn die Einsamkeit jetzt zurückkehrt und du wie ein verlassenes Gespenst dasitzt, während die ganze Wüstenwelt auf deine nächste Entscheidung wartet – dann komm zu mir. Nicht viel, sagen wir nicht mehr als einen Becher oder höchstens zwei ... Schick diese braven, stumpfsinnigen Männer weg, damit sie wiederkäuen, was du ihnen gesagt hast, und laß mich in dieser Nacht noch einmal dein Geselle sein.«
Der Sessel knirschte, als Silva sich auf die Füße stellte. Und unverzüglich erhoben sich auch die anderen erwartungsvoll. Während sein Blick über sie hinwanderte, mußte er denken, welch eine Freude fürs Auge sie doch waren, wie großartig und soldatisch sie aussahen, welch eindrucksvolle

Gesichter! Echte Römer allesamt, tapfer und ergeben, und nicht ein einziger funktionierender Verstand dabei.
»Laßt uns das alles noch einmal überschlafen«, sagte Silva ruhig. »Und mögen die Götter euch mit einer Eingebung erleuchten.« Er hob lässig die Hand als Antwort auf ihren Abschiedsgruß, und noch ehe sie alle aus dem Zelt hinausgeschlüpft waren, ließ er sich wieder schwer auf seinen hufeisenförmigen Sessel niederfallen. Er sah seine Hand, wie sie sich ausstreckte, um einen unsichtbaren Becher zu ergreifen und ballte sie sofort zur Faust zusammen. Einige Augenblicke lang brach ihm heftiger Schweiß aus, und obwohl er nicht die geringste Bewegung machte, ging sein Atem immer rascher, bis er schließlich keuchte. Um seine Gedanken abzulenken, biß er sich auf die Lippen, bis er Blut schmeckte, und der Geschmack des Weins eine Weile von seiner Zunge wich, so daß er sich in seinem Sessel zurücklehnen und sein gutes Auge schließen konnte; eine lebenslang gewohnte Disziplin vermochte seine Gedanken in weite Ferne zu tragen. Ja, jetzt endlich gelang es ihm.
Er mußte an einen Brief denken, nicht an einen von morgen, sondern an einen, den er vor langer Zeit in Gallien erhalten hatte. Es war dieser eine Brief von Livia, den er bis zum heutigen Tag auswendig hersagen konnte. Ihn zu wiederholen, beschäftigte sein Denken; es fesselte seinen Geist, bei jedem einzelnen Wort, jedem Satz zu verweilen, und die leibhaftige Livia stand vor seinen Augen, ihre Stimme, die seiner Schwäche ein Schutzschild vorhielt...

»MEIN GELIEBTER GEMAHL,

während des ganzen vergangenen Monats habe ich unablässig und so lange, wie ich es nur wagte, mit mir selbst darüber gestritten, wie ich diesen Brief anfangen soll. Deine Frau hat stets nichts weniger gewünscht, als Dir irgendwelchen Kummer zu bereiten, doch halte ich es für besser, die Dinge jetzt zu erklären, als daß ich bei Deiner Rückkehr nicht mehr da bin, und Du Dich dann während Deines ganzen restlichen Lebens insgeheim fragst, warum.
Liebster, meine Belohnung hierfür wird sein, daß Du den Namen Livia immerdar mit zärtlicher Liebe aussprechen wirst.
Ich habe heute in Deinem Namen der Minerva und in meinem eigenen dem Poseidon geopfert. Ich schreibe diese letzten Worte an Dich nieder, weil ich, selbst wenn Du hier wärest und meine Hand Dich berühren und ich Dir jetzt nicht sagen könnte, was mein Herz Dir gern sagen möchte. Du wirst Dich an die zunehmende Heiserkeit meiner Stimme erinnern, über die Du einmal, ehe Du gen Norden zogst und wir einen unserer ganz

besonderen, ganz privaten fröhlichen Abende verbrachten, nachsichtig gelacht und gemeint hast: ›Es kommt mir wirklich wie ein Wunder vor, daß nicht alle Frauen einen gewissen Stimmverlust erleiden, wenn man bedenkt, wie sie dieses Instrument bearbeiten.‹ Wie wahr, mein Liebster, und ich war dessen genauso schuldig wie nur irgend jemand in unserem Kreis.

Wenn Du zurückkehrst, kannst Du Dich bei den Ärzten über mein Leiden erkundigen, obwohl ich bezweifle, daß Du viel erfahren wirst. Die Aufrichtigeren unter ihnen gestehen, daß es ihnen rätselhaft ist, die anderen verbrennen Weihrauch, rollen die Augen und stellen immer neue Vermutungen an oder erwarten sich von dieser oder jener Arznei die Heilung. Das einzige, worin sich anscheinend alle einig sind, ist, daß die krankhaften Veränderungen in meiner Kehle mich bald daran hindern werden, überhaupt noch einen verständlichen Laut von mir zu geben, und daß ich womöglich schon in kurzer Zeit zu meinen Ahnen gerufen werde. Es ist fast, als neideten die Götter uns die Freude, die wir aneinander hatten, so daß sie auf Rache sannen, bis es ihnen gelang, uns mit diesem schlauen Trick für immer zu trennen.

Mein Liebster, ich möchte Dich diesseits des Todes verlassen, während wir beide noch atmen und ein jeder das Leben des anderen spürt, während sogar unsere Gedanken, obwohl Du so weit weg bist, miteinander im Einklang sind. Vergib mir, daß ich ein solches Kind bin, aber die andere Seite des Todes bietet mir keinerlei Verheißung – ich bin nie jemandem begegnet, der auch nur den geringsten Sinn in ihm zu sehen vermochte. Nur einer Sache bin ich, außer meiner ewigwährenden Liebe zu Dir, jetzt ganz sicher. Ich werde den Tod nicht an mich herantreten lassen. Ich werde zu ihm gehen.

Ich bitte Dich, hieraus nicht zu schließen, daß ich meinen gesunden Verstand verloren habe; das ist keineswegs der Fall. Im Gegenteil, mir scheint, daß ich in diesen letzten Wochen für fast alles einen neuen Blick gewonnen habe, eine Klarheit des Denkens und der Einschätzung der Dinge, die mich häufig selbst erstaunt. Ich sehe die Blätter des Akazienbaums in unserem Garten auf andere Weise als zuvor. Sie tanzen im leisesten Luftzug, wirbeln herum, wie kein menschlicher Tänzer es je könnte, und erzählen mir wieder und wieder, wie kurz die Schönheit des Lebens ist, und daß wir nicht einen Augenblick davon vergeuden dürfen. Ich sehe Licht, wo ich nie zuvor Licht gesehen habe, an den Rändern der Sommerwolken, im Schimmern eines Tautropfens, der ja auch nach einer kurzen Lebensspanne für immer verschwinden muß.

Und warum nicht, mein Liebster? Ist es nicht weitaus besser, das Fest jetzt zu verlassen, da mein Antlitz und meine Gestalt dich noch bezaubern? Ach, die Menschen machen es sich leicht, wenn sie sagen: ›Laß uns

zusammen alt werden‹ oder schlimmer noch: ›Was für ein reizendes altes Paar.‹ Reizend? Das ist nichts für Deine Livia. Und mit meinen Leiden könnte man mich, selbst wenn ich es wünschte, schwerlich als ›Trost‹ für einen Mann in seinen späteren Lebensjahren bezeichnen.
Du hast mir oft gesagt, daß es für Dich als Soldat am natürlichsten wäre, in einer Schlacht zu fallen. So geht es mir auch.
Begräbnisfeiern zu Ehren eines großen Mannes sind schon grausig genug, aber bei einer Frau, die in dieser Welt nichts geleistet hat als ihren Mann zu lieben, die ihm nicht einmal ein Kind geschenkt hat, gibt es keinen Vorwand und keine Entschuldigung für die Tränen der Leidtragenden. Ich muß zwar meine armselige Weiblichkeit insofern eingestehen, daß ich die Hoffnung hege, daß Du zumindest eine Zeitlang um mich trauern wirst, aber es besteht gewiß kein triftiger Grund, warum Du über meiner Asche nachsinnen oder auf andere Weise die fünfundzwanzig Jahre meiner Erdenbürgerschaft mit kalten Monumenten verewigen solltest. So ist es meine Absicht, Dir und meiner Familie diese abscheulichen, wenngleich gebotenen Riten zu ersparen.
Morgen werde ich nach Neapolis reisen, wo ich ein Schiff nach Capri nehmen werde. Ich habe ausdrücklich bestimmt, daß die Überfahrt nachts zu geschehen hat. Ich will zu den Sternen hinabblicken, die sich im Meer spiegeln, und zu ihnen hinuntergleiten.
Liebster, mögen die Götter Dich beschützen. Leb wohl ...«

Silva erhob sich langsam von seinem Stuhl. Er reckte die geballten Fäuste gegen das Zeltdach, als wäre es der Himmel, und sein ganzer Körper bebte. »O Mars, mein Schutzgott, errette mich aus dieser ewigwährenden Nacht! Besieg mich oder schenk mir den Sieg, aber laß mich nicht so allein in der Einöde umherwandern!«
Er senkte die Fäuste und trat zum Tisch. Dort goß er sich einen großen Becher Wein ein.

Valerius Valens, ein Legionär der zweiten Zenturie des ersten Manipels, saß in seinem Zelt, in dem normalerweise zehn Mann untergebracht waren, jetzt aber mehr als fünfzehn seiner Kameraden sich zusammendrängten, die gerade vom Wachdienst entlang des Walles abgelöst worden waren. Sie hatten sich um die einzige Öllampe geschart und lauschten vor allem Marcus Fronto, einem grauhaarigen Dekurion der Ersten Kohorte. Fronto beherrschte zwar die Gruppe, aber es kam doch vor, daß der eine oder andere von Valens' ungebetenen Gästen sagte, was er dachte, und bei dem, was sie sagten, war ihm äußerst unbehaglich zumute. Bei so vie-

len zusammengedrängten Menschenleibern war es erdrückend heiß in dem Zelt und so stickig, daß die Flamme der kleinen Öllampe mehrfach ihr Leben auszuhauchen schien.
Obwohl draußen vor dem Zelt ein Wachtposten aufgestellt war, um sie vor allzu Neugierigen oder dem Herannahen eines Offiziers zu warnen, war Valerius Valens doch nervös. Die Zehnte Legion war sein ganzer Lebensinhalt, so sehr, daß er überall, wohin er mit ihr marschiert war, ihr Andenken verewigt hatte, indem er die Buchstaben LEG X FRET in Bäume oder Steine oder was sonst zur Hand war einritzte bzw. einschnitt – eine Gewohnheit vieler Legionäre und eine billige Art, die unvermeidliche Wartezeit, die jeder Soldat kennt, totzuschlagen. Zu würfeln kostete Geld, aber das Schnitzen war umsonst, und so wetteiferten sie miteinander in der künstlerischen Anmut ihrer Buchstaben. LEG war die übliche Abkürzung für Legion, X die römische Zehn, und FRET eine spezielle Bezeichnung der Zehnten, eine Abkürzung von FRETENSIS, was sich auf die Meerenge von Messina bezog, wo die Legion vor dem Palästina-Dienst lange in Garnison gelegen hatte. So wurden die Märsche vieler Legionen quer durch die Lande urkundlich verzeichnet, und zuweilen hoffte wohl ein Soldat in Britannien oder Afrika, anderen von seinem Schicksal Mitteilung zu machen, indem er seinen Namen, seine Einheit und das Datum in etwas, das gerade zur Hand war, einritzte.
Valerius Valens verschaffte sich jetzt Erleichterung von der Spannung, die ihn umgab, indem er auf seiner Bank aus weichem Stein herumkratzte. Er verwendete zu diesem Zweck einen zerbrochenen Pfeil und entdeckte mit einigem Erstaunen, daß er wieder einmal das vertraute alte LEG X FRET eingeritzt hatte.
»Ihr habt den Juden gehört«, sagte der Dekurion Fronto zu den anderen, »ihr habt gehört, was der alte Mann über die Hitze gesagt hat. Und ihr habt mich gehört, der ich in Afrika vom einen Ende zum anderen gedient habe und weiß, was Hitze zuwege bringt. Und jetzt hören wir uns mal Plinius Severns an, der alles weiß, was es über die Juden zu wissen gibt.«
Ein großer, dürrer Legionär fragte trocken: »Sogar mehr als Silva?« Aber niemand lachte.
Plinius Severns war klein für einen Legionär, aber zäh und drahtig und imstande, seinen vollen Namen zu schreiben. Er hatte sich in Jerusalem gut geschlagen und wurde deshalb von den anderen geachtet. Er war ein geschwätziger Mann, dessen eigentümlich mißtönende Stimme in seiner ganzen Kohorte bekannt war. Jetzt erklärte er schnarrend: »Also, zuerst sagte er, sein Name sei Esra, und dann wollte er meinen Namen wissen und redete dabei überhaupt nicht wie ein Jude, sondern mehr wie ein richtiger Mensch und sagte alles das, was wir schon gehört haben, daß wir uns unterhalb des Meeresspiegels befinden und so, daß wir schon bald alle

zerschmelzen werden, und dann fragte er, wie wir nur für einen General kämpfen können, der die ganze Zeit betrunken ist und ...«
»Das haben wir alles schon gehört«, drängte Fronto. »Komm endlich zu den *entscheidenden* Punkten!«
Plinius Severns zauderte, denn er wollte das Gefühl seiner Wichtigkeit voll auskosten. Noch nie zuvor hatte er eine so aufmerksame Zuhörerschaft gehabt. Schließlich fuhr er fort: »Eins müßt ihr euch merken: Die meisten Juden haben eine besondere Gabe. Sie können voraussehen, was geschehen wird, und dieser Mann Esra hat gesehen, daß in fünfunddreißig Tagen von heute ab gerechnet unser Blut kochen wird.«
»Warum läßt du dich nicht beschneiden?« fragte Vespillo, ein schwerfälliger Legionär der Dritten Kohorte. »Als nächstes wirst du uns noch erzählen, daß du an einen Gott glaubst, den man nicht sehen kann.«
Silius Proculus, der ebenfalls zur Dritten Kohorte gehörte, lachte und meinte: »Severns, du hast überhaupt keine Ahnung von den Juden. Ich sage dir, sie würden einem durstigen Mann nicht den Weg zur Quelle zeigen. Sie sind ein Volk von Aussätzigen, und ich weiß, daß sie geheime Gesetze haben, die jedem Stamm erlauben, jährlich einen Nichtjuden zu mästen und zu schlachten. Sie fressen seine Gedärme und schwören einen Eid, daß sie jeden hassen wollen, der sich weigert, ihren unsichtbaren Gott anzubeten. Und du verlangst von mir, ich soll glauben, daß ein so wildes und geheimnisvolles Volk weiß, was im nächsten Monat passieren wird?«
Jetzt ergriff Terentius das Wort; er war Kavallerist und galt folglich als Außenseiter: »Wir sollten mehr Sold dafür bekommen, daß wir hier sind. Wenn ich erst mal alles bezahlt habe, das Heu, meine eigenen Lebensmittel, meine Stiefel und Gamaschen sowie die Abgabe für die Lager-Saturnalien, bin ich bereits hundertzwanzig Denare los. Dann gehen noch fünfzig auf mein Sparkonto, und wer weiß, ob ich die je wiedersehen werde. Wir sollten unbedingt eine Zulage bekommen.«
»Bleiben wir bei der Sache, wir kommen vom Zweck dieser Sitzung ab«, entgegnete Fronto. Und Valerius Valens begann noch eifriger zu schnitzen als zuvor, denn er ahnte, daß jetzt unter seinem Dach genau das Thema besprochen werden würde, das er fürchtete.
»Ob ihr dem alten Juden glaubt oder nicht, wir sollten auf jeden Fall überlegen, was zu tun ist, wenn die Hitze so stark wird, wie er behauptet. Mit anderen Worten: Sind wir gewillt, hier in dieser Scheißwüste unsere eigenen Gräber zu graben und nicht einmal zu protestieren?«
»Protestieren – wie denn?« fragte Proculus vorsichtig. Einen Augenblick lang herrschte drückende Stille. Fronto betrachtete prüfend die ängstlich schwitzenden Gesichter, die ihm im schwachen Licht zugewandt waren. »Wir sind schließlich Männer«, sagte er leise, »und wir sind bewaffnet. Glaubt ihr, Silva könnte sich uns widersetzen, wenn er allein stünde?«

»Der Tag, an dem ein Scheißdekurion wie du die Zehnte befehligt, ist der Tag, an dem ich desertiere«, sagte Silius Proculus. »Ich kann mich an Zeiten erinnern, da du mit keinen zehn Mann zu Rande gekommen bist.«

»Ich schlage gar nicht mich selbst vor«, erwiderte Fronto, als habe eine derartige Vermutung ihn direkt gekränkt. »Ich denke an einen hochgestellten Römer, der unser Vorgehen mit Worten erklären könnte, die daheim verstanden würden. Viele von euch haben ihn heute morgen gesehen. Er hat Eindruck auf mich gemacht.«

»Ich habe nur gesehen, wie er sich die Scheiße vom Gesicht gewischt hat, und das hat mich nicht sehr beeindruckt«, sagte Valens.

»Und außerdem ist er kein General«, krächzte Plinius Severns.

»Dieser Scheiß-Falco ist ein Arschbacken-Politiker. Du brauchst nur langsam an seinem Zelt vorbeizugehen und schon zerrt er dich hinein und vergewaltigt dich.«

Valerius Valens fand, er habe genug gehört, ohne selbst seine Meinung zu sagen; er hörte auf, an dem Stein herumzukratzen und sprach mit großem Ernst. »Ich möchte ebensowenig wie ihr in dieser Scheißwüste sterben, aber euch ist die Hitze anscheinend schon zu Kopf gestiegen. Wir sind noch keine zwanzig hier in diesem Zelt, und wenn wir vorsichtig mit den Leuten reden, können wir vielleicht noch tausend Mann auf unsere Seite kriegen. Und was dann? Ihr vergeßt eins: wenn Silva nichts von uns hört, ehe wir soweit sind, dann werden auch die restlichen viertausend Mann in der Zehnten kaum etwas von uns hören. Und im übrigen möchte ich euch daran erinnern, daß viele bereit sind, für Silva zu sterben.«

»Und jetzt wirst du uns wohl gleich noch erzählen, daß wir zum Ruhme Roms hierbleiben und diese Scheißjuden besiegen müssen?« höhnte Proculus.

»Was mit den Scheißjuden geschieht, ist mir völlig egal. Sie können von mir aus dieses Scheißland behalten. Mir geht's darum, was mir selbst passiert, und ich spüre viel Schlimmeres als die Hitze, wenn dieses Gerede hier weitergeht ... nämlich Silvas rotglühendes Eisen, das mir den Arsch ausbohrt.«

»Langsam, langsam, immer mit der Ruhe«, sagte Fronto beschwichtigend. »Wir werden natürlich nichts überstürzen. Wir müssen alles sehr sorgfältig organisieren und unsere eigentlichen Absichten streng geheimhalten. Wir werden den anderen ganz einfach erzählen, was der Jude gesagt hat und daß sie bald alle tot sein werden, wenn sie sich uns nicht anschließen. Meine Freunde, denkt daran, alle Unternehmungen dieser Art gehen von kleinen Gruppen aus und werden letzten Endes von ihnen gelenkt. Die Tatsache, daß wir nur fünfzehn sind, kann auch von Vorteil für uns sein.«

Paternus und Severns standen neben ihr und blickten auf sie herab. Als sie die Augen öffnete und im Fackelschein ihre Gesichter sah, meinte sie, ihr Alptraum sei Wirklichkeit geworden. Sie hatte ihre dicklippigen, schwitzenden Gesichter mit den römischen Nasen so oft in ihren Träumen gesehen; doch dann sagte Severns nur klar und deutlich: »Er verlangt nach dir.«

Paternus beugte sich zu ihr herab, um sie wachzurütteln, und sagte ebenso deutlich: »Mach rasch, beeil dich!«

Die beiden Römer warteten ungeduldig; sie ließ sich jedoch Zeit, ihr Haar zu kämmen und den Körper mit den letzten Tropfen ihres kostbaren alexandrinischen Parfüms zu betupfen. Sie wollte Zeit gewinnen, um in Ruhe zu überlegen und vielleicht zu verstehen, warum ihr so viel daran lag, Flavius Silva wiederzusehen. War es nur wegen der schlafenden Leiber, die wie gefallene Blätter im Zelt verstreut umherlagen? Diese Bündel von staubigen Kleidern waren ihre Angehörigen, die nicht mehr ganz so stolzen Überreste eines Stammes, von dem es hieß, er sei mit Moses durch die Wüste Sinai gezogen. Sie sind schon so gut wie tot, mußte sie plötzlich denken. Sie wissen vor lauter Ränken und Intrigen zu ihrem eigenen Schutz nicht mehr ein noch aus und widersetzen sich trotzdem dem einzigen Schritt, der ihre Haut jetzt noch retten könnte.

Sie hockten den ganzen Tag lang im Schatten dieses Zeltes und schimpften und fluchten auf Silva, und obwohl ihre Blutsbrüder vor ihren Augen zu schwerer Sklavenarbeit angetrieben wurden, die ohne weiteres auch ihr eigenes Schicksal hätte sein können, beklagten sie sich unablässig über die Behandlung, die ihnen widerfuhr. Sie konnten so lange schlafen, wie sie wollten und hatten reichlich zu essen, und ihre Hände waren womöglich noch weniger schwielig als damals, als sie nach Judäa kamen, und dennoch jammerten und klagten sie unausgesetzt darüber, daß sie sich diesem Römer hingegeben hatte.

»Lieber möchte ich sterben als wissen, daß meine Tochter mit Römern schläft.«

»Du würdest wahrscheinlich sehr bald sterben, wenn ich es nicht täte. Und außerdem schlafe ich nur mit einem Römer.«

»Er hat dich der ganzen Dritten Kohorte vorgeworfen.«

»Das war nur eine Drohung. Ich habe es nicht geglaubt, und er auch nicht.«

»Deine Willigkeit ist einfach unverständlich. Jeder vernünftige Mensch weiß doch, daß es unsere Familie auf zehn Generationen hinaus entehrt.«

»Warum nicht elf?«

»Was kannst du nur Gutes an ihm entdecken?«

»Gar nichts. Aber er ist ein einsamer Mann.«

»Das ist Satan auch.«

»Und ich lerne viel von ihm.«
»Wie man Juden umbringt?«
»Muß ich euch daran erinnern, daß ich gewissen Juden das Leben rette?«
»Du bist eine Hure, und nach den Gesetzen unserer Vorfahren ...«
»Unseren Vorfahren saß nicht die Zehnte Legion im Nacken!«
So stritten und zankten sie ständig, bis Schewa ihnen schließlich ins Gesicht gähnte. Jetzt, da sie auf Silvas Zelt zuschritt, wunderte sie sich über ihr Bedürfnis, ihn vor ihrer Familie in Schutz zu nehmen. Warum sollte sie für einen Mann eintreten, warum ihm ihre Gunst erweisen, der sie mitten in der Nacht zu sich befahl und von zwei Wachtposten holen ließ? Wesentlich logischer wäre es, ihn umzubringen. Und zwar noch heute nacht. Während er schlief. Keinem anderen Juden auf der ganzen Welt bot sich eine solche Gelegenheit.
Als sie schließlich in seinem Zelt stand und sie allein waren, blickte sie ihm prüfend ins Gesicht. Sie sah, daß sein schlechtes Auge vor Erschöpfung fast geschlossen war, und gestattete sich einen Augenblick des Mitgefühls für diese übernächtigte, abgezehrte Gestalt, die da zusammengesunken im Sessel saß. Dann gewahrte sie den Weinkrug in seiner Reichweite und sagte sich, daß er wieder betrunken war.
»So, so – der große General hat sich also soviel Wein zu Gemüte geführt, daß er die Jüdin, die er auf den Mist geworfen hat, wieder zu sehen wünscht?«
Silva wies nur mit dem Zeigefinger nach dem Ruhebett, beachtete sie dann aber nicht weiter, sondern trank einen großen Schluck Wein.
»Ist das Hirn des Generals schon zu sehr versteinert, um eine alte hebräische Geschichte aufzunehmen, die ich ihm erzählen möchte? Vielleicht sollte ich sie mir aber auch aufheben, bis ich das nächste Mal weggeschickt und der Dritten Kohorte als Maskottchen geschenkt werde?«
»Es ist dir nichts geschehen. Ein Freund von dir hat den Befehl rückgängig gemacht.«
Sie lächelte und trat einen Schritt näher. »Ich danke dir, großer General, daß du meine Vagina gerettet hast.«
»Hör auf, mich großer General zu nennen.«
»Ich tue es nur, um mich daran zu erinnern, daß du angeblich einer bist, denn je länger ich dich ansehe, desto mehr muß ich an die Geschichte von Noah und Satan denken.«
»Ich dachte, ihr habt nur einen Gott.«
»Stimmt, aber Satan ist sein Widersacher, und wenn du von Noah noch nichts gehört hast, tust du mir leid.«
»Über Noah weiß ich Bescheid. War so ein Matrose.«
»Eines Tages, nach der Sintflut, beschloß er, einen Weinberg anzupflanzen ...«

»Muß ein sehr intelligenter Mann gewesen sein«, sagte Silva.
»Und Satan trat zu ihm und sagte, der Wein erfreut das Herz, aber ich weiß, wie man ihn noch verbessern kann. Du brauchst nur vier Tiere zu töten und ihr Blut auf dem Weinberg zu vergießen. Dann wirst du sehen, wie wunderbar Wein sein kann.«
Sie hielt inne und beobachtete ihn aufmerksam. General, dachte sie, heute nacht muß ich dich zu fassen kriegen oder ich schaffe es nie. Aber er blickte von ihr weg zur Spitze des Zelts, nahm wieder einen Schluck Wein und schien sie vergessen zu haben.
»Interessiert es dich nicht, welche Tiere Satan auswählte, um den Weinberg zu verbessern?«
»Erzähl nur weiter.«
»Ein Lamm, einen Löwen, dann ein Schwein und schließlich einen Affen.«
»Na und?«
»Und seither ist es so: Nach den ersten Schlucken Wein ist der Mann wie ein Lamm, dann trinkt er ein bißchen mehr und wird wie ein Löwe – wer wagt es, mit ihm aufzunehmen? Dann wird er ein Schwein, das sich im Kot wälzt, und schließlich ein Affe, der sich kreischend von Ast zu Ast schwingt, herumspringt und nicht weiß, was er tut.«
Silva kicherte, und seine Reaktion bereitete ihr ein eigentümliches Vergnügen. Sie hatte nie geglaubt, daß Römer innerer Belustigung fähig seien. Die gewöhnlichen Soldaten, die sie in Ägypten und Judäa gesehen hatte, kreischten gellend wie die Esel, wenn sie betrunken waren, während ihre Offiziere sich stets ernst und feierlich aufführten – wie Priester. Die Welt sollte wissen, welches Gewicht auf ihren Schultern lastete. Ganz anders dieser Mann hier, mußte sie denken. Trotz seiner Verletzungen und seinem gleichgültigen, unbeteiligten Gehabe besaß er eine Lebhaftigkeit, die sie faszinierte – eine Eigenschaft, die kein jüdischer Mann, den sie je gekannt hatte, zu besitzen schien.
Sie trat vorsichtig näher, bis sie direkt vor ihm stand; dann streckte sie ganz langsam die Hand aus – wobei sie inbrünstig hoffte, daß sie nicht zittern möge – und nahm ihm den Weinbecher weg. Ich nehme einem Löwen seinen Knochen fort, dachte sie, aber ihre Spannung ließ nach, als sie sah, daß er noch immer lächelte. Ermutigt beugte sie sich vor und stellte den Becher so weit von ihm weg, wie es nur ging. Sie war sich wohl bewußt, daß er bei dieser Bewegung wie zufällig ihre Brüste sehen konnte, und bewegte sich folglich besonders langsam.
Ihre Angst kehrte zurück, als er es unterließ, nach ihr zu greifen. Statt dessen warf er einen Blick auf den Weinbecher und sah ihr dann kalt in die Augen.
»Hast du vielleicht zufällig im Sinn, es der Leistung deiner Landsmännin

Berenike gleichzutun?« fragte er.
»Ich verstehe dich nicht, Herr.«
»Berenike – die Frau, die sich erst ihren Bruder zum Liebhaber nahm, zwei Ehegatten angelte, dann Vespasian und sich schließlich Titus zwischen die Beine geklemmt hat.«
Ach, sieh mal an, dachte sie, er sinnt über Berenike nach. Dieses Weib sollte man ersäufen wie eine räudige Katze, die sie ja auch ist.
»Was hältst du von einer solchen Frau?« fragte er.
»Sie muß wohl eine sehr kluge und bezaubernde Frau sein, wenn sie so große Römer erobert hat.« In Gegenwart eines Mannes, ermahnte sie sich, darf man über eine andere Frau niemals anders als rühmend sprechen, insbesondere dann nicht, wenn sie schön ist. Und wenn möglich das Thema wechseln, damit nicht das abwesende Bild der anderen im Vergleich zu einem selbst anziehender wirkt.
»Du siehst müde aus«, sagte sie und streckte die Hand aus, um ihm mit den Fingern sanft über die Stirn zu streichen. Er schob ihre Hand weg und sagte: »Ich bin Berenike nie begegnet, aber ich möchte wetten, daß du sogar noch durchtriebener bist als sie.«
»Offenbar nicht. Ich scheine dich nur ärgerlich zu machen.«
»Du bist in völlig anderer Stimmung als letztes Mal, als ich mit dir schlief.«
»Ich hatte Zeit zum Nachdenken, Herr. Meine Familie und ich sind es zufrieden zu warten.«
»So? Du hast also alles mit deinen Verwandten durchgesprochen, und sie haben dir geraten ...?« Er legte den Kopf zur Seite und sah sie prüfend an. »Das überrascht und enttäuscht mich etwas. Ich hatte gedacht, du hättest einen eigenen Willen und Verstand.«
»Mein Wunsch, dir zu gefallen, ist mein eigener.«
Sie streckte abermals die Hand nach seiner Stirn aus, und diesmal schloß er das gesunde Auge, als ihre Finger darüber strichen. Und er murmelte: »Ich weiß nicht, ob ich einem Weibsbild trauen soll, das so plötzlich seine Krallen einzieht.«
»Ich verlange nichts außer meiner Freiheit.«
»Ach? Dann verlangst du den Tod. Er ist die einzige wahre Freiheit.«
Er schwieg eine Weile, und sie ging vorsichtig um ihn herum, bis sie hinter seinem Rücken stand. Während sie ihm weiter Stirn und Augen liebkoste, merkte sie zu ihrem Erstaunen, daß ihre Handbewegungen sie selbst einschläferten. Wer war dieser Mann unter ihren Fingern? Sie mußte sich nachdrücklicher denn je zuvor daran erinnern, daß er ein verhaßter Römer war und sie in dieser Nacht allen Juden den Gefallen tun sollte, ihn umzubringen. Es wäre kinderleicht. Er saß völlig entspannt da, und seine Augen waren geschlossen. Auf dem Tisch lag in Reichweite sein

kurzes Schwert. Schläfre ihn noch mehr ein und greif dann rasch danach. Stoß es ihm tief in den Nacken, der so nackt und schutzlos ist, als warte er nur darauf.

Ihre Finger wanderten weiter zu den Locken auf seinem Kopf, und er sagte: »Ich bin müde und erschöpft, weil ich meine Energie damit vergeude zu versuchen, euch Juden zu verstehen. Als wir in Jerusalem waren, erbot Titus sich zweimal, die Stadt zu verschonen, wenn ihr euch ergebt. Wir konnten nicht begreifen, warum ihr euch weigertet, warum ihr eben denselben Tempel niederbranntet, um dessen Schonung ihr uns angefleht hattet.«

»Vielleicht kann ich dir helfen, uns zu verstehen«, sagte sie leise und dachte: Jetzt heißt es auf der Hut sein. Halt seine Aufmerksamkeit fest, aber paß auf, daß er nicht zu wach dabei wird. Das Schwert steckte in einer ledernen Scheide. Sie mußte den gleichmäßigen leichten Rhythmus ihrer Hände beibehalten und nebenbei lautlos das Schwert herausziehen. Dann merkte sie plötzlich, daß es unmöglich war.

»Du wirst die Juden besser verstehen, wenn du begreifst, daß wir von der Hoffnung leben können.«

»Hoffnung?« Silva murmelte vor sich hin und glitt vom Griechischen ins Lateinische. »Man muß doch etwas haben, worauf man hoffen kann ... etwas Greifbares, oder man ist ganz einfach verrückt. Wir waren euch in Jerusalem zahlenmäßig überlegen, und ihr konntet unmöglich hoffen, daß irgendein Verbündeter sich euch, anstatt uns anschließen würde. Körperkräfte? Ihr müßt doch wissen, daß die bärenstarken Germanen unsere Sklaven sind. Verschlagene Heerführer? Konntet ihr denn vergessen, wie wir Karthago eroberten, oder waren eure Führer zu sehr damit beschäftigt, untereinander zu streiten, daß sie nicht daran dachten? Nicht einmal die Mauern Jerusalems konnten euch einen Hoffnungsschimmer schenken, wenn man das Meer als Bollwerk betrachtet und weiß, daß wir Britannien trotzdem erobert haben. Jetzt stoßen wir hier in Masada auf die gleiche Hartnäckigkeit – ich kann das einfach nicht begreifen.«

Er legte, während er sprach, den Kopf zurück, bis er zwischen ihren Brüsten ruhte. Es war mehr als eine Hoffnung, es war ein flehentliches Gebet, daß er ihre neue und stärkere Erregung nicht spüren möge. Sie hatte sich nur ein ganz klein wenig bewegt, aber es hatte genügt, um einen Dolch sichtbar werden zu lassen, der auf dem Tisch lag. Er war von einer Pergamentrolle verdeckt gewesen und steckte nicht in der Scheide. Es würde ganz einfach sein ...

»Schließ die Augen und denk nicht an uns, vergiß das Ganze, mein General, stell dir vor, du seist daheim in deinem Garten, gehst langsam auf und ab, atmest die frische römische Luft ...«

»Wobei ich mir Sorgen mache, wie ich den Klempner bezahlen soll ...«

»Und deine Sklaven bringen dir kühle Getränke ...«
»Und frage mich, ob ich nicht schauerlich übers Ohr gehauen worden bin, als ich diese Millefiori-Gläser kaufte ... nein. Wechseln wir die Szene. Zuweilen glaube ich, daß ich hier sogar besser dran bin.«
»Aber du *wirst* doch heimkehren, großer General, wenn du die Juden besiegt hast?«
»Ihr seid bereits besiegt«, knurrte er. »Vespasian hat eine Münze geprägt, um es zu beweisen.«
Sie konnte sein Gesicht zwar nicht sehen, aber sie hatte das Gefühl, er lächle. Sie ließ die Finger sanft über seine Augen gleiten und fand sie geschlossen. Dann griff sie, während sie weiter seine Stirn streichelte, vorsichtig nach dem Dolch. Es war, als lenke eine unsichtbare Kraft ihre freie Hand.
Seine Stimme wurde immer schläfriger und sein Latein undeutlicher. Er murmelte vor sich hin: »... warum sollte ich überhaupt je heimkehren? Dort erwartet mich nichts außer Steinmauern, und allein im Garten umhergehen, ist nur etwas für Philosophen. Ich hab' nicht den Verstand zum Meditieren, auch nicht zum Deklamieren. Man sollte es nicht glauben: Ich habe Quintilian und Cicero studiert und mir bei ihnen Anregung geholt und dennoch sind meine Worte einem hebräischen Fischer nicht gewachsen. Kannst du mir sagen, warum das so ist, Schewa? Sag es mir, und ich werde dich belohnen ...«
Sie hob den Dolch hinter seinem Nacken und schob ihre freie Hand langsam über seine Schläfe.
»Du hast aufgehört zu atmen, Schewa. Was ist denn?«
Er faßte ihre streichelnde Hand und führte sie an seine Lippen, küßte sie ganz sanft und sagte: »Bist du überrascht, liebe Schewa, daß ich erwogen habe, dich mit nach Rom zu nehmen – nicht als Gefangene, sondern als Herrin meines Hauses? Ich hege sogar die Hoffnung, wenn wir im Laufe der Zeit besser miteinander auskommen würden und du aufhören könntest, alle zu verachten, mit denen du in Berührung kommst, und es dir dort einigermaßen gefiele, daß du dann meine Frau wirst. Ich gebe ohne weiteres zu, eine Zeitlang gäbe es gewisse gesellschaftliche Schwierigkeiten, aber keine, die eine Frau von Geist und Anmut nicht überwinden könnte – siehe Berenike. Ich kann dir versichern, daß es in Rom viele Juden gibt. Sie leben zwar still und bescheiden, das stimmt, aber seit den Tagen des Augustus genießen sie jede Freiheit, auch in religiöser Hinsicht. Würde dir mein Vorschlag zusagen, Schewa? Schewa, antworte mir ...«
Hilf mir, mein Gott, betete sie. Mach, daß ich jetzt mit dem Messer zustoße. Sie blickte auf ihre erhobene Hand und befahl ihr, sich zu bewegen, aber die Hand blieb unverrückbar in der Luft. Sie beschwor in Gedanken

die schimmernde Klinge, rief sie flehentlich an, aber sie rührte sich nicht. Dann hörte sie ihn sagen, als spreche er vom anderen Ende der Welt: »Schewa, leg das Messer weg. Es ist ein Geschenk von meinem guten Freund Gallus, und es wäre ihm bestimmt nicht recht, wenn es mit meinem Blut befleckt wird ...«

Er hatte sich überhaupt nicht gerührt, und als sie instinktiv die Hand über die Augen gleiten ließ, waren sie noch immer geschlossen. Plötzlich ließ sie das Messer fallen, warf die Arme um ihn, küßte seinen Nacken, seine Ohren, seine Schläfe und murmelte ein übers andere Mal: »Ach, mein Liebster, mein liebster tapferer General, ich bin eine Verräterin, eine Hure von einer Verräterin ... ich wäre glücklich bis zum Wahnsinn, wenn ich meine Hände in dein Blut tauchen könnte, aber ich kann es nicht ... ich kann es nicht!«

Er drehte sich um, nahm sie in seine Arme und zog sie zu sich herab, bis er ihren ganzen bebenden Leib umfangen hielt, und als sie schluchzte, bedeckte er ihre Lippen mit den seinen.

Endlich, als sie sich beruhigt hatte, trocknete er ihr zärtlich die Tränen und flüsterte: »Ich bin zwar ein Riesentrottel, daß ich meinen Nacken einer jüdischen Schlampe anvertraue, aber Gallus wird sich freuen, zu hören, daß du seine Probe bestanden hast.«

»Ich werde dich immer und ewig verabscheuen ...«

»Warum hältst du mich dann so fest umschlungen?«

Er erhob sich behutsam, ohne sie aus den Armen zu lassen. Er trug sie hinüber zu seinem Ruhebett, und während er sie sanft niederlegte, dachte sie: Jetzt ist alles bestätigt, was man über mich sagt. Ich bin die vollständige Sklavin dieses Römers, und alles in mir wird nur ein Taumel der Verzückung sein, wenn er in mich eindringt. Mein Volk sollte mich verbrennen.

Sie wartete darauf, daß seine Hand auf ihren Brüsten verweilte. Sie wußte, dann würde sie langsam hinabgleiten und ihren ganzen Körper liebkosen, sie in Erregung versetzen und von diesem Augenblick an, bis sie beide keuchend und erschöpft dalagen, würde es in der ganzen Welt weder Römer noch Juden, noch irgendwelche Wesen geben, die so von Leben erfüllt waren.

Aber er rührte sich nicht, kam nicht zu ihr. Statt dessen setzte er sich neben sie auf das Ruhebett und war wieder so fern und abwesend wie in dem Augenblick, als sie das Zelt betrat. Dann hörte sie ihn sagen: »Die Sache, ob du mit nach Rom kommst, kann warten. Wer weiß, vielleicht mache ich selbst diese Reise nie wieder. Ich muß dir jetzt sagen, daß ich zutiefst beunruhigt bin über das, was du mir von den Juden und ihrer Hoffnung gesagt hast. Es bestätigt meinen allerersten Eindruck, den ich von Masada hatte. Diese Leute werden sich nicht ergeben, da Eleasar ihnen auf die eine

oder andere Weise Hoffnung macht. Begreifst du, was das bedeutet?«
»Ich könnte zumindest ein wenig stolz auf mich sein, wenn ich unter ihnen wäre.«
»Aber nicht lange, denn du wärst schon bald nicht mehr am Leben, und eine stolze Leiche habe ich noch nie gesehen. Alle die Tausende, die ich in der Schlacht habe fallen sehen, machten ein sprachloses, verblüfftes Gesicht, als habe etwas oder jemand sie im allerletzten Augenblick verraten. Warum das so ist, weiß ich nicht. Es widerspricht meinem früheren Glauben, daß der Soldatentod ein herrlicher Tod ist... Vielleicht ist es wirklich Zeit, daß ich heimkehre.«
Seine Stimme verlor sich, und zu ihrer Überraschung griff er nach ihrer Hand und küßte sie wieder. Aber er sah sie nicht an, und die Geste war so geistesabwesend, als diene diese flüchtige körperliche Berührung nur dazu, seine Gedanken zu unterstützen. Er starrte auf den Kandelaber aus Bronze, Marmor und Glas, der neben dem Ruhebett stand, und alle Wunden in seinem Antlitz gruben sich tiefer ein.
»Ich denke nicht an die Juden auf Masada«, fuhr er zögernd fort. »Bei allen Göttern, sie haben mir genug Mühe und Plage verursacht... aber ich will nicht, daß sie das süße Gift der Hoffnung an das übrige Judäa weitergeben. Märtyrer sind stets gefährlich. Auch möchte ich nicht die tausend oder mehr Legionäre einbüßen, die wir nach Voraussage meiner Offiziere beim Sturmangriff verlieren werden. Und trotzdem scheint dieser Sturmangriff unausweichlich... er kann jeden Tag kommen... und ich bin völlig sicher, wenn ich auch nur im geringsten zögere oder schwanke, sorgt unser Freund Falco dafür, daß mein Kopf in den Korb rollt.«
»Es interessiert mich nicht im geringsten«, sagte sie so ruhig wie möglich, »welcher Römerkopf zuerst rollt.«
»Wenn deine Sorge um dein Volk echt ist, solltest du dich für mein persönliches Wohlergehen stark interessieren, denn ich kann dir versichern, Falcos Barmherzigkeit ist so dünn wie die Schminke auf seinen Augen.«
Er erhob sich vom Ruhebett und ging hinüber zum Weinkrug auf dem Tisch. Er führte ihn an die Lippen, leerte ihn und sagte, noch immer mit dem Rücken zu ihr: »Ich habe mir überlegt, ob ich nicht irgend etwas tun kann, das so überraschend wäre, daß es Eleasar von seinem verhängnisvollen Starrsinn abbringen könnte... denn um die Wahrheit zu sagen: Ich bewundre den Mann. Er hätte einen hervorragenden römischen Soldaten abgegeben. Und in letzter Zeit habe ich mir die Frage gestellt, ob nicht vielleicht du der Schlüssel sein könntest...«
Er knallte den Krug zurück auf den Tisch und kam wieder zum Ruhebett und sah ein wenig schwankend auf sie herab.
»Was, meinst du, würden die Juden auf Masada tun, wenn du plötzlich in ihrer Mitte auftauchtest?«

»Umbringen würden sie mich.«
»Nicht, wenn ich meinen Gegner richtig einschätze. Wenn du eine geheime persönliche Mitteilung von mir überbrächtest, wie könnte er dann widerstehen, dir zuzuhören? Und wenn er dir erst zugehört hat ... würde es dann nicht seine Ehre gebieten, für deine sichere Rückkehr zu sorgen?«
»Ich dachte, bei deiner Meinung über die Juden sei Ehre nicht inbegriffen.«
»Eine römische Redewendung ... vielleicht hätte ich sagen sollen, er wäre verpflichtet, dich wohlbehalten zurückzuschicken.«
»Deine Zunge wird schwer, großer General. Trink noch etwas Wein, damit man dich überhaupt nicht mehr versteht. Das wäre mir lieber.«
»Jeder General kann Schlachten mit Gewalt gewinnen. Ich möchte diese Schlacht auf eine neue Art gewinnen. Würdest du tun, worum ich dich bitte?«
»Was tun?«
»Eleasar eine Mitteilung von mir überbringen. Das ist etwas, was du aus freiem Willen tun müßtest.«
»Freier Wille? Jetzt bist du wirklich wieder betrunken.«
»Ich bin in letzter Zeit selten nüchtern gewesen. Ich kann dich nicht zwingen, es zu tun, sonst wird aus der ganzen Sache nichts. Ich bin mir darüber klar: Es besteht ein gewisses Risiko, daß du nicht zurückkehrst ... aber wenn es uns gelingt, ... und bitte beachte, daß ich *uns* sage ..., dann würde es das wirkliche Ende des Krieges in Judäa bedeuten ... und wir könnten ernstlich an die gemeinsame Reise nach Rom denken.«
Sie sah zu seinem Gesicht hinauf und versuchte abzuschätzen, wie betrunken er tatsächlich war. Nein, er war noch nicht so weit hinüber, wie sie zunächst angenommen hatte. Er war in der Löwenphase, kühn genug vom Wein, um ganz vorsätzlich sein Leben aufs Spiel zu setzen, aber noch völlig Herr seiner selbst. Und irgendwie schien die Müdigkeit aus seinem Gesicht gewichen, so daß er jetzt um vieles jünger aussah. Wenn deine Hand gehorcht hätte, dachte sie, wäre er jetzt tot.
Sie hörte ihn sagen: »Diese Sache könnte für dein Volk von großer Wichtigkeit sein ... du würdest Eleasar sagen, daß du frei bist und daß sie alle frei sein werden, wenn sie sich jetzt ergeben. Du wärst mein lebendes Ehrenwort dafür, daß es keine Vergeltung geben würde ...«
»Warum sollte er mir glauben?«
»Weil er nichts zu verlieren hat, wenn er es tut. Du würdest ihn nur ersuchen, mit mir allein zusammenzutreffen ... auf halber Höhe des Schlangenpfads. Du wirst ihm sagen, ich erwarte ihn, während die Wüste schläft ... zwei Stunden vor Tagesanbruch ... und ich werde den Pfad allein hinaufkommen.«
»Du wirst das alles wieder vergessen haben, wenn die Sonne den Wein

in deinem Gehirn zum Kochen bringt. Aber ich nehme an, ich muß dem großen General seinen Willen lassen. Wann würdest du eine solche Sache wagen?«

»Ich werde Vorkehrungen für deine Flucht morgen nacht treffen. Es ist von größter Wichtigkeit, daß niemand außer uns beiden etwas von der Zusammenkunft erfährt.«

»Er wird darin nur irgendeine Falle erblicken.«

»Er hat alle Vorteile auf seiner Seite. Er kommt herunter, während ich hinaufsteigen muß. Wenn jemand in eine Falle geht, bin ich es.«

Ein Augenblick verging, dann streckte sie die Hand aus, zog ihn zu sich herab und dachte: Hier auf diesem Ruhebett werde ich mich einem Ungeheuer hingeben, das mein Volk ans Kreuz schlägt ... ein Trunkenbold, ein fremder Herrscher, der mein Leben aufs Spiel setzen würde, um sich seine Siege zu erleichtern, ein gebrochener Mann oder doch beinahe gebrochen ... den ich zu lieben gelernt habe. »Großer General«, sagte sie leise. »Komm zu mir. Du bist ja so müde.«

IV. *Unter dem Orion . . .*

Eleasar ben Jair stand in der Synagoge, die, wie das Gesetz es verlangte, gen Jerusalem ausgerichtet war, und lauschte der wohlklingenden Baßstimme des Priesters Hillel, der die Psalmen Davids sang. Alle Männer, die nicht auf den Verteidigungswällen Dienst tun mußten, hatten sich zum Sabbatgottesdienst in die Synagoge gedrängt, und jene, die drinnen keinen Platz mehr finden konnten, versammelten sich draußen, wo sie gleich ihren Frauen zumindest die Stimme Hillels und die Responsorien hören konnten.

Obwohl Eleasar ben Jair einen Kopf größer war als die meisten, fiel an ihm weit mehr seine Haltung als seine Größe auf. Er hätte an Deck eines schlingernden Schiffes stehen können, so breit waren seine Beine gespreizt, und er wiegte sich auch nicht vor und zurück, wie die anderen es taten. Er stand hocherhobenen Hauptes da, als erwarte er von jenseits der Mauern der Synagoge eine Antwort auf seine Gedanken. Außerdem konnte man seinen Augen ansehen, wie einsam er inmitten der Menge war, denn sie blickten gedankenverloren in weite Ferne, und keinerlei Anzeichen von Demut war in ihrem Blick.

Schon lange Zeit stand er so da, seit die Sonne hinter den westlichen Bergen Judäas untergegangen war, und die römischen Fackeln dort unten wieder die Wüste bedeckten wie leuchtende Körperchen, die im nächtlichen Meer schwammen. Immer wieder ballte er heimlich seine großen Hände zu Fäusten, um seinen Unwillen gegen den Priester zu dämpfen – für ihn lediglich ein Mann, der vom Volk von Masada noch immer Schekel zur Unterstützung eines längst nicht mehr existierenden Tempels forderte.

Dennoch spürte Eleasar, daß es dringend notwendig war, gerade jetzt in der Synagoge zu sein, denn der Weggang Sidons und seiner Verwandten sowie des alten Esra hatte unter dem Volk von Masada beträchtliches Unheil angerichtet. Die Zurückgebliebenen konnten nun auf Sidon, Esra und die anderen hinabblicken und feststellen, daß sie noch immer lebten. Eleasar wußte, wie groß die Versuchung war, sich den Abtrünnigen anzuschließen – vielleicht hatte man bei den Römern doch wenigstens *irgendeine* Art von Zukunft. Hier dagegen . . ?

»Ich muß noch enger mit den Leuten zusammenleben«, hatte Eleasar sich warnend gesagt. »Ich muß mit ihnen atmen und dauernd Kontakt mit ihnen halten. Ich muß mit ihnen die Andacht verrichten und mit ihnen

glauben, damit sie nicht aufhören, an mich zu glauben.«
So hatte er sich an diesem Abend gezwungen, am Gottesdienst in der Synagoge teilzunehmen; zuvor hatte er sich sogar der rituellen Waschung in der *Mikwa* unterzogen. Eine uralte Vorschrift legte fest, wie die Reinigung des Körpers zu geschehen habe; Hillel und seine Priester-Genossen hatten sich deshalb unendliche Mühe gegeben, beinahe ein Jahr lang das Regenwasser zu sammeln, damit der Geist des Gesetzes gewahrt bliebe.
Besser wäre es gewesen, dachte Eleasar insgeheim, man hätte dieselbe Mühe darauf verwandt, den herannahenden Angriff der Römer zu vereiteln. Oder vielleicht nicht? Hier war zumindest etwas, woran das Volk sich in seiner Verzweiflung klammern konnte. Allmächtiger Gott! dachte er, wie gesegnet sind jene, die so restlos zu glauben vermögen. Tilge die Zweifel aus meinen Gedanken, und verdecke mit deiner Kraft und Stärke meine Schwäche! Laß mich glauben wie die Essener, die sich an diesem reinsten aller Tage sogar den Stuhlgang versagen. Laß mich frohlocken, daß an diesem uralten Festtag die Priester ihre prächtigsten zeremoniellen Gewänder tragen, mit Kniehosen, um ihre Schenkel zu bedecken, und langen blauen Roben mit goldenen Glocken, die den Donner symbolisieren, sowie herabbaumelnden Granatäpfeln, die mich an den Blitz gemahnen sollen. Laß mich glauben, es sei nötig, daß Hillel sich mit einem *Ephod* schmückt, auch wenn es vielleicht besser wäre, er trüge einen Brustpanzer an derselben Stelle, und laß mich bewundernd darüber staunen, daß dieser *Ephod* aus Gold ist und die Namen jüdischer Stämme darauf eingraviert sind. Gib mir einen Beweis dafür, daß das alberne Ding auf Hillels Kopf mehr ist als eine Mitra aus Leinwand, eingefaßt mit einer goldenen Krone. Ich vermag die hebräischen Symbole zu lesen, mit denen die Krone ringsherum beschriftet ist. *Jehovah!* Gereicht dieses kindische Gepränge dir wirklich zur Ehre? Oder wäre es dir lieber, daß wir, die wir die jüngsten Ankömmlinge auf Erden sind, etwas mehr Bescheidenheit an den Tag legen?
Eleasar erinnerte sich daran, wie zornig er gewesen war, als Hillel und die anderen Priester darauf bestanden hatten, diesen ganzen Krimskrams quer durch die Wüste mitzuschleppen. Ging es doch darum, daß sie alle so rasch und unbeschwert wie möglich vorwärts kamen – aber sie hatten sich mit Schals und Mänteln, Kelchen, Weihrauchgefäßen, Pergamentrollen und siebenarmigen Leuchtern beladen. Vielleicht war aber auch er im Unrecht. Vielleicht besaß der blinde Glaube so vieler seinen verwendbaren Wert.
Gleich einer Antwort auf seine tiefe Sorge vernahm er Hillels Gesang, der erzählte, wie eintausendfünfhundertundsechsundfünfzig Jahre von der Erschaffung Adams bis zur Sintflut vergangen seien und abermals acht-

hundertundzweiundneunzig Jahre bis zur Geburt Abrahams und wieder fünfhundertundfünfundzwanzig Jahre bis zum Tod Mosis. Sechshundertundzwölf Jahre waren vergangen vom Auszug aus Ägypten bis zur Erbauung des Tempels in Jerusalem, und, obwohl der Tempel zerstört war, verkündete Hillel feierlich, daß er wieder aufgebaut werde.
Wie nur, überlegte Eleasar schließlich, kann ich, nachdem sich diese pompösen Zeremonien und Traditionen meines Volkes so lange gehalten haben und es offensichtlich in alle Ewigkeit fortfahren will, über längst vergangene Kalamitäten zu wehklagen, wie nur kann ich ein solches Volk dazu bringen, sich auf die gefährliche Gegenwart zu konzentrieren?
Er hob den Blick und schüttelte den Kopf. *Jehovah!* Es wäre bitter nötig, daß du uns recht bald einen Ausweg zeigst.
Seine Ungeduld wuchs während der langen Erzählung der Priester weiter, und er stieß so laute Seufzer aus, daß sich mehrmals mißbilligende Blicke auf ihn richteten und Alexas, der neben ihm stand, flüsterte ihm zu: »Still. Es kann ja nicht ewig dauern.«
»Es dauert schon eine Ewigkeit.«
»Zupf dich am Bart. Das wird dich ablenken.«
»Bis Hillel mit der *Mischna* fertig ist, hab' ich kein Haar mehr im Gesicht.«
Durch die Westfenster der Synagoge konnte Eleasar das Sternbild des Orion sehen, und wie stets fand er Trost darin, ihn dort über der schwarzen Linie der judäischen Berge zu betrachten. Seid mir gegrüßt, Rigel und Beteigeuze, Kastor und Pollux! Ihr alle seid meinen Augen ein Labsal!
Endlich hob Hillel die Hände und erteilte den Segen. Als er fertig war und die Synagoge sich fast geleert hatte, ging Eleasar zu ihm und lobte ihn etwas widerwillig: »Du tust wohl daran, mich zum Zuhören zu nötigen, wenn meine Ohren nur den Lärm der Römer und ihrer Bauarbeiten vernehmen.«
Jetzt, mußte er denken, habe ich vor dem Hohenpriester selbst falsches Zeugnis abgelegt, aber ich brauche Rat und Trost angesichts der neuen düsteren Gedanken, die in mir wachsen. »Hillel«, sagte er, »ich habe Gott beleidigt, indem ich dir deinen Platz unter uns erschwert habe. Es tut mir leid, und ich hoffe, du wirst mir vergeben.«
»Die Judäer sagen, die Galiläer hassen die Thora. Zuweilen frage ich mich, ob sie nicht recht haben«, erwiderte Hillel kalt.
Eleasar legte dem Priester seine riesigen Hände auf die Schultern und schüttelte ihn sanft. Er setzte ein freundliches Lächeln auf und sagte: »Ich weiß, daß ich eine grobe Art habe, Hillel . . . Ach, das weiß ich nur zu genau, und ich fürchte, es ist inzwischen zu spät, die Stacheln von meinen Manieren abzukratzen. Aber mein Herz ist auf deiner Seite, auch wenn meine Worte manchmal anders klingen mögen.«

»Es ist schwierig, Gott im Denken unseres Volkes an höchster Stelle zu halten, wenn unser Führer ihn offensichtlich als überflüssig abtut.«
»Ich werde mich bessern.« Eleasar hielt inne und ließ die Hände wieder sinken. Dann sah er geduldig zu, wie Hillel den Gebetsriemen von seinem linken Arm abwickelte – sieben Drehungen, wie das Gesetz es befahl. Dann fragte er obenhin: »Ihr Priester seid doch alle in der medizinischen Wissenschaft geschult – stimmt das, mein Freund?«
»Das stimmt.«
»Dann kannst du mir vielleicht etwas erklären, was mich seit langem beschäftigt. Wir sieden das Zicklein nicht in seiner Mutter Milch und essen auch keinerlei Aas, weil die Tiere, wie man mir sagte, unter Schmerzen gestorben sind. Ich weiß, wie man tötet, denn ich habe darin viel Erfahrung, aber es ist mir noch nie gelungen, einen Menschen oder ein Tier zu töten, ohne ihm Schmerzen zu verursachen. Wenn du weißt, wie man das zuwege bringt, würdest du es einem unwissenden Fischer verraten?«
»Das Verfahren ist ganz einfach. Du mußt dich vergewissern, daß dein Messer wirklich scharf ist und dann mit einem einzigen raschen und sicheren Schnitt die Hals- und die Kopfschlagader durchtrennen. Hast du etwa vor, selbst ein Opfer darzubringen?«
»Nein...«, antwortete Eleasar. »Ich hab's mir nur so überlegt...«
Er wandte sich ab, ohne Hillel mehr zu sagen, und schritt nachdenklich auf sein Quartier zu. Sieh dich vor, sagte er sich. Laß etwas Zeit vergehen, ehe du Mirjam und Reuben begrüßt, sonst spüren sie die Wolke, die so schwer auf deinem Gemüt lastet. Um ihretwillen tu so, als habe der Lärm der römischen Bauarbeiten nicht mehr zu bedeuten als die Brandung des Meeres.
Jetzt waren Rigel und Sirius hinter den Bergen verschwunden, und in seiner Einsamkeit kam es Eleasar vor, als habe er zwei Freunde verloren. Er zwang sich, an angenehmere Dinge zu denken. An einem frischen Wintertag, der in ein anderes Leben zu gehören schien, hatte er an der Mündung des Jordan ins Tote Meer gestanden; er erinnerte sich, wie er von dort aus das reiche Jericho sehen konnte und dann den Blick das lange Tal hinauf nach Norden wandte und den schneegekrönten Berg Tabor erblickte. Und er erinnerte sich außerdem, daß damals der Gedanke, einen anderen Menschen zu töten, ihm überhaupt noch nie gekommen war.
»Ich habe schon zu lange gekämpft«, flüsterte er den Sternen zu, und dann plötzlich entsann er sich Abigails. Ach, mein überlasteter Kopf, dachte er. Ich habe den besten Freund, den ich auf Masada habe, allzu lange vernachlässigt!
Er rannte fast zu den westlichen Kasematten, streifte seine Sandalen ab und betrat mit tief gebeugtem Rücken und eingezogenem Kopf eine rauchgefüllte Wohnung, die nicht größer als eine Kiste war. Eine einzige

Lampe flackerte auf dem Fußboden, und über ihr hockte eine Frau von so zerbrechlicher Zartheit, daß sie fast durchsichtig schien. Dies war Abigail, die Tochter jenes Ezechiel, der Eleasar das Zählen beigebracht hatte, die legendäre Abigail, die schon bei den ersten Aufständen gegen die Römer in Cäsarea mitgekämpft hatte.
»Weib, das ich mein Leben lang gekannt habe«, begann er, »darf ich dir sagen, daß du mit jedem Tag schöner wirst?«
Abigail gab ein dünnes Geräusch von sich, das aus der Tiefe ihrer Kehle drang und wie Erbrechen klingen sollte. Ihre riesigen schwarzen Augen rollten himmelwärts, und sie schüttelte heftig den winzigen, falkenähnlichen Kopf. Die losen Hautfalten um ihren Mund gerieten in Bewegung und verschwanden wieder, als sie die Wangen aufblies und ihn anstarrte. *»Hadtha beitak* ... dies ist dein Haus.«
»Und dein Schnurrbart wird immer üppiger«, fuhr er in dem besonderen Ton fort, den er sich eigens für Abigail aufsparte.
»Und du reifst allmählich heran, mein Junge«, knurrte sie, »aber das heißt nicht unbedingt, daß du dir selbst gegenüber aufrichtiger bist als ein Esel, der sich für ein Pferd hält.«
»Und darf ich sagen, daß deine Würde und dein stiller Charme einer viel älteren Frau angemessen sind ... sagen wir, einer von drei- oder vierhundert Jahren.«
»Ich«, versetzte sie und spuckte in den Sand zwischen ihren nackten Füßen, »ich bin so alt, daß ich eigentlich keine Zeit dafür habe, deine Gesellschaft noch länger zu dulden. Du bist in Schwierigkeiten. Wärest du das nicht, würdest du dir nicht die Mühe machen, dieses Weib aufzusuchen, das dich schon gekannt hat, als du noch an der Brust deiner Mutter gelegen hast. Also heraus damit, solange Abigail noch guter Laune ist.«
Eleasar seufzte. Es war wie eine Heimkehr, bei Abigail zu sitzen. Er sagte: »Ich habe mir die Schwierigkeiten nicht selbst geschaffen. Es gelingt mir anscheinend nicht, irgend etwas im Rat durchzusetzen. Was immer ich auch vorschlage, stets ist mindestens einer da, der mir widerspricht, und wenn ich ihm sage, er soll wenigstens den Mund halten, bis ich ausgeredet habe, nennen sie mich einen Tyrannen. Die Folge ist, daß sehr viele wichtige Dinge einfach nicht getan werden.«
»Hättest du als junger Bursche deine Aufgaben gelernt, anstatt sämtlichen jungen Weibsbildern in Galiläa nachzustellen, dann wüßtest du, daß die Griechen dein Problem mit dem Begriff *Demokratie* bezeichnet haben.«
»Aber wie werde ich mit diesem Problem fertig? Es ist mir gleich, wie sie mich nennen, aber das Wort Tyrann oder auch nur der Gedanke daran versetzt den Rat in Aufregung, so daß alles zum Stillstand kommt.«

»Stirb.«
»Ich verstehe dein verderbtes Hebräisch nicht.«
»Ich spreche ein Hebräisch, das man vertonen könnte, aber nur, wenn mir gebildete Ohren zuhören. Du bist nicht viel mehr als ein Furz in den großen Winden der hebräischen Kultur, und dein Tod wird nicht das mindeste bedeuten, außer du richtest es so ein, daß du ein Märtyrer wirst. Dann werden die Leute sagen, daß du immer recht hattest, auch wenn du bestenfalls in der Hälfte der Fälle richtig geraten hast.«
»Ich tue also gar nichts, räkle mich in meinem Sessel und lasse alles, wofür wir gekämpft haben, in Stücke gehen? Ich lächle also vergnügt, wenn sie bis zum Morgengrauen herumstreiten, und sage mir, es kommt halt, wie es kommen soll, und finde mich damit ab, daß das Wort irgendeines schlauen Schakals ebensoviel wert ist wie das meine, oder lasse mir einreden, daß dieser oder jener armselige Idiot, dessen ganzes Denken in den Dreck des Eigendünkels eingebacken ist, genausogut Römer zu töten versteht wie ich? Soll ich das etwa tun, du alte Hexe, und in der Stille vor mich hinweinen, während die Römer jubeln?«
»Laß deine Worte hier in meine Schüssel fallen, und ich werde sie zum Frühstück verzehren. Welcher Gott hat dir eigentlich deine prachtvolle Blödheit geschenkt? Du bist hier unser Führer – niemand sonst. Wenn du nicht bereit bist, zum Märtyrer zu werden, dann empfehle ich dir, deine Weisheit für dich zu behalten. Lächle, während die anderen sich den Mund fusselig reden. Und sei einverstanden. Rühme ihre Klugheit. Und erkläre dich für überzeugt. Übertrag den Widerspenstigen wichtig klingende Pflichten. Trenne jene voneinander, die sich über ein Problem einig sind, und laß sie über andere Punkte diskutieren. Stimme zu. Sei dankbar für den Rat anderer, während du dich deines eigenen bedienst. Führer sind kein Zufall ... obwohl ich es bei dir eher ein Unglück nennen würde. Vollbringe, was immer deine Eingebung dir sagt, und kümmere dich nicht um sie. Große Führer scheuen vor nichts zurück, um zu siegen.«
»Du meinst also, ich solle zuerst handeln und den Rat dann hinterher um Billigung ersuchen?«
»Seit wann hast du dir ein Gewissen zugelegt?« Die schweren Lider schlossen sich über Abigails großen Augen, sie spreizte die Hände und zuckte die Achseln. »Wenn die Römer Masada erobern, wer wird die Schuld auf sich nehmen, wenn nicht du? Deine Schwierigkeiten rühren mein Herz nicht, denn ich sehe in ihnen nicht mehr als den Wirrwarr deiner flüchtigen Gedanken. Nachdem du sie ausgesprochen hast, hindert dich nichts mehr, so bedenkenlos wie notwendig vorzugehen ... wie jeder andere Führer auch. Und jetzt hinaus mit dir und komm erst wieder, wenn dein Blut etwas feuriger als Ziegenmilch geworden ist.«
Ein wenig später wanderte Eleasar unter dem Wüstenhimmel zum West-

tor und traf dort auf Assur, den Sohn des Joktan, der für diesen Abschnitt der Brustwehr verantwortlich war. Dies war der wichtigste Posten auf Masada und zugleich der deprimierendste. Denn auf diese Stelle, an der Herodes einst seinen Proviant heraufgeholt und sich selbst zur Höhe hatte hinauftragen lassen, zielten die Römer jetzt mit ihrer großen Rampe. Und das war wohlüberlegt, wie Eleasar zugeben mußte, denn indem Silva sich auf diesen Punkt konzentrierte, machte er den größten Teil von Masadas Verteidigungsanlagen sinnlos und unbrauchbar. Auf den übrigen Wällen hatten die jüdischen Soldaten nichts anderes zu tun, als hinauf in den leeren Himmel oder hinab auf die Römer zu starren – ihre Waffen kamen nicht zum Einsatz. Die großen Steine, die sie mit so viel Mühe an Ort und Stelle gebracht hatten, um sie auf die Köpfe der Angreifer hinabzurollen, lagen noch immer unbenutzt da. Vorräte an Wurfspeeren und Pfeilen verdorrten unberührt in der Sonne, und die Kinder spielten völlig gefahrlos überall auf den östlichen und südlichen Bollwerken.
Hier am Westtor, wo Assur durch eine Schießscharte in der Brustwehr spähte, war die Lage genau umgekehrt. Jeder, der sich länger als einen Augenblick aus der Deckung begab, bekam einen römischen Pfeil in den Schädel, oder er hörte gerade noch das dumpfe Geräusch eines römischen Katapults, bevor er von einem fünfzig Pfund schweren Stein zerschmettert wurde.
»Laß mich sehen, wie diese Heuschrecken vorankommen«, sagte Eleasar.
Assur trat von der Schießscharte zurück und sagte: »Sie sind seit Sonnenuntergang um mehr als eine Handbreit heraufgekommen.« Eleasar spürte sogar in der Dunkelheit, daß Assur Angst hatte.
Er spähte durch die schmale Öffnung und betrachtete die nun schon allzu vertraute Szene. Im Licht unzähliger Fackeln konnte er viele Juden erkennen, die zu Tausenden für Silva arbeiteten. Sie waren in Gruppen zwischen zehn und fünfzig eingeteilt, je nach Größe des Steinblocks, den sie die Rampe hinaufzerrten. Wenn der Stein in Stellung gebracht war, entfernten sie die Zugseile und versammelten sich alle auf einer Seite, um ihn zu schieben. Unter rhythmischem Rufen, das ihre Anstrengungen unterstützte, schoben sie den großen Felsblock ruckweise vor, bis er hinab und gegen die hohen hölzernen Barrikaden rollte, die Schwärme anderer Juden beiderseits der Rampe errichtet hatten.
Eleasar wunderte sich über die Lässigkeit der Aufseher. Sie trugen zwar alle die Rüstung der Legionäre, den üblichen Helm, einen biegsamen Brustpanzer und einen Lederschurz über der Tunika, aber ihre gebogenen Schilde hatten sie weiter unten auf der Rampe zusammengestellt. Anscheinend begnügten sie sich mit dem Schutz ihrer syrischen Bogenschützen, deren Umrisse sich schemenhaft gegen die höchste Reihe der Fackeln abzeichneten. Die Bogenschützen hielten ihre Waffen ständig be-

reit, und ihre ganze Aufmerksamkeit war, ungeachtet des Lärms ringsum, auf die Höhen von Masada gerichtet. Eleasar war es, als habe einer der Bogenschützen ihn entdeckt, denn er blickte lange Zeit unverwandt zu seiner Schießscharte hinauf, hob dann den Bogen und spannte die Sehne mit dem Pfeil, der direkt auf Eleasars Augen zielte. Doch schien er unentschlossen, als sei er nicht sicher, ob er wirklich ein lohnendes Ziel gesichtet habe oder nicht.

Eleasar war erleichtert, als der Syrer den Bogen schließlich senkte und sein Gespräch mit dem Nebenmann wiederaufnahm. Sie waren so nah, daß Eleasar sich einbildete, inmitten des alles übertönenden Lärms ihr Gespräch hören zu können. Es machte ihn wütend, zu sehen, wie gelassen sie anscheinend waren. Und warum auch nicht? Silva hatte ihnen an eben diesem Tag mit der simpelsten aller Vorkehrungen ihre Sicherheit garantiert. Für jeden Pfeil und jeden Stein, der von Masada herabkam, wurde, ungeachtet seiner Wirkung, der Jude, welcher der Aufschlagstelle am nächsten stand, unverzüglich getötet. Wurde einer der Römer getroffen, mußten zwei Juden sterben. Es bestand keine Gefahr, daß Silva dabei die Arbeitskräfte knapp wurden. Ganz Palästina stand ihm zur Verfügung. So war seit dem frühen Nachmittag Masada der Stachel gezogen, und Eleasar hatte den Eindruck, als warte der Berg wie ein großer an Land geschwemmter Delphin auf die hereinbrechende Flut.

Jetzt, da er sah, wie die römische Rampe ihrer Sturmstellung immer näher rückte, hämmerte er voll wütender Verzweiflung mit der Faust gegen das Mauerwerk. Den ganzen Nachmittag lang hatte er auf seine Ratgeber eingeredet: »Ich warne euch! Wenn wir den Römern jetzt nicht Einhalt gebieten, fallen sie in einer Woche über uns her! Rollen wir jetzt die großen Steine hinab auf ihre Köpfe! Wir müssen jeden Mann auf der Rampe, egal ob Römer oder Jude, töten!«

Esau, der Sikarier, hatte ihm beigepflichtet, und auch Alexas war seiner Meinung gewesen, aber Esra war nicht mehr da, um die Zögernden herumzukriegen. Die Entscheidung war von der Mehrheit gefällt worden, die wieder einmal gestöhnt und gejammert und gewinselt hatte, es wäre gotteslästerlich, andere hilflose Juden zu töten; außerdem habe dieser einen Onkel, der andere eine Schwester da unten, und es dürfe doch nicht zugelassen werden, daß ihre eigene Familie ihnen das Leben nehme.

Es fiel Eleasar jetzt auf, daß die Aufseher sich nur selten die Mühe machten, ihre Peitschen aufzuwickeln. Es bestand gar keine Notwendigkeit dafür, denn die Gefangenen verrichteten anscheinend durchaus willig ihre Arbeit, als sei ihnen daran gelegen, die Rampe so schnell wie möglich fertigzustellen und mit Masada abzuschließen. Eleasar überlegte, ob Silva seinen gefangenen Juden wohl eingeredet hatte, ihre Brüder auf Masada seien nichts weiter als Störenfriede und Unruhestifter. Hatte er ihnen al-

len vielleicht sogar Erleichterungen versprochen, sobald die Ausgestoßenen auf Masada besiegt waren? Sidon und seine Pharisäer befanden sich dort unten, und sie würden den Römern bestimmt sonst was einreden, nur um ihre Haut zu retten.
Eleasar merkte, daß sich ihnen in der Dunkelheit ein dritter Mann zugesellt hatte. Er wandte sich um, erkannte den jungen Sem, den Sohn des Ismael, und entbot ihm seinen Gruß. Er wußte, daß er gerade von seinem Posten im Turm herabgestiegen war, und sah jetzt auch seinen traurigen Blick, der absolut ungewöhnlich für ihn war.
»Eleasar!« sagte er voller Bitterkeit. »Was für eine Verrücktheit ist denn das? Zuerst darf ich keine Juden töten, die uns vernichten werden, gerade weil sie Juden sind. Jetzt wird mir verboten, Römer zu töten. Sollen wir denn alle sterben wie mein Vater? Wenn dem so ist, dann sage ich, ihr alten Männer seid zu alten Weibern geworden!«
Eleasar lächelte. »Du stiehlst mir meine Gedanken, Freund Sem. Und du hast recht, nur verbiete ich dir, mich einen alten Mann zu nennen, bis ich nicht noch mindestens zwanzig Jahre mehr auf dem Buckel habe. Ich habe aber auf Masada nicht allein zu bestimmen, und ich kann nun einmal den Rat nicht davon überzeugen, daß seine Verwandten sterben müssen.«
»Warum gibst du dich dann überhaupt mit dem Rat ab?«
»Weil es nun einmal so ist. Es würde dir bestimmt nicht passen, wenn meine Stimme die einzige wäre, die gehört wird.«
»Mir wäre es jedenfalls lieber«, sagte Assur.
»Mir auch«, erklärte Sem. »Gib mir freie Hand, und ich töte hier von dieser Stelle aus zehn Römer. Ohne weiteres ...« Eleasar sah ihn im Widerschein der Fackeln seinen Doppelbogen liebkosen, als sei er ein Lebewesen.
»Und du wärst bereit mitanzusehen, wie zwanzig Juden neben ihnen niedersinken?«
»Warum nicht?«
»Du bist hart, Sem ... ich könnte tausend Männer wie dich gebrauchen.«
»Erlaub es mir!« drängte Sem. »So nah wie jetzt waren sie noch nie.«
Eleasar sah dem Jüngling unverwandt in die Augen. Er dachte an Sems Vater: In diesen Augen hatten sich gewiß die Flammen gespiegelt, die seinen Vater verzehrten, so wie sich jetzt die römischen Fackeln darin spiegelten. Er strich über seinen Bart und dachte nach, wie weit er wohl gehen dürfe. Silvas Drohung war noch nicht auf die Probe gestellt worden – warum also nicht? Wie leicht war es doch, sich zu einem Schritt zu überreden, den man schon so lange wünschte! »Morgen werden sie noch näher sein«, sagte er unsicher.
»Und übermorgen werden sie uns an die Kehle springen. Mußt du den Rat jedesmal, wenn du pissen willst, um Erlaubnis fragen?«

»Wahrscheinlich sollte ich es, wenn ich nicht im Herzen ein Tyrann wäre.«
Eleasar zögerte gerade lang genug, um zu überlegen, welchen Rat der alte Esra wohl geben würde, wenn er mit zwei voreiligen jungen Männern in der Kasematte stünde. Dann sagte er: »Wir wollen nicht weiter darüber reden. Der Rat hat entschieden, nichts zu tun, außer wachsam zu sein ... bis ihm etwas einfällt, wozu es aber nie im Leben kommen wird. Ich bin lediglich die Stimme des Rates und sage euch folglich: Nein! Ihr werdet nicht einmal einen Kieselstein auf unseren Feind werfen. Ich sage euch außerdem, daß ich einen anstrengenden Tag hinter mir habe und sehr müde bin. Ich möchte noch ein paar Augenblicke mit meiner Frau und meinem Sohn verbringen, ehe sie einschlafen, und deshalb verlasse ich euch jetzt. Was ihr aber tut, nachdem ich weggegangen bin, ist mir unbekannt, denn selbst wenn ich im Rücken Augen hätte, könnte ich doch nicht beobachten, was sich an einem Ort abspielt, an dem ich vorher nicht gewesen bin; ebensowenig wie ich mich an einer Diskussion beteiligen könnte, die in Wirklichkeit nie stattgefunden hat ...«
Eleasar sah die Veränderung in beider Blick und war zufrieden. Also sagte er: »Wir Juden neigen dazu, uns viele Dinge einzubilden und sie dann zu glauben ... so wie etwa meine Anwesenheit hier. Wir träumen die unmöglichsten Dinge, wenn wir nur einen Augenblick lang einnicken ...«
Sem lächelte und schritt rasch die Stufen hinauf, die zu seinem Wachtturm führten. Assur lief ihm nach. Eleasar hielt kurz inne, war schon im Begriff, die Kasematte zu verlassen, überlegte es sich dann anders und folgte den beiden.
Eleasar stand zu Sems Linken, Assur zu seiner Rechten, und sie verfolgten genau, wie er den Bogen spannte. Eleasar hörte, wie Sem den Atem einsog, als die Spitze des Pfeils seinen Knöchel berührte, und er hielt den Atem an, bis sein ganzer Körper zu Stein verwandelt schien. Dann ließen seine Finger los, und der Pfeil zischte davon in die Dunkelheit. Man konnte nicht sehen, wie er an den Sternen vorbeischwirrte und in die Lichttümpel der Fackeln hinabsauste, wohl aber sah Eleasar einen Legionär mit dem Pfeil im Arm um sich selbst kreiseln. Der Mann stieß einen Fluch aus, aber noch ehe er verstummte, schwirrte ein zweiter Pfeil von Sems Bogen und dann ein dritter und ein vierter. Ein jeder fand sein Ziel im Nacken oder Mund oder nackten Arm eines Legionärs, und auf der Rampe brach ein Höllenlärm los.
In die Flüche der Legionäre mischten sich die Angstschreie der Juden, die im flackernden Fackelschein nach allen Seiten auseinanderstoben. Eleasar sah, wie wütende Legionäre einige von ihnen packten und auf der Stelle erstachen, aber den meisten schien es gelungen zu sein, in der Dunkelheit jenseits der Fackeln unterzutauchen; er zählte nur acht zuckende Lum-

penbündel auf dem Erdboden, aber zwölf hingestreckte bewaffnete Römer.
Alles hatte sich binnen zwanzig Atemzügen abgespielt – ein einziger junger Bursche, der mit der Präzision einer Maschine arbeitete – spannen, anlegen, loslassen . . . spannen, anlegen, loslassen –, und ein Bolzen nach dem anderen sauste mit solcher Geschwindigkeit durch die Nacht, daß er überhaupt erst sichtbar wurde, wenn er in sein Ziel einschlug.
Die syrischen Bogenschützen hielten lange genug stand, um einen Hagelschauer von Pfeilen auf die Festungswälle abzuschießen. Aber sie hatten kein festes Ziel, waren offensichtlich verwirrt, und schon bald rannten auch sie die Rampe hinunter, bis sie außer Reichweite waren.
Und dann war plötzlich keinerlei Bewegung mehr auf der Rampe zu sehen. Die Fackeln beleuchteten die großen Steinblöcke, die langgezogene Schatten waren, und in ihrer Tiefe gewahrte Eleasar einige Römer, die versuchten, sich davonzuschleichen. Und er sah wie ein Jude, der blutüberströmt dahintaumelte, sich auf einen der Römer warf. Sofort waren beide in schrecklichem, lautlosem Zweikampf umschlungen, bis sie plötzlich wie ein einziger Körper reglos und steif dalagen.
Jetzt senkte sich zum ersten Mal seit Wochen eine große Stille auf Masada herab. Eleasar wußte: Diese Stille würde überall auf der Gipfelhöhe bemerkt werden; Kinder würden aufwachen und fragen, und wenige Augenblicke später würde das ganze Volk zu den Wällen eilen und wissen wollen, warum das unablässige Dröhnen und Knirschen so plötzlich aufgehört hatte.
Welch wundervolle, tiefe Stille, mußte Eleasar denken. In dieser Nacht würde auf der Rampe nicht mehr gearbeitet werden. Und auch am Morgen nicht, bis die Römer sich wieder formiert hatten. Jetzt war in wenigen Augenblicken der Beweis für seine Argumente erbracht worden. Ein Jüngling mit einem Bogen und einem geübten Auge hatte mehr getan, um die angebliche Weisheit des Rates zu widerlegen, als alle seine Beschwörungen vermocht hatten.
Er breitete die langen Arme weit aus, um Assur, den Sohn des Joktan, und Sem, den Sohn des Ismael, zu umschließen. Dann hob er sie beide mit einem gewaltigen Griff hoch, wandte sein Antlitz den Sternen zu, küßte sie beide und lachte so wild, daß seine Stimme über den ganzen Abgrund widerhallte und triumphierend die Rampe hinabzurollen schien.
»Gott ist mit uns!« rief er und drückte die beiden immer wieder fest an sich.
»Gott ist endlich mit uns!« Und mit tiefen Zügen sog er die Nachtluft ein, denn auf der linken Wange hatte er soeben den ersten heißen Hauch des Südwinds verspürt, seit Silva in die Wüste marschiert war. Bei Tagesanbruch würden die Römer die eigentlichen Qualen Masadas kennenlernen.

Zuweilen blieb Pomponius Falco, der mit ungeheurer Wut in seinem Zelt auf und ab ging, plötzlich stehen, griff an sein Herz und meinte, dieses Hämmern käme von der Sorge und der Verzweiflung, die ihn quälten. Er fragte sich wiederholt, ob es wohl klug sei, ein Beruhigungsmittel zu nehmen. »Ein Betäubungsmittel oder ein Abführmittel... Ich weiß wahrhaftig nicht, mit welchem von beiden ich meine Verstandeskräfte retten soll! Dieser abscheuliche Wind reißt sie mir einfach in Fetzen! Wer kann dabei nachdenken?«

Es war, als wolle die Wüste selbst seine Stimmung widerspiegeln, denn der Wind, der sich in der Nacht erhoben hatte, war von Stunde zu Stunde stärker geworden, und jetzt war sogar die Morgensonne in dem wehenden Sand nicht mehr zu sehen. Sein Zelt zuckte und bebte unter der Gewalt des Sturms. Außerdem trommelte es so heftig auf das Zeltdach, daß Falco, wie er verkündete, fürchtete, in Kürze um den Verstand gebracht zu werden.

»Es ist schon absurd genug, daß man jeden Morgen durch eine Rhapsodie auf Silvas lächerlichen Trompeten geweckt wird«, jammerte er, »aber jetzt müssen die Götter auch noch das Wirbeln von tausend Trommeln hinzufügen! Ich bin nunmehr gründlich davon überzeugt, daß das römische Heer nicht das allergeringste zuwege bringt, ohne auf seinen kindischen Tubas zu blasen, wann immer irgend etwas beginnt, und das Ganze zu wiederholen, wenn irgend etwas angeblich fertig ist. Kein Wunder, daß unsere Soldaten rechte Einfaltspinsel sind.«

Falcos gereizte Rede richtete sich an Albinus, der wachsam in der Nähe des Zelteingangs hockte, und an Cornelius Tertullus, der bäuchlings, die Beine in der Luft, auf Falcos Ruhebett lag. Gelegentlich, wenn Falcos Blick ihn traf, bewegte er die Beine langsam hin und her, als schwimme er unter Wasser. Diese Bewegung entsprach in etwa Falcos Vorschrift. Denn Cornelius war wegen seiner schlechten Tischmanieren bestraft worden.

»Du ungezogener kleiner Junge!« hatte Falco zu ihm gesagt. »Ich werde dich lehren, deinen Wind abgehen zu lassen, wenn ich frühstücke! Während des ganzen restlichen Vormittags bist du jetzt eine Nixe!« Dann hatte Falco ihm die Ohren geknufft, bis er zu weinen begann. Und sobald Cornelius nun längere Zeit mit seinen Schwimmbewegungen aufhörte, versetzte er ihm einen so kräftigen Stoß, daß der Junge vor Schmerzen aufstöhnte.

Falco hatte inzwischen, vier Tage nach seiner Ankunft in Masada, begonnen, sich die Frage zu stellen, ob seine Reise wohl klug gewesen war. Welch ein abscheuliches Erlebnis! Nur eine sehr große Belohnung, dachte er, konnte diesen Strapazen gerecht werden. Nur eine so große Ehre, daß er kaum wagte, von ihr zu träumen, konnte ihn für die Gefahren, Unbehaglichkeiten und Verlegenheiten entschädigen, die er seit dem Verlassen

Roms auf sich genommen hatte: Pomponius Falco von seinem Kaiser zum *Vir Clarissimus*, zum *Höchst Ruhmreichen Mann*, erhoben!
An diesem Vormittag, an dem die ganze Welt zu einem heulenden Kessel voll von heißem Wind und stechendem Sand geworden war, fand Falco ein selbstquälerisches Vergnügen darin, sich gewisser Unerfreulichkeiten zu erinnern, die ihm widerfahren waren, seit er den Gedanken einer Palästinareise gefaßt hatte. Vor allem, daß es ihm nicht gelungen war, eine höchst nützliche Beziehung zu Caenis, der willensstarken Konkubine Vespasians, herzustellen. Dies bedeutete eine doppelte Enttäuschung für ihn, denn bisher war es ihm stets ein leichtes gewesen, seine Ziele über Frauen zu erreichen. Dafür, hatte er sich oftmals gesagt, besitze ich eine große und natürliche Gabe. Wir sind gleichgestimmt. Die Mädchen haben Vertrauen zu mir, die lieben kleinen Puppen. Sie finden mich erfrischend nach all den Affen, die sie als Liebhaber zu nehmen genötigt sind. Es ist ihnen gleichgültig, daß ich von unbedeutender Geburt bin – sie erkennen Befähigung und legitimen Ehrgeiz an, den sie ja tagtäglich bei sich selbst wahrnehmen. So hatte er sich Berenike genähert und als einflußreiche Freundin gewonnen – und gleich ihr viele andere. Leider besaß Berenike auch nicht annähernd so viel Macht wie Caenis. Wer im ganzen Römischen Reich stand dem Kaiser schließlich näher?
Falco erinnerte sich, wie kalt und uninteressiert Caenis gewesen war. Sie hatte sogar ihre Zusammenkunft kurzerhand beendet, als er sie zu ihren geschmackvollen Schwangerschaftsgewändern beglückwünschte. Unglaublich! Nero hatte schon gewußt, was er tat. Man sollte allen schwangeren Frauen in den Unterleib treten, wie er es klugerweise bei seiner lieben Poppäa getan hatte!
Plötzlich begann Falco auf Zehenspitzen im Zelt umherzugehen, wobei er mit erhobenem Zeigefinger beziehungsvoll zu Albinus und Cornelius sagte: »Alle Weiber sind Zuchtkühe. Ich rate euch, das nicht zu vergessen. Sie machen folglich wenig Mühe und Ärger, wenn sie ständig Kinder bekommen. Aber mit der Zeit wird dem Mann diese Vermehrungsbetätigung langweilig... und er geht mit seinem Penis woanders hin. Die wahrhaft Aufgeklärten entdecken dann natürlich die Verzückungen der Homosexualität, und sind sie erst einmal dafür gewonnen, so reinigen sie sich ein für allemal, indem sie auf jegliche Beziehung zu den ekelerregenden Weibern verzichten!«
Falco verschränkte die Hände und wartete auf den Eindruck seiner Worte. Als weder Cornelius noch Albinus auch nur im geringsten darauf reagierten, vergaß er, was er gesagt hatte, und versank in brütendes Nachdenken über die gleichgültige Haltung und die vorsätzlich kränkende Mißachtung, mit der Flavius Silva ihn bedacht hatte.
Dieses Vieh! dachte er erbittert. Dieser mißgestaltete, verkrüppelte

Köter! Dieser besoffene, herumhurende Schweinehund von einem Marssohn hatte bis jetzt noch nicht einmal den Anstand gehabt, seinen offiziellen Gast zu sich zum Abendessen zu bitten! Seine Antwort auf dein Ersuchen um Verpflegung, da deine eigenen mitgebrachten Vorräte inzwischen erschöpft wären, hatte darin bestanden, die übliche römische Soldatenkost herüberzuschicken – einen ekelhaften Brei aus Hülsenfrüchten, Suppe, Brot, Speck, einem Schuß Essig und ein paar dürren Gemüsefetzen, um den Mischmasch einzudicken. Das Zeug war ungenießbar, und der Wein, den er, wie er behauptete, aus seinem persönlichen Vorrat schickte, paßte dazu.
»Ich muß schon furzen, wenn ich's nur ansehe«, hatte Cornelius sich beschwert, was Falco freilich nur veranlaßt hatte, ihm, erneut eine zu verpassen. Ach, wie sehr er sich doch nach einer anständigen Mahlzeit sehnte!
Um seinen gastronomischen Kummer zu besänftigen und seine Gedanken wenigstens zeitweise von tobenden Wind draußen abzulenken, ließ Falco in seiner Erinnerung ein Festmahl vorüberziehen, an dem er einmal im Haus eines Senators teilgenommen hatte – ein echter Kenner, der auch hübsche Knaben zu schätzen wußte. Es war ganz intim und herrlich obszön gewesen, mit nur neun Gästen, ganz nach der letzten Mode – nicht weniger als die Anzahl der Grazien und nicht mehr als die Zahl der Musen.
Der erste der zwanzig Gänge, die auf dem Zitronenholz-Tisch serviert wurden, stellte sich als Widderhoden heraus, die verführerisch von phallusförmigen Kerzen herabhingen. Danach folgte eine derartige Fülle von Köstlichkeiten, daß Falco sich nur noch an wenige erinnern konnte. Es gab Berge der berühmten lukrinischen Austern, die von den Flügeln winziger Drosseln umrahmt waren und – als Kontrast – in Pfeffersauce marinierte Bärentatzen aus Germanien, gefolgt von Taubeneiern, die auf hochkünstlerische Weise mit dem Gelee garniert waren, das man an der Oberschale der Schildkröte findet. Es folgten Forellen aus dem zisalpinischen Gallien, die man den Gästen vor dem Kochen in ihrem Reisekleid aus Gletschereis gezeigt hatte. Und während der Zubereitung der Forellen wurden Teller voller knuspriger Seefische und Pilze zum Knabbern serviert, dazu große Schalen mit Bier, um die Nieren anzuregen. Schließlich, nachdem die Forellen verzehrt waren, wurden zur Überbrückung jener höchst delikaten Lücke zwischen Fisch und Fleisch Würste aus der Gebärmutter junger Schweine vorgelegt.
Dann war der Wein aufgetragen worden – ein exquisiter Caecubaner, der sogar Horaz gemundet hätte. Und endlich trugen neun schöne Knaben eine gigantische, brennende Pastete herein. Jeder dieser Knaben suchte sich lachend unter den Gästen einen Partner für den Abend aus und be-

diente und fütterte ihn von nun an, als habe der arme Mann seine Hände eingebüßt. Aus der Pastete pflückten die Knaben Rehherzen aus Spanien, Stücke von gallischen Rehböcken und Bärenzungen aus den Marschen Belgiens und saftige Fleischstücke von afrikanischen Gazellen.
Falco versuchte, sich noch andere exotische Köstlichkeiten der Pastete ins Gedächtnis zurückzurufen, aber es fielen ihm nur noch einige Dachsschinken ein, die angeblich aus England geschickt worden waren, sowie die Löwenleber, von der jedem Gast nur eine zugeteilt wurde, *Vivamus, dum licet esse bene!* Ach, wie lange das doch alles her zu sein schien! Er hielt in seinem Aufundabgehen inne und blickte auf Cornelius, der noch immer seine Schwimmbewegungen machte. Aber seine Augen waren geschlossen, als ob er sich innerlich aus dem Zelt davongemacht habe. Falco schürzte die Lippen und versetzte ihm einen Stoß. »Da, Fräulein Seejungfrau«, sagte er, »jetzt bist du gerade an einen Felsen gestoßen. Ich würde dir raten, auf deiner Seereise lieber die Augen offenzuhalten.« Er blickte über ihn hinweg auf Albinus, der zusammengeschreckt war, was ihm durchaus nicht mißfiel. Trübe Burschen, diese jungen Männer! Wenn der eine oder andere sich wenigstens einmal wehren und zurückschlagen würde, wären sie vielleicht ein wenig interessanter. Aber natürlich würden sie das niemals wagen, wo doch dieser Trupp Usipeter und Bataver draußen Wache stand. Immerhin hatte Titus wenigstens eine Begleittruppe gestellt, die sich sehen lassen konnte! Sie waren vielleicht keine Menschenfresser, sahen aber bestimmt danach aus, und sogar die meisten Legionäre machten einen großen Bogen um sie. Außerdem stanken sie wie die Hyänen, so daß niemand Lust hatte, ihre nähere Bekanntschaft zu machen.
»Also, jetzt hört nur mal zu, ihr beiden Hurenbengel«, begann Falco mit hoher Stimme, um gegen den trommelnden Wind anzukommen. »Meine Nerven sind heute vormittag ziemlich gespannt. Wind macht mich schon seit jeher nervös, und nichts vermag mich dann aufzumuntern, selbst wenn ihr eure Lenden mit Blumen bekränzt. Im Augenblick geht es lediglich darum, daß wir zumindest eine Zeitlang auf Gnade und Ungnade diesem Überbleibsel aller Kriege, diesem feindseligen, einäugigen, stolperfüßigen Lümmel und Flegel General Flavius Silva ausgeliefert sind. Und jetzt werde ich euch folgendes sagen: Ich habe diese weite Reise hierher nicht gemacht, nur um Wüstenluft einzuatmen, und noch viel weniger, um mich von einem Hebräerwind um den Verstand bringen zu lassen. Auch habe ich nichts dafür übrig, von Militärs beschimpft oder, ärger noch, ignoriert zu werden. Ich habe mich auf dieses Unternehmen eingelassen in der Absicht, Geschichte zu machen, und das gedenke ich auch nach wie vor zu tun.«
Falco schritt zum Zelteingang und zog die Klappen geradesoweit auf, daß

eine Ladung Sand hereinwehte. Rasch schloß er die Lücke wieder und schnaubte angewidert.
»Ich werde damit beginnen, daß ich persönlich den Ritus der *Damnatio Memoriae* an unserem Freund Silva vollziehe. Wenn ich erst einmal mit ihm fertig bin, wird Vespasian ihn bestenfalls noch ersuchen, sich in sein Schwert zu stürzen oder ihn für den Rest seines Soldatenlebens in die entlegenste Wildnis Britanniens schicken. Nichts, was er je getan, wird in der Erinnerung bleiben, und wenn man seinen Namen nennt, wird niemand wissen, wer er überhaupt war.«
Falco schritt zu Cornelius hinüber und sagte: »Du kannst jetzt aufhören zu schwimmen. Es stört mich.«
»Darf ich mich aufsetzen?«
»Ja. Aber wenn du dich nur noch einmal so ordinär benimmst, lasse ich dich einfach zukorken.«
Falco nahm seine Wanderung durchs Zelt wieder auf und versuchte gegen den unablässigen Ansturm des Windes seine Gedanken zu ordnen. Alle erfolgreichen Unternehmungen, sagte er sich, sind das Ergebnis peinlich genauer Beachtung der Details, und jetzt war der Augenblick, die gegenwärtig sich bietenden Möglichkeiten zu prüfen. Wachsamkeit und die Fähigkeit, sich rasch auf die neueste Entwicklung einzustellen, waren die eigentliche Gütemarke eines Fachmanns im politischen Leben. Eine günstige Gelegenheit ... wo lagen hier die neuen und vielleicht verborgenen Gelegenheiten? Silva? Wie konnte man diesen jämmerlichen Wicht zwingen, sich den Zielen und Zwecken des Pomponius Falco dienstbar zu machen? Antwort? Kehren wir zu den Grundvoraussetzungen zurück und prüfen wir genau den ursprünglichen Anlaß dieser Expedition.
Aus der Ferne betrachtet, hatte die Sache recht einfach ausgesehen. Du, Pomponius Falco, besaßest die Klugheit zu erkennen, daß das römische Blut im hybriden Ozean der neuen Untertanen verwässert wurde. Vespasian hatte dem Reich riesige neue Gebiete hinzugefügt, und die Verwaltung dieser Provinzen wurde einem immer spärlicher werdenden Kreis gebildeter und fähiger Männer anvertraut. Die zahlenmäßige Stärke der aristokratischen Familien Roms nahm jedoch schon seit Jahren stetig ab, während die Sklaven und ihre Sippen immer fruchtbarer wurden. Nur ein Blinder vermochte nicht zu sehen, daß sie tatsächlich, wenn auch nicht nominell, die wahren Herren werden und schon bald ihren sterilen Vorgesetzten die Macht aus den Händen reißen würden, so wie sie ihre Kultur bereits verderbt hatten. In Rom gab es sehr viele Blinde.
Und wo befand sich bei dieser Entwicklung ein Mann wie Pomponius Falco, der den Geschehnissen und Tendenzen *nicht* blind gegenüberstand und der in früheren Zeiten bestenfalls auf einen obskuren kleinen Regierungsposten hätte hoffen können? In einer ganz besonderen Lage, besten

Dank ... Es war lediglich nötig gewesen, sich in der Öffentlichkeit diskret zu bewegen und sich kein Benehmen anzumaßen, das seit langem als das Vorrecht des Ritterstandes galt. Die römischen Ritter bildeten einstweilen noch eine gewisse Konkurrenz, aber sie waren ein Anachronismus, ob sie es nun wußten oder nicht. Also duldet man sie noch ein Weilchen länger, wie einen sterbenskranken Verwandten, der sich noch nicht entschlossen hat, wen er zum Erben einsetzen soll. Auf ihre hochfahrende Anmaßung kommt es dabei nicht weiter an, denn du, Pomponius Falco, wirst eines Tages über sie zu Gericht sitzen und sie an ihr Benehmen erinnern – daß sie es sich zum Beispiel nie haben einfallen lassen, einen gewissen früheren Bewohner einer Dachkammer in Ravenna in ihren Kreis aufzunehmen, wie fleißig und beharrlich er auch gearbeitet hatte, um sich Wissen und Bildung anzueignen.

Jeder Römer, bedeutend oder nicht, wußte, daß nur ein Mann von ungewöhnlichem Talent und ungewöhnlicher Tatkraft seinen gesellschaftlichen Stand im Lauf seines Lebens, in einer einzigen Generation, zu verändern vermochte. Und ihm war es gelungen! Schließlich hat Vespasian selbst bereits schriftlich erklärt, daß du bei Hofe bekannt bist, aber was dieser Liebling der Menschheit, der eher wie ein Bademeister aussieht, *nicht* merkt, ist, wie sehr viel weiter du noch zu gelangen gedenkst. Und ebensowenig sein Sohn Titus, dieser geistig minderbemittelte hübsche Junge mit seiner ständigen Erektion.

»Bist du mal auf den Gedanken gekommen, Albinus, daß Vespasian vielleicht ernsthaft an Verstopfung leiden könnte? Er hat diesen abwesenden Blick.«

»Ich habe den Kaiser nie gesehen.«

»Ebensowenig hat er mich je gesehen, mein lieber Albinus! Und ich würde mich auch nicht darauf verlassen, daß Titus mich ohne kräftige Beihilfe eines Adjutanten erkennt. Doch durch die natürliche Gabe der Frau lassen sich die Mächtigen auch aus dem Hintergrund dirigieren. Ohne einen Tropfen Blut zu vergießen oder auch nur eine Sesterze auszugeben, kann eine Frau den Mann veranlassen, Aktionen zu genehmigen, die er andernfalls nicht im Traum gestatten würde. Wir haben lediglich den ersten Schritt getan. Binnen einem Jahr, das garantiere ich euch, werden Vespasian und Titus alle Ursache haben, mich zur Kenntnis zu nehmen.«

»Warum?« fragte Cornelius vorwurfsvoll, aber Falco war so tief in seine Spekulationen versunken, daß er den schmollenden Ton nicht bemerkte.

»Weil ich, mein Lieber, beabsichtige, mir seine Aufmerksamkeit dadurch zu verschaffen, daß ich als erster mit einem Augenzeugenbericht vom Endsieg in Judäa in Rom eintreffe. Silva wird so viel damit zu tun haben, den Mist wegzuräumen, den er angerichtet hat, daß Wochen vergehen werden, ehe er die Heimreise überhaupt antreten kann. Ich hingegen bereite schon jetzt mit Briefen an ein gewisses weibliches Wesen meinen Empfang bei Hofe vor. Da ich sie ins Vertrauen gezogen habe, wird sie außerstande sein, das Geheimnis für sich zu behalten. Wenn ich den richtigen Zeitpunkt abpasse, wird jeder atemlos auf meine Ankunft warten. Neuigkeiten ... und zwar die *ersten* schmackhaft zubereiteten Nachrichten – das ist der Schlüssel ...«

»Wozu?« fragte Cornelius. »Sie denken sich einen Haufen Lügen aus, man hört Ihnen zu, belohnt Sie vielleicht mit ein paar tausend Sesterzen, und schon sind Sie wieder draußen. Mein Stiefvater ist einer von diesen Leuten, und ich weiß, wie sie sich benehmen.«

Falco schoß zu Cornelius herum und hob drohend die Hand. »Hör auf, herumzumaulen, du kleiner Mistkerl! Ich weiß, was ich tue. Ich habe nicht die geringste Absicht, mich katzbuckelnd mit einem Dankeschön wieder zu entfernen. Helden sind diejenigen, die als erste aus den Kriegen heimkehren. Alle anderen, die auch nur ein paar Wochen später eintrudeln, mögen tapfer gewesen sein wie die Löwen, aber man beachtet sie nicht. Ich gedenke, Vespasian ein bestimmtes Gesuch zu unterbreiten ... nachdem ich an seine Sparleidenschaft appelliert habe. Er hat kürzlich neue Provinzen geschaffen – Achia, Licia und Rhodos, um nur einige zu nennen. Außerdem gibt es da noch Bysantium und Samalus, ziemlich trübselige Gegenden, nehme ich an, aber potentielle Schatzhäuser für einen römischen Statthalter mit dem nötigen finanziellen Geschick.«

Falco nahm einen Spiegel zur Hand und begann nachdenklich seine Locken zu ordnen. Er schnitt Gesichter, schürzte die Lippen und hob die Augenbrauen, während er weitersprach. »Eine jede dieser neuen Provinzen wird einen Statthalter brauchen. Und für eine davon bin der ideale Mann ... ich.«

»Angenommen, alle Statthalter sind schon ernannt, wenn wir nach Rom zurückkommen?« fragte Cornelius.

»Dann werde ich einen höheren Posten im Sekretariat Vespasians annehmen und bald einen Grund finden, um einen der Ernannten zu ersetzen ...«

Einen Augenblick lang trieben seine Gedanken weit von seinem Ehrgeiz ab. Während er sein Bild im Spiegel betrachtete, sich die Lippen befeuchtete, den Mund verzog, ertappte er sich plötzlich bei der Überlegung, wie es wohl wäre, mit einem beschnittenen Juden zu schlafen. Du liebe Zeit ... was für ein verrückter Gedanke! Dieser Wind macht wirklich noch einen Exzentriker aus dir!

»Im Augenblick braucht uns nur eins zu beschäftigen«, fuhr er fort. »Nämlich General Silva, der meine Geduld so stark auf die Probe gestellt hat. Jeder Mann hat eine schwache Stelle, und unser lieber General dürfte

darin keine Ausnahme bilden. Und doch sagt mir meine Intuition, daß wir eine falsche Fährte verfolgen, wenn wir uns auf das Offenkundige verlassen und annehmen, daß seine Hauptversuchung der Wein ist.«
Noch immer in sein Spiegelbild versunken, drückte Falco behutsam an den Hautpusteln auf seinen Wangen herum. »Nehmen wir lieber an, daß Silva ebenso unlogisch ist wie die meisten Männer, deren Fluch ein Überfluß an Männlichkeit ist. Folglich gehört er in die Reihen der unzähligen törichten Männer, die auf noch törichtere Weiber hereinfallen ... und dadurch geradeso anfällig und verwundbar werden wie turtelnde Tauben. Silva selbst hat uns darüber ins Bild gesetzt, indem er sich mit dieser Jüdin Schewa abgibt, und da er sie nicht nach der ersten Befriedigung wieder abgeschoben hat – wir wissen ja, daß sie wiederholt bei ihm war –, können wir vermuten, daß sie einen gewissen Einfluß auf ihn hat, wie viel oder wie wenig, muß erst noch festgestellt werden. Es ist deshalb erforderlich, daß wir uns zunächst auf sie konzentrieren und herausfinden, was sie von Silva will, denn alle Frauen wollen ja irgend etwas als Entgelt für ihre übelriechenden Leiber. Wenn wir ihr diesen Wunsch nicht besser oder rascher erfüllen können als er, wird es andere Mittel und Wege geben, sie auf unsere Seite zu bringen. Wir müssen ihre Zukunftspläne herausbekommen und erfahren, was sie gegenwärtig hier im Lager treibt. Sobald wir über ihre Vergangenheit und insbesondere über ihre Beziehung zu Silva ausreichend unterrichtet sind, werde ich einen Anlaß finden, sie hier in dieses Zelt einzuladen, und ihr könnt versichert sein, daß vom Augenblick ihres Eintreffens an Silva nicht mehr sein eigener Herr sein wird.«
Albinus, immer um Gunst bemüht, sagte: »Ich kenne das Zelt, in dem ihre Angehörigen wohnen. Ich habe sie griechisch sprechen hören, und vielleicht könnte ich irgendwie mit ihnen Bekanntschaft ...«
Falco schnalzte mit den Fingern und lächelte Albinus zu. »Ja, geh hin, mein lieber Junge ... geh nur. Aber verhülle sorgfältig dein Gesicht, damit der Sand nicht deine Haut angreift.«

Der Sturmwind fegte von den ausgedörrten nabatäischen Bergen nordwärts, er sammelte unterwegs Hitze in der Einöde von Zin und Stärke im Golf von Akaba. Er versengte alles, was in dem langen Wadi Araba vor ihm lag, und brach mit einer Kette gewaltiger Windhosen in das Salztal ein. Bald darauf war dieser Sturm zwischen den rostigen Eisenbergen von Moab östlich des Toten Meeres und den Bergen Judäas im Westen so eingekeilt, daß er in der Gegend von Masada zu einem wahren Orkan wurde. Er sog den Menschen, Juden und Römern ohne Unterschied, den Atem aus dem Leib, bis die Wüste selbst unter ihren Füßen zu wanken schien.

Die Sonne, bisher erbarmungslos weißglühend, wurde zu einer zinnoberroten Kugel und entlang der entblößten Flanken von Masada rasselte und klapperte sogar der Schiefer bei heftigeren Windstößen. Zuweilen vereinten sich zerrissene Wolkenfetzen mit den dahinstürmenden Staubsegeln und verdunkelten die Sonne völlig; jedermann bewegte sich durch ein gespenstisch fahles Zwielicht, von dem mancher glaubte, es künde das Ende der Welt.

Silva fand es durchaus passend, daß sein Pferd den Namen »der Wilde« trug – zu der Stimmung dieses Vormittags paßte er sicher ganz genau. Er hatte das Pferd in Libyen gekauft, der einzigen Gegend des Reiches, mit Ausnahme Siziliens vielleicht, wo es gute Reitpferde gab. Es war prachtvoll gebaut, ein typischer libyscher Brauner mit dem weißen Stern auf der Stirn. Aber bei seinem Zureiten mußte ein Fehler gemacht worden sein. Das Tier war während eines Kampfes ungeheuer mutig, scheute aber in friedlicher Umgebung vor jedem vorbeiflatternden Schmetterling. Silva machte sich oft lustig über diese Eigenheit. »Der Wilde«, so meinte er oft zu seinen Offizieren, hätte von Rechts wegen eine Stute sein sollen, da sein Benehmen in keinerlei Beziehung zu seinem Namen stehe, und er so leichtfertig und unzuverlässig sei wie ein junges Mädchen.

Mehr als einmal war Silva schon entschlossen gewesen, sich des Tiers zu entledigen, aber es schien seine Absicht zu spüren und benahm sich sogleich, als sei Silva sein einziger Gott und als sei es seine einzige Mission auf Erden, seinen Herrn zu erfreuen. Jetzt, an diesem schauerlichen Morgen, nahm »der Wilde« vorsichtig und bedachtsam seinen Weg durch die Feldlager, hielt den Kopf gegen den Wind gesenkt und schnaubte wild, als wolle er Silva darauf aufmerksam machen, wie tapfer er sich dieser Schinderei unterziehe.

An Silvas Seite ritt der Zenturion Rosianus Geminus, dem als *Praefectus Castorum* die Pflicht oblag, alles zu tun, was er nur konnte, um die Verwüstung des Windes zu mindern. Wegen des Sturmes hatte Silva es seinen übrigen Offizieren erlassen, ihn auf dem morgendlichen Rundgang zu begleiten, und sich, anstatt wie gewöhnlich zu Fuß zu gehen, das Pferd ans Zelt bringen lassen. Jetzt zweifelte er freilich, ob das klug gewesen war, und sorgte sich, ob der stechende Sand den Augen des Pferdes nicht schaden werde.

Silva hatte sein Gesicht mit einem Streifen Seidentuch bedeckt, den er von einer Toga abgeschnitten hatte; Livia hatte sie ihm vor langer Zeit einmal gekauft, aber er hatte sich stets rundweg geweigert, sie zu tragen. »Bin ich denn ein Pfau?« hatte er zu ihr gesagt. »Muß ich in diesem geschmacklosen Fetzen herumstolzieren, nur weil es Mode ist? Und was ist, wenn ein Windstoß kommt und ihn hochhebt? Dann werden die Römer kein herrliches Pfauenrad zu sehen bekommen, sondern den errötenden

Hintern eines verlegenen Generals!«
An diesem Morgen diente zumindest ein Stück dieser Toga einem nützlichen Zweck, nachdem er das Ding jahrelang in seinem Gepäck mitgeschleppt hatte, und es kam ihm der wehmütige Gedanke: Wäre Livia an diesem Morgen noch am Leben gewesen und hätte ihn gebeten, die Toga zu tragen – er wäre auf der Stelle einverstanden gewesen.
Genug des wehmutsvollen Bedauerns, warnte er sich. Es gab schon genug Entmutigendes ringsum, ohne daß man alten Kummer aufleben ließ. Die Hälfte der Lagerzelte war eingestürzt; einige hatte der Wind sogar über den Schutzwall getragen, wo sie im Staubdunst verschwanden. Der Morgendrill und die Meldeappelle mußten abgesagt werden, und die Legionäre hatten Befehl erhalten, vor dem Wind Schutz zu suchen, so gut sie konnten. Die letzten Arbeiten an den Sturmmaschinen mußten eingestellt werden, und die verlassenen fahrbaren Schleudern sahen wie die Skelette vorweltlicher Ungeheuer aus, die sich aus dem Sand erhoben. Auch die Arbeit am Angriffsturm hatte man eingestellt. Er schwankte und ächzte so heftig unter den schweren Windstößen, daß Silva sich fragte, ob der Wind nicht vielleicht das ganze Bauwerk umblasen werde. Allerorts herrschten Verwirrung und Durcheinander, und die wenigen Männer, die Silva überhaupt umherstapfen sah, strichen wie kränkliche Gespenster durch die unheimliche schäumende Sandgischt.
Sie waren sehr langsam geritten, denn zeitweise vermochten sie kaum weiter zu blicken als bis zu den Ohren ihrer Pferde. Masada selbst war bereits seit Morgengrauen dem Blick entschwunden, und sie fanden den Weg zum Sockel der Rampe nur, indem sie direkt in den Wind hineintorkelten. Silvas karminroter Mantel stand waagerecht von ihm ab, und sein Kragen würgte ihn am Hals. Trotz der Seidenmaske vor dem Gesicht waren Mund und Nasenlöcher vom Sandstaub ausgetrocknet, und der Sand, der gegen seinen Helm klatschte, schien ihn unablässig daran zu erinnern, daß Masada jetzt sehr rasch genommen werden mußte – oder es würde überhaupt nicht mehr gelingen.
Doch schließlich erreichten sie den nördlichen Windschatten der Rampe, wo sie den Tribun Gallus in verdrießlicherer Stimmung denn je antrafen. Obwohl die Lippen des Mannes aufgesprungen, sein Gesicht von Schweiß und Staub überkrustet und seine Augen entzündet waren, zeigte sich Silva nicht im geringsten erstaunt, daß er Gallus auf seinem Posten fand. Gallus gedachte seine Rampe zu bauen, ganz gleich, wie ungnädig gelaunt die Götter auch waren. Es war *seine* Rampe, und wenn der Wind sie heute wegblies, würde er morgen beginnen, eine neue zu bauen.
»Heil dir, guter Gallus!« begann Silva. »Und wie geht's denn deiner Leber an diesem frischen, sonnigen Morgen? Hast du mein Versprechen vergessen: Zwei Tage nach der Übergabe der Rampe will ich dir frische kühle

Luft und junge Mädchen schicken.«
»Ich habe Ärger, Herr. Seit gestern nacht, als die Juden beschlossen, ihre eigenen Leute zu töten, habe ich unablässig Ärger.«
»Man hat mir das Scharmützel gemeldet. Du hast neun Juden und vier von unseren eigenen Leuten verloren?«
»Ich glaube, es wird noch ein weiterer Legionär sterben, ehe der Tag um ist.«
»Sobald er gestorben und das Wetter wieder klar genug ist, daß man von Masada herabsehen kann, wirst du zwei Juden töten. Und sorge dafür, daß die da oben die Hinrichtung mitbekommen.«
Gallus wischte sich die tränenden Augen. »Ich brauche jeden verfügbaren Mann, Herr. Ich brauche Hände zum Arbeiten, nicht zum Sterben. Nicht einmal meine besten Dekurionen können die Juden dazu bringen, bei diesem Wind etwas anzurühren.«
»Hast du ihnen gesagt, daß sie nie sicherer waren, daß ihnen nichts passieren kann? Selbst wenn ein Pfeil gegen diesen Wind fliegen könnte: Von Masada aus ist nicht das geringste zu sehen.«
»Der eigentliche Ärger ist viel ernster, Herr. Seit der Sache gestern nacht weigern sich nahezu fünfhundert Mann, auf der Rampe Dienst zu tun.«
»Du meinst Juden?«
»Nein, Herr. Legionäre.«
Silva war verdutzt. Einen Augenblick lang dachte er, der Wind habe seinem Gehör einen Streich gespielt. Er fragte ungläubig: »Deine Zenturionen haben den Legionären befohlen zu arbeiten... und sie haben sich geweigert?«
»Sie beschweren sich, weil sie genug haben von Masada und der Wüste. Sie sagen, wir würden bald alle an der Hitze zugrunde gehen, und sie sähen nicht ein, warum und wozu. Wäre dieser Wind nicht gekommen, dann würden es jetzt wohl über tausend sein, glaube ich. Aber die Parole spricht sich rasch herum, von einem Zelt zum nächsten...«
»Keine Parole spricht sich von selbst herum. Irgend jemand trägt sie weiter. Wer ist der Anführer?«
»Anscheinend sind es mehrere, aber ich weiß nur von zweien – einem Dekurion namens Fronto, an den erinnere ich mich, der war schon in Afrika ein Unruhestifter, und dann Valens, einer der *Hastati* der zweiten Zenturie. Ich glaube aber, es sind noch viel mehr.«
»Wenn ich nur von einem weiß, so genügt mir das schon. Ich werde die ganze Meute kastrieren!«
»Ich habe gehört, ein gewisser Esra hat sie auf den Gedanken gebracht – einer von den Juden, die zu uns heruntergekommen sind.«
Silva wandte sich an Rosianus Geminus. »Bring mir die Leute binnen einer Stunde in mein Zelt – und den Juden, diesen Esra, dazu.«

Geminus ritt davon und Silva stieg wieder aufs Pferd. »Mach weiter, so gut du kannst, mein Freund ... als ob alles in Ordnung wäre«, sagte er zu Gallus. »Ich habe den Verdacht, diese Sache hat sich schon vor einiger Zeit zusammengebraut und ist nicht erst durch den redegewandten alten Juden aufgetaucht. Wir ziehen zu viele unserer Legionäre durch Aushebungen ein. Wir sagen zu so einem Siebzehnjährigen: Du bist nun eingezogen, aber wir erklären ihm nicht einmal warum, und schon haben wir die ersten Ansätze zu einer Meuterei gesät.«

»Es sind nicht die jungen Burschen, Herr. Die sind zum größten Teil recht brauchbar. Aber man schickt uns zu viele Ausländer, und die meisten von ihnen haben nicht einmal Italien, geschweige denn Rom gesehen.« Gallus wandte den Blick ab und brummelte: »Mir hat die Verwendung von Söldnern sowieso nie gefallen. Sie haben den Sturz unserer Republik verschuldet ...«

Silva schnitt ihm absichtlich das Wort ab. »Freund Gallus, du sprichst heute morgen recht unverblümt. Einige unserer toten oder lebenden Herrscher könnten an deinen Ansichten Anstoß nehmen.«

»Das ist mir gleich, Herr. Söldnertruppen stiften mehr Schaden, als sie wert sind. Das war schon immer so und wird immer so bleiben.«

Silva hatte den Eindruck, daß er damit selbst getadelt worden sei, und er dachte einen Augenblick daran, ob er nicht, um dieses Gefühl loszuwerden, Gallus in seine Schranken verweisen sollte. Er hatte ihre Freundschaft mißbraucht und sich reichlich viel herausgenommen. Wie konnte ein Pionier und Techniker und in diesem Fall noch dazu ein Mann, der im Herzen ein Zivilist war, so anmaßend sein, wie konnte er auch nur andeutungsweise das römische Militär kritisieren? War sich denn ein Mann von seiner Intelligenz nicht der Gefahren bewußt, die dem Reich von all diesen Barbaren drohten, die rings um Rom nur darauf warteten, sich auf die einzige Heimstätte der zivilisierten Menschheit zu stürzen? Plötzlich legte sich sein Groll jedoch. Es war ja viel Wahres an dem, was Gallus gesagt hatte, und dann vermochte dieser schließlich nicht weiter zu blicken als bis zu seiner Rampe oder was immer er gerade baute, und für sein Pflichtbewußtsein sollte jeder Kommandeur, der darauf angewiesen war, dankbar sein.

Silva beugte sich über den Nacken seines Pferdes hinab, bis sein Gesicht auf gleicher Höhe mit Gallus war. »Mein guter Gallus – du bist übermüdet, daher kommt deine Verbitterung. Nimm dir diesen elenden Tag frei, an dem du bei all deiner Willenskraft ja doch nur wenig zustande bringen kannst, und mach einen kleinen Ausflug. Morgen kehrst du dann erfrischt zu deiner Aufgabe zurück.«

»Sie wissen doch, daß ich hier unmöglich weg kann.«

»Wirklich? Komm in mein Zelt, ich gebe dir etwas von Seneca zu lesen.

Oder ziehst du leichtere Lektüre vor? In diesem Fall würde ich dir ein ziemlich merkwürdiges Buch namens *Satiricon* empfehlen, falls du es nicht schon gelesen hast. Sehr ironisch, dieser Petronius. Obwohl ich die Ansichten leider nicht unbedingt akzeptieren kann, gebe ich ohne weiteres zu, daß es ihnen gelingt, einen im Handumdrehen aus Judäa zu entführen.«

»Sie sind sehr gütig, Herr, und ich danke Euch dafür.«

»Wenn du dich aber unbedingt bilden willst, dann hätte ich Ptolemäus über Astronomie und Frontinus über Aquädukte ... den werde ich dir allerdings nicht geben, es könnte dich von deiner augenblicklichen Arbeit ablenken und auf den Gedanken bringen, Wasser in die Wüste zu leiten. Ich habe alle Dichter von Ovid bis Lucanus – du brauchst mir nur zu sagen, welchen du lesen möchtest.«

Die Vorstellung, wie des Gallus' trauriges Antlitz sich in den Ovid vertiefte und seine große Nase die Zeilen hin und her wanderte, entzückte Silva. Wie sehr er doch nach der vertrauten Gesellschaft eines solchen Mannes wie Gallus verlangte! Vielleicht würde er ihn eines Tages, wenn Judäa nur noch eine Erinnerung war, nach Praeneste in sein Haus einladen.

»Ich komme, sobald ich sicher bin, daß hier alles in Ordnung ist.«

Das ist es nie, dachte Silva. Er legte seine Hand grüßend an den Helm, zog das Seidentuch zu den Augen hinauf und wandte sich ab. Immerhin, er hatte es wenigstens versucht.

Jetzt, da er den Wind im Rücken hatte, fand Silva den Ritt zurück zum Lager weniger beschwerlich, und er konnte seine Gedanken auf andere Probleme richten. Was die vermutlichen Meuterer betraf, so war er eher abgestoßen als bekümmert darüber, daß es in seinem Kommando ernsthafte Unzufriedenheit geben sollte. Wenn die Sache sich aber wirklich als ernst herausstellte, würde er wissen, wie er mit ihr fertig zu werden hatte. Das Reglement des römischen Heeres ließ dem Kommandeur da keine große Wahl.

Bedenklicher war dieser Sturm, der nicht nur die Fertigstellung der Rampe verzögerte, sondern der gleichzeitig auch jenes andere Vorhaben hinausschob, das plötzlich zu seiner fixen Idee geworden war. Je länger er darüber nachdachte, desto überzeugter war er, daß eine Zusammenkunft mit Eleasar ben Jair vielleicht wirklich eine bedingungslose Kapitulation der Juden zur Folge haben könnte. Mögen ihm die Götter ihre Gunst leihen! Aber Schewa kann bei diesem Wind nicht den Berg hinaufklettern, wie sehr man ihr die Flucht auch erleichterte.

Und was sollte überhaupt mit Schewa geschehen? Vielleicht sollte ich eines der alten Heilmittel versuchen, von denen mein Vater mir erzählt hat? Vielleicht jene aus Kräutern geflochtene, mit der Rinde des Lindenbaumes verzierte Krone aufsetzen, die jeden Liebesrausch heilt. Oder sollte ich dem Gott Fascinus opfern, um den weiblichen Zauber unschädlich zu machen? Das alles war weiter nicht schwierig, aber vielleicht wäre es für die Legionäre noch ein weiterer Grund zur Meuterei, wenn ihr General mit einer Kräuterkrone auf dem Kopf im Lager umherwandelte. Was aber soll ich dann machen?

Was gedenkst du, Flavius Silva, General des Heeres, Statthalter von Judäa und Freund des Titus, letzter der Cornelier und Herr eines leerstehenden, halbfertigen Hauses in Praeneste, was gedenkst du mit dieser widerspenstigen Jüdin zu tun? Bist du kühn genug, dir diese Beziehung in zehn Jahren vorzustellen? Denk an die Iden des Mai und das Lemurenfest, bei dem man in vergangenen Zeiten dreißig alte Männer von der Sublicius-Brücke in den Tiber zu werfen pflegte. Heutzutage werden freilich nur Puppen aus Schilf hinabgeworfen, aber die Bedeutung ist noch immer dieselbe. In zehn Jahren ... in zwanzig Jahren? Würde Schewa dann nicht insgeheim an jedem dreizehnten Mai den Wunsch hegen, dich in den Tiber zu stoßen?

Silva kam an einer Gruppe von Legionären vorbei, die im Windschatten des Lagerforums hockten; eine niedrige Plattform aus Erde diente hier als Marktplatz. Sie spielten das Knöchelspiel, und Silva freute sich, als er unter den Kriegern Calpurnius Cilix entdeckte, jenen Soldaten, den er so oft bezichtigt hatte, er lege es insgeheim darauf an, die ganze Zehnte Legion zu seinen Schuldnern zu machen. Cilix pflegte um alles und jedes zu wetten, wenn ihm die Wette nur halbwegs lohnend erschien. Und während die Elemente rings um sie tobten, brachten er und seine Kameraden es doch tatsächlich fertig, sich ihrer einzigen Leidenschaft zu widmen. Cilix hatte zwar nur den Rang eines Dekurion, war aber trotzdem einer der Privilegierten, da er außerdem ein *Evocatus* war, einer also aus der geachteten Klasse alter Kämpfer, die ihre Dienstzeit schon vor langer Zeit absolviert hatten, sich dann aber erneut hatten anwerben lassen. Folglich gab es für Calpurnius Cilix keinen anstrengenden Routine-Dienst. Und selbst wenn seine erwiesene Treue zur Fahne des Reiches keine ausreichende Entschuldigung gewesen wäre, mit seiner Findigkeit hätte er sicher herausgefunden, wie man sich vor jedem unangenehmen Dienst drücken kann.

Als Silva ihm winkte, warf er die Spielmünzen sofort hin und kam angetrabt.

»Nun, mein schlauer Cilix, wie geht's dem reichsten Mann im römischen Heer?«

Cilix antwortete mit einem dankbaren Lächeln, das die zerbrochenen Stümpfe seiner verbliebenen Zähne freigab; den größten Teil hatte er vor langer Zeit bei irgendeiner Schlägerei eingebüßt. Er warf einen Blick zurück über die Schulter und sagte in seinem singenden kalabrischen Tonfall: »Mein Herr, es lohnt sich nicht, geborenen Trotteln etwas beizubringen.«

»Ach? Und daß du diese unschuldigen Täubchen rupfst, die zudem noch deine Waffenkameraden sind, das verursacht dir keine bösen Träume?«

»Alpträume sind für Verlierer da, Herr.«

»Ich bin gerade dabei, mir ein Haus zu bauen«, sagte Silva trocken. »Die Regierung leiht Leuten wie mir Geld zu zwölf Prozent. Das ist mehr, als ich mir eigentlich leisten kann, und ich habe deshalb überlegt, ob ich nicht mit dir ein besseres Geschäft machen könnte?«

»Für Generäle habe ich einen besonderen Zinssatz, Herr. Wie wäre es mit elfeinhalb Prozent?«

Beide hatten an dem Gespräch ihren Spaß, und sie brachen in ein herzliches Gelächter aus. Dann beugte sich Silva herab und legte seinen Arm auf den Nacken des Pferdes. Jetzt heißt es vorsichtig sein, dachte er. Cilix hat nie etwas anderes gekannt als das Militär, aber er ist trotzdem noch immer ein Bauer. Er ißt zweimal am Tag seinen Brei und trinkt den Posca mit Männern seines Schlages, und seine Treue gilt in erster Linie seinesgleichen.

In Silvas Stimme war nichts mehr von Herzlichkeit, als er sagte: »Wie ich höre, gibt es in unserem Lager außer ungeschickten Spielern auch noch andere Trottel.« Ihre Blicke trafen sich, und Silva wußte, daß Cilix ihn genau verstanden hatte.

»Es gibt einige, die auf Juden hören, Herr.«

»Könnte einer davon vielleicht Fronto heißen, und ein anderer – Valens?«

»Da wissen Sie mehr als ich, Herr.«

Silva glaubte ihm. Er fragte: »Womit sind sie denn unzufrieden?«

Cilix zögerte, schien aber dann, wenn auch widerwillig, einen Entschluß zu fassen. »Mit Ihnen, Herr. Es ist immer wieder die alte Geschichte. Wenn das Wetter schlecht ist, gibt man dem General die Schuld.«

»Wie viele sind daran beteiligt?«

»Das weiß ich nicht, Herr.« Cilix biß sich auf die Lippen und schien unversehens etwas sehr Interessantes auf dem Erdboden entdeckt zu haben. Silva blickte auf Cilix' Helmspitze hinab und sah, daß sie kaum merklich zitterte. Seine Stimme wurde entschiedener. »Du solltest es aber wissen, Kamerad, und zwar möglichst genau, sonst könnte es sein, daß du in Kürze im fernsten Armenien sitzt und mit Hilfstruppen würfelst, die, soviel ich weiß, überhaupt kein Geld haben.« Silva streckte die Hand aus und klopfte scharf gegen Cilix' Helm, als sei er eine Tür. »Also komm schon ... klärt sich dein Köpfchen allmählich?«

»Die Unruhe ist hauptsächlich in der Dritten Kohorte, Herr ... dann sind da auch noch einige von der Zweiten daran beteiligt und ein Manipel hier und dort in der Ersten ... ich schätze, daß es insgesamt vielleicht tausend Mann sind.«

»Es wird dich freuen, Cilix, daß deine Zahlen auch von anderer Seite bestätigt werden. So, und jetzt geh zu deinen Würfeln zurück, und sollten dich deine Freunde über unser Gespräch ausfragen, so sag – auch weil es zu deinem eigenen Besten ist –, wir hätten über das Verhältnis von Wasser zu Essig in eurem Posca gesprochen.«

Silva ritt weiter, kam zwischen den Reihen schwankender Zelte am Rand der *Principia* hindurch und gelangte zum *Tribunal,* wo er sonst normalerweise Auszeichnungen verteilte und Strafen verhängte. Es war bei einem solchen Wetter völlig unmöglich, auf der freistehenden Plattform irgendeine Audienz abzuhalten. Er überlegte einen Augenblick, ob er seine Untersuchung nicht auf den nächsten Tag verschieben sollte. Dann entschied er sich aber gegen jede Verzögerung. Die Krankheit sitzt uns schon in den Knochen, dachte er, und wenn ich ihr noch einen Tag und eine Nacht Zeit lasse, kann sich die Infektion womöglich verhängnisvoll auswirken.

Er zog die Zügel an und brachte sein Pferd zum Stehen. Dann blickte er den Abhang hinab, auf dem sich die untere Hälfte des Lagers befand. Die meisten der Lederzelte hatte der wehende Sand eingehüllt, nicht ein einziger Legionär war zu sehen. Er wußte, daß die Zelte der Reiterei in der Mitte dieser staubverhangenen Düsternis standen, und beiderseits der berittenen Truppen befanden sich die Zelte der *Triarii,* der *Principes* und der *Hastati.* Dahinter, beinahe schon unsichtbar, waren die Zelte der syrischen und arabischen Bogenschützen aufgebaut, der Hilfstruppen, die absichtlich von den Legionären getrennt waren, damit sie die Römer nicht mit ihrer Unzuverlässigkeit anstecken konnten. In jedem Zelt hausten zehn Mann mit ihrem Unteroffizier, und heute morgen, dachte er, verstecken sie sich alle vor mehr als nur dem Wind.

Silva schirmte sein gutes Auge mit der Hand ab und sah hinauf zu der Mauer aus wirbelndem Sand, die Masada völlig verdeckte. Er murmelte: »Jude – diesen Tag hast du gewonnen, vielleicht wirst du auch morgen wieder gewinnen, aber der Tag danach muß mir gehören ...«

Der Zenturion Rosianus Geminus hatte seinen Auftrag wie stets rasch und genau erledigt. Er hatte den Juden namens Esra in Silvas Zelt gebracht und außerdem auch noch den Pharisäer Sidon, der behauptete, der Führer der Gruppe zu sein, die von Masada herabgekommen war. Als *Praefectus Castrorum* hatte Geminus Silvas Prätorianer zu Hilfe gerufen und die fünf Legionäre herbeigeschafft, die angeblich das Feuer der Meuterei unter ihren Kameraden entfacht hatten. Sie standen jetzt, die Handgelenke mit dicken Lederriemen gefesselt, knapp innerhalb des Zelteingangs; hinter ihnen die doppelte Anzahl von Prätorianern, und vor ihnen, mit verwunderten Gesichtern und scheinbar gänzlich fehl am Platz, die Juden. Wie es die Situation erfordert, dachte Silva. Während er die Versammelten betrachtete, fiel ihm plötzlich auf, daß in diesem Zelt ein Mann wie der andere aussah: Alle waren sie mit dem grauen Sandstaub der Wüste gepudert.

Silva saß lässig in seinem Sessel aus Mahagoni und Elfenbein. Epos hatte ihm einen Schemel für sein schlechtes Bein gebracht, und darauf bewegte er nun den Fuß langsam hin und her, genauso, wie der griechische Arzt es ihm geraten hatte. Während dieser Übung ignorierte er bewußt alle im Zelt Anwesenden. Endlich zwangen ihn die Ungeduld und seine Schmerzen im Fuß, den Blick zu heben und die anderen zu beachten. Er befahl Esra und Sidon näherzutreten, und als die beiden gehorchten, betrachtete er sie schweigend, als seien sie eine ihm völlig unbekannte Menschenart.

Den Blick fest auf Esra geheftet, griff er hinab, um sein Bein zu massieren, und fragte: »Sprichst du Latein oder Griechisch?«

»Beides.«

»So? Dann bist du also ein einigermaßen gebildeter Jude?«

Esra senkte kurz den Kopf und schien in Nachdenken versunken.

»Falls du dir überlegst, ob du meine Fragen in absehbarer Zeit beantworten willst«, knurrte Silva, »so möchte ich dir empfehlen, möglichst rasch zu einem positiven Entschluß zu kommen. Denn andernfalls könnte mein Ärger über dich zu deinem sofortigen und dauernden Schweigen führen.«

Esra verschränkte die Hände auf dem Rücken und blickte hinauf zur Spitze des Zeltes. »Sie haben einen Spalt in Ihrem Zelt, Herr General. Genau oben beim Mast ...«

»Das weiß ich! Fordere meine Geduld nicht heraus, Jude!«

Silva war über sich selbst mindestens ebenso verärgert wie über Esra. Er hatte völlig vergessen, Geminus darauf aufmerksam zu machen, wie schlampig sein Zelt gespannt sei. Konnte er aber den Soldaten auspeitschen lassen, der daran schuld war, wo doch bald ein jeder wissen würde, daß ein Jude das Loch entdeckt hatte?

»Ich weiche Ihrer Frage nicht absichtlich aus, Herr General. Ich will nur eine wahrheitsgemäße Antwort geben. Sie fragen mich, ob ich gebildet bin. Wer weiß denn, was ein gebildeter Mann ist? Mein Verstand hat sich an der Logik des Aristoteles geschärft, aber ich weiß nicht, wie man eine Ziege melkt. Mir ist die Wissenschaft des Euklid bekannt, aber ich kann weder eine Quelle aufspüren noch ein Boot segeln. Ich bin mit der Platonischen Philosophie vertraut, aber ich kann nichts Dauerhaftes bauen. Ich

bin also offensichtlich ein unwissender Mann ...«
»Du redest eher wie ein Mann, der mit dem Bauch denkt und gleichzeitig zuviel gegessen hat«, unterbrach ihn Silva.
»Ich habe auch unter dem berühmten Nicetas Sacerdos von Smyrna Rhetorik studiert ...«
Silva lächelte anerkennend und unterbrach ihn abermals. »Der auch jene hebräische Weisheit zitiert haben soll, die, wenn ich mich recht erinnere, die Zunge zum gefährlichsten Organ erklärt. Deshalb sei sie auch hinter einer doppelten Wand verborgen – zuerst die Zähne und dann die Wangen. Aber das hast du anscheinend vergessen.«
»Auch Sie gehören offensichtlich zu den Gebildeten, General«, erwiderte Esra mit einem Nicken, worauf die beiden Männer einander schweigend musterten.
»Und dein Begleiter?« fragte Silva schließlich. »Ist er auch schlauer, als ihm gut tut? Oder kann er sprechen, ohne Aufruhr zu verursachen?«
»Ich habe keinen Aufruhr verursacht, Herr«, sagte Sidon. »Ich bin ein Mann des Friedens, und auch meine Leute sind dem Frieden geweiht. Wir sind auf eigenen Wunsch herabgekommen, um Ihre Gnade zu erbitten.«
»Mit anderen Worten, ihr wollt leben?« sagte Silva.
Er seufzte, und einen Augenblick lang fesselte es ihn, das nervöse Zucken in Sidons Gesicht zu beobachten. Es muß sehr unangenehm sein, dachte er, denn im einen Augenblick hört es auf, um im nächsten ganz unversehens wieder loszugehen. Wahrscheinlich wartet der Mann immer nur auf das nächste Zucken.
Silva war sich bereits darüber im klaren, daß er mit Sidon den geborenen Opportunisten vor sich hatte. Sieh ihn dir nur an, dachte er, beobachte seinen Blick, der wachsam jeder deiner Bewegungen, jedem Mienenspiel folgt, und studiere sein Gesicht, das vor Angst und Schrecken völlig blutleer ist. Im Unterschied zu ihm aber dann der andere Jude, dieser Esra. Er steht so selbstsicher da, als gehöre der Erdboden unter seinen Füßen ihm – und in gewissem Sinn trifft dies ja auch zu, aber er steht trotzdem noch immer in meinem Zelt. Auf ihn heißt es aufpassen. Das ist ein kluger und würdiger Mann ... und ein tapferer dazu.
»Anscheinend«, sagte Silva ganz beiläufig, »hat einer von euch oder habt ihr beide unsere Gastfreundschaft mißbraucht.«
»Ich verstehe Sie nicht, Herr«, antwortete Sidon.
»Ihr habt eine Menge Lügen in die Welt gesetzt.«
Silva warf über die Schulter seinem Numidier Epos einen Blick zu und machte ihm ein Zeichen, er solle neben seinem Stuhl niederknien. Dann ergriff er Epos' Kopf und drehte sein Gesicht dem Juden zu und riß ihm mit beiden Händen den Mund auf. Der Stumpf seiner Zunge wurde sichtbar, und Silva sagte mit teilnahmsloser Stimme: »Wer weiß? Dieser Mann

hier war wohl auch einmal sehr redegewandt. Ich habe ihn gekauft, nachdem er einen Fehler gemacht hatte. Er benutzte seine Zunge, um einem Römer Ärger zu bereiten. Meint ihr, man sollte euch eine bessere Behandlung angedeihen lassen?«

Silva ließ Epos mit einem freundlichen Klaps auf den nackten Rücken wieder los. »Die Kur hat geholfen, er bleibt jetzt immer bei der Wahrheit. Ich möchte euch dringend raten, das gleiche zu tun. Wie mir mitgeteilt wurde, habt ihr unsere Großmut mißbraucht, indem ihr unter unseren Wachen unwahre Gerüchte ausgestreut habt. Diese haben den Unsinn, da sie von euren wahren Absichten nichts ahnten, ihren Kameraden weitererzählt. Wie es häufig geschieht, wenn Gerüchte listig verzuckert werden, haben einige Soldaten den Köder geschluckt und aus den Lügen Tatsachen gemacht. Fünf meiner Legionäre, die ihre Leichtgläubigkeit schon bald bedauern werden, stehen hinter euch. Ich wünsche, daß ihr mir jetzt genau sagt, was ihr ihnen erzählt habt.«

Esra antwortete rasch. Zu rasch für meinen Geschmack, dachte Silva. Der Mann ist vorbereitet.

Esra sagte: »Ich habe keine Lügen erzählt, Herr General. Ich habe nur gewisse Prophezeiungen gemacht, und die sickern nun mal durch.«

»Ich habe zwar zu Wahrsagern, einschließlich unseren römischen, nicht sehr viel Vertrauen. Nehmen wir aber einmal an, du bist wirklich einer – was hast du denn so Wichtiges geweissagt?«

»Falls der Herr General nicht glauben will, daß wir Juden mit besonderen Kräften begabt sind, möchte ich ihn bitten, sich an Vespasian und einen gewissen Rabbi ben Zakkai zu erinnern. Der Herr General war doch, soviel ich weiß, in Jerusalem zugegen, als der Rabbi prophezeite, Vespasian werde bald Kaiser sein? Und so war es dann ja auch, nicht wahr? Vespasian selbst hat die Seherkräfte des Rabbi anerkannt und sich an sein Versprechen erinnert, ihm die Gründung einer Akademie zu gestatten. Diese Schule besteht und wirkt noch heute in der Stadt Jabneh. Ist dies nicht ein Beweis dafür, daß man einem Juden glauben soll, wenn er etwas prophezeit?«

Vespasian glaubt doch alles, dachte Silva. Wann immer er in einem fremden Land anhielt, um Atem zu schöpfen, hat anscheinend ein Einheimischer eine Gelegenheit gefunden, ihm die nahe Kaiserwürde zu prophezeien. »Die Propheten«, sagte Silva, »haben im allgemeinen eher einen scharfen Blick als besondere Gaben. Ich erinnere mich eines jüdischen Weisen, der prophezeite, Jerusalem werde fallen. Er machte diese Voraussage, als wir es bereits seit drei Jahren belagerten und sogar ein blinder Esel sehen konnte, was geschehen würde. Und was die Propheten betrifft, so hat sich auf jedem Hausdach in Judäa einer heiser geschrien, ehe wir kamen, und einer nach dem anderen hat euch in neues Mißgeschick ge-

führt. Bist du also wieder mal ein neuer Messias?«
»Nein, Herr General«, antwortete Esra ruhig. »Aber ich glaube an Gott.«
»*Gott?* Und wer ist das? Die Äthiopier machen ihre Götter schwarz und mit breiten Nasen. Die Thraker finden ihre schöner mit rotem Haar und blauen Augen.« Silva stellte fest, daß die Sache begann, ihm Spaß zu machen. Der Tag war wegen des Sturms sowieso verloren, da konnte er sich geradesogut die Zeit damit vertreiben, die Juden etwas zu provozieren, ehe er über ihr Schicksal entschied. »Zeig mir sein Bild. Zeig mir seine Statue. Zeig mir deinen Gott.«
»Die Gesetze erlauben nicht, daß sein Bildnis gemalt oder in Stein gehauen werde.«
»Welche Gesetze? Römische Gesetze? Wir sind ein duldsames Volk und haben euch nie verboten, euren eigenen Gott zu haben. Aber wir gestatten nicht, daß ihr ihn als Vorwand für einen Aufstand verwendet. Was ist denn nur los mit euch Juden? Ihr wirkt ganz intelligent und seid doch auch wieder so hoffnungslos dumm. Was habt ihr denn gegen Jupiter oder gegen Apollo, dieses vollkommene Symbol der Jugend und Schönheit? Was ist denn so schlecht an Venus oder Cybele oder Diana ... oder Bacchus?«
»Doch es gibt auch Mars«, sagte Esra.
»Irgendeine Gottheit für den Krieg wird nun mal gebraucht.«
»Der Gott der Juden hält nichts vom Krieg.«
»Ach, denk mal an!« rief Silvia und schlug mit der flachen Hand auf die Sessellehne. »Und dabei habt ihr selbst untereinander seit Anbeginn der Zeiten unablässig Krieg geführt! Ich habe mich ein wenig mit euren zahllosen Sekten beschäftigt und dabei herausgefunden, daß man euch am leichtesten unterscheiden kann, wenn man begreift, daß keine zwei an das gleiche glauben. Ihr, die ihr euch Sadduzäer nennt, seid gegen die Pharisäer, und die Essener haben wieder eine ganz andere Auffassung. Ihr seid alle Spezialisten der Anarchie, und das kann ich auch beweisen. Sag mir«, fragte er und wies mit dem Finger auf Esra, »zu welcher Sekte gehörst du?«
»Ich bin Sadduzäer.«
»Und du mit dem weinerlichen Getue ... wie heißt du noch gleich?«
»Sidon.«
»Und deine Sekte?«
»Ich bin Pharisäer.«
»Gut, und jetzt werde ich euch beiden eine Frage stellen. Glaubt ihr an die Unsterblichkeit?«
»Selbstverständlich. Sie ist der Wille Gottes«, sagte Sidon. Die Unsicherheit in seiner Stimme überzeugte Silva, daß dieser Mann alles und jeden verraten würde, um seine Haut zu retten. Das war kein Essener oder Christ, wie er sie unter ähnlichen Umständen erlebt hatte. *Jene* Männer

waren hart und zäh wie die Geier gewesen.
»Und du dort, Esra? Glaubst du dasselbe?« Esra zögerte und antwortete dann so leise, daß man ihn kaum hören konnte. »Nein, Herr General, ich glaube es nicht.«
Silva schlug klatschend die Handflächen zusammen. »Ja, da habt ihr es doch! Nicht einmal in den grundlegenden Fragen könnt ihr Juden euch einigen. Wie könnt ihr dann bestreiten, daß euer Volk Führung und Lenkung braucht?«
»Gott ist unser Führer«, sagte Esra.
»Ach, tatsächlich? Dieser geheimnisvolle Gott, dem es beliebt, unsichtbar zu bleiben, und der seinen Willen – keiner weiß wie – diktiert. Ihr gehorcht ihm wie die Schafe und könnt mir dabei nicht sagen, was er zu eurem Wohle getan hat! Ach, ich kenne euch Juden – kenne euch besser, als ihr vielleicht glaubt! Ihr schlachtet einen Widder, um Hammon lächerlich zu machen, und weil den Ägyptern der Ochse heilig ist, wählt ihr ihn euch zum Opfertier. Ihr wart früher einmal alle aussätzig – eine Belohnung eures freigebigen Gottes für eure unzähligen Missetaten –, aber ihr habt irgendeinem armen Schwein die Schuld an diesem Fluch gegeben und eßt seither kein Schweinefleisch mehr. Wie kindisch ihr doch seid und gleichzeitig auch wie raffiniert! Um eurer angeborenen Faulheit zu frönen, macht ihr jeden siebten Tag zum Ruhetag und verkündet, er sei ein Tag der Andacht, oder ihr murmelt – wenn dieser Vorwand nicht überzeugt – irgendwas über die Flucht eines Gottes. Wird aber auch diese Erklärung eurer Trägheit nicht akzeptiert, so gebt ihr vor, die Bewegungen der Planeten zu feiern, in deren Zahl angeblich die Sieben wiederkehrt! Also, alles was recht ist!
Wie eure glatten Zungen sogar Andersgläubige dazu bringen können, solchen haarsträubenden Quatsch zu schlucken, geht über meine Begriffe. Ihr könnt mir leid tun, und alle anderen auch, die unter euren hinterlistigen Einfluß geraten. Wenn ich mir euch jetzt so ansehe, muß ich an einen anderen wirrköpfigen Juden denken, der als berüchtigter Unruhestifter auftrat. An seinen jüdischen Namen kann ich mich nicht mehr erinnern; er nahm den römischen Namen Paulus an und war ebenfalls eine Art Wahrsager, er schwärmte unablässig von einem gewissen Josua ... oder Christus, der eurem großartigen Gott anscheinend die Macht entwunden hatte. Keiner von beiden konnte diesem Burschen Paulus aber viel helfen, als er zur Hinrichtung geführt wurde – ich war zufällig Zeuge.«
Zu seinem Erstaunen bemerkte Silva, daß die Spur eines Lächelns um Esras Mund spielte, während er sagte: »Der Mann, von dem Sie sprechen, war den Juden als Saul von Tarsus bekannt, Herr General. Darf ich Sie daran erinnern, daß auch er ein schlechtes Auge und ein schlechtes Bein hatte?«

Silva erhob sich von seinem Sessel und trat drohend einen Schritt auf Esra zu. Er spürte das Blut in seinem Gesicht hämmern, seine Hand streckte sich instinktiv nach Esra aus. Dieser grinsende Jude, der es wagte, so ganz nebenbei die Gebrechen seines Herrn zu erwähnen! Silvas Stimme wurde zu einem schmerzverzerrten Stöhnen, als er schließlich sagte: »Jude ... ich werde dich mit dem Kopf nach unten ans Kreuz schlagen!« Einen Augenblick lang war Silvas schwergehender Atem sogar durch das Dröhnen des Sturmes zu hören. Esra rührte sich nicht; in seinen Augen zeigte sich nicht die geringste Furcht, und er wandte den Blick auch nicht eine Sekunde lang von Silvas Gesicht ab. Schließlich sagte er so gleichmütig, als äußere er sich zu einem möglichen Umschlagen des Wetters: »Es kümmert mich wenig, Herr General, welche barbarische Art Sie wählen, um mich zu töten. Das Ergebnis wird allemal das gleiche sein – und außerdem ein erneuter Beweis für die Beständigkeit der römischen Gnade. Doch will ich Ihnen, ehe Sie diese Stimme für immer zum Schweigen bringen, eines verheißen: Selbst wenn Sie jeden Juden in dieser Wüste und sämtliche Juden in ganz Palästina ausrotten, wird das Judentum noch lange weiterleben, lange nachdem Sie selbst schon längst zu Staub geworden sind. Sie können vielleicht die Blüten abschneiden, aber den Rebstock werden Sie niemals vernichten ...«
Silva stand mit gespreizten Beinen da, völlig reglos, das gute Auge hatte er auf Esra geheftet. Doch jetzt schien er statt des tierähnlichen Keuchens auf einmal überhaupt nicht mehr zu atmen. Zahllose Schweißperlen hatten sich auf seiner Stirn gebildet; mehrere von ihnen liefen zusammen und bildeten einen Tropfen, der auf seine Wange fiel und langsam zu seinem Kinn hinabrann. Er merkte, daß er zitterte, aber als er sich bemühte, das Zittern zu verbergen, mußte er feststellen, daß seine Hände völlig ruhig waren. Dann erkannte er, daß das Zittern in seinem Innern saß. Zugleich verkrampften und verknoteten sich seine Gedärme so schmerzhaft, daß er sich instinktiv vornüber beugte. Und plötzlich durchfuhr ihn der Gedanke: Ich bin hier der Angeklagte! Die Augen dieses Juden bringen mich um. Er fürchtet sich nicht.
Silva trat langsam zurück, bis er den Sessel hinter sich spürte. Er war dankbar dafür, denn jetzt hatte ihn ein Schwindelgefühl erfaßt und er gelobte, nie wieder seinem Zorn so nachzugeben. Er hörte Esra wie aus weiter Ferne sagen: »Es gibt ein altes hebräisches Sprichwort, Herr General, das besagt, die beste Art, einen Menschen kennenzulernen, sei, entweder einen mit ihm zu trinken oder Geschäfte mit ihm zu machen ... oder ihn zu beobachten, wenn er zornig ist.«
Dann hörte Silva den Juden fragen, ob er verheiratet sei, und sich selbst, so unglaublich es schien, antworten, er sei es nicht. Esras Stimme drang wie ein Echo seiner eigenen zu ihm, als er nun erwiderte, in diesem Fall

tue der Herr General ihm leid, denn alle Juden, welcher Sekte auch immer sie angehörten, glaubten, daß die Ehe und die Familie der Quell des Lebens seien. »... scheiden Sie aus diesem Leben, ohne einen Sohn gezeugt zu haben, so sterben Sie ... hinterlassen Sie aber einen Sohn, so schlafen Sie nur ein ...«
Es war, als komme Esras Stimme aus sehr weiter Ferne; sie schien so weit weg, daß Silva den Kopf zurücklehnte, die Augen schloß und alle jene Zweifel an sich vorüberziehen ließ, die ihn seit langem verfolgten. Im Zwielicht hinter seinen fest geschlossenen Augen sah er sich dem Gottesdienst der Cybele beiwohnen, und er vernahm wieder die hohen Klagestimmen der Eunuchen-Priester. Er erinnerte sich, wie ihm das Schaugepränge zwar gefallen, er den Andachtsdienst jedoch ohne ein Gefühl der Befriedigung verlassen hatte.
So war es auch gewesen, als er vor dem Gott Mithras, dem Beschützer der Krieger, seine Andacht verrichtete. Er mußte dabei im Blut eines frisch getöteten Stieres baden, denn dieses Bad, so sagten die Priester des Mithras, verbürge seine Wiedergeburt. Doch Silva hatte ihnen nicht geglaubt. Auf Livias Wunsch hin hatte er sogar mit dem modischen Gott Isis experimentiert, aber die ägyptischen Priester in ihren weißen Gewändern und mit ihren rasselnden *Sistrums* waren für seinen Geschmack zu wenig natürlich gewesen.
Esras Stimme war noch immer weit entfernt, aber sie klang fest und sicher: »... die Welt wird von drei Dingen aufrechterhalten, vom Gesetz, vom Glauben und von der Liebe ...«
Silva öffnete die Augen – das schlechte, soweit es eben ging – und starrte Esra an. Bei allen Göttern, römischen oder sonstigen, dachte er, ich muß bald heimkehren, denn ich rutsche hier jeden Tag tiefer in den Unglauben hinein! Ich lausche tatsächlich der leiernden Stimme dieses Fanatikers, als sei sie ein echtes Orakel. Ich erlaube ihm, daß er immer weiter redet, und ich lasse ihn seine Lügen spinnen, ohne ihn zu zügeln oder auch nur einen Einwand zu erheben ... und jetzt webt er in das Gerede über seinen Gott gar noch Prophezeiungen über unseren Tod in der Hitze hinein und erzählt mir in seinem makellosen Griechisch, daß uns binnen zehn Tagen die Knochen im Leib zerschmelzen werden ... und halb und halb glaube ich das alles sogar!
Silva streckte die Hand aus, um Esras melodische Stimme zum Schweigen zu bringen.
»Genug, Jude«, sagte er. »Du ersäufst mich mit Worten. Um ihnen ein Ende zu machen, muß ich anscheinend dich selbst zum Schweigen bringen.«
Sidon sagte rasch: »Aber das Versprechen Vespasians? Man hat uns Amnestie versprochen ...«

»Die wird jenen, die mit euch herabgekommen sind, auch gewährt werden. Und was nun euch beide betrifft...« Silva griff nach der Sanduhr auf seinem Tisch und drehte sie um. »Du, Esra, und du, Sidon, beide jüdischer Geburt, ihr seid angeklagt des Verrats an der rechtmäßigen Regierung Judäas und der widerrechtlichen Einmischung in ihre Belange. Darauf steht die Todesstrafe. Sobald der Sand dieses Glas durchlaufen hat, wird eure Hinrichtung vollzogen werden.«
Er sah, daß Sidon die Hände ineinander verkrampfte und zu schluchzen begann, aber an Esra vermochte er nicht die geringste Veränderung wahrzunehmen. Er schien lediglich in Gedanken versunken.
»Hast du mich gehört – du, der du Esra genannt wirst?«
»Ja, Herr General... ich habe Sie gehört.«
Silva ertappte sich bei dem Wunsch, Esra möge um Gnade bitten oder ihm wenigstens trotzig die Stirn bieten. Wie konnte ein Mann den Tod so sorglos hinnehmen?
»Ich nehme an, dein Gott wird sich um dich kümmern?« fragte Silva erregt. Er hatte von Anfang an recht gehabt. Dieser Mann war nicht nur ein Fanatiker – er war völlig verrückt.
»Ich habe nicht mit Gott Zwiesprache gehalten. Meine früheren Erfahrungen mit der einsichtsvollen Vernunft der Römer hatten mich bewogen, alle meine Gebete zu sprechen, noch ehe ich dieses Zelt betrat. In Wahrheit dachte ich vielmehr an Sulla, den Wagenlenker, und überlegte mir, wie ich ihm am besten meine Komplimente über sein Geschick und seinen Wagemut zum Ausdruck bringen könnte, falls ich ihm in der Ewigkeit begegnen sollte. Ich habe zu einer bestimmten Zeit in Rom gelebt und mit Wetten auf Sulla ein ganz hübsches Vermögen verdient, und ich hatte stets das Gefühl, daß ich ihm eigentlich sehr viel zu verdanken habe, nicht nur in finanzieller Hinsicht, sondern auch, weil er ein ermutigendes Beispiel restloser Verachtung der Gefahr bot. Haben Sie ihn je beim Wagenrennen gesehen, Herr General?«
Geradesogut, dachte Silva, konnte man eine Flamme fragen, ob sie je eine Lampe gesehen habe. Hat ein Aussätziger je die Glocke gehört? Wenn es etwas gab, was er an allen seinen Jahren im Feld bedauerte, dann war es, die Wagenrennen versäumt zu haben. Er hatte hörbar aufgestöhnt, als er erfuhr, daß der Circus im Jahre 64 durch Neros Feuersbrunst zerstört worden war. Dies bedeutete, daß ihm von nun an jenes ganz besondere Schuldgefühl versagt bleiben würde, das er nur genießen konnte, wenn er die Kurierpost zur Beförderung seiner Wetten benutzte. Er bedachte alles sehr sorgfältig, ließ nichts unberücksichtigt und schickte dann seine Weisungen an einen ehemaligen Legionär, der nahe beim Circus seine Wettbude betrieb. »...Setz tausend Sesterzen auf den Weißen, wenn Paulinius der Lenker ist... zweitausend Sesterzen auf den Roten, wenn

Clemens die Zügel hält ...«
Was den umstrittenen Sulla betraf, so war er von jeher der Liebling all jener, die sich vom großen Risiko in Versuchung führen ließen. Er fuhr jedes Rennen so, als rase er nicht mit anderen Männern, sondern mit der Zeit um die Wette. Selbst wenn er weit vorn in Führung lag, trieb er seine Pferde über die ganze Strecke bis zum Ziel hin zu wilder Geschwindigkeit an. Andere Wagenlenker, denen es mehr um ihr Leben als um hysterischen Beifall ging, hielten sich häufig absichtlich zurück und warteten darauf, daß Sulla sich vielleicht auf der siebenten und letzten Runde doch noch das Genick breche – was ihm eines Tages schließlich auch noch gelang. Irgendwie hatte sich ein geheimes Band zwischen all denen gebildet, die ihr Geld riskierten, indem sie auf seine Tollkühnheit setzten – vielleicht nur deshalb, dachte Silva, weil sie von so vielen anderen als Narren bezeichnet wurden. Bis zu Sullas Tod hatte es kein Heilmittel gegen dieses »Sulla-Fieber« gegeben. Seit er aber nun in Palästina war, hatte Silva zu seiner Enttäuschung feststellen müssen, daß der Name des kühnen Wagenlenkers seinen Offizieren nichts bedeutete. Es gab unter ihnen nicht einen einzigen echten Sulla-Anhänger, und wenn sie Interesse für ihn heuchelten, enthüllten sie ihre Unwissenheit nur noch deutlicher. Das Ganze war so entmutigend, daß er schon seit mehr als einem Jahr nicht mehr vom Wagenrennen gesprochen hatte.
Und jetzt stand hier ein Jude vor ihm, ein zum Tode verurteilter Verbrecher, der die gleichen erquickenden Leiden durchgemacht hatte wie er. Silva verlangte sehnlichst danach, Esra weiter auszufragen. War er an dem Tag zugegen gewesen, als Sulla hoffnungslos zwischen zwei Wagenlenkern eingekeilt war, die sich geschworen hatten, ihn in die Zange zu nehmen? Hatte Esra erlebt, wie Sulla die Kraft seiner Pferde bis zur siebenten Runde aufsparte, sich dann ganz an den Rand der Bahn manövrierte, schließlich die Zügel in die Luft warf und, ohne die Geschwindigkeit an den Wendepunkten zu verringern, seine rasenden Pferde zum Sieg peitschte?
Hast du *das* gesehen, alter Jude? Hatte es jemals einen solchen Anblick gegeben? Und warst du auch dabei, als Sulla über diesen prahlerischen Griechen Cassander siegte? Sulla hatte sich doch erst eine Woche zuvor von einem unglaublichen Sturz wieder erholt, und seine Pferde waren viel schlechter als die des Gegners. Und trotzdem, als er sah, wie Cassander der Sieg winkte, weißt du noch, da rammte er mit voller Absicht seinen Wagen gegen den des Griechen? Und wieder einmal mußte man ihn von der Rennbahn tragen.
Wie kann ich, überlegte Silva, einen Mann hinrichten lassen, der gleich mir an Sulla geglaubt hat?
»Du bist tatsächlich ein bedenkenloser Lügner, wenn du behauptest, du

habest an Sulla Geld verdient«, murmelte er.
»Nicht immer, Herr General, das stimmt. Aber in meinem Herzen habe ich stets mehr als gerechtes Entgelt erhalten.«
»Na ja, na ja ...« Silva wußte nicht, wie er seinen zwiespältigen Gefühlen anders Ausdruck verleihen konnte. Zorn und Ärger hatten ihn ebenso plötzlich verlassen, wie sie gekommen waren, und jetzt war er ganz in seine Erinnerungen an den Circus versunken. Wie sehnte er sich danach, diese gespannten Augenblicke der Krise und des Triumphs, die ihm noch immer so glanzvoll vor Augen standen, im Gespräch mit einem, der das alles wirklich begriff, noch einmal zu durchleben.
Der Jude hat recht, dachte er. Auch ich habe mehr als gerechtes Entgelt erhalten.
Silva erhob sich und ging nachdenklich um seinen Sessel herum. Er legte die Hände auf die Rückenlehne und stützte einen Augenblick lang sein ganzes Gewicht auf sie. Der Sessel quietschte auf. Er spürte geradezu, wie Sidons angstvolle Blicke ihn beobachteten. Dieser Mann war eine lästige Plage, man sollte ihn loswerden. Aber war es zu rechtfertigen, daß er den einen Juden umbrachte und ausgerechnet jenen anderen schonte, der wahrscheinlich der Schuldigere war?
Er ließ den Sessel los und hinkte zu Esra. Direkt vor ihm blieb er stehen und blickte ihm in die ruhigen Augen, in denen er zwar Resignation aber keine Furcht gewahrte. Wenn ich diesen Mann umbringe, dachte er, dann stirbt auch ein kleines Stück von mir selbst, denn in ganz Judäa sind dies wohl die einzigen Augen, außer meinen eigenen, die Sulla tatsächlich gesehen und gewürdigt haben.
»Ich habe es mir anders überlegt«, sagte Silva langsam. »Da du prophezeist, daß wir sowieso alle umkommen, sehe ich keinen Grund, warum sich meine Soldaten die Mühe machen sollten, dich zu beseitigen.«
Er winkte Rosianus Geminus, der rasch herbeieilte. »Führe diese Juden zur Rampe und entferne auch ihre Gefolgsleute aus ihrem jetzigen bequemen Quartier. Alle sind auf die gleiche Weise zu behandeln, Männer und Frauen. Sorge dafür, daß sie ebenso wie die anderen Juden zur Arbeit eingesetzt werden.«
Er wandte Esra den Rücken zu, ehe ihn die Versuchung übermannte, noch einmal über Sulla und die Wagenrennen zu plaudern. Wie steht es eigentlich um meine Autorität, dachte er, wenn ich mich noch nicht einmal mit dem einzigen Mann in Palästina, der etwas von Wagenrennen versteht, über diese Kunst unterhalten kann?
Er lauschte dem Wind und ließ sich Zeit, seine Gedanken zu sammeln, denn jetzt galt es, in ganz andere Augen zu blicken, und er durfte nicht ein zweites Mal weich werden.
Schließlich wandte er sich den fünf Legionären zu, die jetzt den Platz der

Juden eingenommen hatten. Er kannte nur zwei der Gesichter und wußte nur von einem den Namen – Arvianus, ein stumpfer, blöder Soldat der Dritten Kohorte. Alle hatten offensichtlich große Angst – und ironischerweise weitaus mehr, mußte Silva denken, als der Jude Esra. Man hatte den Soldaten Waffen und Rüstung abgenommen und ihre Hände auf dem Rücken gefesselt.

»Wer von euch ist Fronto?« schnarrte Silva.

Fronto blickte unverwandt auf den Teppich unter seinen Füßen. »Ich, Herr«, murmelte er.

»Du bist ein Dekurion ... oder warst einer?«

Fronto nickte, verharrte jedoch schweigend.

»Dann weißt du, welche Strafe auf deinem Vergehen steht, und du hättest dies den anderen sagen sollen ... oder hast du dir vielleicht die Mühe gemacht?«

Fronto preßte die Lippen fest zusammen. Nach einem Augenblick des Schweigens sagte Valerius Valens: »Ich habe ihn nicht aufgefordert, in mein Zelt zu kommen, Herr. Ich habe versucht, ihn abzuhalten ...«

Silva schnitt ihm das Wort ab. Seine Stimme wurde lauter und schärfer. »Du wirst deine kostbare Haut nicht dadurch retten, daß du deinen Verrat an der Zehnten einem anderen unterschiebst! Jeder von euch hat auf seinen Geburtstag und die *Kalenden* des Januar einen feierlichen Eid geleistet. Ihr habt gelobt, dem Kaiser und der Standarte der Legion zu dienen, ihr habt diese Versprechen gebrochen und damit uns allen Schande bereitet!«

Silva war sich wohl bewußt, daß seine Prätorianer ihn beobachteten und jedes seiner Worte hörten. Ausgezeichnet! Sie sollten nur gut aufpassen und sein Vorgehen im Lager weitererzählen. Bei allen Göttern, sie würden harte Dinge zu berichten haben. Wenn es ihm beliebte, konnte er die Höchststrafe für Meuterei verhängen und über jede Kohorte, in welcher dieser Abschaum diente, die *Decimatio* verhängen. Das hieß, daß jeder zehnte Mann, ob er beteiligt war oder nicht, getötet wurde. Aber die Zeiten hatten sich geändert; früher hätte die *Decimatio* vielleicht ausgereicht, Meutereien niederzuwerfen, doch hier und jetzt war sie nicht das richtige Mittel, und sei es auch nur, weil die Situation so außergewöhnlich war. Wo sonst hatte der Feind je die Möglichkeit gehabt, auf jede Bewegung einer römischen Heereseinheit hinabzublicken, als sehe er einer nie zu Ende gehenden Theatervorstellung zu? Wie entzückt wäre doch Eleasar ben Jair von einem Spektakel, in dem die Römer mindesten fünfundzwanzig ihrer Kameraden umbrachten!

Silva wischte sich mit dem Handrücken den Schweiß von der Oberlippe und sagte: »Ich sollte euch auspeitschen und dann mit euren eigenen Schwertern enthaupten lassen. Aber eine solche Strafe ist zu gut für euch.

Sie läßt auf einen Soldatentod schließen, und irgendeiner eurer Verwandten könnte seiner Ehre zuliebe die Tatsachen verdrehen und erzählen, ihr wäret in der Schlacht gefallen. Folglich werde ich dafür sorgen, daß jeder echte Soldat in Masada genau versteht, wer und was ihr seid. Sobald dieser Wind sich gelegt hat, werdet ihr nackt ausgezogen ans Lagertor geführt und ohne Nahrung und Wasser in die Wüste hinausgeschickt. Vor eurer Freisetzung wird man euch beschneiden. Vielleicht trefft ihr dann in der Einöde irgendwelche Juden, die so barmherzig sind, euch zu töten.«

Eleasar ben Jair saß auf den noch durchwärmten Treppenstufen des Innenhofes, der einstmals den Offizieren des Herodes als Erholungsort gedient hatte. Es war eine atembeklemmende Nacht – der Sturm schien alle Luft aus der Wüste weggefegt zu haben, und so wurde jeder Laut, jedes noch so schwache Geräusch verstärkt, ein höfliches, gedämpftes Husten des Nachbarn klang dann wie grobes Gebell und das weiche Auftreten nackter Füße täuschte Gepolter vor. Eleasar blickte zu den Sternen hinauf und dachte: So wird es sein, wenn die Welt schließlich ihren letzten Seufzer ausstößt und stirbt, so wie jetzt – nur wird die furchtgebietende Stille nicht von den Römern ausgehen. Sie gaben den Juden, die auf der Rampe arbeiteten, zweimal am Tag zu essen, und darum herrschte zweimal am Tag dieses große Schweigen, das den Berg einhüllte und das andauerte, bis die einfache Mahlzeit beendet war. Dann aber begann der ungeheuerliche, alles übertönende Lärm von neuem.

An diesem Tag war ein erneuter Versuch fehlgeschlagen, dem Lärm endlich Einhalt zu gebieten. Während der wütende Wind noch tobte, war Eleasar vor dem Rat erschienen und hatte nach einer langen Sitzung, in der er sämtliche Überredungskünste – bittende, bettelnde und schmeichelnde – anwandte, schließlich die Erlaubnis erhalten, die Steine auf das eigene Volk hinabzurollen. Es gab Tränen und Gebete, und sie hatten ihn mehr als einmal einen Mörder genannt.

Es war sein Plan gewesen, einen blitzartigen Überraschungsangriff zu führen, sofort Deckung zu suchen, um die Wirkung zu beobachten, und dann, je nach Ausmaß des verursachten Durcheinanders auf der Rampe, wieder und wieder zuzuschlagen. Wenn sich die Pläne eines Mannes doch nur immer realisieren ließen!

Er hatte vorausgesehen, daß in der Mauer eine Bresche sein müsse, da niemand die riesigen, todbringenden Steine über sie hinwegheben konnte. Folglich hatten sie kurz vor Tagesanbruch eine Öffnung in die Mauer geschlagen, und als die ersten Steine die Rampe hinabrollten, kam auch alles so, wie er es vorausgesagt hatte. Arbeiter wie Aufseher wurden von Panik ergriffen. Nur das Wimmern derer, die auf der Rampe überlebt hatten, durchbrach die große Stille, die dem Angriff folgte. Auf Masada regte sich wieder Hoffnung.

Bald jedoch sah es so aus, als habe Flavius Silva nur auf eine solche Gelegenheit gewartet. Seine Antwort war wohlüberlegt und sie machte Eindruck. Noch ehe sich die Sonne über Masada erhoben hatte, konzentrierte er die Geschosse seiner sämtlichen Wurfmaschinen, Schleudern und die Pfeile der arabischen Bogenschützen auf das schmale Ziel, das die Bresche in der Mauer bot. Fünf Männer von Masada waren gefallen, ehe man den Versuch als aussichtslos aufgab. *Adonai!* Die Arbeit an der Rampe verzögerte sich – aber nur um einen halben Vormittag.

Jetzt, in der Nacht, empfand Eleasar Dankbarkeit für die Rücksicht, die ihm der Rat und die Verwandten der Gefallenen bewiesen hatten: nur ihre Blicke waren vorwurfsvoll gewesen. So wißt ihr also, gute Freunde, daß ich selbst innerlich sterbe.

Reuben saß neben ihm und betrachtete mit zurückgelegtem Kopf und staunend geöffnetem Mund die Sterne. Auch Mirjam hockte an seiner Seite, ihre kraftvollen Arme lagen auf den Knien, den Rocksaum hatte sie hochgezogen und die Schenkel weit gespreizt, um die kühlende Nachtluft zu spüren. Reuben deutete auf einen Stern und fragte, welchen Namen er führe. Dies sei der Mizar, sagte Eleasar, aber als der Knabe die Namen einiger anderer Sterne wissen wollte, mußte er gestehen, daß er sie nicht wisse. Doch damit Reuben den Glauben an des Vaters Allwissenheit nicht verlor, erklärte er ihm, die Zwillingssterne direkt vor seiner Nase seien Kastor und Pollux, die Beschützer der Seeleute in Stürmen, und in Zukunft könne Reuben sie selbst leicht finden, wenn er sich merke, daß sie links vom Gürtel des Orion stünden.

Zukunft? Für Reuben? Eleasar seufzte. Reuben würde seine ganze Zukunft während der nächsten paar Tage durchleben müssen.

»Warum machen die Sterne kein Geräusch, wenn sie sich bewegen?« fragte Reuben.

»Vielleicht machen sie eins«, antwortete Eleasar. Er sah ein kurzes, belustigtes Lächeln um Mirjams Mund und Augen, ein Lächeln, das ihm in diesem Augenblick besonders lieb und teuer war, denn es bestärkte ihn in seiner Vorstellung, er sitze auf den Treppenstufen vor seiner Fischerhütte am See Genezareth. Es könnte ein Abend sein, dachte er, an dem Nachbarn vorbeikamen und erzählten, wo sie an diesem Tag Barben gefangen hatten; später würde Mirjam dann ihren Gästen etwas vorsingen. Noch immer hörte er ohne Mühe ihre klare Stimme, die sich bebend in die Stille der Nacht erhob und weithin über das sanfte Plätschern des Sees widerhallte. Dann verlangte jeder der Gäste sein Lieblingslied zu hören, das *Lied der Deborah* und das *Lied der Hannah*, und er mußte Einspruch erheben, denn Mirjam müßte sonst die ganze Nacht lang singen, um sie alle zufriedenzustellen.

»Kommen wir vom gleichen Stern wie die Römer?« fragte Reuben plötzlich.

Er hörte Mirjam kichern. Dann sagte sie: »Nun, mein großer Wortezau-

berer, jetzt warte ich voller Ungeduld, was du darauf antworten wirst.«
Eleasar räusperte sich bedächtig. Mit einem römischen General Beschimpfungen auszutauschen war ein leichtes, verglich man es mit dieser Herausforderung argloser Unschuld.
»Man kann eigentlich nicht sagen, daß wir von einem Stern kommen«, begann er unsicher. »Wir waren, das heißt, wir sind immer schon hier gewesen.«
»Die Menschen müssen doch irgendwo anfangen. Haben wir in Judäa angefangen?«
»Wir sind alle Söhne Jakobs.«
»Mutter ist kein Sohn von irgend jemand«, antwortete Reuben entschieden.
In Mirjams leises Lachen hinein erzählte er ihm, wie die zwölf Söhne Jakobs selbst wiederum Väter geworden waren und ihre Familien sich vermehrten, bis sie zu Stämmen wurden, die Israel erbten, und auch die Versprechungen, die Abraham einst erhalten hatte. So wurden wir zum Gottesvolk.
Er hielt inne und überlegte, ob er Reuben sagen solle, daß sich alles so begeben habe, wie die Propheten es vorausgesagt hatten. Er unterließ es lieber. Mein Sohn, dachte er, hat das Recht, selbst zu entscheiden, ob er solche Dinge glauben will. Jedes Wort von meinen Lippen ist jetzt noch die Wahrheit für ihn.
Ich danke dir, mein Sohn. Du, der du schon ein kleiner alter Mann bist, der du schon mehr erschlagene Menschen gesehen hast, als du Jahre auf Erden verbracht hast, der du trotz all unserer Schwierigkeiten in den Sternen noch immer lebendige Wesen sehen kannst – ich danke dir insgeheim für deinen Glauben.
»Wenn du einen von diesen Sternen kaufen könntest«, fragte er Reuben, »welchen würdest du nehmen?«
Reuben wies ohne Zögern auf den Prokyon. »Den da.« Dann zeigte er auf den Regulus. »Und den kaufe ich für Simeon.«
»Simeon?« Einen Augenblick lang verspürte Eleasar wieder die leidenschaftliche Bindung, die zwischen kleinen Jungen bestehen konnte. Vor langer Zeit hatte auch er einmal einen Freund namens Simeon gehabt, und er erinnerte sich, daß es Zeiten gab, da er für ihn sein Leben geopfert hätte. Alle seine düsteren Gedanken verflogen mit einem Mal, und er hatte nur den einen Wunsch, diesen Augenblick zu verlängern. »Und wenn du mit Simeon zu diesem Stern reisen würdest, um ihn genau anzusehen, ehe ihr ihn kauft – würdet ihr noch irgend jemanden mitnehmen?«
»Nein. Simeon und ich sind genug Leute für eine ganze Welt. Na ja, vielleicht könnte Hodiah mitkommen.«

»Hodiah!« Eleasar schlug sich aufs Knie und tat erstaunt. »Aber Hodiah ist doch ein Mädchen!«
»Ja, aber sie kann genauso schnell rennen wie die meisten Jungen, und sie könnte doch für uns kochen.«
»Des Mannes bestes Lasttier«, sagte Mirjam rasch. Sie griff nach Reubens Hand und zog ihn hoch. »Wenn du noch lange mit deinem Vater hier sitzen bleibst, wird dir die Morgendämmerung deinen Stern wegnehmen. Komm, es ist Zeit zum Schlafengehen.«
Sie stellte sich auf die Zehenspitzen, um Eleasar zu küssen, und sie lächelte, als er sie schweigend in die Arme schloß. Eine lange Zeit schien zu vergehen, bis er die Arme sinken ließ. Und während sie in dem schwarzen Schatten verschwanden, der sich vor dem Eingang zu ihrem Quartier ausbreitete, war es Eleasar, als läge dieser Abschied von seiner Frau und seinem Sohn in einer längst vergangenen Zeit. Er mußte achtgeben. Mirjam hatte seine Verzweiflung gespürt und absichtlich so getan, als sorge sie sich um des Knaben Schlaf, da sie doch wußte, daß er vielleicht schon bald für immer schlafen werde.

Außerhalb des niedrigen östlichen Walles gab es eine Stelle, die Cornelius und Albinus lieb und teuer geworden war. Sie lag gegenüber dem Osttor von Silvas Lager und nahe einem Vorsprung, wo der Wall auf einen steilen Felshang stieß und unvermittelt aufhörte. An dieser Stelle ging ihr Blick hinauf zu den dunklen Umrissen von Masada und beinahe senkrecht hinab in den ausgetrockneten Wasserlauf, sie konnten zurückblicken auf das Lager selbst und auf Falcos Zelt. Da es unmöglich war, die steile Felswand zu erklimmen, waren keine Wachtposten in der Nähe, und es war auch höchst unwahrscheinlich, daß jemand vorüberkam, da alle Wege und Pfade in einiger Entfernung vorbeiführten. So erfreuten sich Cornelius und Albinus hier einer Ungestörtheit, die sie nicht mehr gekannt hatten, seit man sie in Falcos Dienste gezwungen hatte.
Hier, unter den Sternen, wo ihr Herr und Meister sie nicht herbeirufen konnte, wie es seiner Laune gerade paßte, gaben sie sich einander restlos hin. Hier spielten sie und neckten einander, taten zuweilen sogar gleichgültig oder schmollten wegen irgendeiner eingebildeten Beleidigung, beteuerten einander ihre Liebe und zögerten mit wachsender Geschicklichkeit den körperlichen Höhepunkt ihrer Umarmung immer weiter hinaus.
Es war Cornelius, der als erster die Augen öffnete und etwas sah, das seinen Körper sogleich erstarren ließ. Er schob Albinus sanft von sich und flüsterte: »Schau mal, wer da auch gern allein ist.«
Albinus stand auf, fuhr sich mit seinem Handrücken über die Lippen und

erkannte zwei Gestalten, die unter den Sternen dahinschritten. Er sah, daß sie rasch und anscheinend zielstrebig auf Masada zugingen, und das verdutzte ihn, denn sie befanden sich innerhalb des Walles, und eine der beiden Gestalten schien außerdem eine Frau zu sein. Vor ihr blitzte der Helm eines Soldaten im Sternenlicht auf. Der Soldat wandte den Kopf und sah sich nach ihr um, ehe sie dann beide in dem Wadi gleich wie in einer Versenkung verschwanden.

»Das ist die Jüdin, da bin ich ganz sicher!« flüsterte Cornelius.

»Und in ihrer Begleitung ein gewöhnlicher Soldat? Warum wohl?«

»Wer weiß denn schon, wo eine läufige Hündin sich bespringen läßt?«

»Das reimt sich nicht zusammen. Silva würde sie lebendig begraben, wenn er das wüßte.«

Cornelius drückte seine Hand sanft gegen Albinus' Wange und sagte. »Genau das!«

Er trat rasch zum Rand des Steilhangs und legte sich flach auf den Bauch. Albinus folgte ihm, und sie schoben sich langsam weiter vor, bis sie senkrecht hinab in das Wadi blicken konnten. »Warum gehen sie bloß so weit weg?« fragte er enttäuscht. »Ich glaube, das ist kein gewöhnlicher Soldat. Ich möcht beinahe schwören, daß es der Zenturion Geminus ist. Der riskiert nicht seinen Kopf, nur um mal zu schnuppern ...« Plötzlich wies Cornelius hinab zum untersten Ende der Felsklippe. Sie gewahrten abermals den kurz aufblinkenden Widerschein eines Sterns auf blankem Metall, und gleich darauf machten sie deutlich zwei Gestalten aus, die den Lauf des Wadi entlang abwärts schritten. Sie sahen fasziniert zu, bis die beiden Gestalten um das äußerste Nordende von Masada herumgingen, kurze Zeit in einer Bodensenke verschwanden, dann wieder auftauchten und ostwärts weitergingen.

»Aha«, flüsterte Cornelius. »Hier geht's offensichtlich um mehr als ein geiles Weibsbild und einen willigen Soldaten. Und es würde mich sehr wundern, wenn Pomponius Falco eine solche Information nicht zu schätzen wüßte.«

»Wir lassen ihn lieber nicht wissen, daß wir hier zusammen waren.«

»Natürlich nicht. Ich werde zurück ins Lager gehen, und zwar zu dem Zelt, in dem die Verwandten der Jüdin leben. Dort werde ich wie üblich wachsam meine Beobachtungen anstellen. Dann aber werde ich erzählen, daß ich gesehen hätte, wie sie allein das Zelt verließ. Du aber bist in der kühlen Nachtluft nur ein bißchen spazierengegangen und hast zufällig das gesehen, was wir hier beobachtet haben. Aus Liebe zu unserem Gebieter hätten wir uns gedacht, er würde sich auf unsere Beobachtungen vielleicht gerne seinen Reim machen. Damit erreichen wir mehrere Dinge auf einmal. Wir lenken ihn ab, falls er irgendeinen Verdacht geschöpft hat, daß wir zusammen hier waren, und wir beweisen ihm damit außerdem unsere Ergebenheit. Wer weiß, was er mit einer solchen Auskunft nicht alles anfängt? Es könnte sogar sein, daß er uns dafür lobt – das aber würde unser nächstes Zusammentreffen hier sehr erleichtern ...«

Eleasar blieb eine Weile stehen und lauschte den Geräuschen der wiederauflebenden Arbeit an der Rampe. Dabei wunderte er sich, wie abgestumpft die Bewohner Masadas sein mußten, da sie bei diesem Lärm schlafen konnten. Aus der Richtung der östlichen Kasematten vernahm er die Stimme eines Mannes, der nur ein Essener sein konnte. Er las laut vor sich hin: »Herr, auf dich baue ich, laß mich nimmermehr zu Schanden werden. Errette mich durch deine Gerechtigkeit! Neige dein Ohr mir zu und eile mir zu Hilfe! Sei mir ein starker Fels und eine Burg und mein Beschützer! Denn du bist mein Fels und meine Festung ...«
Das ist ja alles ganz schön und gut, dachte Eleasar. Wenn der Mann sich aus dieser Quelle wenigstens selbst stärken kann, dann wird auch der Fels, der sich tatsächlich unter seinen Füßen befindet, nicht gar so bald sterben. Aber wenn wir alle nur auf die Schrift vertrauten, dann wäre der Fels von Masada bestimmt bald verloren.
Er verließ den Hof und ging zu seinem Lieblingsplatz an der östlichen Wehrmauer. Diese Mauer, am Rande eines senkrecht abfallenden Abgrundes errichtet, ließ sich unmöglich erklimmen und wurde deswegen auch nicht von patrouillierenden Soldaten bewacht. Dort konnte er, wie es seine Gewohnheit war, über das Tote Meer hinweg zu den zerklüfteten Hügeln von Moab hinüberblicken und seine Nachtwache halten.
An der Wehrmauer blieb er einen Augenblick stehen und spähte hinab auf die östlichen Lager der Römer und den schwachen Umriß ihres Walles. Ein schwerer Seufzer entrang sich seiner Brust. Ein Rabbi hatte ihm einmal gesagt, ein Mann, der einzig nach der Schrift lebe, sei ein Tor. Wäre dann einer, der sich auf das rechtzeitige Eintreffen von Wundern verläßt, nur weil die Schrift von ihnen spricht, nicht ebenfalls ein Tor?
Er hob seine großen Hände über den Kopf und betete mit heiserem Flüstern zu den Sternen. Und die Worte, die er fand, waren tröstlich für ihn, auch wenn er wußte, daß weder Hillel noch irgendein anderer Priester sie billigen würde. Sie würden auf dem orthodoxen Gebet bestehen, auf der unpersönlichen und hochtrabenden Lobpreisung Gottes, die mit der Begrüßung »Vater unser, der du bist im Himmel« begann und der dann eine Reihe von Bitten folgten. Es war wie das *Schema*, ein Gebet, das so lange zwischen den Mühlsteinen endloser und mechanischer Wiederholung zermahlen worden war, daß er es jetzt eher ärgerlich als erhebend oder erleuchtend fand.
In letzter Zeit neigte Eleasar mehr und mehr dazu, seine eigenen Worte zu wählen und ungebeugten Hauptes und mit weitgeöffneten Augen im

Angesicht des Himmels seiner Andacht unmittelbaren Ausdruck zu verleihen. »Allmächtiger Gott«, begann er, »Dank sei Dir für mein Augenlicht. Dank sei Dir für mein Gehör, meinen Geruchs- und meinen Tastsinn, Dank für den Morgentau und die reichen Gaben des Meeres. Dank sei Dir für das Glück dieses Augenblicks, dafür, daß ich diese nächtliche Wüstenluft atmen darf. Dank sei Dir für das Leben, allmächtiger Gott. Möge ich es verdienen. Wenn ich es aber nicht verdiene, so nimm es hinweg!«

Er stieg von der Wehrmauer herab und schritt langsam über das sanft gewellte Gelände von Masada. Er ging, die Hände auf dem Rücken verschränkt, und war so sehr in seine Überlegungen vertieft, daß er den Tumult in der Nähe des Osttors gar nicht bemerkte. Meine kleine rote Steininsel, dachte er. Wie bist du doch hart und scharfkantig und überaus häßlich – das letzte Stückchen Israels, das dem Löwen noch zu verschlingen bleibt. Und wir, die wir auf deiner eisernen Kruste leben, sind mit dir dem Untergang geweiht, wenn sich nicht tatsächlich ein Wunder ereignet.

Er war so tief in Gedanken versunken, daß er von dem ausgetretenen Pfad abkam. Er stolperte in der Dunkelheit, und als er einen Schritt zur Seite machte, um nicht zu fallen, stieß er mit dem Schienbein an einen großen Stein. Er erkannte ihn sogleich als einen von denen, welche die römischen Katapulte zu Hunderten heraufgeschleudert hatten. Verzweifelt stöhnte er auf. *Hascham!* Wie konnte ein armes, stolperndes Menschlein, ein ungeschickter Seemann, der sich nicht einmal im Dunkeln zurechtfand, allen Ernstes annehmen, daß es ihm gelingen könnte, ein dringend benötigtes Wunder zu wirken? Einfach lächerlich.

Er rieb sich das Schienbein und dachte dabei, daß es den Römern nun endlich doch gelungen war, Eleasar, den grimmigen Zeloten, zu demütigen, ja geradezu auf die Knie zu zwingen. Während er noch diesen Gedanken nachhing, vernahm er plötzlich den Wutschrei einer Frau. Gleich darauf hörte er aus der Gegend des Osttors auch das fluchende Gebrüll mehrerer Männer. Er vergaß seine Schmerzen und schritt rasch in die Richtung, aus der die Stimmen kamen.

In den tieferen Schatten nahe dem Tor entdeckte er eine Gruppe von Männern, die eine einzelne Frau umstanden. Er konnte sie nicht erkennen, aber ihr reicher Wortschatz an Flüchen und Verwünschungen, den sie auf hebräisch, griechisch und aramäisch über ihre Zuhörer ausschüttete, machte sofort Eindruck auf ihn. Sie stand geduckt da wie ein in die Enge getriebenes Tier, wirbelte dann rasch herum, um nicht überrumpelt zu werden, und hielt dabei einen Arm lang ausgestreckt. Jetzt sah Eleasar ein Messer in ihrer Hand und fragte seinen Nachbarn, wer diese Frau sei. Auf Masada riß den Menschen häufig die Geduld, und ihr Temperament

ging mit ihnen durch. O ja, ich kenne mein leidenschaftliches Völkchen, dachte er, aber die Frauen beschränken sich doch für gewöhnlich bei ihren handgreiflichen Auseinandersetzungen auf Zähne und Klauen!
»Der Wüste ist ein Kaktus in Gestalt einer Frau entsprossen«, antwortete der Mann. Dann erkannte er Eleasar und setzte hinzu: »Glaub mir, ihre Haut starrt von Stacheln!« Er zeigte seine Faust, und Eleasar sah, daß sie blutete.
Jedesmal, wenn der Kreis sich enger um sie zusammenzuziehen begann, sprang die Frau mit einem Satz auf den Nächststehenden zu und bedrohte ihn wild mit der Klinge. Ihr trotziger Widerstand reizte die Männer, sich gegenseitig anzufeuern. Wer würde wohl als erster diese Wespe von einem Weib einfangen und zähmen? »Du, Ananias! Hier kann ein Junggeselle mal das große Los ziehen! Stell dir nur vor, wie das wäre, wenn du deinen langen Rüssel in sie hineinstecktest! Jetzt kannst du mal beweisen, wie schnell du bist, Josias! Zehn Schekel, daß du ihr die Klinge nicht wegnimmst. Elias! Zwick sie in den Hintern, wenn sie sich wieder umdreht!«
»Zu wem gehört die Frau?« fragte Eleasar.
»Sie ist den Schlangenpfad heraufgekommen. Chaim hat sie am Tor gefaßt, aber sie ist ihm wieder entwischt. Sie ist sehr gewandt und wild und ganz bestimmt eine Spionin.«
Eleasar hörte, wie ein Mann von der entgegengesetzten Seite rief: »Jetzt schicken die Römer uns schon ihre Huren herauf!« Ein anderer rief: »Die Hündin behauptet, sie sei eine Jüdin! Ein feines Dämchen, wenn sie flach auf dem Rücken liegt und für den Adlerschnabel die Beine breit macht!«
»Schmeißt sie dahin zurück, wo sie herkommt, und schaut euch an, wie die Römer es mit einem Sack voll Knochen treiben!«
Einen Augenblick lang herrschte Stille, während der Kreis immer enger wurde. Dann brach die Frau das Schweigen. Sie sei gekommen, sagte sie, um mit Eleasar ben Jair zu sprechen und mit keinem anderen.
Eleasar trat in den Kreis und musterte sie. Sie schickte sich sofort an, mit dem Messer auf ihn loszugehen. Er trat rasch zur Seite und packte sie beim Handgelenk, als die Klinge an ihm vorbeiblitzte. Er hielt sie auf Armeslänge von sich entfernt und drehte ihre Hand so lange, bis die Klinge zu Boden fiel. Ich habe großes Glück gehabt, mußte er denken, daß ich sie so rasch entwaffnen konnte, denn einen durchtriebeneren und grausameren Gegner als eine wütende Frau gibt es nicht.
Er hielt sie fest im Griff und sagte ihr seinen Namen; ihre Wut ließ nach.
»Ja«, sagte sie, indem sie sein Antlitz prüfend im Sternenlicht betrachtete. »Ich glaube dir. Diese Stimme würde ich überall wiedererkennen. Vielleicht könntest du sie dazu verwenden, dieses Rudel Hyänen zu verscheuchen.«

»Hört euch an, wie sie Befehle gibt!« sagte ein Mann hinter Eleasar. »Aus der Hure ist eine Königin geworden.«
Sie wirbelte zu dem Mann herum und entwand sich beinahe Eleasars Griff. »Wenn ihr Gesindel Juden seid, dann wäre ich besser als Ägypterin geboren worden! Man riecht es an deinem stinkenden Atem, daß deine Mutter mit einem Dromedar geschlafen hat.«
»Wo kommst du her?« verlangte Eleasar zu wissen.
»Ich bin von unten entflohen. Ich habe dir viel über die Römer zu sagen.«
»Dann sag es.« Er schloß seine große Hand noch fester um ihr Gelenk.
»Ich sage es nur dir allein.«
Inzwischen waren noch weitere Männer, die der ungewohnte Auflauf beim Osttor angelockt hatte, in den Kreis getreten. Und auch einige aus dem Schlaf geweckte Frauen kamen aus den Kasematten-Wohnungen. Eleasar wußte: Es würde nicht mehr lange dauern und ganz Masada einschließlich des Rates wäre zur Stelle. Unersättliche Neugier war ein Teil der unablässigen Angst, die auf Masada allmählich alle und jeden angesteckt hatte. Die nebensächlichsten Ereignisse wurden unversehens zu Angelegenheiten von größter Wichtigkeit. Jedermann befaßte sich aufs eingehendste mit einem Familienzank, einem zerbrochenen Weinkrug oder einer winzigen Veränderung in der Zuteilung getrockneter Feigen. Eleasar wußte, wenn auch nur einer aus dem Rate die Frau sähe, mußte er sofort auch alle anderen Ratsmitglieder verständigen, um nicht der Geheimnistuerei beschuldigt zu werden. Und hatte die Frau wirklich irgend etwas zu sagen, was der Rede wert war, würde es in endlosen Beschuldigungen und Streitereien untergehen. Der Rat war wie ein Boot ohne Kiel, das sich bei der geringsten Brise auf die eine oder andere Seite legte und abtrieb, anstatt vorwärts zu kommen.
Er trat an ihre Seite, als wolle er mehr Sternenlicht auf sie fallen lassen und betrachtete sie forschend. Dann hob er die Stimme, so daß alle Umstehenden ihn hören mußten. »Ich kenne dich«, sagte er. »Du bist Jedidah, die Schwester des Tarschisch. Wir sind verwandt.«
Zu seiner Erleichterung zögerte sie nur einen kurzen Augenblick und küßte dann rasch seine Hand.
»Es tut mir leid, daß man dich so empfangen hat«, sagte er mit einem etwas unnatürlichen Ausdruck des Bedauerns im Gesicht. »Wir sind hier alle etwas gereizt.«
Er legte schützend den Arm um sie und fügte hinzu, er werde sie zu seiner Frau führen. Noch ehe weitere Fragen gestellt werden konnten, geleitete er sie durch den Kreis der neugierigen Gesichter. Sobald sie sich freigemacht hatten, beschleunigte er seine Schritte, und obwohl sie nach den schweren Anstrengungen, die hinter ihr lagen, noch immer schwer atmete, folgte sie ihm ohne Widerspruch.

Sie gelangten zu dem Hof, in dem sein Quartier lag, und sobald sie durchs Tor getreten waren, wandte er sich der dunkelsten Ecke zu. Dort, wo die Finsternis sie nun völlig einhüllte, griff er sie fest bei den Armen. Er fing, was ihn sehr ärgerte, einen Hauch ihres Parfüms auf. Er strich ihr mit den Fingern über die Handflächen, sie waren glatt und weich, und es kostete ihn einige Überwindung, ihr nicht ins Gesicht zu schlagen. »Meine Freunde hatten recht«, sagte er kalt. »Warum sollten mir die Römer ihr Spielzeug schicken?«

»Silva selbst hat meine Flucht arrangiert.«

»Hör auf zu lügen. Wer möchte denn freiwillig hier herauf fliehen?«

Sie berichtete ihm, daß sich Silva heimlich mit ihm treffen wolle und daß er sie mit dieser Mitteilung heraufgeschickt habe, weil er glaube, ein Mann werde wahrscheinlich umgebracht, noch ehe er die Botschaft übergeben könne.

»Während sich andere Frauen Israels lieber ein Messer in die Scheide gestoßen haben, um sich nicht einem Römer hingeben zu müssen, hast du das Beste für dich herausgeholt. Während andere Frauen auf der Rampe sterben ...«

»Ich bin nicht diesen Berg heraufgeklettert, um mir eine Predigt anzuhören. Wenn du dich mit Silva treffen willst, rette ich vielleicht mehr Juden das Leben, als dein blöder Stolz umgebracht hat.«

Abermals widerstand er der Versuchung, sie zu schlagen. »Der Römer muß nur seinen Mund aufmachen, wenn er mit mir sprechen will.«

»Das habt ihr doch beide schon ohne den geringsten Erfolg versucht. Er will dich allein treffen.«

»Ich kann nichts dadurch gewinnen, daß ich mir römische Lügen anhöre.«

»Nein, du hast vielleicht sogar einiges dabei zu verlieren. Bekäme Masada Frieden – was würde dann aus dir werden? Du wärest nur noch ein ganz gewöhnlicher Jude unter vielen Juden. Und das würde dir gar nicht gefallen, nicht wahr, Eleasar ben Jair? Deine Macht wäre dahin, und deine große Stimme würde nicht mehr eine kleine Privatarmee in Schach halten oder die Römer ärgern. Du wärest kein Held mehr, und das könnte ein Mann wie du wohl kaum ertragen. Ich will dir sagen, daß deine Worte auf mich sogar eine Zeitlang Eindruck gemacht haben. Aber jetzt bist du eine Enttäuschung. Wenn ein großer römischer Heerführer seinen Stolz vergißt, um zu dir heraufzuklettern ...«

»Er will allein heraufkommen, hierher?« Wo steckt nur die verborgene Hinterlist? überlegte er. Warum sollte Silva sich auch nur der geringsten Gefahr aussetzen, da er doch überzeugt sein konnte, daß der Sieg nahe bevorstand?

»Er hat seine rechte Hand verpfändet, daß er allein sein wird«, sagte sie. Wie unberechenbar doch diese Römer immer wieder sind, dachte Eleasar

wie schon so oft zuvor. Für ihre Verbrechen gab es keine Vergeltung, ehe nicht die Sterne vom Himmel fielen, und doch hatte er in den nahezu sieben langen Jahren, die er nun schon gegen sie kämpfte, noch nie von einem römischen Befehlshaber gehört, der einen mit der rechten Hand geschworenen Eid gebrochen hätte. Und ein Wunder? Vielleicht war dieses Angebot tatsächlich eines, auch wenn Eleasar ben Jair es selbst zuwege bringen mußte.
Er blickte zu den Sternen hinauf. »Geh zu deinem Römer«, sagte er schließlich. »Sag ihm, wenn Jupiter im Zenit steht... soll er heraufkommen.«

Flavius Silva konnte sich nicht entsinnen, daß seine Gedanken jemals so durcheinandergegangen waren. Es schien fast, als führten sie regelrecht Krieg miteinander. Jedes neue Ereignis dieser erstaunlichen Nacht stimmte ihn abwechselnd froh und mutlos. Er schalt sich selbst: »Ich zapple so nervös herum wie ein syrischer Wucherer, der mit einem riskanten Geschäft hängengeblieben ist.«
Was für ein Parade-Aufmarsch widersprüchlicher Möglichkeiten! Und Epos hatte in seiner Ahnungslosigkeit auch noch den verführerischen Weinkrug an seinen gewohnten Platz auf den Tisch gestellt. Aber heute nacht darf nicht ein Tropfen deine Lippen benetzen. Wenn du nach Masada hinaufsteigen und einem so beredten Schurken wie Eleasar ben Jair von Angesicht zu Angesicht gegenübertreten willst, dann tust du gut daran, deinen ganzen Witz und Verstand in schlagkräftigster Schlachtordnung aufzustellen: die *Hastati* der Verben und Substantive in der vordersten Linie, wohin sie gehören, die *Principes* der Schmähungen in der zweiten Reihe und die *Triarii* der Geduld in der dritten. Hier handelte es sich um ein so seltenes und so unberechenbares militärisches Abenteuer, daß es sinnlos gewesen wäre, mit den Offizieren darüber zu sprechen.
Sie hätten sicher nur gefragt, welcher Vorteil dabei herausspringen könnte, wenn man sich mit diesem verlausten Juden alleine trifft. Und gerade weil sie das fragen würden, waren sie auch nicht um ihre Meinung gebeten worden. Um so wichtiger war es darum, auf keinen Fall zu vergessen, daß militärische Neuerungen, wenn sie nicht auf Anhieb erfolgreich sind, stets als verwerflich angesehen werden. Gelingen sie aber, schreibt man sie zumeist anderen, bereits bekannten Ursachen zu. Schlägt eine Neuerung jedoch fehl, wird sie unweigerlich für alle folgenden Schwierigkeiten verantwortlich gemacht. Der Neuerer selbst kann es dann erleben, daß er alsbald an den Hoden aufgehängt wird. Darum: keinen Tropfen Wein. Heute nacht ist der Feind im Krug gefährlicher als der auf dem Berg.

Irgend etwas schien aber bereits schiefgegangen zu sein, denn wo war Schewa? Rosianus Geminus hatte sie zum Wall des Ostlagers geleitet und dort, nachdem er zum Schein mit ihr gerungen hatte, entschlüpfen lassen. Er hatte gemeldet, daß alles planmäßig verlaufen sei, und sogar die Wachtposten entlang des östlichen Walles wären überzeugt gewesen, daß eine jüdische Gefangene entflohen war. Später hatte Geminus sich ins Nordostlager begeben und die Posten dort verständigt, daß bald eine Frau auftauchen würde, die das korrekte Losungswort für diese Nacht, nämlich *Venus Genetrix* angeben könnte. Diese Losung war bei Anbruch der Dämmerung von den Zenturionen auf der *Tessera* durchs Lager getragen worden.

Schön und gut, aber warum war Schewa dann so lange überfällig? Eleasar ben Jair würde einer Angehörigen seines eigenen Volkes doch gewiß nichts zuleide tun! Er brauchte ihr nur mit einem Ja oder Nein zu antworten und sie zurückzuschicken. Und doch – ein Jude? Wer konnte wissen, wozu ein Jude imstande war?

Um sich von seiner wachsenden Besorgnis abzulenken, hatte Silva versucht, in der *Weltgeschichte* des Nikolaus von Damaskus zu lesen, aber er hatte die Erfahrung machen müssen, daß sie der magnetischen Anziehungskraft des Weinkrugs kaum gewachsen war. Hinweg, Traubensaft! In dieser Nacht gibt es andere Anregungen. Hier steht die ausführliche Geschichte des alten Rom von einem gewissen Dionysius von Halikarnassus, der wohl der größte Langweiler aller Zeiten gewesen war. Und hier Strabos *Geographie des Römerreiches*. Was soll mir das? Ich mache selbst Geographie. Oder das *Buch der Träume* von Artemidorus. Wenn einer es überhaupt zuwege bringt, in dieser abscheulichen Wüste zu schlafen, braucht er dann noch einen Deuter für seine Alpträume?

»Schewa«, sagte er laut, »du solltest längst zurück sein ...«

Er griff nach dem Weinkrug, zauderte und stellte ihn dann behutsam unter den Tisch. Dann schritt er eine Weile auf und ab und versuchte, die Gedanken auf sein Haus in Praeneste zu konzentrieren. Und wenn ich die Frau nun tatsächlich heirate, überlegte er, müssen an dem Haus noch Umbauten vorgenommen werden. Ein Anbau an die *Cubicula* wäre dann notwendig, denn mein augenblickliches Schlafgemach ist eigentlich nicht für zwei Personen geplant. Mit belustigtem Staunen erinnerte er sich wieder, daß es ja ein Mann entworfen hatte, der nicht mehr hoffen konnte, je wieder mit einer Frau zu schlafen, von einem Dienst zum Ruhme des griechischen Gottes Hymen ganz zu schweigen. Die Ehe würde neben den angenehmen und erfreulichen Veränderungen seines Lebens nun auch noch Veränderungen an seinem nahezu fertiggestellten Haus notwendig machen. Alle, die wirklich seine Freunde waren, hatten ihn zwar gewarnt: »Wechsle keinen Stein aus, nachdem er einmal an seinem Platz ist. Widerstehe jeglicher Versuchung, es dir noch anders zu überlegen, sonst machst du ganz bestimmt bankrott!«

Jetzt jedoch – vorausgesetzt daß eine gewisse schwarzäugige Jüdin gnädig einwilligt – müßten die Wasserleitungen neu verlegt, zusätzliche Fenster in die Wände geschlagen werden, auch müßten noch mehr der kostspieligen *Lapis Specularis* gebrochen und poliert werden, um diese Öffnungen auszukleiden. In den Händen dieses Oberidioten, dieses geistig zurückgebliebenen Antoninus Mamilianus, der die Anmaßung besaß, sich Architekt zu nennen, konnten die Gesamtkosten gut und gerne die schrecklichsten Prophezeiungen der pessimistischsten Freunde wahrmachen.

Das Bankhaus der Herren Maxinus und Proculus war kein Wohltätigkeitsinstitut. Die wissen bis zum letzten *As*, was du in das Haus schon hineingesteckt hast, und sie wissen auch sehr gut, daß dein Gehalt als Prokurator von Judäa sechzigtausend Sesterzen beträgt. Ohne auch nur die Lippen zu bewegen oder den Ausdruck in ihren Augen im geringsten zu verändern und ohne Kenntnis des fraglichen Gebiets konnten diese münzenklimpernden Habichte ziemlich exakt schätzen, wie mager und spärlich das Beutegut eines Generals ausfallen muß, der die Nachfolge von Titus angetreten hatte. Auf der anderen Seite der Gleichung setzten sie dann die fünf Prozent Erbschaftsteuer ein, die fällig würden, wenn ihr Kunde bedauerlicherweise in Ausübung seiner Pflicht getötet werden sollte. Diese Zahl würden sie sodann durch die fünfprozentige Sklavensteuer dividieren, die er im Überlebensfalle zusätzlich brauchte, und danach erklären. Dieser Mann leidet offensichtlich an Größenwahn, was in unserer schlichten Sprache heißt, daß er ein untragbares Geschäftsrisiko ist. Aus diesem Grunde würden sie nicht nur neue Kredite ablehnen, sondern ihn auch stärker unter Druck setzen, daß er endlich seine Schulden abzahle.

Das Unternehmen der Herren Maxinus und Proculus war nicht im entferntesten an jenen Zahlen interessiert, die es überhaupt erst möglich machten, Geschäfte auf eine derart anmaßende und willkürliche Art und Weise zu führen. Ihnen war es gänzlich gleichgültig, ob die römischen Legionäre unter Führung gewisser verschuldeter römischer Generäle ihre zwanzig Meilen in fünf Stunden marschierten oder ob sie im Eilmarsch gar fünfundzwanzig Meilen schafften und dabei außer ihren Waffen noch ganze unglaubliche sechzig Pfund Gepäck schleppten. Aber gerade diese Soldaten sorgten dafür, daß die Reißzähne aller Barbaren dieser Welt von den weichen Kehlen eines Maxinus und eines Proculus oder wie sie heißen mochten, ferngehalten wurden. Aber das beeindruckte sie nicht im geringsten, zumindest nicht so sehr, daß sie deswegen die Zinssätze gesenkt hätten. Was also tun?

Die ganze Geschichte war sowieso unmöglich. Wer bist du denn eigent-

lich, daß du auch nur einen Gedanken darauf verschwendest, eine Jüdin zu heiraten? Willst ausgerechnet du dir von irgendeinem kleinen Bürokraten sagen lassen, daß kein römischer Bürger ohne Erlaubnis des Senats und des Kaisers eine Frau heiraten darf, die nicht die Bürgerrechte besitzt. Oder wäre es dir lieber, wenn Vespasian selbst dir auf seine markige Art erklärte, ein intelligenter Mann jenseits der dreißig solle besser seinem eigenen Beispiel folgen und eine Konkubine ins Haus nehmen, anstatt sich unter das Joch einer Ehe zu begeben? Die Klatschbasen wollen wissen, Titus habe seinen Vater angefleht, er möge ihm die Ehe mit der Jüdin Berenike gestatten – und sei abgewiesen worden. Wenn es aber einem Prinzen nicht gelang, welche Hoffnung hast dann du? Und es wäre geradezu tölpelhaft, deinen guten Freund Titus zu ersuchen, er möge Schewa die römische Staatsbürgerschaft verleihen und dadurch den Weg frei machen für eine Ehe, wo er doch selbst nicht bereit war, seiner Berenike diese Ehre zu erweisen. Auch hatte er bisher keinerlei Schritte unternommen, die Staatsbürgerschaft für Tiberius Alexander zu beantragen, also für jenen Juden, der nicht nur früher Statthalter von Alexandria gewesen war, sondern der außerdem als Stabschef des Titus an der Belagerung Jerusalems beteiligt war! O nein! Man feuchtete seinen Siegelring vielleicht mit Speichel an, damit das Wachs nicht kleben blieb, aber man tat derlei möglichst diskret und unauffällig. Und die ganz Großen fühlten sich *nicht* unbedingt geschmeichelt, wenn man sie nachmachte.
Die ganz Großen. Wer unter den Hunderten römischer Heerführer, die über die Welt verstreut waren, besaß schon eine so nahe und enge Beziehung zu Titus wie er? Was sie verband, war in Gefahr geschmiedet und durch wechselseitige Bewunderung und treue Hingabe weiter gefestigt worden. Es war so echt wie ein Schwert aus spanischem Eisen und ebenso unvergleichbar und edel wie dieses.
Anstatt im Zelt auf und ab zu schreiten, umkreiste er jetzt den Tisch in einer ovalen Schleife. Ich sollte mich eigentlich hinsetzen, dachte er, sonst muß ich mein Bein förmlich hinter mir herschleppen, wenn ich den Berg hinaufsteige. Solange aber die Frau, die mir so teuer geworden ist, allein über ein Schlachtfeld geht, finde ich keine Ruhe. Haben mich denn sämtliche Götter im Stich gelassen? Wo in euer aller Namen ist denn Schewa?
An jedem anderen Tag wäre der Brief von Titus, den ein Sonderkurier an diesem Abend gebracht hatte, das aufregendste Ereignis der ganzen Woche gewesen. Kurz bevor er eintraf, war Schewa zu ihrer Mission aufgebrochen, sie konnte also seiner Meinung nach noch nicht auf der Höhe von Masada angekommen sein. Da er den Brief also in seinen Händen hielt, während er wartete, konnte er ihn immer wieder aufmerksam lesen. Es war ein sehr gesprächiger Brief, von der Art, wie Brüder, die einander gern hatten, sie miteinander tauschten: bis auf den letzten Teil nicht die

Botschaft eines Prinzen an einen Soldaten, sondern ein Austausch von Ansichten und Meinungen, genau wie früher, als sie noch zwei junge Tribunen in Germanien waren.
Der Thronfolger hatte sein Schreiben in der Tat mit einer höchst schmeichelhaften Grußformel begonnen: »Grüße meinen geschätzten Waffenbruder ...« Welcher Soldat konnte mehr verlangen?
Es folgte eine Entschuldigung, daß er »meinem lieben Freund Flavius Silva« nicht häufiger geschrieben habe, »aber die Geschäfte in der Hauptstadt waren außerordentlich dringend, und mein Vater hat in letzter Zeit mehr und mehr Angelegenheiten mir übertragen.«

Lieber Freund, Du kannst Dir die ebenso belustigenden wie tragischen Probleme nicht vorstellen, die sich aus der ungeheuren Bevölkerungsexplosion ergeben, deren sich diese Stadt zur Zeit erfreut – oder sollte ich sagen: die sie erleidet? Außer uns Römern, die wir bei weitem zu wenige sind (ich kann nur hoffen, daß die anderen nicht unsere Nasen zählen und dabei entdecken, wie wenige wir tatsächlich sind), haben wir jetzt mehr und mehr Griechen, Syrer, Juden und Ägypter hier, die alle einander nicht ausstehen können. Außerdem hat sich noch eine unüberschaubare Anzahl von Armeniern, Äthiopiern und Arabern in Rom niedergelassen, dazu Bithynier, Kappadokier und Parther. Die meisten dieser Elemente haben sich in Kolonien zusammengefunden, die von der übrigen Stadt abgesondert sind. Dort leben sie streng getrennt nach Nationalitäten. Womöglich noch gefährlicher aber sind jene vagabundierenden Bevölkerungsgruppen, die keinen festen Wohnsitz haben und eben da essen oder schlafen, wo sie gerade einen Platz dazu finden. Diese Leute kommen und gehen, wie es ihnen gerade beliebt, dabei ist es wohl unmöglich, ihnen auf der Spur zu bleiben, um sie zu irgendwelchen nützlichen Arbeiten einzusetzen. Es sind zumeist Barbaren aus Dalmatien, Thrakien und Germanien, dazwischen gelegentlich auch Wilde aus Britannien, die ihre Tätowierungen zur Schau stellen, als seien es Medaillen. In letzter Zeit hat es geradezu eine Invasion von Galliern gegeben, die durch die Straßen stolzieren, als ob sie ihnen gehörten, dabei zwirbeln sie ihre abscheulichen Schnurrbärte, als seien es stolz flatternde Fahnen.
Wie können wir jemals hoffen, aus einer solchen Vielfalt von Völkerschaften eine Einheit zu machen? Ich persönlich bin der Meinung, daß wir übertrieben großherzig sind, wenn wir unsere Tore der ganzen übrigen Welt öffnen, besonders da so viele unserer Besucher oder selbsternannter Bewohner nicht die geringste Vorstellung von Hygiene und sanitären Einrichtungen haben. Sie schlagen ihr Wasser ab und erleichtern ihr Gedärm, wo immer und wann immer sie gerade Lust dazu haben, und

diese Situation wird durch die neue Steuer, die Vespasian auf die Benutzung öffentlicher Anstalten erhebt, nicht gerade verbessert. Du kennst ja meinen Vater und wirst darüber lächeln, daß er mir, als ich gegen die jüngst verhängte Steuer auf öffentliche Bedürfnisanstalten Einspruch erhob, eine Münze vor die Nase hielt und fragte, ob ich ihren Geruch unangenehm fände ...

Silva versuchte zu lächeln, so wie er beim ersten Lesen dieser Geschichte gelächelt hatte, aber es gelang ihm nicht. Titus war ein bißchen zu hart mit seinem Vater. Irgend jemand mußte schließlich die insolvente römische Staatskasse sanieren, schließlich will man doch endlich das ganze Britannien erobern. Wie schade, daß Vespasian einem gewissen Antonius Mamilianus, dem verschwenderischsten Baumeister der Welt, nicht ein paar scharfe Worte sagen konnte!
Sein krankes Bein begann zu zittern, daher setzte er sich an den Tisch, und als hätte er es darauf abgesehen, stieß sein Fuß gegen den Weinkrug. Anstatt nach ihm zu greifen, wonach alles in ihm verlangte, nahm er sich aber wieder Titus' Brief vor.

»Übrigens, ganz nebenbei – einer meiner Zenturionen hat mir das folgende Juwel von einem Graffito *gebracht, das der Göttin unserer Kanalisation gewidmet ist:*

> *Holde* Cloacina, *Göttin dieser Stätte,*
> *Du tägliche Zuflucht allen Menschenvolkes,*
> *Gewähre huldvoll, daß meine Opfergabe*
> *Weder ungestüm rasch noch unnatürlich*
> *langsam fließen möge.*

Der Zenturion hatte es auf ein Stück Papier geschrieben, und ich empfahl ihm, es mit Zedernsaft einzureiben, damit es für alle Zeiten vor Motten und Fäulnis bewahrt werde.
Lieber Freund, ich schreibe Dir diese Trivialitäten, weil ich nur zu wohl weiß, was es bedeutet, fern von der Heimat im Feld zu liegen, ganz besonders in jenem öden und kahlen Land, wo die Pflicht Dich jetzt festhält. In mancher Hinsicht ist dies schlimmer als Verbannung, weil man dabei noch nicht einmal sein natürliches Verlangen nach Groll oder Rache befriedigen kann.
Zu den lästigen täglichen Pflichten, die mein Vater mir zugeschoben hat (bitte glaube nicht, daß die öffentliche Hygiene meine Hauptverantwortung ist, obwohl Du nach dem Vorangegangenen vielleicht Grund zu dieser Annahme hättest), gehört auch das Kommando über die Prätorianer-Garde, in der ein guter Geist herrscht, und die Zivilgerichte, die sich

in einem unglaublichen Durcheinander befinden. Du wirst Dich erinnern, daß während des Bürgerkrieges unter dem einen oder anderen Vorwand sehr viel Grundbesitz beschlagnahmt bzw. enteignet wurde. Die Geschädigten klagen jetzt natürlich auf Wiedergutmachung. Es sind so viele Fälle anhängig und die Gerichte so weit im Rückstand, daß ein Teil der Prozessierenden zu ihren Lebzeiten wohl niemals bis zur Verhandlung kommen werden – es sei denn, wir finden einen Weg, um das übliche Rechtsverfahren, das so langsam und schwerfällig ist, zu umgehen.
Ich tue mein möglichstes, um hier Erleichterung zu schaffen und aus dieser unseligen Sackgasse herauszukommen, und ich will, da ich nun schon einmal dabei bin, auch noch eine weitere Ungerechtigkeit beseitigen, die schon allzulange ihren Platz im römischen Rechtswesen hat. Ich bin nämlich der Meinung, daß es ungesetzlich sein sollte, irgendeiner Person, sei sie nun Bürger oder Freigelassener, wegen desselben Vergehens nach mehreren verschiedenen Gesetzen den Prozeß zu machen. Ein solches Verfahren setzt den Betreffenden einer doppelten (oder mehrfachen) Gefahr aus, und anscheinend gelingt es nur den einflußreichsten oder durchtriebensten Schurken, einem solchen Netz zu entwischen, während allzu oft die Unschuldigen oder Halb-Schuldigen verurteilt werden.«

Silva hielt beim Lesen inne und lauschte. Er hatte vor einiger Zeit eine Unterbrechung der Geräusche an der Rampe bemerkt. Das war, wie er wußte, die so deutlich »hörbare« Essenszeit. Inzwischen hatte der alles übertönende Lärm wieder eingesetzt und war so allgegenwärtig geworden, daß man ihn überhaupt nur noch wirklich wahrnahm, wenn er wieder aufhörte. Er durfte nicht vergessen, in seiner Antwort an Titus die Bemerkung einzuflechten, daß dies sicher das lauteste Feldlager sei, das es in der Geschichte des römischen Heeres jemals gegeben hatte. Zum Beispiel könnte er ihm schildern, wie es einem möglich wird, wenn man diesem unablässigen Krach nur lange genug ausgesetzt ist, gewisse Töne und Geräusche auszusondern. Wie etwa gerade jetzt das Gespräch der Wachen draußen. Man konnte ihre Stimmen aus dem Baulärm heraushören, auch wenn es dann nicht gelang, die einzelnen Worte zu unterscheiden. Oder doch? Ihr plötzliches Reden hatte aber leider *nichts* mit dem Auftauchen von Geminus und Schewa zu tun. Wäre die Behauptung übertrieben, daß jene, die direkt an der Rampe Dienst taten, alle anderen als die üblichen Geräusche so klar voneinander unterscheiden konnten, daß sie tatsächlich das Herannahen surrender Pfeile wahrnahmen? Unsinn. Aber die Leute behaupteten es allen Ernstes. Solltest du nicht vielleicht Titus empfehlen – und durchaus nicht nur im Scherz –, für besonders hartnäckige Verbrecher eine neue Art der Folterung einzuführen – man sollte versuchen, sie längere Zeit einem ohrenbetäubenden Krach auszusetzen. Oder absoluter Stille, jener Stille, wie sie jetzt offensichtlich die Wachtposten ergriffen hatte. Schliefen sie denn alle? Konnten sie nicht wenigstens irgendwelches belangloses Zeug schwatzen, um die Zeit zu vertreiben? Noch einmal nahm er sich vor, was er bereits dreimal gelesen hatte.

»... *Du würdest Rom nicht wiedererkennen, so viel wird zur Zeit gebuddelt. Vater ist von einer derartigen Bauwut gepackt, daß ich fast vermute, die zahlreichen ironischen Bemerkungen über seine Knausrigkeit haben schließlich doch seinen Stolz verletzt. Unter anderem hat er jetzt auch mit dem Bau seines Friedenstempels begonnen – davon später mehr. Dann muß ich Dir – nicht wenig verlegen – mitteilen, daß er mir zu Ehren einen Triumphbogen errichtet, der wahrscheinlich mit Fresken geschmückt werden soll, die unsere Eroberung von Jerusalem zeigen. Vorige Woche habe ich mir einige Vorarbeiten dazu angesehen; die brennende Stadt, die ich sehr gut und treffend ausgeführt fand, und außerdem noch ein Relief, das mich als Wagenlenker darstellt – doch vor den Augen meiner Tochter konnte dieses nicht bestehen. Sie erklärte sofort, die stolze Gestalt sehe ihrem Vater nicht im geringsten ähnlich: sie sei viel zu schön. Ach, diese Jugend!*
Da ich gerade vom Bauen spreche. Ich muß Dir erzählen, daß ich vor kurzem durch Praeneste kam und dort Station machte, um mir Deine neue Villa anzuschauen, auf die man mich aufmerksam gemacht hatte. Herzlichen Glückwunsch! Sie wird eines Tages die Stätte der wohlverdienten Ruhe für einen Bürger und Soldaten sein, der dem Reich gute Dienste geleistet hat. Ich freue mich schon auf den Tag in unserem vorgeschrittenen Alter, da ich Dich dort werde besuchen dürfen, da wir Erinnerungen an die Zeiten austauschen können, in der unsere jungen Köpfe jahrelang nur einen *der Beachtung wert fanden – den Kopf unseres Penis.*
Vielleicht hast Du selbst bereits daran gedacht, dennoch möchte ich Dir für Deine Villa noch eine Anregung geben. Bemühe Dich auf alle Fälle um einen begabten Wandmaler. Unsere Architektur hat nun einmal eine ziemlich strenge Linie, und deswegen finde ich die gegenwärtig immer häufiger anzutreffenden Wandmalereien durchaus belebend.«

Ach, findest du das, mein lieber Freund Titus? Auch ich glaube, daß gute Wandmalereien sehr zum Reiz eines Hauses beitragen. Gibt es aber andrerseits irgend etwas Ärgerlicheres und Bedrückenderes als eine *schlechte* Wandmalerei? Gute Maler verlangen ein Vermögen, mein lieber, reicher Prinz. Freilich, du wirst solche Kleinigkeiten nie in Betracht ziehen müssen. Nichts für ungut; bleibe du nur, wie du bist, und auch ich werde mir treu bleiben. Wie sagte doch Epikur? »... Ich will euch eine Richtlinie zur

Beurteilung euer selbst und eurer Entwicklung geben; an dem Tag werdet ihr zu euch selbst finden, an dem ihr erkennt, daß gerade die erfolgreichsten Menschen die unglücklichsten sind ...«
Ein Schweißtropfen fiel von seinem Kinn und klatschte auf den Brief. Mit einem Gefühl der Befriedigung schnippste er ihn vom Brief. *So!* Da wäre also noch einmal das Anpassungsvermögen des Menschen an seine Umwelt bewiesen! Trotz des fortwährenden Lärms vor meinem Zelt habe ich gehört, wie das Tröpfchen niederfiel. Ja, wenn wir diese außerordentliche Fähigkeit doch darauf richten könnten, uns gegen die Hitze unempfindlich zu machen! Wie nur können wir den naturgegebenen Vorteil der Juden überwinden, deren Blut seit hundert Generationen an diese Sonne gewöhnt ist?

»... die Nachricht wird Dich freuen, daß Vater sich auch für die Verbesserung der medizinischen Einrichtungen und Methoden eingesetzt hat. Er hat einen Feldzug gegen die Quacksalber eingeleitet, die Rom so lange überschwemmten, außerdem hat er Hörsäle für medizinische Vorlesungen eröffnet. Die Professoren werden vom Staat bezahlt, und nur *Ärzte mit Examen sollen in Zukunft praktizieren dürfen. Vater leidet ja selbst noch immer unter dem Fuß, an dem er in Jopata verwundet wurde; er war von einem ungeschickten Scharlatan behandelt worden, der inzwischen an seinen eigenen Heilmethoden zugrunde gegangen ist. Bei schwüler Witterung hinkt Vater ziemlich stark – ein Leiden, das Euch beide ja verbindet und worauf vielleicht zum Teil seine große Zuneigung zu Dir zurückzuführen ist.«*

Er hielt inne und wischte sich den Schweiß vom Gesicht, damit nicht noch ein weiterer Tropfen auf den Brief fiel. Wenn ich meinem schlimmen Bein die Zuneigung Vespasians verdanke, dann ist es mehr als wertvoll; ist doch bekannt, daß er noch nie jemanden im Stich gelassen hat, der seine Gunst auf irgendeine Weise einmal gewonnen hatte. Aha! Da ist es ja wieder! Jetzt leitet Titus behutsam zum eigentlichen Kern des Briefes über. Nach dreimaligem Lesen erschien ihm die Botschaft unmißverständlich:

»... eigentlich ist Vater seit nahezu drei Jahren nicht mehr richtig froh gewesen. Damals hat er das Tor des Janustempels geschlossen. Als die Kriegsbeute aus Jerusalem zusammengetragen wurde, zeigte selbst er sich beeindruckt von dem goldenen Tisch, den Kandelabern und allem übrigen, und er ordnete an, daß diese Schätze, zusammen mit den in der ganzen Welt gesammelten unzähligen anderen, in seinem neuen Friedenstempel aufbewahrt werden sollten. In gewissem Sinne ist es sein

Tempel, der vor der Geschichte und vor der Welt seinen einzigen Wunsch demonstrieren soll, den Wunsch nach Frieden. Zugleich zeigt er aber auch, daß Vespasian es ist, der diesen Frieden gebracht hat . . .«

Hier, in der Mitte des Briefes, war – zweifellos absichtlich – ein unbeschriebener Raum freigelassen worden, den Titus dann mit einer eigenhändigen Mitteilung ausgefüllt hatte. Das sieht ihm ähnlich! Da verwendet er also wieder die alte Geheimschrift, in der wir uns einst die amourösen Talente gewisser römischer Damen mitteilten. Man brauchte sich nur den Schlüsselsatz zu merken: *Puipus flaprr attuh ipsetuw uhm dhcuhvlw*, daraus wurde *Primus clamor atque impetus rem decrevit*, wenn man ganz einfach anstelle eines jeden Buchstabens, der ein Wort völlig sinnlos werden ließ, jenen Buchstaben einsetzte, der im Alphabet drei Plätze weiter vorne stand.
Titus hatte geschrieben: »Als Dein Freund muß warnen vor Ankunft Pomponius Falco. Mit größter Vorsicht zu behandeln. Weiß nicht, warum von Vater eingesetzt, aber sei versichert: gefährlich.«
Lieber hochgestellter Freund, du kommst ein bißchen spät, aber ich weiß es zu schätzen, daß du mich in meiner Ansicht bestätigst!

Der Rest des Briefes bedurfte keiner besonderen Ausdeutung. Seine Worte waren gleich Trompetenstößen:

»Es ist sehr, sehr wichtig, daß Du nach Empfang dieses Briefes Masada unverzüglich *angreifst und einnimmst. Die Höhe der Verluste an Legionären ist dabei völlig nebensächlich – Du wirst nur dann zur Rechenschaft gezogen werden, wenn der Sieg auf sich warten läßt. Der Kaiser und ich sind aufs tiefste beunruhigt über dieses Widerstandsnest, das unserer Forderung nach allgemeinem Frieden hohn spricht.*
Wir sind durch diese Lage zu Hause in arge Bedrängnis geraten, zumal sich die Tatsachen nicht länger verschweigen lassen. Schlimmer noch, wir befürchten ernsthaft, daß ein Masada, das auch nur noch kurze Zeit Widerstand leistet, neue Aufstände in ganz Palästina hervorrufen könnte. Sei gegrüßt, alter Freund. Ich brauche Dich wohl kaum daran zu erinnern, daß Du nicht nur die Würde und den Stolz Roms mit Deinen Standarten trägst, sondern auch die Ehre Vespasians selbst.«

Silvas gesundes Auge schweifte noch einmal über das Papier und heftete sich dann auf sein spanisches Schwert. Während Titus' Worte noch in seinem Inneren nachhallten, gedachte er, wie schon so oft, eines lange zurückliegenden Marsches – eine ihm sehr angenehme Erinnerung.
Man konnte sich kaum vorstellen, daß man an jenem Morgen, als du zu-

sammen mit einem Jüngling namens Titus Flavius Vespasianus auf einer vereinzelt daliegenden Anhöhe standest, auf dieser Klinge noch nicht den geringsten Kratzer sehen konnte. Der Hügel erhob sich wie eine ungeheure Brust aus den Tiefen des Rhonetals und von dort aus habt ihr den Vorbeimarsch des frischen, ausgeruhten Heeres betrachtet, das auszog, die germanischen Stämme in ihre Schranken zu weisen.
Dieser Morgen war es wert, für immer im Gedächtnis festgehalten zu werden. Der Schnee auf den Gipfeln der Alpen, deren Umrisse sich klar gegen den Himmel abzeichneten, glitzerte, und die blaugrünen Wiesen des Tals breiteten sich wie ein üppiger Teppich vor den aufmarschierenden Truppen aus. Selbst der Fluß, der mit der ganzen Macht des rasch schmelzenden Schnees schäumend dahintoste, schien von diesem Morgen in übermütige Fröhlichkeit versetzt.
Ihr beide, die unerfahrensten aller jungen Tribunen, lehntet euch auf die Nacken eurer Pferde und verfolgtet kritischen Blicks den Marschstil der ersten leichtbewaffneten Hilfstruppen, die der Haupttruppe als Späher dienten. Und ihr wart beide der Meinung, daß sie zu sehr aus der Deckung herausgingen. Dann kamen zwei Kohorten bewaffneter Fußtruppen, flankiert von Reiterei. Ihre Aufstellung fand euren Beifall. Ihnen folgten die Pioniere, die zwar ihre Waffen selbst trugen, ihre Werkzeuge aber auf Wagen hinter sich herzogen; langweilige Kerle allesamt, war euer Urteil. Schließlich kam der erfahrene General Vespasian selbst, gefolgt von seinem Elitekorps aus Fußsoldaten, Berittenen und Pikenträgern. So zog die Vorhut vorüber, und die Spitzen ihrer Wurfspeere und Piken glänzten in der Morgensonne.
Ach, das waren bessere Zeiten und angenehmere Gegenden für zwei junge Soldaten, die glaubten, bereits alles zu wissen.
Er wischte sich den Schweiß von den Augen und dachte verwundert, wie erstaunlich frisch sich die Erinnerung an die Jugend doch zu erhalten vermag. Obwohl ich hier in Judäa vor Hitze zerfließe, kann ich noch immer das rhythmische Klirren des Rüstzeugs hören, das über ein weites Tal hinweg widerhallt. Ich höre einen gebrüllten Befehl, eine Beschwerde, ja sogar das Gelächter dieser längst entschwundenen Schatten.
Wer hätte an einem so jungen, frischen Morgen zu einer Zeit, da Nero noch regierte, je daran gedacht, das Vespasian eines Tages seinen Platz auf dem Thron einnehmen würde?
Und wieder sah er die Marschlinie ebenso klar und deutlich vor sich, wie er das Aufschäumen der Rhone hörte.
Nach einer Lücke in der Kolonne kam ein Trupp von über hundert Mann Reiterei. Ihnen folgte ein Lasttierzug von Mauleseln, die das für die Belagerungen in der Wildnis Galliens oder Germaniens notwendige Gerät trugen; und dann schließlich kamen die beiden Legionen, deren Adler-

feldzeichen an der Spitze ihre Vorrangstellung erkennen ließen. Auf sie folgten die Trompeter, die noch so jung waren, daß sie von manchen wie Kinder behandelt wurden, und dann kam endlich, in Sechserreihen, die Hauptkolonne.

An jenem Morgen schien es unvorstellbar, daß sich irgendein Volk der Macht des Römischen Reiches lange widersetzen könnte. Und es zeigte sich auch, daß die germanischen Stämme nicht schwer zu besiegen waren, wenn es nur gelang, sie zum offenen Kampf herauszufordern. Ampsivarier, Tenkterer, Usipeter und Tubanter, Chatten, Cherusker und Hermunduren ... auf sie alle war man während dieses ersten Feldzuges unter diesen oder jenen Umständen gestoßen. Und wie sie stanken! Im Vergleich zu ihnen dufteten Araber und Juden wie Jasmin.

Er schob den Brief beiseite. Altere ich vielleicht schneller, als ich es meinen Jahren schuldig wäre, dachte er, würde es mir sonst ein solches Vergnügen bereiten, der Vergangenheit nachzusinnen? Bei den Göttern, jetzt war keine Zeit für solche nutzlosen Erinnerungen! Die Befehle waren unmißverständlich, und es war mal wieder typisch für Kaisersöhne, die fernab leben, daß sie die allzu wirklichen Hindernisse an Ort und Stelle einfach nicht einschätzen können. Unverzüglich angreifen! Ohne Rücksicht auf Verluste den Sieg erzwingen! Auf den Ebenen oder sogar in den Wäldern Germaniens wäre es nicht weiter schwer gewesen, diesem Befehl nachzukommen. Aber hier? Entschlossenheit und Mut allein reichten nicht aus, die tiefe Kluft zu überbrücken, die sich zwischen Schwert und Feind auftat. Frühestens in einer Woche würde die Rampe fertiggestellt sein, und selbst dann könnte niemand voraussagen, wie vieler Sturmangriffe es bedurfte, bis die Festung fiel. Wer konnte wissen, wie die Hitze den Soldaten, die sowieso schon fast die Grenze ihres Leistungsvermögens erreicht hatten, zusetzen würde?

Nichts war darum für den Verlauf der Dinge entscheidender als dieses Zusammentreffen mit Eleasar. Wo aber blieb seine Antwort, und wo vor allem blieb die Frau, die diese Antwort doch wohl bringen sollte?

Er wollte gerade bei Geminus nachfragen lassen, als er abermals die Stimme seiner Wache draußen vor dem Zelt vernahm. Nur mühsam konnte er sich zurückhalten, nicht zum Eingang zu stürzen, er erhob sich jedoch von seinem Stuhl und stand gelassen da, als sei ihm die Ungeduld fremd. Er sah, daß sich die Lederklappen des Zelteingangs bewegten, gleich darauf erschienen die ausdruckslosen Gesichter von Paternus und Severns, und direkt hinter ihnen aber nicht etwa Geminus und Schewa, wie er gehofft hatte, sondern Pomponius Falco, der mit raschem Schritt an den Wachen vorbeiging und mit einer selbstsicheren Miene quer über den Teppich auf ihn zukam.

»Was soll das bedeuten?« knurrte er. »Ist denn mein Zelt eine Durch-

gangsstraße für Nachtwandler geworden?«
»Dies ist erst der zweite Besuch, den ich meinem judäischen Gastgeber abstatte. Daher hatte ich eigentlich auch gehofft, etwas zuvorkommender von ihm empfangen zu werden«, erwiderte Falco mit einem gekünstelten Gähnen. »Ich muß allerdings gestehen, daß ich in Ihrer scheußlichen Wüste tatsächlich nicht sehr fest schlafe ... aber vielleicht hat das auch sein Gutes, da man hier anscheinend von Doppelzüngigkeit und Heuchelei umgeben ist.«
»Sie sprechen in Rätseln, Pomponius Falco. Sagen Sie, was Sie von mir wollen, und dann verschwinden Sie wieder. Ich habe noch eine schwere Nacht vor mir.«
Wie dieser Kerl nach Parfüm stinkt, dachte Silva. Da ist mir ja der verlauste Pelz eines Germanen noch lieber.
»Das haben Sie allerdings, General. Darf ich Sie als erster zu Ihrer List beglückwünschen? Verzeihen Sie mir, daß ich Sie zunächst unterschätzt habe, doch da ich mich jetzt vor Ihnen demütige, werden Sie mich vielleicht beauftragen, ihn nach Rom mitzunehmen? Der Zweck meiner Mission ist schließlich erfüllt, und es besteht kein Grund, Ihnen noch weiter zur Last zu fallen ...«
»Wovon reden Sie eigentlich?«
»Von Eleasar ben Jair natürlich.«
Vorsicht, dachte Silva, der Bastard gibt sich informierter, als er sein kann. Bin ich nicht wachsam, so sind wir unversehens Partner. Will dieser arrogante Windbeutel etwa andeuten, er könne zu Hause ein unschätzbar wertvolles Wort für mich einlegen? Wollte ich seinen Gedankengängen folgen, so könnte ich ebenso gut und ebenso erfolglos den Schmetterlingen im Wald nachjagen.
»Falco, vergessen Sie nicht: Je länger ich in Judäa bin, desto geringer wird meine Geduld – und ich bin schon allzu lange hier. Also sagen Sie mir jetzt klar und deutlich, was sie wollen?«
»Sie stempeln mich erneut als Bittsteller ab, obwohl ich Ihnen doch gesagt habe, daß ich nicht dulden werde ...«
Silva schlug mit der Faust auf den Tisch. »Und ich sage Ihnen jetzt zum letzten Mal, daß ich augenblicklich einen vernünftigen Grund für Ihr mitternächtliches Eindringen in dieses Zelt hören will. Andernfalls lasse ich Sie gefesselt in Ihr Zelt zurückführen.«
»Welche Aufregung, General!« Falco legte den Kopf zur Seite und hob mahnend den Zeigefinger. »Wie unklug von Ihnen, mich einsperren zu wollen, wo ich doch den Schlüssel zu Ihrer ganzen Laufbahn in meinen Händen halte ... vielleicht sogar zu Ihrem künftigen Glück oder zu Ihrem Leben überhaupt.«
»Sie sind ja betrunken.«

»Aus Ihrem Munde klingen diese Worte etwas befremdlich, obgleich Ihnen niemand die besondere Begabung absprechen könnte, Trunkenheit in höchst klaren Köpfen festzustellen.« Falco hielt inne und fuhr mit der Spitze seines kleinen Fingers behutsam über seine geschminkten Augenlider. »Ich habe lediglich den Wunsch, hoher Herr, Sie zu diesem strategischen Meisterstück zu beglückwünschen, das den Führer der Juden in Ihre Hände und seine beredte Zunge für immer zum Schweigen bringen soll. Masada wird sofort fallen, und Sie können versichert sein, daß ich Ihrem Feldzug vor den einflußreichsten Ohren Roms Beifall zollen werde.«
Um seine Überraschung zu verbergen, murmelte Silva mürrisch, daß er auch ohne die Hilfe aufdringlicher Opportunisten ganz gut auskommen könnte, zugleich aber spürte er in Falcos Benehmen eine Herausforderung, die weit über dessen übliche Unverfrorenheit hinausging.
»Aus Gründen, die mir offen gestanden schleierhaft sind«, fuhr Falco ganz ungezwungen fort, »hat Eleasar sich buchstäblich in Ihre allgegenwärtigen Ketten gestürzt. Er hat sich bereit erklärt, Sie heute nacht, wenn Jupiter im Zenit steht, auf halber Höhe des Schlangenpfades zu treffen – unbewaffnet und ohne Begleitung.«
»Und wem verdanken Sie diese Information?«
»Müssen Sie das wirklich noch fragen, nachdem Sie selbst die Botin bestimmt und ausgesandt haben? Es war übrigens sehr klug von Ihnen, eine Frau für diese Aufgabe auszuwählen. Frauen verstehen es, gewisse natürliche Befürchtungen in einem Manne zum Schweigen zu bringen und ihn so für eventuelle Überraschungen blind zu machen.«
»Wo ist sie?« Silva warf einen Blick auf sein Schwert – er konnte dem Drang, es Falco in den Leib zu stoßen, kaum widerstehen.
»Zur Zeit ist sie mein Gast, so wie ich der Ihre bin ... allerdings braucht sie nicht die Schmähungen hinzunehmen, mit denen Sie mich bedacht haben und die ich mir – ganz nebenbei bemerkt – nun nicht länger gefallen lassen werde. Ich finde Ihre Ansichten teils langweilig, teils ärgerlich und möchte Ihnen empfehlen, von jetzt an zu zeigen, daß sogar ein einfältiger Soldat seine Manieren verbessern kann ...«
»Ich werde Sie töten«, sagte Silva, mit einer Stimme, die die Erregung zu verbergen suchte.
Falco lächelte: »Ich bezweifle, daß Sie so überstürzt handeln werden, denn Ihre Jüdin befindet sich im Augenblick in der Obhut meiner Usipeter, und die, daran muß ich Sie ja wohl kaum erinnern, sind nicht nur von Natur aus ziemlich brutal, sondern auch berühmt für ihren absoluten Gehorsam gegenüber ihrem jeweiligen Herrn. Sollte ich morgen mittag nicht gesund und unversehrt bei ihnen erscheinen, haben sie den Befehl ...«
»Ihr Kopf wird eine Pike neben meiner persönlichen Standarte zieren. Also, wo ist die Frau, aber etwas rasch, verstanden!« Falco lächelte nach-

sichtig. »Aber, ich bitte Sie, General. Sie sollten ebenso vernünftig sein wie ihre teure Jüdin, die kaum gezögert hat, ihren geheimnisvollen Abstieg von Masada freiwillig zu erklären, als man ihr gewisse, wenig schöne Formen der Ermunterung in Aussicht stellte. Sie ist nicht nur klug, sondern auch mindestens ebenso schlau. Sie konnte gar nicht verstehen, warum ein Römer dem anderen Auskünfte vorenthalten will, wo sich doch beide für dasselbe Unternehmen einsetzen.«
Falco schüttelte seinen Kopf, als empfände er tiefes Mitgefühl. Er schien seiner Sache so sicher zu sein, daß Silva jetzt endlich zu verstehen glaubte, warum es ihm gelungen war, an Vespasians Hof so rasch Karriere zu machen. Er hörte gar nicht richtig zu, als Falco sagte: »*Sie*, mein altes Kriegsroß, sind der Romantiker! Im Unterschied zu Ihnen kann Ihre Jüdin sehr realistisch denken, und sie fragt sich sehr ernsthaft, ob es ihrem General eine Freude bereitete, wenn er eine verstümmelte Leiche zurückbekame. Sie ist – wie übrigens alle Frauen – eine Pragmatikerin und weiß daher, daß Sie den ganzen Zwischenfall eines Tages vergessen haben werden, vor allem dann, wenn sie in Ihrer Nähe und Ihnen zu Gefallen ist. Nicht wahr, mein bester, tapferer General, auch Sie würden nicht bestreiten, daß sie klug und überlegt gehandelt hat? Wir haben es hier mit einer Frau zu tun, die jede Sentimentalität beseite geschoben hat und die nur noch danach trachtet, ihr Leben zu retten. Oder hätten Sie lieber eine dumme Frau, die sich als schweigende Märtyrerin sieht? Bestreiten Sie, daß man lieber mit einer intelligenten Frau schläft, als mit irgendeiner hochgeborenen, aber schwachköpfigen Schlampe? Sie müssen doch zugeben, daß es erregender sein kann, in die Gedanken einer Frau einzudringen – vorausgesetzt natürlich, sie hat welche – als nur in ihrem Schoß herumzuwühlen. Für den Geist gibt es nun einmal keinen Ersatz, mein lieber, einfältiger Krieger, und sogar Sie dürften mittlerweile begreifen, daß die sich aneinanderreibenden Verstandeskräfte von Mann und Frau zuweilen die Sprengkraft großer Ideen erzeugen können. Auf diese Weise gelingt es sogar mittelmäßigen Typen, sich in leidenschaftliche Bettgenossen zu verwandeln ...«
Falco stockte und betrachtete prüfend die beiden edelsteinbesetzten Ringe an seinem kleinen Finger. Er hielt sie einen Moment lang vor sich hin und verglich sie. »Ich habe diese Ringe von einem Händler in Rhodos gekauft, ich wollte sie Ihnen schenken. Kurz nach unserer Abfahrt entdeckte ich jedoch, daß die Steine gefälscht und so gut wie wertlos waren: Ich behielt sie eigentlich nur, um durch sie immer daran erinnert zu werden, was für ein schlechter Geschäftsmann ich bin. Und ich werde Ihnen jetzt beweisen, daß ich nichts dazugelernt habe: Ich biete Ihnen an, Ihre Jüdin – zu einem sehr geringen Preis – unversehrt zurückzugeben. Ja, Sie brauchen dafür nicht einmal den Geldbeutel zu öffnen. Ich verlange nicht mehr, als

daß Sie meine Reisegesellschaft großzügig mit guten Pferden und ausreichend Proviant für ... nun sagen wir für zehn Tage versehen. Angesichts der unverhüllten Wertschätzung, die Sie meiner Person entgegenbringen, und auch unter Berücksichtigung der Ihnen eigenen Freigebigkeit wird es mir ein Vergnügen sein, beide, den Juden und die Jüdin, nach Rom zu bringen ... Eleasar als Sinnbild Masadas, das Sie Vespasian zum Geschenk machen, und die Frau zu Ihrem eigenen künftigen Vergnügen.«
Silva erhob sich sehr langsam vom Tisch. Er vermied Falcos Blick und tat, als konzentriere er sich völlig darauf, Titus' Brief neu zusammenzurollen. Mit Genugtuung bemerkte er, daß seine Finger dabei ganz ruhig blieben. Wo war Geminus und wie war es diesem aufgeblasenen Pfau gelungen, Schewa abzufangen, da er doch unmöglich von ihrem Aufbruch hatte wissen können?
Als er den Brief zusammengerollt hatte, legte er ihn behutsam in eine Bronzeschale. Dann ging er langsam um den Tisch herum, ganz so als hätte er jegliches Interesse an der Unterhaltung verloren. Schließlich blieb er vor Falco stehen, blickte ihm, die Hände fest auf dem Rücken verschränkt, gerade ins Gesicht und dachte: Die nächsten paar Minuten muß ich sehr vorsichtig sein, dann wird alles gutgehen. Er sprach langsam und mit besonderem Nachdruck, es war, als habe er ein bestimmtes Vorhaben sorgfältig erwogen und der Beachtung Wert befunden. »Sie haben Phantasie, Pomponius Falco. Ja, ich bin wie Sie der Meinung, daß Eleasar ben Jair für mehr einstehen könnte als nur für sich selbst, und zweifellos sollte das daheim in Rom entsprechend genutzt werden. Es spricht auch nichts dagegen, daß ich Sie zu meinem Abgesandten mache, der ihn, wie Sie vorgeschlagen haben, an den Tiber bringt – immer vorausgesetzt natürlich, daß der Frau nichts zugestoßen ist.«
»Ich versichere Ihnen, hoher Herr ...«
»Da sie das Lager erst vor kurzem verlassen hat, kann sie nicht sehr weit weg sein. Wo also ist sie?«
»Verriete ich es Ihnen, wäre es das Ende Ihrer Jüdin. Die Usipeter werden sie nur Pomponius Falco übergeben, und dieser wiederum muß ihnen in seinem gegenwärtigen ausgezeichneten Gesundheitszustand gegenübertreten. Wenn Sie nur einen Augenblick lang nachdenken, werden Sie vielleicht begreifen, wie viel mir daran gelegen ist, daß ich sie Ihnen unversehrt zurückgebe. Weit mehr als die Befriedigung Ihrer sinnlichen Triebe interessiert mich, was bei meiner Rückkehr nach Rom geschieht. Allerdings weiß ich sehr wohl, daß sich das eine kaum vom anderen trennen lassen wird. Doch mir geht es nur um Eleasar.«
»Ich habe meine rechte Hand für die Sicherheit Eleasars verpfändet.«
»Wie unklug von Ihnen! So haben Sie tatsächlich Ihren überholten Ehrbegriff mit dem Anachronismus eines derartigen Versprechens gekrönt.

Ihr Soldaten lebt doch tatsächlich in einer längst vergangenen Welt. Niemand, der ein bißchen Verstand hat, glaubt doch noch an *gloria patria* – über dergleichen kindliche Anschauungen sind wir wahrlich hinaus. Sie können sicher sein, daß Sie der Jude umbringen wird, wenn sich ihm nur die geringste Gelegenheit bietet. Halt ...?«

Falco beugte sich vor und blickte lauernd in Silvas Augen. Er schürzte kurz die Lippen und sog dann langsam den Atem ein. »*Moment mal!* ... wäre es möglich, daß unser teurer General sogar noch schlauer ist, als ich vermutete? Könnte es denn sein, daß er sich mit dem Juden ganz harmlos unterhalten will und ihn dann wieder in seine Festung zurücklaufen läßt, obwohl dieser Bursche doch sicherlich ein Schurke ist? Gut, sehr gut! An dieser Sache scheint doch etwas faul zu sein. Vielleicht ist dieses Zelt ja nur der Schorf, der ein eitriges Geschwür des Verrats bedeckt ...!«

Falco tippte sich mit seinem langen Zeigefinger an die Stirn. »Wie blind ich doch gewesen bin! Und wie naiv! Ich hätte doch fragen müssen, warum unser großer und tapferer General ausgerechnet diesen Weg beschreitet ... Aber vielleicht besitzt der Jude irgend etwas von großem Wert, das er insgeheim gegen seine persönliche Sicherheit eintauschen will.«

Silva spürte, wie seine Hände Falcos Nacken umschlossen, noch ehe ihm überhaupt zum Bewußtsein gekommen war, daß seine Arme sich bewegt hatten. Er drückte ihm die Daumen tief in die Kehle, bis sein Besucher in die Knie sank.

Falco würgte verzweifelt, sein Unterkiefer klappte herunter, seine protestierenden Worte erstickten im Schleim. Silva drückte erbarmungslos fester zu, bis er sah, daß Falcos Augen unter den Lidern nach oben rutschten und sein Körper schlaff wurde. In diesem Augenblick erst lockerte er seinen Griff und ließ den Mann auf den Teppich gleiten.

Er klatschte in die Hände, um Paternus und Severns herbeizurufen. Als die beiden dann die kraftlos zuckende Gestalt auf dem Teppich erblickten, meinte er: »Unser Freund hat etwas zuviel Sonne erwischt. Bringt ihn in sein Zelt zurück und stellt sechs Mann als Wache davor auf. Richtet dem Zenturion Clemens aus, er möge ein paar Ketten herrichten, damit Pomponius Falco nicht noch einmal in Versuchung gerate, sich zu sehr der Hitze auszusetzen.«

Als sie Falco auf die Füße stellten, bemerkte Silva zu seiner großen Erleichterung, daß er atmete und daß bereits wieder ein wenig Farbe in sein Gesicht zurückgekehrt war. Ein Weilchen wird selbst Pomponius Falco nicht danach zumute sein, zur lästigen Plage zu werden, dachte er. Armer Kerl. Wie bei so vielen höfischen Schmarotzern, so hat auch er sehr viel mehr Ehrgeiz als Erfahrung und Begabung. Er beherrscht ja nicht einmal die Grundregeln aller militärischen Taktik: daß man es dem

Feind niemals *selbst* sagen darf, wenn man etwas besitzt, was er schätzt. Er schnallte sein Schwert um und nahm seinen Helm vom Ständer. Ich bin also ein Einfaltspinsel, Pomponius Falco, nicht wahr? Vielleicht. Dennoch weht, obwohl ich fast ein ganzes Leben im Feld verbracht habe, meine Standarte noch immer im Wind. Und für den Augenblick ist Schewa in deiner Obhut ebenso sicher, wie sie es auf dem Berge wäre. Morgen früh wirst du deinen Usipetern befehlen, sie sehr rücksichtsvoll und höflich in ihr eigenes Zelt zurückzuführen – und nächste Woche, wer weiß? Es könnte gut sein, daß sie dann auf dem Weg nach Praeneste ist.

Eleasar ben Jair hatte nur einen Augenblick lang gezögert, als er auf die Wachtposten am Osttor stieß. Er pflichtete ihnen bei, daß die Nacht ziemlich kühl sei, und trat zurück, während sie das schwere Tor öffneten. Glücklicherweise waren es nicht mehr jene Posten, die Wache gestanden hatten, als er die Frau zu den Römern zurückschickte. Da sie im tiefen Schatten der Kasematte standen, konnte er ihre Gesichter nicht erkennen, aber er spürte ihre Neugier so deutlich, als hätte er in ihren Zügen gelesen. War Eleasar etwa verrückt geworden? Was in aller Welt konnte ihr Führer denn zu dieser Stunde allein auf dem Schlangenpfad suchen? Noch dazu unbewaffnet – das Messer in seiner Tunika konnten sie ja nicht sehen. Er hatte einen Augenblick überlegt, ob er ihnen nicht verbieten sollte, über seinen nächtlichen Ausflug zu sprechen, aber er hatte sich dann gesagt, daß dieses Verbot einen sowieso schon mysteriösen Vorfall nur noch geheimnisvoller machen würde. Römer konnten befehlen. Juden nicht. Wer darauf gehofft hätte, daß sein Ausflug zumindest vorübergehend ein Geheimnis bliebe, erwartete eine Zurückhaltung, die dem semitischen Wesen unmöglich war. Natürlich würden sie darüber reden und hoffentlich so lange und so ausführlich, daß er schon wieder auf dem Gipfel zurück war, noch ehe der Rat etwas davon erfahren konnte. Denn hatten die Mitglieder des Rates erst einmal von seinem Unternehmen gehört, so mußte er ihnen bestimmt ausführlich erklären, warum man sie nicht gefragt habe. Wie konnte er es wagen, mit dem niederträchtigsten Judenmörder seit Florus' Zeiten zusammenzutreffen? Und wenn eine derartige Begegnung überhaupt irgendeine Hoffnung barg, dann hätte er doch einen der Ratsherren mitnehmen sollen, damit dieser seine Billigung oder Mißbilligung aussprechen konnte. Und so weiter. Oh, gewiß doch! Die Politiker werden dich eines heimlichen Komplotts bezichtigen und die Priester dich der Sünde anklagen. Und so weiter und so weiter. *Schalom!* Was will man eigentlich? Frieden gab es weder innerhalb noch außerhalb Masadas.

Aber sei jetzt einmal dir selbst gegenüber ehrlich. Gib zu, daß deine Einwilligung zu diesem Treffen mit Silva nur sehr wenig mit dem Wohl des Volkes von Masada zu tun hatte. Du hast dich bereit erklärt, weil dir ein Weib mit feurigen Augen falschen Stolz vorwarf und dich der Machtgier anzuklagen wagte. Du warst einverstanden, weil du insgeheim den geradezu unüberwindlichen Wunsch hegtest, Flavius Silva von Angesicht zu Angesicht gegenüberzutreten. Auf keine Weise hättest du dem Rat diesen inneren Zwang erklären können, nie hätte er verstanden, daß du Silva ständig unsichtbar in dir herumträgst, dieses Ungeheuer, das vor allem durch die Stunden deines unruhigen Schlafes streicht. Flavius Silva ist der Römer schlechthin. Er ist ebensosehr ein Sinnbild der römischen Herrschaft, wie es seine glänzenden Feldzeichen sind. Jetzt, da die Gelegenheit gekommen ist, mußt du ihm in die Augen blicken und feststellen, daß dieser Fürst des Bösen weniger wert ist als der Mann, den deine Furcht sich erschaffen hat. Du mußt ihn als schwach und ebenso anfällig für Angst und Sorge erkennen wie jedes andere menschliche Wesen auch ... andernfalls bist du verloren. Heute nacht setzt du dich selbst aufs Spiel – deshalb mußt du auch weiterhin absolut aufrichtig zu dir sein. Widme diese nächsten Stunden Eleasar ben Jair.

Während er sich vorsichtig den gewundenen Pfad hinabtastete, überlegte er, wie er sich verhalten würde, falls er von Silva enttäuscht sein sollte. *Das* wäre wirklich sehr schwierig! Denn die winzige Gestalt, die du von den Höhen Masadas beobachtet hast, ist nur ein unwirklicher Spielzeugsoldat, den du mit bestimmten widerwärtigen Eigenschaften ausgestattet hast. Du, der nicht einmal weiß, ob er ein großgewachsener oder ein kleiner Mann ist. Du, der du nicht die geringste Ahnung hast, welchen Eindruck er machen wird, wenn er allein dasteht. Wie wird er sich benehmen? Wird der Mann, der den Pfad heraufklettert, denn auch wirklich Flavius Silva sein? Vielleicht ist er nur ein Erstzmann, der ihm halbwegs ähnlich sieht und als Opfer eines völlig neuen Angriffsplanes dient?

»Ich werde ihn erkennen, ich weiß es ganz bestimmt«, flüsterte er. »Ich werde wissen, ob er es ist.«

Er blickte zum Himmel und vergewisserte sich, daß Jupiter noch nicht ganz aufgegangen war – er hatte demnach noch reichlich Zeit. Das war auch seine Absicht. Der Schlangenpfad machte nämlich – etwa auf halber Höhe – eine doppelte Biegung, und an dieser Stelle war das Schiefergestein so locker, daß man die Wegstrecke nur ganz langsam und mit größter Vorsicht zurücklegen konnte. Hier, knapp oberhalb dieser Stelle, wollte er warten und Silvas Aufstieg beobachten.

Dort bestand auch nicht die geringste Möglichkeit, überrumpelt zu werden, denn der ganze östliche Stützpunkt von Masada lag im Sternenlicht vor ihm, und Jupiter stand jetzt wie ein Leuchtfeuer darüber. In seiner

Nähe waren die zerklüfteten Züge der steilen Vorderseite des Berges ohne Mühe zu erkennen, und jenseits des ausgetrockeneten Flußlaufes konnte er in der Tiefe Einzelheiten der Befestigung unterscheiden.
Er warf einen Blick nach oben und gewahrte zu seinem Erstaunen, daß Masada aussah, als vermähle es sich mit dem Himmel. Es waren nun schon fast drei lange Jahre vergangen, seit er so ein Bild zum letzten Mal gesehen hatte. Er wußte nicht mehr, daß die Wüste aus dieser niedrigen Höhe einen ganz anderen Eindruck machte. Masada selbst wirkte viel eindrucksvoller, doch galt das auch von den Türmen, die aus der römischen Befestigung aufragten. Sogar die Mauer wirkte beträchtlich höher.
Er suchte sich einen Platz, von dem aus er nicht nur den unteren Teil des Pfades im Auge behalten, sondern zugleich auch seinen weiteren Verlauf durch das Gestrüpp bis hin zur römischen Mauer überblicken konnte. Als er sicher war, völlig allein zu sein, ließ er sich auf einem Felsbrocken nieder und wartete.

Der Zenturion Rosianus Geminus hatte einen Fehler gemacht, und sein scharf ausgebildeter militärischer Verstand sagte ihm, daß Silva einen Mann, der sein Versagen offen eingestand, wahrscheinlich eher mit einem Lächeln entschuldigen werde, als einen, der sich mit Ausflüchten herauszureden versuchte. Als sie sich dem östlichen Wall näherten, legte er Silva die Vorgänge deshalb so wirklichkeitsgetreu wie möglich dar und hoffte, dank solchen Freimuts einer peinlichen Untersuchung zu entgehen – vielleicht hörte der General, der tief in Gedanken versunken war, ihm auch gar nicht richtig zu oder würde zumindest seine Bestrafung aufschieben.
»Ich hätte neugieriger sein sollen, Herr. Aber ich verabscheue es, mit Männern zu reden, die eher Weiber sind, und darum beachtete ich ihre Anwesenheit nicht weiter. Dabei hätte ich mich doch fragen sollen, warum sie sich so weit entfernt von ihren Quartieren tummelten. Später, als die Germanen dann auftauchten, kam mir das zwar etwas merkwürdig vor, aber ich zögerte, den Wall zu verlassen und der Sache nachzugehen. Ich war schließlich allein, und die Frau konnte jeden Augenblick kommen.«
Silva schwieg und Geminus wurde es immer unbehaglicher zumute. Er kratzte sich den großen schwarzen Bart und überlegte, ob es wohl angebracht sei, Silva ein Kompliment zu machen: wie rasch er trotz seines lahmen Beines von der Stelle kam. »Laut Befehl, Herr, schickte ich die regulären Wachtposten dieses Abschnitts weg, und sie waren froh, abgelöst zu werden ... und ... und sobald sie außer Sichtweite waren, kamen diese Weiber mit Hoden daher und fingen an, mich zu necken und zu verhöhnen, bis ich schließlich wütend wurde und hinter ihnen her lief ...«

»Wie weit hast du dich von deinem zugewiesenen Posten entfernt?«
»Überhaupt nicht, Herr. Ich würde meinen Posten nicht verlassen, es sei denn, man trägt mich tot weg. Ich war die ganze Zeit dort, aber sie waren geschwind wie die Wiesel, sprangen zwischen den Felsbrocken hin und her und sagten Dinge, bei denen man wirklich die Geduld verlieren konnte – und ich dachte, ich müßte ihnen etwas Respekt beibringen für ...«
»Es waren also die beiden Jungen von Falco – und wie viele Germanen?«
»Das konnte ich nicht so genau feststellen, Herr, da sie sich in gebührender Entfernung vom Wall hielten.«
»Wie konntest du dann im Dunkeln überhaupt sicher sein, daß es Germanen waren?«
»Bitte?« Da er sah, daß Silva noch immer eher geistesabwesend als zornig war, wagte er einen kleinen Scherz: »Meine Nase war sich völlig sicher.«
»Wann merktest du, daß man dich hinters Licht geführt hatte?«
»Erst viel später, Herr. Ich erinnere mich, daß ich gerade einem von ihnen dort drüben hinter diesen Felsen nachsetzte – es ist nicht weit, wie Sie sehen. Dann kehrte ich zum Wall zurück, wartete und spähte den Pfad hinauf – aber von der Jüdin war noch nichts zu sehen. Die weibischen Jungen setzten mir noch eine Weile zu, dann waren sie plötzlich verschwunden – und mit ihnen die Germanen. Ich konnte den Pfad den ganzen Weg hinauf bis zur Spitze von Masada überblicken, aber nichts regte sich auf ihm. Da wußte ich, daß etwas schiefgegangen war.«
»Das Etwas warst du selber. Aber bei der Festsetzung deiner Strafe werde ich mich vielleicht davon bestimmen lassen, welche Ergebnisse die heutige Nacht bringt. Höre mir jetzt genau zu und paß auf, damit du nicht wieder einen Fehler machst.«
Silva nahm zuerst den Helm ab, löste dann den Schwertgurt und gab beides Geminus.
»Aber Herr ...!?« Geminus schüttelte verwirrt den Kopf.
»Du bleibst hier beim Wall und wirst den Blick fest und unverwandt auf Masada richten – ganz gleich, welche Ablenkungen noch auf dich warten mögen. Beim geringsten Anzeichen irgendeiner ungewöhnlichen Bewegung oben auf der Höhe rufst du mir eine Warnung zu. Sobald deine Stimme erklingt, stoßen zwei Manipel der Ersten Kohorte zu dir, die jetzt hinter der Anhöhe dort bereitstehen. Die führst du so schnell wie möglich zum Fuße des Berges und den Pfad hinauf, wo du mich hoffentlich noch lebend antreffen wirst. Bleibt alles so ruhig wie jetzt, warte hier auf meine Rückkehr, obwohl es bis zur Morgendämmerung dauern kann. Habe ich mich klar genug ausgedrückt, Geminus?«
»Aber Herr, Sie sind ja praktisch nackt.« Geminus fingerte unglücklich an Schwert und Helm herum.

»Ich finde, das ist ein recht angenehmes Gefühl. Ich fühle mich eigentümlich frei.«
Sie schritten den Wall entlang bis zu der Stelle, an der Silva ein paar provisorische Stufen hatte anbringen lassen, um Schewa den Weg über die Mauer zu erleichtern. Sie gingen hinauf, und als Silva gerade auf der anderen Seite hinuntersteigen wollte, hielt Geminus ihm sein Schwert hin.
»Herr, wenn Sie mich schon nicht mitnehmen . . . egal, was Sie vorhaben – damit werden Sie besser abschneiden.«
Silva schob den Schwertknauf beiseite und schritt rasch die Stufen hinab. Geminus blickte im Sternenlicht seiner hinkenden Gestalt nach, bis der Pfad in das Wadi eintauchte. Dann war er verschwunden.

Der Pfad wurde immer steiler und der Boden immer unwegsamer. Bei allen Göttern, dachte Silva, kein Wunder, daß Eleasar ben Jair bereit war, sich hier mit mir zu treffen. Sollte dies der einzige Weg zu ihm sein, dann war es völlig aussichtslos, ihn auf herkömmliche Art anzugreifen.
Er hielt inne, um etwas Atem zu schöpfen.
Merkwürdig, dachte er – hier am Berghang von Judäa fällt mir ein, was Titus vor langer Zeit einmal sagte, als ich ihm erzählte, daß ich mit dem Bau eines Hauses in Praeneste begonnen habe: »Auf jeden Fall, lieber Freund, sieh einen Platz für Ballspiele vor. Ich wüßte keine Sportart, die so jung erhält.«
Doch du hattest dir eingeredet, das Soldatenleben allein genüge, um körperlich fit zu bleiben – was aber offensichtlich nicht stimmte, wenn Bergsteigen ein Kriterium dafür war.
Er blickte auf die Wüste herab und gleich wieder hinauf zu den Sternen. Eine Gegend für Ziegen. Wenn ich da noch einmal runtersehe, muß ich mich übergeben.
Kaum hatte das Knirschen des Schiefergerölls unter seinen Füßen aufgehört, da vernahm er ein Geräusch über sich. Er hob rasch den Kopf und erwartete, die Silhouette eines Mannes gegen den Sternenhimmel zu erblicken. Aber er sah nichts.
Er lauschte, und obwohl er jetzt seinen eigenen schweren Herzschlag hören konnte, gelang es ihm doch, in ungezwungenem Ton auf lateinisch zu sagen: »Zeig dich, Jude. Weiter klettere ich nicht.«
Zu seiner Überraschung hörte er eine Stimme, die ihn auf griechisch ansprach: die Stimme Eleasar ben Jairs, dicht hinter ihm. Blitzschnell drehte er sich um und hob abwehrend beide Arme. In der Biegung des Pfades, den er gerade emporgeklettert war, stand ein Mann: »Die Erfahrung hat mich gelehrt, daß es sicherer ist, einen Römer erst einmal vorbeigehen zu lassen, um zu sehen, was sich hinter seiner prächtigen Fassade verbirgt.«

»Ich bin unbewaffnet gekommen.«
»Davon habe ich mich überzeugt. Zuerst dachte ich, du trägst einen Helm, aber dann sah ich, daß es nur dein blondes Haar war, das im Mondlicht glänzte.«
Eleasar senkte seine Stimme, als er näher an Silva herantrat und murmelte auf hebräisch: »Welches Ungeheuer hast du in Gestalt dieses Mannes geschaffen?«
Schweigend standen sie einige Schritte voneinander entfernt. Eleasar war nahezu einen Kopf größer als Silva, aber die Abschüssigkeit des Pfades ließ sie gleich groß erscheinen. Er betrachtete Silva prüfend und musterte seinen Brustpanzer, auf dem in getriebener Arbeit sprungbereite Löwen, Trompeter und sich bäumende Pferde abgebildet waren. Er sah, daß sein Messer – wenn nötig – mühelos sein Ziel finden würde, denn Silvas Hals war ungeschützt.
»Du bist jünger, als ich angenommen habe«, sagte Eleasar.
»Und du bist größer, als ich dachte«, antwortete Silva. »Ich hoffe, deine Klugheit entspricht deiner Körpergröße.«
»Wenn man auf einem Berg lebt, hat man eine weite Sicht. Den Menschen im Tal fällt es schwer zu erkennen, was dahinter liegt.«
Erneut trat Schweigen ein, bis Silva einen Fuß bewegte und etwas lockeres Gestein geräuschvoll den Berg herabrollte. Sofort nahmen beide Männer eine gespannte Haltung ein – zwei erschrockene Tiere, bereit zum Angriff. Dann beruhigte sich ihr rasch gehender Atem allmählich wieder.
»Hast du Familie?« fragte Silva.
»Es besteht kein Grund, die Stimme zu heben, General. Ich bin weder dein Sklave noch einer deiner armen Legionäre. Aber da du mit so viel Höflichkeit, wie ein Römer anscheinend gerade aufbringen kann, eine Frage gestellt hast, will ich dir antworten: Wir auf Masada sind alle zusammen eine Familie. Und ich möchte dich auch daran erinnern, daß Judäa unsere angestammte Heimat ist – in der sich zur Zeit leider allerhand fremdes Gesindel herumtreibt.«
»Deine Volksreden kannst du dir sparen. Ich bin nicht hier heraufgekommen, um mir irgendwelchen Unsinn oder alberne Proklamationen anzuhören, für die du offensichtlich eine große Schwäche hast. Du glaubst anscheinend, Worte können als Schutzschild und Waffe zugleich dienen – vielleicht, aber im Moment sind sie nur eine Last, die du schleppen mußt.«
Silva hielt inne, und dann brach plötzlich alles, was er so lange schon hatte sagen wollen, aus ihm heraus. Es war, als habe er die Worte jahrelang gehütet und gepflegt und jetzt endlich den richtigen Zuhörer gefunden. Und indem er aussprach, was ihn so lange bedrückt hatte, war ihm, als befreie er sich von allen Zweifeln. Aber seltsamerweise schien seine Stimme nicht nur Eleasar ben Jair, sondern auch ihn selbst anzuklagen.

»Du bist vor dein Volk getreten und hast ihm den Sieg verheißen, dabei aber wohlweislich verschwiegen, wie schwach ihr in Wirklichkeit seid und keine genauen Angaben über den Zeitpunkt des Sieges gemacht. Diese Art der Führerschaft ist nichts Neues. Seit der ersten Schlacht der Menschheitsgeschichte hat man die beinahe Besiegten stets mit solchen Lügen abgespeist, wie du sie jetzt glattzüngig auftischst. Du versprichst den Sieg und weißt dabei doch ganz genau, daß euch die Niederlage sicher ist. Und da die Tatsachen gegen dich sprechen, erklärst du, irgendeine geheimnisvolle Macht werde in letzter Minute erscheinen und den Feind besiegen. Alles Lügen, die schon vor Masada tausend- und aber tausendmal erzählt worden sind und wohl auch noch weiter erzählt werden, wenn wir alle längst dahin sind. Du bist klug genug, um zu wissen, daß deine Anhänger, würdest du die Wahrheit eingestehen, ihre Waffen niederlegen und sich ihr Leben einrichten werden, so gut es eben geht. Ich gebe zu, daß wir Römer uns auf solche Überredungskünste besonders gut verstehen.«
Silva hielt inne und seufzte. Es schien, als sei er weit weg und spreche nur zu sich selbst.
»Das Merkwürdige an diesem uralten Trick ist, daß man häufig nicht nur seine Anhänger, sondern auch sich selbst überzeugt – und darin liegt, wenn man nicht die stärkere Partei ist, die Gefahr. Ich habe mich heute nacht mit dir getroffen, weil ich annehme, daß du kein Narr, sondern das Opfer deiner eigenen Beredsamkeit bist. Vielleicht trägst du trotz des weiten Blicks aus luftiger Höhe eine Binde vor den Augen. Ganz gewiß hast du nicht ehrlich und aufrichtig das Kräfteverhältnis erwogen, denn sonst hättest du dich längst ergeben. Ich bin zu dir gekommen, um mit dir von Soldat zu Soldat zu sprechen in der Hoffnung, daß du endlich den Realitäten ins Auge blickst und dein Volk rettest. Ich bin hier, um euch das Leben zu schenken.«
Es war so still, daß Silva den schwergehenden Atem Eleasars hören konnte. Nur wenn er sehr aufmerksam lauschte, vernahm er die Geräusche von der Rampe auf der anderen Seite Masadas, und ausnahmsweise wünschte er, sie wären etwas lauter.
»Ich bin kein Soldat«, sagte Eleasar. »Ich bin ein Sohn Gottes, der seine Leute vor eurer Übermacht zu schützen hat.«
»Unsinn – und du weißt auch, daß es Unsinn ist. Sogar euer Gott muß doch begreifen, daß du über weniger als fünfhundert kampffähige Männer verfügst – ich jedoch über fünftausend. So einfach ist die Sache.«
»Ich aber habe die hebräische Sonne auf meiner Seite, die schon bald eure Panzer schmelzen wird.«
Silva seufzte. Kein Zweifel, diese Juden waren wahrhaftig das unvernünftigste Volk der Welt. »Du scheinst eure Lage nicht zu begreifen«, meinte

er geduldig. »Binnen zwei, höchstens drei Tagen wird meine Rampe euer Westtor erreicht haben. Ganz gleich, was ihr tut, oder was euer Gott beschließt – unsere Maschinen werden gegen eure Mauer hämmern, und es wird nur ein paar Stunden dauern, bis wir drin sind. Dann ist es zu spät. Wenn meine Legionäre erst einmal oben sind, kann ich sie nicht mehr zurückhalten, noch viel weniger die Hilfstruppen. Ich kann nicht zu ihnen sagen: Ihr habt schwer gekämpft, um diesen Berg zu erobern – jetzt aber haltet euch zurück. Selbst wenn ich es versuchte – sie würden nicht auf mich hören.

In gewissem Sinn habe auch ich mir durch bestimmte Versprechen eine Last aufgebürdet. Nur noch kurze Zeit, so habe ich meinen Offizieren und Mannschaften nämlich erklärt, brauchten sie die Hitze und die Unannehmlichkeiten zu ertragen, dann sei der Sieg unser. Ich habe ihnen versprochen, daß wir dann in freundlichere Gegenden ziehen werden. Auch deshalb bin ich hergekommen: um dir unter vier Augen etwas zu sagen, was ich vor den Ohren von zwanzigtausend Menschen nie eingestehen darf, denn nach so viel Mühe und so großem Kostenaufwand kann ich unmöglich zugeben, daß euer Tod für Rom völlig bedeutungslos ist und die paar Legionäre, die ich beim Sturmangriff verlieren werde, nur sinnlos geopferte Elitesoldaten sind.

Wir haben Palästina zum ersten Mal seit vielen Jahren Frieden gebracht. Ganz gleich, was hier in der Wüste geschieht, wir werden fortfahren, dieses Land neu aufzubauen und ihm zu Blüte und Wohlstand zu verhelfen. Ich versuche, dich davon zu überzeugen, daß jeder weitere Widerstand nicht nur aussichtslos, sondern auch völlig sinnlos ist – so sieht es in Wirklichkeit aus, und wenn du dich weigerst, das anzuerkennen, dann wird die vielgerühmte jüdische Intelligenz sehr überschätzt. Wir können nicht anders als lügen, wenn unsere Gefolgsleute auf jedes unserer Worte achten. Wir sind Führer und folglich müssen wir, ob wir wollen oder nicht, prahlen und drohen und unablässig unseren Stolz zur Schau stellen. Nur hier können wir, wie ich hoffe, einander als Menschen gegenübertreten. Und darum wiederhole ich, Jude – ich bin gekommen, um euch das Leben zu schenken.«

Nach einem Augenblick des Schweigens sagte Eleasar leise auf hebräisch: »Ich habe den Gottlosen gesehen in seiner Macht, er wuchs und grünte wie ein Lorbeerbaum.«

»Was hast du da gesagt?« fragte Silva. »Ich verstehe nicht viel Hebräisch.«

»Einen Satz, der mir geradeso einfiel – normalerweise wird er nur von Priestern verwendet.« Er hielt inne, trat ein wenig zur Seite und das Licht des Jupiter fiel auf Silvas Gesicht. »Du bist ein merkwürdiger Krieger«, begann er, »und ein merkwürdiger Römer. Ich habe dir voller Staunen zugehört, denn seit wann legt der Schlächter plötzlich das Messer weg und sagt zum Schaf: ›Mach dich davon, ehe ich mir's anders überlege?‹ Du schenkst uns das *Leben?* Sind denn die Juden, die auf deiner Rampe arbeiten, am Leben? Sind die am Leben, die in euren Bergwerken arbeiten, eure Kanäle bauen, eure Galeeren rudern und in den Arenen eurer Sensationslust dienen? *Am Leben?* Sogar das Vorrecht zu sterben, wann sie wollen, ist ihnen doch versagt. Sterben dürfen sie erst, wenn ihr es gestattet. Wenn du uns vollständige Amnestie anbieten und die Gewähr geben würdest, daß wir zu unserem früheren, erfüllten Leben zurückkehren können, dann, glaube ich, wäre es wohl meine Pflicht, deine neue Politik zumindest unserem Ältestenrat vorzulegen. Machst du mir ein solches Angebot?«

»Du weißt, daß das unmöglich ist.«

»Natürlich weiß ich das. Deshalb frage ich mich, warum wir hier noch länger herumstehen. Meine Neugier ist befriedigt. Ich weiß jetzt, wie du aussiehst, und es ist beruhigend festzustellen, daß meine Informationen über dein schlechtes Auge und dein krankes Bein zutreffend waren. Wir wissen außerdem noch viel mehr über dich, deine Schwierigkeiten, deine Laster und deine Pläne ...«

»Du versuchst zu bluffen. Es gibt nichts weiter zu wissen, außer dem, was ich dir bereits dargelegt habe.«

»Ach? Und was ist mit den fünf Meuterern, die du heute morgen zum Tode verurteilt hast? Und mit deiner Liebe zum Rebensaft? Was ist mit der Jüdin Schewa? Du darfst überzeugt sein, daß sich in keinem deiner Feldlager irgend etwas ereignet, worüber wir nicht unterrichtet wären. Erst heute nacht zum Beispiel ist ein Bote aus Rom mit einer Depesche für dich eingetroffen. Der Inhalt ist uns leider nicht bekannt – so gründlich funktioniert unser System nun auch wieder nicht, aber wenn man zwei gerissene Taue zusammenspleißt, kann man für gewöhnlich ein neues daraus machen. Ich vermute also, daß dein Kommen und die Depesche in einem gewissen Zusammenhang stehen. Du hast natürlich völlig recht mit dem Kräfteverhältnis, und ich darf dich daran erinnern, daß jüdische Kinder schon sehr früh zählen lernen. Was aber deine Einschätzung von Masadas Stärke betrifft – die ist entschieden weniger scharfsinnig. Wir haben genug Waffen, Vorräte und Wasser, um noch zehn Jahre weiterzukämpfen. Du wirst nicht fertig mit Masada, und Rom hat Schwierigkeiten wegen dir. Die einzige Lösung, die sich dir bietet, ist, uns entweder mit Gewalt von diesem Berg herunterzuholen oder uns zu überreden, dir als Sklaven zu dienen. Aber wir werden uns weder der Ausbeutung durch dich unterwerfen, noch werden wir jemals Roms koloniale Machtansprüche akzeptieren.«

»Du hälst immer noch Volksreden. Aber der Pöbelhaufen, den du deine

Familie nennst, ist der Abschaum von Jerusalem, zu dem noch ein paar Schwachsinnige und Krüppel hinzugekommen sind, die ihr unterwegs aufgelesen habt. Unter zehn von ihnen würde nicht einer wissen, wovon du eigentlich redest, wenn du die römische Herrschaft verurteilst. Selbstverständlich sind wir Kolonialherren! Und zwar die besten! Tausende und aber Tausende von Juden schlafen heute, jetzt, in dieser Nacht ruhig und friedlich im Schutz der römischen Waffen. Hast du überhaupt eine Ahnung davon, was wir für die Welt getan haben?«
»Meine Lehrer haben mir genau erklärt, was ihr der Welt angetan habt, konnten aber nur sehr wenig darüber sagen, was ihr *für* sie getan habt. Aber da wir ein friedliebendes Volk sind, wollen wir trotzdem auf Rache verzichten und einen Vergleich mit euch schließen.«
Silva schüttelte ungläubig den Kopf. »Ich beneide dich um deine Fähigkeit, den Sieger zu spielen, wo du bereits so gut wie tot bist.«
»Wenn du deine Truppen aus der Wüste abziehst, werden wir hierbleiben und uns in deine Maßnahmen im übrigen Palästina nicht einmischen.«
»Du bist ja verrückt. Einen solchen Vorschlag kann ich nicht einmal erwägen.«
»Natürlich nicht. Weil du mit typisch römischer Anmaßung überzeugt bist, daß der Mächtigere immer gewinnt. In gewisser Weise tust du mir leid, Flavius Silva – besonders an dem Tag, an dem du entdeckst, daß es nicht stimmt.«
Eleasar griff in seinen Rock und zog das Messer heraus. Er hielt die Klinge so, daß sich das Licht der Sterne auf ihr spiegelte, und drehte sie langsam. »Ich habe das hier mitgebracht, weil ich keine Ursache habe, irgendeinem Römer über den Weg zu trauen. Wenn ich nicht festgestellt hätte, daß du zumindest ein wenig anders bist, wärst du vielleicht jetzt schon tot.« Nachlässig warf er das Messer weg. Es klirrte noch auf dem Schiefergeröll des Berghangs, als er sagte: »Aber du bist ein armer Mann ohne jeden Glauben und ein unglücklicher Mann, der im Grunde an der Macht zweifelt, denn sonst wärest du nicht hierhergekommen. Ich glaube, es dauert nicht mehr lange, und du wirst dich umbringen.«
Eleasar kehrte Silva bedächtig und ohne Hast den Rücken und machte sich auf den Weg – den Sternen entgegen.
Ein wenig später ließ er sich, noch immer schwer atmend von der Anstrengung des Aufstiegs, auf dem Strohsack neben Mirjam nieder. Er spürte sofort, daß sie mit offenen Augen im Dunkel lag und sagte: »Schlaf jetzt!«
Aber sie fragte: »Wo warst du denn so lange?«
»Gibt es wohl auf der Welt eine Frau, die sich diese Frage verkneifen kann? Ich habe mit einem Römer gesprochen.«
»Ich muß wohl einen Alptraum haben.«

»Flavius Silva.«
»Ach ja, natürlich. Wie dumm von mir, das nicht sofort zu begreifen. Eleasar, ich habe nichts gegen deine schönen Worte, aber wenn du anfängst, deine Frau zu belügen ...«
»Ich fand ihn sehr interessant. Er ist etwas kleiner, als ich gedacht hatte.«
»Ach, wie enttäuschend. Aber jetzt laß dir eines sagen, lieber Eleasar: Ich liebe dich, das habe ich dir schon zehntausendmal gesagt, und ich weiß, daß du ein großer Mann bist, viel größer als irgendein anderer hier auf diesem Berg; ich weiß auch, daß du zuweilen um unserer Leute willen die Wahrheit ein wenig strecken mußt, aber ich wünschte, du würdest diese Halbwahrheiten nicht in unser kleines Heim bringen und von mir, die ich dich kenne und liebe, verlangen, daß ich sie dir glaube.«
»Häufig ist eine Menge Phantasie nötig, um die Wahrheit glauben zu können. Ich möchte dich nicht mit weiteren Tatsachen belästigen, wenn du jetzt schlafen willst.«
Beide schwiegen, dann flüsterte sie: »Wie kann ich denn schlafen, wenn unsere ganze Welt zu Ende geht?«
»Sie ist noch nicht zu Ende. Wir können noch viel tun.«
»Ich bitte dich, sag mir die Wahrheit: Was wird aus Reuben?«
»Ich weiß es nicht. Laß uns erst einmal sehen, was mit uns selbst geschieht. Dann können wir auch wieder Pläne für ihn machen.«
»Ich interessiere mich nicht für mich selbst.«
»Sehr edel von dir.«
»Du gibst den Ton an mit deinen edlen Reden, aber Worte vertreiben die Römer nicht.«
»Wie recht du hast, liebe Frau. Sie scheinen sie eher anzulocken.«
Er rollte sich auf die Seite und kehrte ihr den Rücken zu. Flavius Silva und er selbst erschienen ihm als die zwei einsamsten Männer auf der Welt.

»Wasch mich ... wasch mich sorgfältig, liebster Cornelius«, wimmerte Falco. »Wasch mir die dreckigen Hände dieser Kreatur von der Kehle ... und auch vom Gesicht, hier, wo er mich berührt hat ...«
Pomponius Falco lag ausgestreckt auf seinem Ruhebett. Die Hände hatte man ihm auf dem Rücken mit Handschellen gefesselt, und an den Fußgelenken trug er schwere Bronzespangen mit einer so kurzen Verbindungskette, daß er kaum einen Schritt gehen konnte. In seiner Verzweiflung hatte er sein Ruhebett aufgesucht und gehofft, dessen Vertrautheit werde seine Ängste lindern; aber seine Hilflosigkeit wurde ihm deutlich vor Augen geführt, als er sich genötigt sah, Albinus zu bitten, ihm beim Uri-

nieren behilflich zu sein.
»Es ist kaum zu glauben, wie ungenau man zielt, wenn man die Hände auf dem Rücken hat«, klagte er und blickte auf den nassen Teppich. »Du weißt, wie eigen ich in diesen Dingen bin. Halt den Topf ein wenig höher, mein guter Junge. So, das wär's«, seufzte er. »Und jetzt wasch mich.«
Er hatte sich mit kalter Würde dem Verlangen des Waffenmeisters gefügt, der ihn murmelnd ersuchte, Arme und Beine zu bewegen, damit er die Ketten anbringen konnte. Er gewahrte den ungläubigen Schrecken in den Augen von Cornelius und Albinus, die dem Vorgang zusahen und sagte, um sie zu beruhigen: »Ich bin froh, daß ihr Zeuge dieser ungeheuerlichen Beleidigung seid, die, wie ihr mir glauben könnt, in allernächster Zukunft tausendfache Vergeltung finden wird. Ihr sollt sogar bald noch aufregendere Dinge erleben und einen gewissen römischen General auf den Knien in diesem Zelt rutschen sehen – *buchstäblich* auf den *Knien* –, ihr werdet hören, wie er mich anfleht, kein Wort von alldem in Rom verlauten zu lassen, und beteuert, das Ganze sei ein schrecklicher Irrtum seinerseits gewesen, für den er tausendmal um Entschuldigung bitte. Das verspreche ich euch!«
Während der Waffenmeister schweigend an seinen Fußknöcheln und Handgelenken arbeitete, schien jeder seiner Hammerschläge Falco mehr und mehr zu erregen, bis sein ganzer Körper zitterte und bebte und ihm einige Male die Stimme überschnappte.
»Silva ist *verrückt*, versteht ihr? *Verrückt!* Habt ihr seine Augen gesehen – oder vielleicht sollte man besser sagen: sein Auge? Sein Gehirn hat ein Klistier nötig! Geistesgestört! Hoffnungslos wahnsinnig! Seht doch, wie er einen Freund des Kaisers behandelt! Wenn ihr wüßtet, was *ich* weiß, würdet ihr euch gemeinsam mit mir schon jetzt auf die Szene freuen, in der dieser muskelbepackte Lümmel, der jetzt die Ketten anbringt – habt ihr übrigens bemerkt, wie gut er gewachsen ist? –, in der dieser Mann, sage ich, sie im Schweiße seines Angesichts wieder abnimmt, und Silva selbst dort steht, wo ihr jetzt seid, und ihn drängt, sich zu beeilen – *das* wird ein Schauspiel sein, versichere ich euch! Noch eine Stunde oder höchstens zwei, und ihr werdet den Anblick eines berühmten Generals erleben, der es so eilig hat, mich wieder zu befreien, daß ihm buchstäblich der Schaum vor dem Mund steht. Denn er wird wissen wollen, wo seine Jüdin ist, und ich bin der einzige Mensch in ganz Palästina, der es ihm sagen kann! Unsere erst halb gezähmten Usipeter, die ihr gegenwärtig Gesellschaft leisten, besitzen weder den Verstand noch die Sprache, um ihren Aufenthaltsort irgend jemand mitzuteilen – falls sie überhaupt irgendeinen anderen Wunsch haben sollten, als sich gegenseitig zu lausen. *Ich* allein weiß, wo Silvas kostbare Jüdin ist! Und ich möchte euch schon jetzt dafür danken, meine lieben Jungen, daß ihr mir eine so scharfe Waffe

geliefert habt. Ich werde nicht vergessen, daß *ihr* es wart, die sich alles, was sie sahen und hörten, zusammengereimt haben – vor allem du, mein lieber Albinus, hast erkannt, daß etwas nicht in Ordnung war. Mein Kompliment zu deiner Beobachtungsgabe und zu deiner Fähigkeit, die richtigen Schlüsse daraus zu ziehen. Wir wollen aber auch nicht vergessen, daß eine meiner besonderen Gaben in der richtigen Verwendung solcher Informationen besteht. Und das Ergebnis? Wie? Ihr dürft sehr wohl fragen, warum ich von diesem Flegel in Ketten gelegt werde, obwohl ich meine Kenntnis doch so klug angewandt habe. Die Antwort darauf ist, daß unser General sich in einem Schockzustand befindet – daher seine heftige, gewalttätige Reaktion, die er bald tief bereuen wird. Durch seine Gier nach diesem orientalischen Weib ist er völlig außer Rand und Band geraten. Nur ein Verrückter kann sich in eine Frau vergaffen, die in einem ägyptischen Getto zur Welt gekommen ist.

Aber sei's drum. Ihr werdet schon sehr bald das außerordentliche Vergnügen genießen, ihn weit erbärmlicher gedemütigt zu sehen, als diese simplen Ketten mich je demütigen können. Bis jetzt habe ich mir noch nicht überlegt, wie ich ihm diese absurde Behandlung heimzahlen werde, und mich absichtlich zurückgehalten, so wie man den köstlichsten Bissen auf dem Teller oder den Orgasmus mit einem neuen Liebhaber bis zuletzt aufspart. Ja, ich werde ihn erst noch eine Weile necken und foppen, mir vielleicht sogar den Anschein geben, als verzeihe ich ihm, falls es mir gerade paßt, und mit ihm herumspielen, bis wir ihn vor Angst keuchen hören. Ganz gleich, ob und wie er es bestreitet, ich bin der Schlüssel zu seinem Leben! Ich bin der einzige Mensch auf der ganzen Welt, der Silvas Zukunft retten kann, und das weiß er. Ich allein ahne seinen Verrat und brauche nur zu warten, um ihn auch zu beweisen. Aber vorerst will ich nicht weiter darüber nachdenken, wie man ihn am besten belohnt für diese Ketten, die den Körper foltern, den ihr beide so liebt – sie sollen mich aber daran erinnern, daß General Flavius Silva ein Verräter an Rom ist.«

Als der Waffenmeister gegangen war, befahl Falco Cornelius, ihm Gesicht und Nacken mit Öl einzureiben. Er überlegte, ob er vielleicht weinen solle, damit seine Leiden noch größeren Eindruck auf Cornelius und Albinus machten, entschied sich jedoch dagegen, da es zu seiner Rolle als Endsieger dieser Auseinandersetzung nicht gepaßt hätte. Jetzt, da er sich entspannen konnte, wurde seine Stimme immer melodiöser, sein Lächeln geradezu fröhlich, und er schien zu schnurren wie eine Katze.

»Mein lieber Cornelius, lieber Albinus, ich kann euch gar nicht sagen, wie sehr ich eure Liebe zu schätzen weiß. Wir haben so viel miteinander erlebt – vielleicht war ich gelegentlich etwas streng, aber ich wäre nie auf den Gedanken gekommen, euch aus meinem Haushalt zu entlassen. Ja, Albinus, wenn wir nach Rom zurückkehren und dort mit Beifall und Ehren empfangen werden, dann soll auch etwas wegen deiner Leibeigenschaft geschehen. Ich werde die nötigen Vorkehrungen treffen, und schon nach kurzer Zeit wirst du frei sein. Cornelius, mein lieber Junge, vielleicht sollten wir eine Gesellschaft geben, um Albinus' Freilassung gebührend zu feiern? Wen laden wir dazu ein? Was sollen wir auftischen, was zur Unterhaltung bieten? Es muß ein Fest werden, von dem Rom noch jahrelang spricht.«

Cornelius hörte mit dem Einreiben auf und trat erwartungsvoll zurück, Albinus gesellte sich zu ihm und beide lauschten neugierig, als Falco fortfuhr:

»Soll es Widdererbsen geben? Gänseleber und Schnecken? Erinnert ihr euch an die griechischen Fabeln: wie Tereus Procnes Schwester Philomela entführte und ihr die Zunge herausschnitt, damit sie nichts ausschwatzte, sie aber die ganze Geschichte in einen Wandteppich webte? Das bringt mich übrigens auf eine Idee: Wie wär's, wenn wir Silvas Sklaven Epos das Schreiben beibrächten – auf diese Weise könnte er vor einer geeigneten Versammlung in Rom von den Schandtaten seines Herrn erzählen und alle Behauptungen Silvas, er habe sein Bestes getan, widerlegen.

Doch befassen wir uns nicht weiter mit diesem geisteskranken General. Denken wir lieber über unsere Gesellschaft nach. Sollen wir ein zartes ambrakisches Kitzlein braten und das Bratenfett in eine exquisite, von uns selbst erfundene Sauce mischen oder lieber Austern aus Britannien kommen lassen – anstelle der Lukriner, die zwar vorzüglich sind, heute aber einfach jeder seinen Gästen vorsetzt?

Vielleicht könnten wir auch ein paar Schauspieler engagieren oder eine Pantomime aufführen lassen? Nein? Habt ihr dafür nichts übrig? Ihr seid ja beide so still. Ermattet und übersättigt, scheint mir, und ganz entsetzlich verwöhnt. Also kommt schon! Ich kann euch keinen Zirkus bieten, um euren Enthusiasmus zu wecken, aber wartet mal – ja, jetzt hab' ich's! Das wird eure verhärteten kleinen Gemüter vielleicht erregen.

Wie wäre es, wenn wir es bei dieser Gelegenheit mal mit etwas ganz anderem versuchten. Angenommen, wir würden eine Frau einladen, möglichst von hohem gesellschaftlichem Rang, was kein großes Problem sein dürfte, da ihr Ehemann uns kaum mißtrauen wird. Dann geben wir dieser großen Dame zu verstehen, daß sie seit langem insgeheim von einem berühmten Mann angebetet wird, der nur darauf wartet, sie in unserem Kreis kennenzulernen. Nichts, das versichere ich euch, reizt eine Frau mehr als eine heimliche und zudem gefahrlose Liebesaffäre. Dann, nachdem wir allerlei Andeutungen gemacht haben, um ihre erotischen Wünsche zu wecken, erfährt sie von uns, daß ihr unbekannter Freund sich in dem kleinen Zimmer neben dem Speiseraum verborgen hält. Keine Frau,

welcher Gesellschaftsklasse auch immer, kann der Lösung eines Geheimnisses widerstehen – darum bringt ihre Neugier sie von ihrer Kleinmädchenzeit an auch immer wieder in heikle Situationen. Während der Vorbereitungen zum Stelldichein werden wir sie außerdem mit Wein vollaufen lassen.
Und jetzt kommt's! Vorsorglich haben wir ihr den Liebhaber als ziemlich behaart geschildert. Und das stimmt auch – denn es ist ein Affe, den wir uns für diese Gelegenheit mieten. Um seine Potenz zu steigern, werden wir ihn mit dem wirksamsten Aphrodisiakum anfüllen, das auf dem Markt zu haben ist. In dem Zimmer ist es ganz dunkel. Es vergeht einige Zeit, in der sich beide über das Schweigen des anderen wundern. Schließlich muß sie sich hinhocken, um sich zu erleichtern, und in demselben Augenblick – ha, ha – ihr wißt, was der Affe tut. Wenn sie dann aus dem Zimmer herauskommt – stellt euch ihr Gesicht vor! Dieses Abenteuer wird sie ihrem Mann bestimmt nicht erzählen! Oder doch? Wer weiß – wer kennt sich schon bei Frauen aus? Kann sein, daß es ihr Spaß macht – dann wären allerdings wir die Blamierten.«
Falco hielt inne. Das Ausmalen dieser künftigen Vergnügungen hatte ihn seine augenblickliche Zwangslage vorübergehend vergessen lassen. Er wandte sich auf seinem Ruhebett ein wenig zur Seite und betrachtete Cornelius und Albinus mit neuem Interesse. Sie hatten sich merkwürdig schweigsam verhalten, standen nur da, starrten ihn an und rührten sich nicht. Es war, als befänden sie sich gar nicht im Zelt, sondern stünden an einer Straße in Rom und sähen dem vorbeifließenden Verkehr zu.
»Was ist denn los mit euch beiden?« fragte er gereizt. »Seht ihr denn nicht, wie scheußlich mir zumute ist? Wenn ich schon versuche, unsere Gedanken etwas abzulenken, dann könnte ich von euch doch zumindest dasselbe erwarten. Wollt ihr denn keine Gesellschaft? Habt ihr überhaupt verstanden, was ich über Silva gesagt habe?«
Prüfend betrachtete er ihre Gesichter, die sich gegen das dunkle Zeltdach abhoben. Mit ausdruckslosen Augen sahen sie auf ihn herab. Im gelben Licht schienen ihre Köpfe wie aus Wachs modelliert.
»Was habt ihr denn, ihr zwei?« drängte er. »Ihr seht ja aus wie zwei Statuen. Spielt ihr etwa Damon und Phintias?«
Doch Cornelius und Albinus blieben stumm. Sie warfen einander nur einen Blick zu und rückten noch näher zusammen.
»Ich sehe wahrscheinlich ziemlich scheußlich aus. Hol mir mal den Spiegel.«
Albinus gehorchte instinktiv. Im Handumdrehen kniete er neben Falco und hielt ihm pflichteifrigst den Spiegel hin. Falco versuchte mühsam, sich etwas aufzurichten, um sein Gesicht zu betrachten. Das Lampenlicht hob die großen Poren seiner Haut, vor allem aber den Hitzeaus-

schlag besonders hervor, der zusammen mit den gewohnten Unreinheiten seines Gesichts große, häßliche Flecken bildete. »Ach!« stöhnte er auf. »Schrecklich!«

Albinus bewegte den Spiegel ein wenig. Falco bemühte sich, sein Spiegelbild im Auge zu behalten. »Halt doch still, du Idiot!« Er betrachtete nachdenklich prüfend sein Gesicht, bleckte dann die Zähne und fuhr sich schließlich mit der Zunge über die Lippen. »Cornelius, mein guter Junge, bring mir die Schüssel.«

Auch Cornelius schien sich in einer Art Trance zu bewegen. Er ging in jene Ecke des Zeltes, wo sie ihren Tagesbedarf an Vorräten aufbewahrten, und hob die schwere, mit Eselsmilch gefüllte Schale hoch, die einen solchen Gestank ausströmte, daß er den Atem anhalten mußte. Es war eine breite, flache Bronzeschüssel, die für ein Gesichtsbad, nicht für den Transport von Flüssigkeiten gedacht war; Cornelius ging deshalb sehr langsam und vorsichtig, damit die Milch auf seinem Weg quer durch das Zelt nicht überschwappte.

Als er ohne Zwischenfall am Ruhebett eintraf, lächelte Falco: »Vorzüglich! Ich werde dich also nicht wieder wegen deines Ungeschicks zu züchtigen brauchen, wie die letzten Male, als du mir die Milch brachtest, nicht wahr, mein lieber Junge? Was beweist, daß ein Rutenhieb zur rechten Zeit gut im Gedächtnis bleibt.«

Er sah zu Cornelius auf und bedeutete ihm mit den Blicken niederzuknien. Normalerweise hätte er die Milch selbst aufgetragen, aber jetzt schüttelte er betrübt den Kopf, warf einen Blick in den Spiegel, um sich zu vergewissern, daß sein Gesichtsausdruck wirklich leidend war, und sagte: »Heute abend wirst du die Milch auftragen, mein lieber Cornelius. Ich bin dazu im Augenblick leider nicht in der Lage. Aber ich bitte dich, sie ganz sanft aufzustreichen, vor allem an den Stellen, wo die Haut besonders wund scheint... Ich bin sehr empfindlich, wie du weißt, und rücke die Schüssel etwas näher an mein Gesicht. Mein lieber Junge, begreifst du denn nicht, daß ich mich kaum rühren kann?«

Cornelius beugte sich hinab und hielt die Schüssel unter Falcos Kinn, während Albinus wie auf stillschweigende Verabredung den Spiegel senkte.

»So, mein Junge, nun fang an. Aber sanft bitte.«

Cornelius warf Albinus einen fragenden Blick zu und schien in seinen Augen Bestätigung zu finden. Er stemmte die Schüssel gegen sein Bein, griff mit der freien Hand in Falcos Haar und drückte den Kopf tief in die Schüssel, gleichzeitig sauste Albinus' freie Hand herab und packte Falco im Nacken. Zusammen hielten sie ihn fest, bis sein heftiger Widerstand schwächer wurde und schließlich ganz aufhörte. Beide schwiegen die ganze Zeit, doch ihre Blicke, die sich über dem gebeugten Kopf trafen,

sagten alles, was es zu sagen gab.
Endlich, als sie sicher waren, daß Pomponius Falco nie wieder einen Atemzug tun würde, wuschen sie die Milch von seinem Gesicht und vom Teppich, den er bei seiner verzweifelten Gegenwehr bespritzt hatte. Dann legten sie ihn in bequemer Ruhelage auf das Bett und schlossen seine Lider. Cornelius trug die Milchschüssel an ihren Platz zurück, während Albinus das Wasser und die Handtücher entfernte.
Zusammen prüften sie genau Falcos Gesicht und vergewisserten sich, daß das Ersticken keinerlei Spuren hinterlassen hatte. Dann blies Albinus die eine Lampe aus, und Cornelius drehte den Docht der anderen so weit herunter, daß sie nur noch einen schwachen Lichtschein gab. Er nahm Albinus bei der Hand und ging mit ihm zu ihren Strohsäcken in der Nähe des Eingangs. Sie entkleideten sich und legten sich nieder, wie jeden Abend, aber ihre Augen waren weit geöffnet, als sie die Hände nacheinander ausstreckten, und sie bebten vor Entzücken, als ihre Lippen und Körper sich fanden.

VI. *Indictivum (ad quod per praeconem homines evocabantur)*

Aufstieg und Abstieg und die mühsame Wanderung um den Nordsockel von Masada herum hatten Silva einen pausenlos stechenden Schmerz in seinem schlimmen Bein verursacht. Um seine Gedanken abzulenken, sann er über die Worte des Juden nach. »Was ihr der Welt angetan habt ... ein unglücklicher Mann, der an der Macht zweifelt ...« Das war natürlich alles Unsinn, aber er hatte es mit der gleichen festen Überzeugung ausgesprochen, die auch jener alte Jude namens Esra an den Tag legte. Also glaubten sie anscheinend tatsächlich, was sie sagten – und Schewa hatte recht: Es gab ganz einfach keinen Weg, auf dem man ihr eigensinniges Volk vor seinem Verhängnis retten konnte.

Silva gestand sich widerwillig ein, daß seine Mission fehlgeschlagen war. Und bei allen Göttern, es geschah ihm recht, was versuchte er auch, ein im Grunde barbarisches Volk auf zivilisierte Weise zu behandeln. Und doch – denk an Schewa! Vielleicht machte gerade dieser barbarische Zug in ihrem Wesen einen Teil ihres Zaubers aus. Sie hatte stets etwas von einem ungebärdigen Wildfang an sich und erinnerte ihn manchmal an die Knirpse in den Straßen Roms, die auch oft wie kleine Wilde waren. Vielleicht, weil sie sich um alles im Leben streiten und balgen, um alles kämpfen mußten? Und sie besaß dieselbe grenzenlose Energie, ihre Augen konnten den gleichen Glanz annehmen, und mühelos wie ein Kleidungsstück wechselte sie ihren Gesichtsausdruck von Wildheit zu völliger Unschuld und Arglosigkeit. Du darfst nicht vergessen, sagte er sich, daß Schewa Orientalin ist – genauso wie Eleasar ben Jair.

In diesen Menschen gibt es Tiefen, die du niemals ergründen wirst, und du solltest auch keine Zeit mehr damit vergeuden, es überhaupt zu versuchen. Sieh in Eleasar ben Jair deinen Feind und besiege ihn. Nimm Schewa zum Weib und hör auf, dir über die rechtlichen Einzelheiten dieser Verbindung Sorgen zu machen. Führ sie nach Praeneste. Besorg ein Faß Albanum für die Damen, die zweifellos kommen werden, um sie zu begutachten. Wenn sie genug von dem Zeug trinken, werden sie glauben, daß Schewa eine jungfräuliche Vestalin ist. Lehn dich geruhsam zurück und danke den Göttern dafür, daß sie dir diese Jüdin geschenkt haben, und sei zufrieden, daß du endlich wieder eine Frau gefunden hast, die du lieben kannst.

Rot glühten die Berge von Moab vor dem malvenfarbenen Osthimmel, als Silva zusammen mit Geminus durch das Prätorianertor schritt.

Silva sagte: »Ich bin müde. Ich kann kaum noch marschieren wie ein richtiger Soldat.«
Eigentlich hatte er sagen wollen, er sei völlig erschöpft und sein Bein verursache ihm mörderische Schmerzen, aber zu einem solchen Eingeständnis konnte er sich gegenüber Geminus dann doch nicht bereitfinden. Ein Römer des Ritterstandes darf unter keinen Umständen das Gesicht verlieren und nicht einfach in Tränen ausbrechen, wenn ihm danach zumute ist. »Aber wir können noch nicht schlafen gehen, Geminus. Erst müssen wir uns diesen Ärger mit Pomponius Falco vom Hals schaffen. Geh in sein Zelt und bring ihn zu mir.«
Geminus änderte die Richtung und Silva setzte seinen Weg fort, während hinter ihm der neue Tag heraufzudämmern begann. Als er sein Zelt betrat, fiel gerade das volle Licht der aufgehenden Sonne auf die Gesichter seiner Wachtposten und ließ ihre Züge wie polierte Bronze schimmern. Im Zelt herrschte noch fast völlige Dunkelheit, und seine Augen brauchten eine Weile, um sich an das schwache Licht zu gewöhnen. Dann sah er den Arzt Timoleon sowie Albinus und Cornelius, die auf ihn warteten – und spürte sofort, daß etwas schiefgegangen war.
Timoleon verneigte sich und murmelte eine Begrüßung. Dieser Mensch, dachte Silva, ist der einzige mir bekannte Grieche, dessen Griechisch nahezu unverständlich ist. »Herr«, sagte Timoleon, »ich habe eine traurige Nachricht für Euch. Euer Gast Pomponius Falco ist tot. Ich wurde um die Stunde der Mittelwache in sein Zelt gerufen, doch da war schon nichts mehr zu machen. Ein großer Römer ...«
Silva schritt langsam zu seinem Sessel und ließ sich schwer in ihn niedersinken. Er zwang sich, seine Aufmerksamkeit auf Timoleons eigentümlich kompliziertes Griechisch zu richten, während seine wirbelnden Gedanken gleichzeitig um die jetzt sofort notwendigen Maßnahmen kreisten. Falco hatte ja gedroht, wenn er bis zur Mittagsstunde nicht bei seinen Germanen erscheine, würden sie ...
»Als ich eintraf, Herr, war bereits die Totenstarre eingetreten, und ich glaubte zunächst, er könne einem Tollwutfall zum Opfer gefallen sein, hörte jedoch, daß der Verstorbene bisher noch nie daran gelitten habe – höchstens an einem häufig auftretenden pustelartigen Hautausschlag, von dem noch einige Spuren zu erkennen waren. Gegen solche Störungen verschreibe ich normalerweise eine Mischung aus Safran, Lycium, Grünspan, Myrrhe und Holzkohle zu gleichen Teilen, die in Johannisbeerwein aufgekocht wird ...«
»Komm zur Sache, Timoleon. Woran ist er gestorben?« Silvas Stimme klang hohl und tonlos. Seine ganze Aufmerksamkeit hatte sich Albinus und Cornelius zugewandt.
»Ich bitte Sie, Herr, nicht zu glauben, daß ich den Verstand verloren habe,

aber ich würde sagen: Der Mann ist ertrunken.«
»Mitten in der Wüste? Du bist wirklich verrückt.«
»Ich verwende den Begriff nicht im wörtlichen Sinn, Herr. Eine genauere Bezeichnung wäre in diesem Fall vielleicht Tod durch Ersticken! Es ist unter gewissen, zugegebenermaßen seltenen Umständen durchaus möglich, daß ein Mensch an seinem eigenen Schleim erstickt. Möglicherweise ist dies hier der Fall. Ich könnte es mit Sicherheit feststellen, wenn mir erlaubt würde, eine Autopsie vorzunehmen.«
»Erlaubnis verweigert.« Diese griechischen Chirurgen wollten immer nur herumexperimentieren. »Bist du sicher, daß er nicht ermordet worden ist?«
»Völlig sicher, Herr. Seine Leiche weist keinerlei Spuren von Gewalttätigkeit auf, und im Zelt war nicht der geringste Hinweis auf eine tätliche Auseinandersetzung zu finden. Es wundert mich jedoch, daß er in Ketten lag.«
»Was ist mit diesen beiden?« Silva blickte stirnrunzelnd auf Albinus und Cornelius.
»Da der Verstorbene sich nicht frei bewegen konnte, hatte er ihnen befohlen wachzubleiben, um ihm während der Nacht behilflich zu sein. Sie erwarteten, daß er sie rufen werde, aber da er sich nach einigen Stunden immer noch nicht gemeldet hatte, beschlossen sie nachzusehen. Als sie das Unglück entdeckten, suchten sie mich unverzüglich auf, und ich eilte zum Zelt. Aber Pomponius Falco war bereits einige Stunden zuvor verstorben, und jede Hilfe kam zu spät.«
Jetzt wandte Silva sich an Albinus und Cornelius. Seine Stimme bebte vor Besorgnis. »Sagt mir jetzt, wenn euch das Leben lieb ist, wo sind die Usipeter und die Frau?«
Es folgte ein langes Schweigen, dann antwortete Cornelius: »Wir wissen es nicht, Herr. Das ist die volle Wahrheit, ich kann es beschwören.«
»Würde ein heißes Eisen euch die Wahrheit nicht doch deutlicher erkennen lassen?« Silva beobachtete genau ihre Mienen. Wenn man Falcos Drohung glauben konnte, dann durfte keine Stunde verlorengehen – und die Auskünfte, die man mittels heißer Eisen erlangte, waren für gewöhnlich nur die Wahrheit, die am bequemsten war; irgendwelche Lügen nachzuprüfen, war jetzt aber keine Zeit mehr, denn bis Mittag blieben nur noch ganze fünf Stunden. »Sprecht«, begann er so ruhig wie er nur konnte. »Sagt mir offen alles, was ihr wißt, und eure Belohnung wird eine rasche und wohlbehaltene Heimreise sein – andernfalls werdet ihr nie mehr nach Hause kommen.«
Er sah, wie Albinus Cornelius einen angstvollen Blick zuwarf und dann erwiderte: »Man hat es uns nicht gesagt, Herr. Wir hatten nur Anweisung zu packen, da wir heute morgen abreisen würden. Ich möchte an-

nehmen, daß unsere Geleittruppe sich bereits irgendwo entlang der Straße befindet und auf uns wartet. Glauben Sie mir, Herr, ich flehe Sie an. Das ist alles, was wir wissen.«

Silva rieb sich seine müden Augen. Denk scharf nach, ermahnte er sich, auch wenn dein Kopf um Ruhe bettelt – *denk nach.* Betrachte die Sache wie ein militärisches Problem. Falco hatte es eilig, ins behagliche Klima von Jerusalem und dann zur Meeresküste zu gelangen. Er wäre also bestimmt nicht in südlicher Richtung abgezogen, über einen Weg, der nur durch endlose Wüsten zum arabischen Meerbusen führt. Folglich befand sich irgendwo in der Einöde im Norden eine Handvoll Wilder – und Schewa. In dieser Gegend gab es unzählige Stellen, an denen man sich verstecken konnte, aber keine Zeit, sie alle aufzusuchen. Also mußte man das gejagte Wild irgendwie hervorlocken und es zwingen, sich zu zeigen.

Lange blickte er nachdenklich auf Albinus und Cornelius. Dann rief er laut nach Attius, seinem Adjutanten. Der junge Tribun erschien unverzüglich.

»Attius, du wirst jetzt so schnell wie möglich Rubrius Gallus von der Rampe herunterholen. Ich habe ein dringendes Bauproblem für ihn. Er soll sofort zu mir kommen. Sag dem Zenturion Lupercus Clemens, er soll einen Juden ausfindig machen, der Eleasar ben Jair wenigstens einigermaßen ähnlich sieht, und ihn in leichte Ketten legen, und der Zenturion Geminus kann manches wiedergutmachen, indem er ein paar Germanen umbringt. Und dann schick noch jemand her, der mich endlich vom Anblick dieser beiden wiederlichen Kriecher befreit.«

Er erwiderte Attius' militärischen Gruß mit einem kurzen Nicken und wandte sich dann wieder Timoleon zu. »Doktor, du bleibst einstweilen hier. Wir werden vielleicht einige fachmännische Ratschläge brauchen. Und während du wartest, denk dir irgendeinen Trank aus, der mich wieder zu Kräften bringt.«

Die Trompetenstöße, die den Juden jeden Morgen den Beginn eines neuen Tages verkündeten, waren verklungen, als Eleasar ben Jair sein frugales Frühstück einnahm – Maisfladen und eine Handvoll getrockneter Feigen. Wie stets bedauerte er es, sich nicht ordentlich waschen zu können, und dachte bekümmert daran, seit wieviel Monaten keiner auf Masada mehr ein Stück Seife gesehen hatte. Alle Versuche, irgendeinen Ersatz zu finden, waren fehlgeschlagen. Das Waschen mit Wasser allein aber genügte nicht, die roten Sandstriemen auf der Haut zu beseitigen.

Er begab sich ohne Umweg zur Synagoge, wo sich nach lange feststehendem Brauch der Rat bereits versammelt hatte. Ebenfalls zur Gewohnheit, wenn auch nicht zur Pflicht, war es geworden, daß die Mitglieder des Rates jeden Morgen die Mauerbrüstung am Westende der Synagoge bestiegen, von der aus man direkt auf die Römer hinabblicken konnte. Hob man die Augen etwas, konnte man außerdem beobachten, was sich rings um Silvas Lager herum abspielte. Angesichts der ständig wachsenden Rampe und des stets eindrucksvollen militärischen Schauspiels pflegten die Räte sich nachdenklich die Bärte zu streichen und düster in die Zukunft zu schauen. Fasziniert blickten sie hinunter, während sie mechanisch ihre Gebetsriemen in Richtung Herz um den linken Arm wickelten und darauf warteten, daß Hillel sie zum Gebet rief.

Eleasar machten die ganzen Zeremonien in der Synagoge nur ungeduldig. Wenn schon die meisten waffenfähigen Männer Masadas Tag für Tag so lange herumstanden, um mit Gott Zwiesprache zu halten, warum widmeten sie dann nicht wenigstens den von den hebräischen Dichtern geschaffenen Gebeten größere Aufmerksamkeit? Gab es in irgendeiner Sprache Schöneres? Und doch war er seit Beginn der Belagerung von Masada nie fähig gewesen, konzentriert zuzuhören. Stets wurde er durch die Geräusche vom Rampenbau abgelenkt – eine dauernde und barbarische Beleidigung des poetischen Zaubers dieser Zeremonie. Stets wurde er dadurch an diesen Feind erinnert, der anscheinend überhaupt nie schlief, und mußte sich gleichzeitig anhören, wie Hillel unablässig von Gesetz und Moral sprach.

Während Hillel hinter seine Kanzel auf die »Bundeslade« wies, in welcher die Gesetzesrollen aufbewahrt wurden, flammten seine Augen wie die ewige Lampe: »Und ich nenne euch die fünf Dinge, die Kanaan seine Nachfahren gelehrt hat! Liebet einander, liebet Raub und Diebstahl, liebet die Zügellosigkeit, hasset euren Herrn und sprechet nie die Wahrheit!«

Die Priester leben in ihrer eigenen Welt, dachte Eleasar. Sie weigern sich zu begreifen, daß wir in der Wüste ausgesetzt und dabei sind, den Kampf um unser Leben zu verlieren.

An diesem Morgen vermochte er Hilles endloses Gebet weniger denn je zu ertragen, wußte er doch, daß jetzt der Augenblick gekommen war, da eine schreckliche Entscheidung getroffen werden mußte. Zum ersten Mal war er dankbar dafür, daß es den Rat gab, so brauchte er zumindest nicht allein zu entscheiden. Die Männer, mit denen er so häufig gestritten, die er wegen ihrer Dickköpfigkeit oder ihrer Weigerung, sich seinen Befehlen ohne Widerrede zu beugen, so häufig verwünscht hatte, sie schienen ihm an diesem Morgen durch und durch ehrenhaft, da sie sich nach besten Kräften bemühten, das Unmögliche zu erreichen.

Zwei fehlten an diesem Morgen – der unersetzliche Esra und der feige Sidon. Aber Alexas war noch da, wenn auch sichtlich niedergeschlagen; mit seinem hochentwickelten Selbsterhaltungstrieb spürte er gewiß, was auf sie alle zukam. Und da war der sonst so grimmig-hitzige Esau, der Hals über Kopf sein Essener-Mädchen geheiratet hatte und seither einem Traumwandler glich. Man konnte nur hoffen, daß er rechtzeitig aufwachen und sich den Römern, wie er es früher stets getan hatte, stellen würde. Da waren die unerschütterlichen Getreuen Javan und Kittim, die Söhne des Tema, der riesige Assur, Joktans Sohn, und der dürre Nimrod, der Sohn des Aram, mit seinen vorstehenden Hasenzähnen, sowie Heth, Esras Sohn, ein auffallend schöner Mann, der auf den Platz seines Vaters gewählt worden war. Ein weiterer Ersatzmann, gegen Eleasars heftigen Einspruch zum Rat ernannt, war Matthias, der Sohn des Jeschua. Er nahm Sidons Stelle ein und ähnelte ihm leider nicht nur äußerlich – Auge und Geist waren gleich schwach –, sondern hatte auch Sidons jammernde Redeweise und seine Ängstlichkeit.

Jetzt, während die Strahlen der Morgensonne durch den Eingang auf ihre Rücken fielen, sangen diese Männer und ihr Priester Hillel das Lob Gottes, und da es einer der Tage war, die Esra und Nehemia zur besonderen Andacht bestimmt hatten, las Hillel auch aus der Thora. Danach wurde die *Mischna* gesprochen, und zwar von Simeon ben Joeser, einem großen, hageren, dunkelhäutigen Idumenäer, dessen eitle Posen und inhaltsleere Tiefsinnigkeit Eleasar schon oft geärgert hatten.

Er versuchte, sich einzureden, daß dies alles dem Kampfgeist zugute käme, aber zugleich sagte ihm eine innere Stimme, daß die Soldaten der Zehnten Legion sich bestimmt nicht die Mühe gemacht hatten, die fünf Bücher Mosis zu lesen.

Endlich, nachdem der religiösen Überlieferung Genüge getan war, konnte Eleasar vor die Versammlung treten und ihr von seinem Treffen mit Flavius Silva berichten. »Was wir jetzt dringend brauchen«, erklärte er, »ist ein Josua – ein Mann, der der Sonne befehlen kann stillzustehen. Und vielleicht ist das Wunder sogar schon da, auch wenn ich es nicht so empfinden kann. Ihr müßt begreifen, daß Silva nichts versprochen hat. Wenn wir zu den Römern hinabgehen, werden wir ihre Sklaven sein. Das und nichts anderes steht uns dann bevor. Ist das etwa ein Wunder?«

Alexas' tiefe Stimme brummelte aus dem Hintergrund: »Wenn wir unseren Leuten Silvas Angebot mitteilen, stehen wir allein auf Masada.«

Nimrod sagte ruhig: »Wir müssen es ihnen sagen. Eine solche Sache für uns zu behalten, wäre unverzeihlich.«

Esau widersprach ihm. »Warum? Wenn die Leute erst einmal wissen, daß Hoffnung besteht, werden sie sagen, es sei besser, schlechte Luft zu atmen als überhaupt nicht zu atmen. Wir werden sie dann nicht mehr zurückhalten können.«

»Vielleicht«, unterbrach Matthias, »sollten wir jetzt aber doch an Unterwerfung denken und zu Silva hinuntergehen, wobei der Rat zum Besten

aller die Führung übernähme...«
»Wenn wir nicht in der Synagoge wären«, knurrte Esau, »würde ich dir die richtige Antwort auf ein solches Geschwätz geben!«
»Ich bin dafür, ihnen nichts zu sagen!« brüllte Assur.
Javan trat neben ihn und sagte: »Noch sind die Römer nicht da. Ich werde gegen sie kämpfen, und wenn ich ganz allein hier oben bleibe!«
Eleasar hob die Arme und klatschte in die Hände, um sich Aufmerksamkeit zu verschaffen. So war das immer, dachte er. Wenn sich zehn Juden, aus welchem Grund auch immer, zusammenfanden, gab es zehn verschiedene Meinungen, und jeder hielt die seine für die einzig richtige.
»Die Römer werden morgen früh gegen unser Tor hämmern. Wir müssen uns entscheiden. Wir können entweder Silvas Besuch geheimhalten und hoffen, daß keiner von uns etwas im Schlaf ausplaudert, oder wir belügen unser Volk und erzählen ihm, die Römer hätten geschworen, alle Männer, Frauen und Kinder umzubringen. Wenn sie nichts zu verlieren haben, werden sie vielleicht tapfer kämpfen. Wir können unsere Leute aber auch noch auf andere Weise täuschen, um ihren Kampfgeist zu wecken: Indem wir ihnen versprechen, daß sich uns, wenn sie die Römer zurückschlagen, ein Weg öffnen wird, auf dem wir die Wüste und Judäa verlassen können.«
Eleasar zögerte. Eigentlich hatte er vorgehabt, dem Rat an diesem Morgen seine geheimsten Gedanken zu enthüllen, sie wie tief eingedrungene Messer aus seinem gequälten Hirn herauszuziehen und zu sagen: Hier habt ihr die Gedanken, die mich seit langem verfolgen und die auszusprechen ich bisher nicht den Mut hatte. Helft mir aus meiner dunklen Einsamkeit heraus, helft mir, denn ihr seid meine Brüder.
Aber er konnte auch an diesem Morgen, da der Lärm von der Rampe wieder herüberdröhnte, diese Worte nicht über seine Lippen bringen. Er sah ein Meer fragender Augen vor sich – Alexas, Esau den Sikarier, Javan und Kittim, den düster dreinblickenden Assur, den schwankenden Nimrod, Heth, Matthias und Hillel. Ihre Blicke baten: »Führe uns!«, doch er stand unsicher und entschlußlos wie nie in der strahlenden Morgensonne dieses Tages. Zum ersten Mal in seinem Leben war er mit Stummheit geschlagen, er, der immer ein Meister des Wortes gewesen war. In diesem Augenblick war er nicht imstande, auch nur einen Laut hervorzubringen.
»Sag uns, was wir deiner Ansicht nach tun sollen«, verlangte Heth. Doch statt einer Antwort konnte er nur den Kopf schütteln. Und als Hillel dann sagte: »Wir müssen auf Gott, unseren Retter, vertrauen«, wußte er nicht, wie er ihm widersprechen sollte. In diesem Augenblick, da die Stimmen der Räte rings um ihn widerhallten, nahm er nur die Gesichter Mirjams und Reubens wahr und dachte an die flehentlichen Blicke, die sie ihm zuwerfen würden, wenn er tat, was er für das Rechte hielt.

Er blickte in diese Augen – aber dann sah er das runzlige, pockennarbige Antlitz der alten Abigail.

Nach seinem morgendlichen Rundgang durch die Türme und Kasematten begab Eleasar sich zu Abigail, obwohl er durchaus nicht sicher war, der Prüfung durch ihre schwarzen Augen standhalten zu können.
Er traf sie wie gewöhnlich: Der Qualm des Ofens umhüllte ihre hockende schwarze Gestalt auf so seltsame Art, daß sie auf einer blauen Wolke zu sitzen schien. »Was suchst du bei mir, großer Mann?« schnarrte sie. »Warum machst du dir plötzlich die Mühe, wieder dieses alte Weib aufzusuchen, an das du sonst nur denkst, wenn es dir gerade in den Kram paßt? Quält dich dein Gewissen? Oder guckst du nur gerade mal herein, um nachzusehen, ob die alte Spinne schon tot ist, und wenn ja, wie ihre Leiche riecht?«
»Eleasar der Große!« gackerte sie. »Eine schöne Falle hast du deinem Volk zurechtgezimmert! Moses führte uns aus der Wüste, und du führst uns wieder hinein! Und das mit ganz besonderer Schlauheit – hast du uns doch dazu noch auf einen Berg gesetzt, von dem es bestimmt kein Entkommen gibt. Sag mir, du großer Mann, du Fischer, der sich als König aufspielt – ich weiß, daß du ein besserer Fischer warst, als du ein Krieger bist, denn sonst wärest du ja längst verhungert –, sag mir, der du selbst zum Lügen zu ungeschickt bist, sag, wie viele Schekel die Römer dir bezahlt haben, damit du uns hierher bringst. Sag es mir, damit ich, wenn ich schon sterben muß, wenigstens nicht an Neugier verrecke.«
Eleasar lächelte und hockte sich neben sie. »Meine Ohren teilen mir mit, daß du für ein altes Hutzelweib heute früh ganz schön in Form bist, aber meine Augen können dich durch diesen Vorhang aus Qualm kaum erkennen. Du kochst doch nicht, warum läßt du das Feuer überhaupt brennen?«
»Es wärmt mir die Knochen, Bürschchen, Knochen, die die Leidenschaft besserer Männer, als du je einer sein wirst, erlebt haben.«
»Du brauchst mir nicht zu erzählen, wie oft und mit wie vielen du es getrieben hast. Das ist so legendär wie dein sanftes und liebenswertes Wesen. Und ich bin heute morgen so hingerissen von deiner Schönheit, daß ich kaum glauben kann, daß du erst achtundneunzig Jahre alt bist.«
»Ich bin auch schon von besseren Männern, als du je einer sein wirst, beleidigt worden. Ich habe die siebzig noch nicht erreicht, und unter dem Schutz von Leuten wie dir werde ich sie auch nicht mehr erreichen. Ich sitze hier den ganzen lieben langen Tag herum und frage mich, was eigentlich aus den *tapferen* Juden geworden ist. Sind sie alle in Jerusalem gefallen? Und werden jene, die noch an ihrer Mütter Brüste saugen, ebenfalls nur deine Feigheit erben? Bah! Die echten jüdischen Männer sind allesamt tot. Ihr Affen, die ihr noch lebt, seid lediglich verkappte

Ägypter. So, und jetzt sag mir, weshalb du hergekommen bist – etwa, um dich auszuweinen?«
Eleasar hustete und fächelte sich den Rauch aus dem Gesicht.
»Ich bin in großen Schwierigkeiten, Abigail.«
»Ach! Und das soll was Neues sein?« Sie spuckte in den Sand zwischen ihren Füßen. »Ich bin nicht deine Mutter, also halt dich gefälligst aus meinem Schoß raus.«
»Ich werde dir jetzt sagen, was ich sonst niemandem einzugestehen wage: Ich glaube nicht mehr, daß wir die Römer besiegen können.«
»Ein Mann, der des Nachts an die Niederlage denkt, ist am Morgen dem Untergang geweiht.«
»Wenn dieser Mann aber der Führer ist, hat er dann das Recht, seinem Volk die Wahrheit zu sagen? Oder ist es sogar seine Pflicht? Soll er sein Amt niederlegen und einem entschlosseneren Mann Platz machen, selbst wenn er weiß, daß die Lage aussichtslos ist, oder muß er bis zum Ende durchhalten? Ich bin hergekommen, um deine Meinung zu hören, so wertlos sie vielleicht auch sein mag, und ich hätte nichts dagegen, wenn deine seidige Stimme meinen Kummer linderte und mir diese Dornen aus dem Gewissen zöge.«
»Was du Gewissen nennst, ist wahrscheinlich nur dein törichter Stolz. Was käme schon Gutes dabei heraus, wenn du unserem Volk die Wahrheit sagtest? Das erwarten die Leute von ihren Führern gar nicht, wissen es auch nicht zu schätzen. Hat es einen Zweck, einem todkranken Menschen zu sagen, daß er sterben wird? Wenn er es bereits weiß, setzt es ihn nur in Verlegenheit, sehen zu müssen, wie du unter der Mitteilung leidest, und wenn er es nicht weiß, bist du der Dieb seiner letzten Freuden und der Mörder seiner Hoffnungen.«
»Wenn ich es ihnen sage, werden sie zu den Römern hinabgehen und am Leben bleiben.«
»Bist du so sicher? Und wenn du sie als Führer im Stich läßt, wer sollte dann an deine Stelle treten? Esau vielleicht? Dieser heimliche Lüstling würde noch, während die Römer die Tore erstürmen, irgendein Mädchen verführen. Alexas? Er würde mit Silva ein Tauschgeschäft machen – das Volk von Masada gegen seine eigene Freiheit. Assur? Der ist sogar noch dümmer als du, und was den Rest deiner Genossen angeht, so sind sie nicht wert ...«
Sie grunzte und spuckte abermals in den Sand, und ihre Lider senkten sich so tief herab, daß ihre Augen kaum mehr zu sehen waren.
»Tu nicht, als seist du eingedöst, alte Vettel. Dein Schweigen summt so laut wie ein ganzer Bienenstock.«
»Ich denke an eine römische Niederlage und überlege, ob ein galiläischer Versager wie du imstande wäre, sie ihnen beizubringen, indem deine be-

redte Zunge das Volk von Masada zu einer Tat anfeuert, die weit über die Fähigkeiten gewöhnlicher Sterblicher hinausginge. Du hast sie davon zu überzeugen, daß sie die Römer aus dem Land des Schweigens grüßen müssen.«

Eleasar versuchte zu lächeln. »Ich hätte wissen sollen, daß ich meinen Vormittag vergeude, wenn ich bei alten Weibern Rat suche.«

Abigail streckte ihre kleine, einer Vogelklaue ähnelnde Hand aus und berührte seinen Arm. »Die Römer dürsten nach unserem Blut«, flüsterte sie. »Versagen wir es ihnen. Wenn uns auch nur ein Tröpfchen Mut geblieben ist, wird das unser Sieg sein.«

Die Hügel von Moab lagen ausgedörrt in der sengenden Hitze, doch entlang dem fernen Horizont schienen sie von Wasserflächen durchschnitten und zwischen Himmel und Erde zu schwimmen. Schewa beobachtete die Sonne mit wachsender Sorge, denn Pomponius Falcos Worte klangen ihr noch immer im Ohr: »Ich rechne damit, daß wir uns spätestens morgen mittag wieder treffen werden. Bis dahin bist du das Unterpfand meiner Freiheit, und wenn wir uns zu guter Stunde wiedersehen, sollst du die deine zurückerhalten. Du warst bisher sehr vernünftig, deshalb ersuche ich dich, nicht zu vergessen, daß die Männer, denen ich dich anvertraue, Wilde sind, ziemlich kindische Menschen, die du besser nicht reizen solltest.«

Schon lange vor Morgengrauen hatten sie den engen, ausgetrockneten Wasserlauf am Rande des judäischen Gebirges erreicht, das sich bis zum Toten Meer hinab erstreckte. Das zerklüftete Gestein des Wadi versperrte jeden Ausblick nach Süden, nur die obere Hälfte von Masada war gerade noch zu sehen. Gen Norden jedoch konnte man einer Fata Morgana gleich die Oase Engedi erkennen. Unterhalb des Wadi, am Meeresufer entlang, verlief die Nachschubstraße zwischen dem fruchtbaren Palästina und den römischen Streitkräften vor Masada. Zwei lange Karawanen waren bereits in Richtung Süden hier vorübergezogen, und der gelbe Staub, den die letzte aufgewirbelt hatte, hing noch in der Luft.

Drei der Germanen lagen ausgestreckt hinter einem großen Felsblock, der ihnen vor der Morgensonne Schutz gewährt hatte. Jetzt, da die Sonne senkrecht über ihnen stand, schliefen sie noch immer und schnarchten markerschütternd. Die anderen hockten regungslos herum und rührten sich nur, um ihre haarigen Leiber zu kratzen.

Sie war sicher, nicht mehr lange in dem Wadi bleiben zu müssen, da die Soldaten weder Wasser noch Nahrung mitgenommen hatten. Ihr eigener Durst war wohl kaum geringer als der eines der Germanen, der sie an einen großen Affen erinnerte, den sie einmal auf dem Markt in Alexandria gesehen hatte. Er war voller Unruhe zum Rand des Wadi hinaufgeklettert und beobachtete jetzt, auf dem Bauch liegend, die Straße unten. Es war so still, daß sie hören konnte, wie die Steine den Abhang hinabrollten, wenn er seine Stellung änderte.

Um ihre wachsende Angst zu beschwichtigen, stellte Schewa sich vor, sie sei mit Flavius Silva zusammen. Du unsagbare Schlampe, hörte sie ihn sagen. Nicht um deine Familie, sondern um deine eigene kostbare Haut zu retten, hast du eingewilligt, mit einem Römer ins Bett zu gehen. Hast du vielleicht gefürchtet, Falco würde deine semitische Schönheit oder dein Hasenherz beschädigen, daß du den Mann verrietest, der dir sein Leben angeboten hatte? Sag mir, teurer General, glaubst du wirklich, deine Freunde in Rom würden es dulden, daß du mich mit Gewalt in ihre aristokratischen Kreise zwängst? Sie würden doch sofort sehen, was du offenbar nicht sehen willst, und sagen: Sie ist nicht nur eine Jüdin, sondern dazu noch eine feige Abenteurerin und ganz offensichtlich käuflich. Was würdest du tun, teurer General, wenn du einen halb jüdischen, halb römischen Sohn zeugtest? Man wird dich als den Sieger von Masada feiern. Würdest du deinen Sohn dann hierher schicken, damit er mit eigenen Augen den Ort sieht, an dem sein Vater so viele Juden umgebracht hat – wo seine Mutter in deinen Armen lag, während Tausende ihres Volkes starben? Du erfindest vielleicht doch lieber irgendeine römische Mutter, damit er standesgemäß aufwachsen kann.

Sie schloß die Augen und flüsterte: »Laß mich ihn doch hassen, Gott! Mach, daß er mich davonjagt!«

Sie hörte das Poltern von Steinen und sah, als sie aufblickte, wie der Germane von der Höhe des Wadi herabrutschte. Er weckte die anderen, und zwei von ihnen traten auf sie zu. Sie schienen verwirrt, als sie vor ihren ausgestreckten Händen zurückwich, und freuten sich, daß sie zögernd wieder zurückkam. Sie wiesen aufgeregt das Wadi hinab und schienen ihr mit ihren seltsamen Kehllauten irgend etwas sagen zu wollen. Gleich darauf begriff sie: Auf der von Masada kommenden Straße zog eine kleine Karawane entlang.

Einer der Germanen versuchte, sie vorwärts zu schubsen. Sie hob den Arm, um ihn abzuwehren. Wenn Pomponius Falco gekommen war, um seine Geisel abzuholen, dann bestand wirklich kein Grund, es ihm auch noch besonders leicht zu machen.

Als Schewa sah, daß die Karawane anhielt, verlangsamte sie ihre Schritte und schlenderte schließlich gemächlich das Wadi hinab. Plötzlich sah sie zu ihrem Schrecken, daß Eleasar ben Jair sich bei der Karawane befand. Er war zu Fuß und in Ketten, und sie durchfuhr der Gedanke: *Adonai!* Jetzt habe ich auch noch diesen letzten, schlimmsten Verrat begangen!

Sie sah Pomponius Falco zu Pferd an der Spitze des Zuges. Auf beiden Seiten wurde er von zwei hübschen Jünglingen gestützt. War er etwa betrunken? Hinter Eleasar kamen zwei Berittene, denen etwa zwei Dutzend Juden zu Fuß folgten, die vor einen schweren Proviantwagen geschirrt waren. Ein einzelner Reiter bildete die Nachhut.
Sie blickte gen Süden nach Masada. Doch keine Staubwolke eines zweiten Geleitzuges war zu sehen. Nichts als Wüste. Nun denn, General, hast du also schließlich doch die Nase voll von deiner Jüdin.
Sie fiel noch weiter zurück, während die durstigen Usipeter ihre Schritte beschleunigten und sich immer weiter von ihr entfernten. Sie winkten Falco zu, liefen jedoch geradewegs zum Proviantwagen.
Plötzlich blieb sie stehen. Durst und Hitze hatten offenbar ihr Sehvermögen gestört, denn sie sah die Karawane unversehens auseinanderbrechen wie ein großes Tier, das in einzelne Stücke zerfällt. Die Berittenen scherten aus und umkreisten die herankommenden Usipeter von hinten. Dann warfen die Juden, die den Wagen zogen, ihr Geschirr ab, und Metall blitzte auf, als sie sich auf die verblüfften Germanen stürzten. Noch ehe diese ihre Waffen ziehen konnten, sprang ein Haufen Legionäre vom Wagen und fiel über sie her. Einige kurze Augenblicke lang war nur heiseres Brüllen und der dumpfe Lärm kämpfender Leiber zu vernehmen. Dann lag die Wüste wieder in tiefem Schweigen da.
Schließlich rannte ein Mann auf sie zu, und obwohl er die Kleidung eines Juden trug, erkannte sie in ihm den Zenturion Geminus.
Er blieb stehen, bot ihr seine große Hand und knurrte: »Ich hoffe, du bist ihm noch so viel wert, wie du mir Mühe gemacht hast.«
Als er sie zum Proviantwagen geleitete, sah sie, daß Falcos Augen geschlossen waren und er nur durch eine Art Käfig aus schmalen Eisenstangen auf dem Pferd sitzen konnte. Das Gerüst wurde von Lederriemen zusammengehalten und war so elastisch, daß Falcos Arme der Bewegung des Pferdes nachgaben. Geminus warf einen Blick zu ihm hinauf und sagte: »Meiner Meinung nach sieht er tot besser aus als lebendig.«
Noch ehe die Legionäre Falco vom Pferd gezerrt und seine Leiche auf den Wagen geworfen hatten, schossen die Aasgeier bereits auf die gefallenen Germanen herab.

Nachdem man ihm versichert hatte, daß Schewa wohlbehalten in ihr Zelt zurückgekehrt sei, gab Silva endlich seiner Erschöpfung nach und legte sich schlafen. Es war bereits Abend, als er erwachte und widerwillig beschloß, die Jüdin noch nicht gleich zu rufen. Er ließ einige seiner Offiziere kommen und teilte ihnen – als sei ihnen die Tatsache völlig unbekannt – feierlich den Tod des Pomponius Falco mit. »Wir sind selbstverständlich tief bekümmert, daß ein so hervorragender Römer, unser Gast, aus dem

Leben geschieden ist. Es ziemt sich deshalb, ihm die letzte Ehre so zu erweisen, wie es einem Abgesandten Vespasians zusteht. Die Zeremonie wird morgen während der Abendwache stattfinden. Ich verlasse mich darauf, daß ein jeder von euch in seinem Kommandobereich die entsprechenden Vorbereitungen trifft.«
So stand am folgenden Tag, als sie Sonne flammend hinter den Bergen im Westen untergegangen war und weiches blaues Zwielicht die Wüste einhüllte, Flavius Silva barhäuptig vor dem riesigen Scheiterhaufen und blickte in den aufsteigenden Rauch. Sein gesamter Stab – in voller Montur – war hinter ihm versammelt. Zu seiner Linken standen seine Liktoren mit lorbeerumkränzten *Fasces*, zu seiner Rechten die Standartenträger. Silva war zufrieden mit den Vorkehrungen und hatte die verantwortlichen Offiziere ausdrücklich gelobt. Man hatte Sonderkuriere ausgesandt, um von der Oase Engedi Blumen zu holen, und ein Reiter war auf dem schnellsten verfügbaren Pferd Tag und Nacht geritten, um aus Joppa den traditionellen Zypressenzweig herbeizuschaffen. Geeignetes Holz für den Scheiterhaufen zu finden, stieß zunächst auf einige Schwierigkeiten, bis Rubrius Gallus, der pflichtschuldiges Erstaunen über Falcos Tod zeigte, vorschlug, man solle die Schleudermaschinen, die überflüssig geworden waren, zu Brennholz zerhacken. Normalerweise hätte man diese Maschinen zusammen mit dem übrigen Kriegsmaterial der Zehnten Legion eingesetzt, um den Feind mit einem Hagelschauer kurzer Wurfspeere und Bolzen zu überschütten, aber ihre Seile und Taue waren aus irgendeinem Grund in der Wüstenluft brüchig geworden und hatten ihre Elastizität eingebüßt. Alle Versuche, sie durch Roßhaar oder Tiersehnen zu ersetzen, waren ohne Erfolg geblieben. Von der üblichen Batterie – sechzig Maschinen –, über welche die Legion verfügte, waren nur noch vierundzwanzig verwendbar. Silva war mit dem Vorschlag einverstanden und hatte lediglich bemerkt, er sei froh, daß man nicht in den Ebenen Galliens oder im Moorland Britanniens zu kämpfen habe, wo Schleudermaschinen unerläßlich sind.
Der Mangel an Gewürzen und Essenzen, die das Bestattungsfeuer wohlriechender machen sollten, hatte ebenfalls Kopfzerbrechen gemacht, bis der allzeit findige Ummidus Fabatus schließlich bei den nabatäischen Händlern einen kleinen Vorrat von Weihrauch, Myrrhe und Kassiazimt aufstöberte.
Von Silvas Schreiber war alles sorgfältig verzeichnet worden, außerdem hatte er Weisung, über die anschließende Feier einen genauen Bericht anzufertigen, der dann Cornelius Tertullus und dem Sklaven Albinus ausgehändigt wurde. Sie sollten die Niederschrift in Rom übergeben und zugleich aus erster Hand berichten, die Usipeter seien von einer Bande jüdischer Straßenräuber aus dem Hinterhalt überfallen und niederge-

macht worden.
Silva hatte Rubrius Gallus fest ins Auge geblickt und ihm erklärt, er sei über den Verlust seines vornehmen Gastes so betrübt, daß er sich außerstande fühle, die Leichenrede zu halten. Würde der gute Freund Gallus ihm diese Pflicht vielleicht abnehmen? Gallus hatte mit dem nämlichen feierlichen Ernst abgelehnt und erklärt, er sei so sehr mit der Rampe beschäftigt gewesen, daß er keine Zeit gehabt habe, mit Vespasians Abgesandten näher bekannt zu werden, und er fürchte darum, seiner glänzenden Persönlichkeit nicht gerecht werden zu können. Man einigte sich deshalb darauf, die Rede überhaupt wegzulassen; statt dessen würde Silva persönlich eine Münze für Charon auf Falcos Lippen legen. Er wählte einen Schekel, der auf der einen Seite den Kopf Vespasians, auf der anderen das eroberte Judäa zeigte.
Dies alles wurde schriftlich niedergelegt.
Als die Flammen hoch aufloderten und das prächtige Ruhebett, auf dem Falcos Leichnam aufgebahrt war, zu umzüngeln begannen, setzten, wie Silva mit Befriedigung feststellte, genau nach dem Gesetz der Zwölf Tafeln die Zeremonien ein. Die vorgeschriebene Anzahl von Flötenbläsern war zur Stelle – keine geringe Leistung, mußte Silva denken, denn es gab in der ganzen Zehnten Legion nicht genug Flötenspieler, um die gebotenen zehn Mann zusammenzubringen. Er hatte deshalb angeordnet: »Laßt die Musiker die Töne machen, die übrigen Männer sollen lediglich die Flöten an den Mund halten, ohne zu blasen.«
Die Tradition verlangte außerdem, daß alles, was der Verstorbene im Leben geliebt hatte, herbeigeschafft und mit ihm zusammen eingeäschert werde, damit es ihn auch in der nächsten Welt erfreuen konnte. Silva hatte sich mit ernster Miene erkundigt, ob Albinus und Cornelius vielleicht wünschten, mit dem Toten den Scheiterhaufen zu besteigen, und sehr erstaunt getan, als sie es ablehnten.
Nun senkte sich die Dunkelheit über die Wüste, und Silva, der einen Blick über seine Schulter nach hinten warf, bemerkte, daß sogar die Juden von dieser großartigen Bestattungsfeier beeindruckt waren. Die zeitweilige Unterbrechung der Arbeit an der Rampe war also keine völlig vergeudete Zeit. Jetzt marschierten – laut Befehl – zwei Kohorten mit nach unten gekehrten Feldzeichen und gegeneinanderschlagenden Waffen dreimal von rechts nach links um den Scheiterhaufen herum – ganz so, als sei Pomponius Falco ein höchst ruhmreicher Feldherr gewesen.
Einen Augenblick lang beobachtete Silva interessiert eine kleine Pantomime, die sich einige Schritte von ihm entfernt abspielte. Dort standen Cornelius Tertullus und Albinus nebeneinander. Als die Flammen hochschlugen und das Ruhebett einhüllten, sah er, daß sie sich an den Händen hielten. Es fiel ihm schwer, ein Lächeln zu unterdrücken, und er mußte

plötzlich daran denken, daß Falco gesagt hatte, überall herrsche nichts als Hinterhältigkeit und Doppelzüngigkeit.
Schließlich war die Parade vorüber. Silva hob grüßend die Hand zum Scheiterhaufen und flüsterte: »Fahr wohl, Pomponius Falco. Wie du selbst erst kürzlich bemerkt hast, glaubt niemand von einigem Verstand heute noch an *gloria patria.*«

Flavius Silva lag auf seinem Ruhebett und sah den Morgen durch das halbmondförmige Loch an der Spitze seines Zeltes heraufdämmern. Er dachte nicht mehr daran, die Lücke schließen zu lassen. Sie war ihm auf eigentümliche Weise lieb geworden, als gehöre dieser kleine Makel zu seiner glücklichen privaten Welt. Schewa lag an seiner Seite, und zum ersten Mal war er wirklich überzeugt, daß sie sich ihm ohne jeden Vorbehalt hingegeben hatte.
Jetzt, beim Anbruch des Tages, verlangte ihn danach, den Göttern ein Dankopfer für das Geschenk dieser Frau darzubringen. Allein der Gedanke, sie zu berühren, dachte er, versetzt mich schon in Erregung. Aber es ist noch mehr als das – ohne Worte geben ihre Lippen mir mehr Liebe und Lebenskraft, als ich je zuvor bekommen habe. Selbst wenn der Sturm der Leidenschaft vorüber ist und wir nur still nebeneinander liegen, sind wir noch immer eins. Wir sind das Leben. Doch ich habe mich so lange mit dem Geschäft des Todes befaßt, daß ich mich vor diesem Glück beinahe ein wenig fürchte. Ist es nicht zu zerbrechlich, um von Dauer sein zu können? Bin ich imstande, damit umzugehen, ohne es zu zerstören? Kleine Jüdin mit dem zauberhaften bernsteinfarbenen Leib, kleine Jüdin, die du es nicht über dich gebracht hast, diesen verwirrten Krieger zu töten, hilf mir, deinen Zauber zu begreifen, damit ich mich ganz und gar unserer Zukunft hingeben kann. Nichts auf dieser Welt sollst du entbehren, das dir zu geben in meiner Macht liegt.
Er hörte, wie sie leise seufzte, sich dann streckte und mit geschlossenen Augen fragte: »Was fesselt deinen Blick?«
»Woher weißt du, daß ich etwas anschaue? Deine Augen sind doch geschlossen.«
Sie schwieg; dann sagte sie sehr langsam: »Ich sehe dich in meinem Innern. Zuweilen glaube ich, ich wüßte, was du tust, auch wenn du eine Meile weit weg bist.«
»Ich starre auf die Lücke im Zelt über uns. Ich werde den Fehler nicht beseitigen lassen, wie ich eigentlich beabsichtigt hatte.«
»Warum nicht?«
»Ich weiß nicht. Ich hab' sie ganz einfach gern. Sie kündet mir die Ankunft eines neuen Tages ebenso lautlos, aber genauso nachdrücklich, wie ich überzeugt bin, daß wir den Rest unseres Lebens zusammenbleiben

müssen. Eine Trennung wäre eine verbrecherische Beleidigung der Götter.«
»Gottes!«
»Wie du willst.«
»Wie hieß deine Frau? Ich habe ihren Namen vergessen.«
»Wie kannst du nur so plötzlich das Thema wechseln?«
»Ich bin eben eine Frau.«
»Ist das eine Entschuldigung oder eine Erklärung? Sie hieß Livia.«
»Hast du sie geliebt?«
»Ja. Sehr... aber es war nicht dasselbe.«
»Dasselbe wie jetzt?«
»Ja. Noch nie habe ich jemanden so sehr geliebt wie dich. Ich kann mir nicht vorstellen, dieses Gefühl des vollkommenen Einsseins mit irgendeiner anderen Frau noch ein zweites Mal erleben zu können. Es ist...«
»Lügner.«
Er stützte sich auf den Ellbogen und blickte auf sie herab.
»Wie kannst du nur so etwas sagen?«
»Alle Römer sind Lügner. Im Schlaf hast du den Namen Ummidia genannt. Wer war sie?«
Silva zauderte. Die ungezwungene Art, mit der sie ihn beschuldigt hatte, belustigte ihn, und mehr noch amüsierte ihn sein Vergnügen, mit dem er die Beschuldigung einsteckte. Endlich, dachte er, ist die Zeit gekommen. Jetzt bin ich offensichtlich soweit, gezähmt und ans häusliche Leben gewohnt zu werden.
»Ummidia war meine Konkubine – leider keine sehr glückliche.«
»Warum nicht?«
»Über das Warum möchte ich nicht gern sprechen. Ich wünschte nur, sie könnte mich jetzt sehen.«
»Hast du sie nicht so geliebt wie deine Frau?«
»Nein.«
»Was stimmte denn nicht mit Ummidia?«
»Sie war völlig in Ordnung. Sie versuchte es, und ich versuchte es, doch es klappte einfach nicht. Die Tatsache, daß wir einander mochten, änderte überhaupt nichts daran. Und jetzt reden wir lieber über etwas anderes.«
»Ich möchte aber über nichts anderes reden. Ich möchte wissen, was mit Ummidia nicht stimmte.«
»Warum ist sie denn plötzlich so wichtig?«
»Weil Ummidia und Livia und Schewa alle miteinander verwandt sind. Wenn ich ein Kind von dir hätte, wären sie seine Tanten.«
»Da komme ich wirklich nicht mehr mit. Livia stammte aus einer Patrizierfamilie, sie war sehr römisch, sehr still, beflissen und lernbegierig, Ummidia ziemlich füllig, eine Feinschmeckerin und von äußerst ver-

ständnisvollem und herzlichem Wesen. Der Gegensatz zwischen euch dreien spottet jeder Beschreibung. Wo sollte da irgendeine Verwandtschaft bestehen?«

Er sah in ihren Mundwinkeln den Anflug eines Lächelns, und ihre Augen blinzelten schelmisch. »Genau hier, an dieser Stelle«, antwortete sie und streckte die Hand nach ihm aus. »Hier bei unserem Onkel Flavius – unbeschnitten, aber trotzdem liebenswert.«

Er rollte sich lachend auf sie und brachte ihre Lippen mit einem Kuß zum Schweigen.

Die Lücke im Zeltdach war zu einem weißglühenden Lichthalbmond geworden, als sie wieder still nebeneinanderlagen. Schewas Atem ging noch immer rasch, als sie sagte: »Geliebter Lügner, du erschöpfst mich. Ich hab' nicht mehr die Kraft, dich zu hassen.«

»Dann macht Rom ja Fortschritte.«

»Hast du noch immer die Absicht, mich nach Rom mitzunehmen? Ich fürchte mich davor. Ich glaube, ich lasse mich nicht gut verpflanzen. Wenn du erst wieder von allem, was dir vertraut ist, umgeben bist, werde ich in deinen Augen anders aussehen als jetzt.«

»Wenn du darauf bestehst, in Palästina zu bleiben, so läßt sich das vermutlich einrichten. Ich werde mal mit dem Prokurator sprechen – einem Bekannten von mir namens Silva. Er ist in vieler Hinsicht ein rechter Tölpel, aber er versucht immerhin, einsichtsvoll zu sein.«

»Und was wird er den Juden auf Masada antun?«

Er bemerkte den Wechsel in ihrer Stimme, und sie schien, obwohl sie sich nicht rührte, von ihm wegzurücken.

»Ich weiß nicht, was er mit ihnen tun wird, da sie hartnäckig jeden Kompromiß ablehnen. Ich fürchte, die Sache ist jetzt nicht mehr in seiner Hand.«

»Warum? Hat er seinen Befehlshaberposten verloren?«

»Er wird ihn bestimmt verlieren, wenn es ihm nicht gelingt, Masada zu nehmen. Und es liegt jetzt klar auf der Hand, daß die Juden es ihm nicht freiwillig geben wollen.«

»Dann müssen die Menschen auf dem Berg also sterben.«

»Wir sind noch nicht oben.«

»Wie soll ich weiterleben, wie mit dir leben, nachher ...«

»Darf ich dich darauf hinweisen, daß nicht du für die Leiden der Juden verantwortlich bist? Und ebensowenig bin ich für die Politik des Römischen Reichs verantwortlich. Wir sind zwei Menschen – sonst nichts. Für uns ist alles richtig und in Ordnung. Wir haben jetzt April und stehen folglich unter dem Schutz der Venus. Manche Leute opfern sogar der Isis von Pharus, die sich in deinem heimatlichen Alexandria befindet. Wir sollten nehmen, was die Götter uns geben. Ob es zuviel oder zuwenig war,

darüber können wir uns streiten, wenn wir tot sind.«
»Eleasar ben Jair hat recht gehabt. Er sagte, ich sei eine Schande für das jüdische Volk.«
»Er verdreht wie gewöhnlich die Tatsachen. Es gibt kein jüdisches Volk.«
Plötzlich horchte er aufmerksam und beugte sich vor. Da war sie wieder, die alles durchdringende Stille, und dabei war noch gar nicht Essenszeit. Die Arbeit an der Rampe hatte aufgehört.
Er wartete, legte den Kopf zur Seite, als könne er so besser hören. Aber es blieb weiter still. Er warf einen Blick hinauf zur Lücke im Zeltdach und dann hinüber zum Zelteingang. Zwischen den Wachtposten draußen fand ein Wortwechsel statt, anscheinend mit einem Fremden. Er hörte, wie einer der Posten beharrlich erklärte, der General dürfe nicht gestört werden.
Er setzte sich auf und rief hinaus: »Was ist denn da draußen für ein Lärm? Muß das sein?«
Dann vernahm er die vertraute Stimme von Paternus: »Herr! Ein Bote ist da vom Tribun Rubrius Gallus. Er läßt melden, die Rampe ist fertig!«

Der Tribun Metilius Nepos wurde als erster der Offiziere in Silvas Zelt befohlen. Er traf im Laufe des Vormittags ein und meldete, alle Waffen und Kriegsmaschinen seien einsatzbereit. Nepos hatte zwar kaum erwartet, seinen General noch im Bad anzutreffen, aber es fiel ihm sofort auf, daß ein neuer Unternehmungsgeist Silva beflügelte.
»Haben Sie zur Abwechslung einmal eine Nacht gut geschlafen, Herr?«
»Vorzüglich, Nepos, besten Dank. Ich könnte mir ohne weiteres einbilden, wieder ein Jüngling zu sein.«
Kurz darauf teilte Nepos seinen Kameraden vertraulich mit, der General sei in der Tat wieder in allerbester Form und beabsichtige, noch heute zur Mittagsstunde die Auspizien zu konsultieren. Und da sie von der Jüdin wußten, waren sie ihr alle insgeheim dankbar.
Die Kunde vom unmittelbar bevorstehenden Angriff lief rasch durch alle Lager und bestätigte sich, als Silva in voller Rüstung erschien und mit raschen Schritten die *Principia* zum *Tribunal* entlangmarschierte, wo auf seinen Befehl hin die Priester und sein Stab bereits versammelt waren. Während die meisten Heerführer die Auspizien im abgeschiedenen *Praetorium* befragten, wo nur ihre Offiziere und Leibwachen Zeugen der Zeremonie waren, ließ Silva alle Dienstgrade an ihr teilnehmen und entschädigte sie damit zum Teil für seine Weigerung, vor Beginn der Schlacht eine Ansprache zu halten.
Während er entschlossen die breite *Principia* entlangschritt, spürte Silva, daß sich eine Wandlung in ihm vollzogen hatte. Sie entsprang, wie er meinte, zum Teil diesem neuen Gefühl der Ganzheit und Vollständigkeit, das die vergangene Nacht mit Schewa in ihm geschaffen hatte. Jetzt wurde es noch verstärkt durch die stetig anschwellenden Zurufe seiner Legionäre. Zunächst waren es nur sehr wenige Stimmen, und die Leute schienen seinen Namen ohne viel Begeisterung zu rufen; aber bis er zum *Tribunal* gelangte, waren die heiseren Rufe und Aufforderungen zu sofortigem Angriff eine überwältigende Bestätigung seiner einstigen Beliebtheit geworden.
Er vernahm seinen Namen tausend- und aber tausendmal, und die Wiederholung begleitete seine Schritte: *»Silva! Silva! Silva!«* Die Betonung lag stets auf der letzten Silbe, die abrupt verhallte, während das Tempo der Rufe sich ständig steigerte.
Die Nachricht von Silvas Kommen verbreitete sich rasch im ganzen Lager,

und beim Anblick seiner eindrucksvollen Gestalt in der prächtigen Rüstung mit dem schwingenden, scharlachrot gefütterten Überwurf, der sein Hinken allerdings noch zu betonen schien, konnten nur wenige Soldaten Freudenrufe unterdrücken. Hier schritt zur heißesten Stunde des Tages, da jeder Atemzug einen zu verbrennen schien, ihr Befehlshaber so prächtig und kraftvoll einher, als rückte er gegen Rom selbst aus. Die kühne Haltung seines Kopfes sprach von großen kommenden Ereignissen, und die zuversichtliche Art, mit der er immer wieder die Hand hob und beinahe jedes einzelne Gesicht, das sich ihm zuwandte, gesondert grüßte, ließ nur wenige Legionäre ungerührt. Sie hoben ihre Schilde hoch, schlugen mit den Schwertern daran und begleiteten so ihr rauhes Rufen und Singen mit rhythmischen Schlägen.
Mit dem anschwellenden Lärm wuchs Silvas Glaube an den bevorstehenden Sieg. Jetzt, dachte er, jetzt ist der günstigste Moment für den Sturm auf Masada gekommen, gleichgültig, was die Auspizien verheißen! Donner zur Linken ist doch ein gutes Omen? Nun denn, hier rollt ein Donner, der die Mauern der Wüste zu erschüttern vermag, und man braucht sich nur einfach nach rechts zu wenden, so wird er stets zur Linken sein. Der brausende Lärm der Legionäre rollte den Hang hinab, sprang über den Ostwall des Lagers, fiel in das Wadi hinunter, erhob ich von neuem und brandete wie eine Folge berstender Wellen gegen die majestätische Felswand von Masada. Hier, inmitten des Gebrülls, dachte Silva, war das letzte, das endgültige Recht. Hier waren Macht und Recht. Hier, trotz aller Worte eines armseligen Juden, war Rom, das die ganze Welt zivilisierte.
Silva hielt vor den Stufen des *Tribunals* inne und blickte lange und mit ernstem Gesicht zu dem Berg hinauf. Dann lächelte er und hob zur Freude aller, die ihn sehen konnten, die geballte Faust drohend gegen die Befestigungswälle. Die Geste löste ein Riesengebrüll aus, während er zum *Tribunal* hinaufstieg.
Silva blickte forschend in die Gesichter seiner Offiziere und las in ihnen, daß dies die Stunde des Triumphes war. Und warum auch eigentlich nicht? überlegte er. Hier stand der erfahrene Krieger Flavius Silva, römischer Patrizier und General des Heeres, zurückgekehrt in den Schoß der Seinen. Hier war seine Heimat. Hier waren Männer, die die Geschichte seiner Familie, seine Geschichte kannten. Hier waren Waffengefährten, die ihm bis ans Ende der Welt folgen würden.
Er übergab Attius seinen Helm und begrüßte jeden der Offiziere mit einem persönlichen Wort: »Arvianus ... alle Verbindungen hergestellt? Liberalius ... sind die anderen Lager verständigt? Teurer Rubrius Gallus ... was wirst du nun, da die Rampe fertig ist, anfangen? Vielleicht ein paar von meinen Büchern lesen? Clemens ... ich wage zu behaupten, daß

deine Schwierigkeiten mit der Disziplin der Truppe ab heute zu Ende sein werden ... Fabatus, guter, sorgenvoller Freund, wie wirst du mit unserem Überfluß zurechtkommen, wenn alles, was die Juden gehortet haben, erst unser ist?«

Die fünf Priester grüßte er weniger zuvorkommend. Sie trugen ihre gestickten Röcke mit den Bronzegürteln und die hohen kegelförmigen Mützen. Sie waren dem Kriegsgott Mars geweiht und darum alle mit einem rituellen Schwert gegürtet; in der Rechten hielten sie einen kurzen Speer, in der Linken einen Schild. Silva war es stets unbehaglich zumute, wenn die Priester ihres Amtes walteten. Sie spüren meine Zweifel, dachte er. Denn *eine* Macht besitzen sie tatsächlich: die Gabe, Menschen zu durchschauen. Und wenn sie meine Gedanken lesen, entdecken sie einen Skeptiker. Bei meinem Anblick vergeht manchem Priester der Appetit, und das ist das Schlimmste, was man ihm antun kann.

Silva war belustigt, denn ausnahmsweise waren es einmal die Priester, die sich unbehaglich fühlten, während er ihren emsigen Vorkehrungen zusah. Anscheinend hatte die Kunde von der Fertigstellung der Rampe und seinem Beschluß, die Auspizien zu befragen, sie verspätet erreicht, oder es war irgend etwas anderes schiefgegangen. Jedenfalls machte der Hohepriester nach Silvas Ansicht eine unglückliche Figur, denn er stotterte nicht nur, sondern lispelte auch und war kaum zu verstehen, als er Weisung erteilte, den erzenen Dreifuß, der dem Apoll geweiht war, in einer gewissen Entfernung vom Altar aufzustellen. Er hantierte aufgeregt herum,während es seinen Gehilfen nicht gelang, rechtzeitig das Feuer zu entzünden, und schließlich weigerte sich auch noch der alte Ziegenbock, der als Opfer bestimmt war, auf das *Tribunal* zu steigen, was bereits ein schlechtes Omen war.

Inmitten dieser Verwirrung führte Silva ein lebhaftes Gespräch mit seinen Offizieren, wobei er immer wieder lächelnd der wachsenden Zahl der Legionäre zuwinkte, die sich versammelten, um Zeugen der Zeremonie zu sein. Während er den Priestern zusah, die sich mit dem widerspenstigen Ziegenbock abmühten, flüsterte er Rubrius Gallus zu: »Die Priester mögen es für ein schlechtes Omen halten, aber ich glaube, der Bursche ist lediglich ein raffinierter Drückeberger. Er hat nicht den geringsten Wunsch, seinen Teil zum Sieg Roms beizutragen.« Silva strömte so viel Zuversicht aus, daß die Offiziere und Legionäre, die nahe genug standen, um seine Worte hören zu können, laut auflachten.

Endlich, als alles wenigstens halbwegs zur Zufriedenheit des Hohenpriesters ausgeführt war, begann dieser, die *Axamento* zu singen, Verse, in einem so altertümlichen Latein, daß niemand sie verstehen konnte. »Ich bezweifle, daß er selbst sie versteht«, murmelte Silva. Er war kampfbereit. Er wußte, daß er siegen würde, und was sich hier abspielte, war nur Zeit-

verschwendung.
Als der Hohepriester mit seinem Singsang fertig war, gab er Weisung, das *Auguratorium* – einen riesigen hölzernen Käfig – zu öffnen, das man, wie sich Silva erinnerte, unter beträchtlichen Kosten und Mühen quer durch die Wüste mitgeschleppt hatte.
In dem Käfig befanden sich etwa fünfzig Vögel jeglicher Art, von Schwalben bis zu Seemöwen, welche die Priester in verschiedenen Gegenden Palästinas eingefangen hatten. Silva hatte Befehlshaber gekannt, die alles, was die Priester sagten, unbesehen glaubten und vom Verhalten der freigelassenen Vögel entweder gewaltig ermutigt oder hoffnungslos niedergedrückt wurden. Wenn die Priester verkündeten, die Vögel sollten nach Süden fliegen und sie flogen statt dessen nach Norden, dann waren die Vorzeichen ungünstig.
»Wehe dem, der sich den Auguren widersetzt!« riefen die Priester und öffneten den Käfig.
Zu Silvas Belustigung flogen die Vögel in sämtliche Richtungen davon, und einige weigerten sich, den Käfig überhaupt zu verlassen. Eine kreischende Möwe stieß einem Priester die Mütze vom Kopf, und Silva hielt sich die Hand vor den Mund, um sein Lachen zu verbergen. Das ist wirklich sehr gut, mußte er denken. Diesmal fühle ich mich vor der Schlacht wohler als je zuvor in meinem Leben. Nein, das stimmt nicht ganz. An Schewas Seite fühle ich mich noch wohler.
Trotz des konfusen Verhaltens der Vögel teilte der Hohepriester Silva mit, daß die Zeichen gut stünden. Er wies auf den Ziegenbock, der jetzt ruhig vor dem Altar stand, und erklärte die Gefügigkeit des Tieres für ein sehr gutes Omen. Silva nickte und befahl ihm, mit der *Libatio* fortzufahren. Der Priester zerkrümelte nun einen gesalzenen Kleiefladen über dem Kopf des Ziegenbocks, nahm persönlich eine Kostprobe einer Mischung aus Weihrauch und Wein und goß diese dann dem Tier zwischen die Hörner. Dann zupfte er ihm die oberen Haare zwischen den Hörnern aus und warf sie mit einer Geste, die Silva für diesen Anlaß übertrieben großartig vorkam, ins Feuer. Im selben Augenblick schlug ein anderer Priester den Ziegenbock mit einem schweren Holzhammer nieder und fragte: *Agone?* Der Hohepriester antwortete: *Hoc age*. Nun stachen sämtliche Priester mit ihren Messern auf das Tier ein, fingen sein Blut in Kelchen auf und gossen es über den Altar; da der Ziegenbock sich offensichtlich nicht mehr zum Essen eignete, erklärte Silva sich ohne weiteres einverstanden, daß sie das *Holocaustum* vornahmen und das Tier dem Feuer übergaben. Nur die Leber behielt man zurück, und Silva stand geduldig wartend da, während die Priester sie untersuchten. Sie schnitten die Leber in zwei Teile – die *Familiaris*, die bevorstehende Ereignisse für die Legion anzeigten, und die *Hostilis*, aus denen das Geschick des Feindes zu ersehen war. Silva

sah, wie sie nach Auswüchsen am Ende der Blutgefäße forschten; er wußte, waren solche *Caputs* genannte Läppchen nicht vorhanden, galt das als schlechtes Omen.
Während Silva auf den Urteilsspruch wartete, hob er den Blick und sah einen Bussard, der über ihnen kreiste. Das, mußte er denken, ist ein Omen, das ich verstehe, an das ich glaube.

Silva konnte beim Anblick der fertiggestellten Rampe kaum glauben, daß ihre Existenz tatsächlich ihm zu verdanken war. Ohne die Arbeiter, Maschinen, Tiere und Werkzeuge erschien sie noch viel monumentaler. Ihre Wirkung war so überwältigend, daß sie eher wie eine Laune der Natur als wie ein Werk von Menschenhand aussah. Einer gewaltigen Schulter gleich hob sie sich empor, um den Leib von Masada zu stützen – ein blendend weißes Monument in der Sonne, und Silva konnte es sich nicht versagen, seinem ehrfurchtsvollen Staunen Ausdruck zu verleihen. »Unser Freund Gallus«, sagte er mit feierlichem Ernst zu seinen Offizieren, »hat es gewagt, dem Antlitz der Erde seine Nase aufzudrücken.«
So aufmerksam, wie er gerade dem Bussard zugesehen hatte, beobachtete Silva jetzt die Sonne, denn es war von größter Bedeutung für seinen Plan, wie rasch sie unterging. Zu seiner Genugtuung stellte er fest, daß sie ihre Bahn zog, als unterstehe sie seinem Befehl.
Da jede Einzelheit des großen Sturmangriffs bereits vor Monaten festgelegt worden war, konnte man auf eine förmliche Stabsbesprechung verzichten. Silva hatte lediglich den Blick von dem kreisenden Bussard abgewandt und erklärt: »Jetzt werden wir den Juden den Berg wegnehmen.« Und damit war die Sache erledigt.
Als sich die römische Militärmaschine jetzt in Bewegung setzte, wurde deren erstaunliche Organisation deutlich. Binnen weniger Minuten waren berittene Kuriere nach den östlichen Lagern und dem südlichsten Feldlager unterwegs mit der Weisung, die zuvor bereits festgesetzten Kontingente an Legionären und Hilfstruppen heranzuführen. Rings um den Wall wurden die Wachen verdoppelt, damit während des kommenden Tumults keine Juden entfliehen konnten. Jede Kohorte der Zehnten Legion erhielt Befehl, eine leichte Mahlzeit zuzubereiten und sich dann voll bewaffnet in Kampfbereitschaft zu halten. Silva meinte, daß die besonderen Bedingungen des Angriffs größte Anforderungen an die Pioniere stellen würden, und wies ihnen darum zwei Kohorten, die Dritte und die Fünfte, als Verstärkung zu. Alle diese Maßnahmen waren schon seit langem bekannt, und die Legionäre machten sich so ruhig und selbstverständlich an ihre Aufgabe, als seien sie auf dem Übungsplatz.
Der Angriffsturm war bereits vor Abschluß der Bauarbeiten an den Sockel der Rampe gerückt worden. Jetzt überprüften die Pioniere unter dem

wachsamen Auge von Rubrius Gallus ein letztes Mal die Winden, Seile und Flaschenzüge. Die Rampe war sehr steil und der Turm besaß ein ungeheures Gewicht. Alles kam darauf an, daß er rechtzeitig und unbeschädigt auf seinem Platz stand.

Der große Rammbock ruhte auf einem eigenen Fahrgestell, das hinter dem Turm die Rampe hinaufgezogen werden sollte. Es war der längste und schwerste Rammbock, den die Legionäre je gesehen hatten, aber es fehlte ihm der traditionelle Rammkopf an der Spitze. In ganz Palästina gab es keine Schmiedewerkstätte, die eine solche Metallarbeit hätte ausführen können, und so hatten die Pioniere ihn lediglich mit einer einfachen Eisenkappe versehen, um das Holz zu schützen.

Silva staunte insgeheim über Rubrius Gallus' Zuversicht, daß der große Balken mühelos schwingen werde. Aber Gallus hatte ihm mit seiner tiefen Baßstimme erklärt: »Sobald wir den Drehpunkt des Rammbocks ermittelt haben, werden wir die Lederschlingen entsprechend regulieren. Ein kleines Kind kann dann den Schwung herstellen, indem es den Balken einfach rhythmisch bewegt. Geben Sie uns nur genügend Deckung, und wir werden die Mauer niederreißen.«

Und das wird er auch, dachte Silva. Rubrius Gallus war von jener Art Männer, die die Pyramiden erbaut hatten, und wenn man ihm befehlen würde, den Felsen von Masada völlig zu zerstören, so würde er auch dazu Mittel und Wege finden.

Rubrius wird seine Deckung erhalten. Ja, aufgrund der Voraussicht seines Generals würde Gallus sogar einen gewaltigen Freund und Verbündeten am Himmel besitzen. Jetzt endlich sollten die Qualen, welche die Sonne den Römern bereitet hatte, heimgezahlt werden, denn sie würde während des Sturmangriffs den Juden direkt in die Augen scheinen. Und während das grelle Licht sie blendete, würde zugleich jedes Ziel hell aufleuchten, das sich hinter der Mauer zu zeigen wagte.

Fünfzig der erfahrensten arabischen Bogenschützen waren ausgewählt worden, um im gepanzerten Oberteil des Turms die Rampe hinaufzufahren. Wenn Gallus' Berechnungen stimmten – und Silva konnte sich nicht erinnern, daß sie jemals nicht gestimmt hätten –, würde sich der Turm zwei Stunden, nachdem er in Bewegung gesetzt worden war, auf halber Höhe der Rampe befinden. An dieser Stelle lag dann die Brustwehr Masadas in Reichweite der Bogenschützen, die die Sonne im Rücken hatten. Während der Turm weiter hinaufstieg, würde die Sonne hinter ihnen langsam untergehen und – wenn alles planmäßig ablief – den Juden dann direkt in die Augen scheinen; das war nach Silvas Meinung der kritischste Moment, in dem der Gegner möglicherweise verzweifelt Gegenwehr leisten würde.

Silva erinnerte sich, wie er vor langer Zeit, als die Zehnte Legion eben in der Wüste eingetroffen war, hier an dieser Stelle mit Gallus gestanden und gesagt hatte, wenn schon eine solche Kraftanstrengung unternommen werden müsse, um Masada zu erobern, so könne man dabei vielleicht natürliche Gegebenheiten nutzen. Die Tage des Monats April boten dreizehneinhalb Stunden Licht und zehneinhalb Stunden Dunkelheit. Da sie von Westen her angreifen mußten, warum dann nicht die geplante Rampe so anlegen, daß sie die Sonne im Westen voll ausnutzte? Gallus hatte zuerst mißmutig etwas von allerlei Komplikationen gemurmelt, dann jedoch gehorsam den Lauf der Sonne berechnet, den sie zum Zeitpunkt der Fertigstellung der Rampe nehmen würde. Er hatte ermittelt, daß ein leichter Winkel nach Norden die Sonne direkt auf die Mitte der Rampe scheinen ließ. Beide Männer wußten daher, noch ehe der Bau der Rampe überhaupt begonnen wurde, daß der Sturmangriff etwa an diesem Tag und zu dieser Tageszeit erfolgen mußte. Es war ein Geheimnis, das sie mit niemandem teilten, und jetzt, da alles, einschließlich der Sonne, nach Plan verlief, mußten sie es feiern. »Ich danke dir, mein guter Gallus!« sagte Silva. Er umarmte den Tribunen und schlug ihm anerkennend auf die Schulter. »Herr der Zeit, Herr der Berge«, lachte er– »und Herr und Meister der Sonne!« Er sah, daß Gallus zum ersten Mal, seit er ihn kannte, wirklich lächelte.

Hinter dem Turm am Sockel der Rampe befanden sich zwei *Testudos*, Schutzdächer, und unter jeder dieser schildkrötenartigen Konstruktionen stand eine Schleudermaschine, die von Legionären der Fünften Kohorte bedient wurde. Ihre Munition war von jüdischen Arbeitssklaven bereits die Rampe hinaufgeschafft und auf zwei Plattformen gestapelt worden, die zu beiden Seiten der Rampe in sorgfältig errechneter Entfernung unterhalb des Turms errichtet worden war, um dem direkten Beschuß von oben zu entgehen und dabei doch nahe genug, um dem Turm, auf den alles ankam, Flankendeckung zu gewähren. Die *Testudos* wurden von balearischen Schleuderern verteidigt, die offen und ohne Deckung kämpfen mußten. Silva erwartete nicht, daß viele von ihnen den Tag überleben würden.

Silva war selbst erstaunt über die gewaltige Menschenmasse, die seine lapidaren Befehle hier versammelt hatten. Ohne diesen leichten Wind, der den Staub wegbläst, dachte er, wäre zumindest die Hälfte von ihnen überhaupt nicht zu sehen. Gewaltige Staubwolken hoben sich vom Boden der glühenden Wüste und blieben wie schmuddlige Vorhänge über der Bühne des großen Schauspiels hängen. Zuweilen sah Silva Gruppen der mehr als fünfzehntausend Juden, die an der Rampe versammelt waren und die Flaschenzüge bedienen sollten. Die meisten von ihnen hatten sich in den Staub gelegt oder lehnten dösend an größeren Felsblöcken. Legionäre mit aufgerollten Peitschen standen in regelmäßigen Abständen zwischen den

Juden und schienen sich im Augenblick für ihre »Schützlinge« nicht mehr zu interessieren als ein Schafhirt für seine Herde.
Silva schätzte, daß an die zwanzigtausend Menschen auf der Rampe oder in ihrer Nähe auf seinen Angriffsbefehl warteten. Er erinnerte sich, daß Titus, als er vor Jerusalem stand, diese Tatsache als selbstverständlich hingenommen hatte. Aber ich kann es nicht selbstverständlich finden, und das ist wohl der Unterschied zwischen Fürsten und einfachen Heerführern. Ich kann mich einfach nicht daran gewöhnen, daß sich beim Nikken meines Kopfes zwanzigtausend Menschen direkt oder indirekt auf weniger als tausend stürzen werden, um sie zu vernichten! Und ich muß mir jetzt, solange ich noch klar denken kann, eingestehen, daß ich diesen Nachmittag in meinem ganzen Leben nicht mehr vergessen werde und daß irgendein animalischer Instinkt meinen ganzen Körper und meinen Geist in Erregung versetzt.
Ich liebe mein Praeneste, träume von ihm und muß mir doch eingestehen, daß es diese Augenblicke sind, für die ich geboren und erzogen bin. Ich hasse die Juden nicht und schon gar nicht Eleasar ben Jair und seinen jämmerlichen kleinen Haufen von Friedensstörern. Ich glaube noch nicht einmal, daß die Welt von ihrem Tod irgendwelchen Nutzen haben wird, wie ich es vielleicht glauben würde, wenn es sich um Gallier oder Germanen handeln würde. Aber sterben müssen sie. So lautet mein Befehl.
Silva bemerkte, daß die westlichen Hügelzüge übersät waren von Gesindel aller Art, das sich die besten Aussichtspunkte ergattert hatte, um das Schauspiel richtig verfolgen zu können. Es wäre bestimmt besser, diese Parasiten zu beseitigen, dachte er, aber leider sind sie in meinen Befehlen nicht erwähnt.
Er holte tief Luft und hielt den Atem einen Augenblick lang an, als wolle er dadurch die ganze Szene in sich aufnehmen und festhalten. Er warf rasche Blicke nach links und rechts, zur Sonne hinauf und hinter sich, trat unruhig von einem Fuß auf den anderen, lächelte und bebte vor Aufregung, denn überall um ihn herum wurden Befehle gebrüllt, erklangen Flüche und freudige Zurufe – der große metallische Mißklang des Krieges. Abermals blickte er zur Sonne hinauf. Es war bald Zeit zum Angriff. Er verschränkte die Arme vor der Brust und dachte daran, wie lange er auf diesen Augenblick gewartet hatte. Er stand auf einem Vorsprung in der Nähe des Rampensockels und Rubrius Gallus, in Anerkennung seiner Verdienste, neben ihm. Die übrigen Mitglieder des Stabes hatten erwartungsvoll ihre Plätze hinter ihm eingenommen.
Silvas Standartenträger, seine Liktoren und die Träger von Adler und wildem Eber, den Wahrzeichen der Zehnten Legion, umringten sie. Um den gesamten Befehlsstand herum hatte der Zenturion Geminus fünf Manipel von Silvas Prätorianergarde gruppiert, wohl mehr aus Gewohn-

heit denn aus Notwendigkeit, den Befehlshaber der Zehnten Legion zu decken. Geminus war nun einmal durch und durch Soldat. So hatte er seine Leute in Gallien und Germanien aufgestellt, und folglich wurde es in Judäa, obwohl ein Angriff von hinten hier völlig ausgeschlossen war, ebenso gemacht. Sehr lobenswert, fand Silva. Bei jeder Kampfhandlung gab es genügend Fehlentscheidungen und unvorhergesehene Schwierigkeiten; um ein völliges Chaos zu verhindern, war deshalb eisernes Festhalten an der Vorschrift unbedingt notwendig. Die Vorschrift hatte das römische Heer aufgebaut, und die Vorschrift würde es zusammenhalten. Die Vorschrift bestimmte auch, daß er vor der Schlacht das Zierstück von seinem Helm entfernte, und er stellte mit Genugtuung fest, daß alle seine Offiziere diesem Ritual gefolgt waren.

Er prüfte Aussehen, Aufstellung und Verhalten seiner Truppen, die sich zum Teil in den fernen Staubwolken verloren. Viele von ihnen trugen die neuen *Loricas*, Rüstungen aus Bronzeplättchen statt aus Leder, und obwohl sie einen besseren Brustschutz boten, beklagten sich viele Legionäre über das größere Gewicht. Silva stellte mit unverhohlener Mißbilligung fest, daß einige der Leute, die in seiner Nähe vorbeimarschierten, sich ihrer mit Eisenspitzen versehenen *Caligulas* entledigt hatten und offensichtlich der Bequemlichkeit der palästinensischen Sandalen den Vorzug gaben. So verwildert ein Heer, dacht er, wenn es zu lange in einem fremden Land dienen muß.

Es war eigentlich schade, daß die Mehrzahl dieser vorzüglichen Truppen den ganzen langen Weg durch die Wüste zurückgelegt hatte, nur um hier jetzt müßig herumzustehen und die Fliegen zu verscheuchen, während sie der Schlacht aus der Ferne zusahen. Doch auf der Rampe war nur für relativ wenige Platz. Zwei Kohorten, die Zweite und die Vierte, waren ausersehen, als erste durch die Bresche zu stürmen. Sie hatten den Durchbruch tagelang mit Einheiten der Reiterei exerziert, die für diese Übung ohne Pferde eingesetzt wurden. Die Ergebnisse waren oft allzu wirklichkeitsgetreu ausgefallen, und ein Reiter war im Handgemenge sogar getötet worden. Silva kicherte in sich hinein. Jedermann im römischen Heer wußte, wie gern der zu Fuß kämpfende Legionär und der Berittene einander hatten. Nehmt dem Kavalleristen sein Pferd weg und tretet zurück. Dann könnt ihr sehen, mit welchem Vergnügen der einfache Soldat ihm ein wenig Demut und Bescheidenheit beibringt.

Die Sonne – die Sonne! So rühr dich doch! Wartest du vielleicht darauf, daß unsere Tubas zum Angriff blasen? Die Zweite und Vierte Kohorte rückten jetzt, zu Kampfeinheiten formiert, in ihre Stellung vor, die *Hastati* vorn, die *Principes* an zweiter, die *Triarii* an dritter Stelle. Silva beobachtete sie genau und fand an ihrer Disziplin nichts auszusetzen. Vorschrift und Disziplin machten aus Männern Soldaten, und diese Burschen würden gewiß nicht wild durch die Mauer stürmen, sobald sie eine Öffnung erspähten – nur um mit Sicherheit überwältigt und niedergemacht zu werden. Disziplin! Und auch die Manipel würden nicht einfach dicht aufschließen und dem Feind nachsetzen, sondern sich vielmehr in den *Quincunx* formieren, eine Aufstellung, die jedem Mann wenigstens drei Fuß Bewegungsraum bot.

So hatte er Platz zum Kämpfen, und seine Einheit bot dem Feind kein leichtes Ziel.

Sonne? Hast du dich im himmlischen Morast festgefahren? Ich möchte nicht ungeduldig erscheinen, aber in der letzten Stunde bist du keinen Fingerbreit gesunken.

Er wischte sich den Schweiß ab, der ihm in Bächen über die Wangen lief. Sein Helm drückte ihn, er war plötzlich viel zu eng. Warum trug er ihn überhaupt, wenn nicht die geringste Möglichkeit bestand, daß irgendein Geschoß von den Höhen Masadas ihn erreichte? Gewohnheit, Vorschrift, Disziplin. Ich bin schließlich ein Soldat des römischen Heeres.

Befriedigt stellte er fest, daß die vierundzwanzig griechischen Ärzte der Zehnten Legion sich in einiger Entfernung zu seiner Rechten bereit hielten. Die verwundeten Legionäre allerdings drückten sich am liebsten vor der Behandlung, aus Angst, vielleicht noch ärgeren Schaden zu nehmen. Doch Silva hatte die besten Leute ausgewählt, die er finden konnte, und schon seit langem eine systematische Kampagne betrieben, um größeres Zutrauen in ihre Fähigkeiten zu erwecken. Trotzdem wurden sie von den Soldaten auch weiterhin »die Metzger« genannt.

Plötzlich fiel ihm ein, daß er noch nicht ein einziges Mal nach Masada hinaufgeblickt hatte – so ausschließlich hatte er sich mit der Sonne beschäftigt. Jetzt wandte er sich um und ließ den Blick forschend über die Wälle und Brustwehren wandern. Nichts zu sehen. Er berührte Gallus' Arm und sagte leise: »Die Juden sind mir zu still. Ich muß dir gestehen, teurer Freund, daß sie imstande sind, mich immer wieder in Zweifel zu stürzen.«

Gallus war jedoch mit seinen eigenen Sorgen beschäftigt. Er beobachtete einen Pionier, der in genauer Fluchtlinie der Rampe, aber in einiger Entfernung von ihr stand. Der Mann hatte längere Zeit ein Meßinstrument beobachtet und wandte sich gerade Gallus zu. Er hob langsam beide Arme und verschränkte die Hände über dem Kopf. Gallus winkte zurück, zum Zeichen, daß er das Signal verstanden hatte: »Wir können beginnen, Herr. Die Sonne kämpft jetzt in unseren Reihen.«

Sem, der Sohn des Ismael, stand in dem Turm, der wie ein Dorn aus der Brustwehr ragte und nun schon so lange sein Heim war – der wichtigste von allen Türmen, da er unmittelbar neben dem gefährdeten Westtor stand. Sem wußte sehr wohl, daß man ihm die Verantwortung für eine solche Schlüsselstellung nur aufgrund seines erstaunlichen Geschicks mit dem Bogen übertragen hatte, und mit der ganzen Entschlossenheit seiner sechzehn Jahre wollte er sich dieses Rufes auch würdig erweisen.
Jetzt freilich war er ein einigermaßen nervöser Hausherr, denn Eleasar ben Jair, Heth, der Sohn des Esra, und Esau, der Sikarier, hatten ihn in seinem Turm aufgesucht. In seinen Augen waren sie die größten Männer der Welt. Ganz gewiß! Und jetzt sprachen sie so zwanglos und vertraut mit ihm, als sei er ihnen nach Jahren und Ehre völlig gleichgestellt. O ja! Dieser Augenblick machte all die Monate der Einsamkeit wett, da er unablässig die Römer beobachtet hatte, die sich zu seinem Ärger ständig knapp außer Reichweite seiner Pfeile hielten. Er hatte seinen Besuchern die kunstvoll verschlungenen Verzierungen gezeigt, die er auf seinen Armschutz aus Tierhaut eingeritzt hatte, und führte ihnen stolz seinen Doppelbogen vor, eine Waffe mit ungeheurer Reichweite und zugleich höchster Geschwindigkeit, da der Griff sich so nahe an der Sehne befand. Sem war bei aller Begeisterung verdutzt über die Gesichter dieser drei Männer, die jeder als die erfahrensten Kämpfer auf Masada kannte. Das schwerfällige Herannahen des römischen Turms hatte nicht die geringste freudige Erregung bei ihnen hervorgerufen. Jetzt kamen die Römer endlich in Reichweite, aber weder Eleasar ben Jair noch Heth oder gar Esau schien das zu berühren.
Sem hatte geprahlt, bald werde er seinen Vater fünfzigmal rächen, denn so viele Pfeile hatte er sich bereitgelegt, aber Eleasar ben Jair hatte ihm bei diesen Worten nur einfach die Hand auf die Schulter gelegt und nichts gesagt. Er hatte ihnen die Pfeile gezeigt, sie vor ihren Augen liebkost und behutsam ihre Federn zurechtgerückt, damit sie ihre gerade Flugbahn auch bestimmt nicht verließen, und er hatte geschworen, jeder einzelne von ihnen werde ins Fleisch eines Römers dringen. Er zeigte ihnen, daß er auf jeden in hebräischen Schriftzeichen *Sem, Sohn des Ismael*, gemalt hatte.

Sem versuchte, seine Enttäuschung darüber zu verbergen, daß keiner seiner Besucher ihm sagte, alles hinge nun von seiner Zielsicherheit ab, oder ihn vor dem Südwind warnte, der sich mittlerweile erhoben hatte, oder ihm auch nur viel Glück wünschte. Sie schienen wie gebannt von den herannahenden Römern und starrten lediglich schweigend auf die Rampe hinab.
Schließlich sprach Esau mit so leiser Stimme, daß Sem ihn kaum verste-

hen konnte: »In Jotapata haben wir griechisches Heu gekocht und auf ihre Laufstege geschüttet. Das hat sie so rutschig gemacht, daß sie hingefallen sind, und eine Zeitlang hatten wir Ruhe ...«
»Wir haben kein griechisches Heu«, sagte Heth.
Und Eleasar, der kaum einen Blick auf die schimmernden Pfeile geworfen hatte, meinte: »Die Sonne wird uns in die Augen scheinen.«
Und Sem, der Eleasar ben Jair über alles verehrte, nicht nur, weil dieser ihn stets wie einen Mann behandelt hatte, sondern auch, weil er seinen Vater gekannt und mit ihm zusammen gefochten hatte, schien es, als habe er sein Idol noch nie so hilflos und verzweifelt gesehen.

Sidon, der Pharisäer, stand gebeugt wie ein Grashalm im Sturm – ebenso wie die übrigen tausend Juden, die an dem dicken Seil zogen, unter ihnen auch jene, die mit Sidon den Berg herabgekommen waren und sich den Römern ergeben hatten. Esra, der Sadduzäer, war nicht mehr unter ihnen: Einer der ersten Felsblöcke, die von der Höhe Masadas herabkamen, hatte ihn zerschmettert.
Auf der gegenüberliegenden Seite der Rampe befanden sich ebenfalls tausend Juden; sie lehnten sich nach hinten und gruben ihre blutenden Fersen in die scharfkantige Oberfläche der Rampe. Auch sie zogen an einem langen, dicken Tau. Während die beiden Kolonnen sich langsam, Zoll für Zoll, die Rampe hinabbewegten, kroch der schwere Belagerungsturm im gleichen Tempo die Rampe hinauf, denn die Taue und Seile, an denen sie vor Qual und Erschöpfung seufzend und schluchzend zerrten, führten über ein System von Rollen und Flaschenzügen, das der Tribun Gallus während der vorhergehenden Nacht hatte anbringen lassen. Auf diese Weise wurde die vereinte Körperkraft von zweitausend Juden durch das Seil auf den Turm übertragen, und sogar Sidon, dem der Schweiß in den Augen brannte, konnte, wenn er gelegentlich den Kopf hob, sehen, wie der Turm sich bewegte.
Es kam vor, daß der schwere Wagen, auf dem der Turm ruhte, in den Boden der Rampe einsank oder an einem herausschauenden Stein nicht vorüberkam. Dann untersuchten die römischen Pioniere, die dem Turm folgten, die Ursache, und alsbald kam der Befehl zu noch größerem Einsatz. Die Juden schrien zum Himmel, ermunterten einander gegenseitig und versuchten trotz ihrer Erschöpfung noch mehr Kraft aus sich herauszuholen, denn wenn es ihnen nicht gelang, den Turm wieder in Bewegung zu setzen, würden die Legionäre bestimmt ihre Ochsenziemer auf sie niedersausen lassen.
Der Tribun Gallus wußte, was menschliche Körperkraft leisten und aushalten kann, und hatte darum angeordnet, den Juden viermal in jeder Stunde eine Atempause zu gönnen, während der man die Seile fest-

machte. Diese Pausen hallten wider vom Stöhnen der Erschöpften und Röcheln der Sterbenden. Die Legionäre schritten die Reihen ab und entfernten die Toten und die Sterbenden. Sie zerrten die Leichen zu den steilen Rändern der Rampe hinüber und sahen zu, wie sie über die Felsblöcke hinabkollerten, bis sie schließlich als unkenntliche Klumpen und Bündel unten im Wadi liegenblieben. Dann meldeten die Legionäre hinunter zum Sockel der Rampe, wieviel Mann Ersatz sie brauchten. Die Zahl nahm von Pause zu Pause zu, bis schließlich jedesmal hundert und mehr Juden ersetzt werden mußten.

Das Fahrgestell, auf dem der große Rammbock ruhte, befand sich jetzt dicht hinter dem Turm. Es wurde gleichfalls durch ein Zugwerk in Bewegung gesetzt, aber da es viel leichter war als der Turm, wurden für jedes Seil nur zweihundert Juden gebraucht. Sie standen innerhalb der Doppelreihe der anderen Juden und wußten, daß sie, falls mit dem Zugwerk oben an der Rampe irgend etwas schiefging, mit Gewißheit zerschmettert werden würden. Doch brauchten sie nicht ganz so schwer zu ziehen wie die anderen, und nur sehr wenige von ihnen starben an den Anstrengungen. Hinter dem Rammbock befanden sich die beiden Schleudermaschinen, zu denen später noch andere hinzukommen sollten. Diese Maschinen ruhten auf Schlitten und wurden ohne Zugwerk von je zwanzig Juden an fünf Tauen hinaufgezogen. Es zerrten also je hundert Juden eine Schleudermaschine die Rampe hinauf, und sie litten schrecklich, bis der Tribun Gallus einsah, daß ihre Kräfte einfach nicht ausreichten. Damit sie nicht so weit zurückblieben, setzte er noch fünfzig Juden ein, die die Schlitten von hinten schieben sollten.

Am späten Nachmittag, als sich die Sonne gelblich färbte, war der Turm nahezu in Stellung gebracht, und auch sonst verlief alles so, wie der Tribun Gallus es geplant hatte.

Der Südwind, der so plötzlich aufgekommen war, vertrieb Silva von seinem ursprünglichen Befehlsstand. Er ließ sein Pferd kommen und ritt auf die andere Seite der riesigen Staubsäule, die jetzt von der Rampe aufstieg. Am Spätnachmittag erhob sie sich fast bis zur Höhe von Masada selbst und wurde vom Wind nach Norden gefegt, bis sie den Horizont verdunkelte.

Silvas gesamter Stab mit Ausnahme von Rubrius Gallus war ebenfalls aufgesessen und ihm gefolgt. Er wandte sich an seine Offiziere und erklärte: »Ich hoffe nur, daß dieser viele Staub den Enthusiasmus unserer Freundin, der Sonne, nicht trübt.« Doch sofort bedauerte er seine Worte. Wie konnte man nur so etwas sagen, dachte er. Typisches Geschwätz vor der Schlacht, albernes Gerede, von dem man hoffte, irgendein Opportunist könnte es zitieren, wenn die Geschichtsschreiber darangehen, deinen

Namen zu registrieren – falls es überhaupt je dazu kommt. Was für ein aufgeblasener Bursch du doch geworden bist, Flavius Silva – plötzlich spielst du dich als allmächtiger, phrasendreschender, welterobernder Feldherr auf. Deine neue Pose kotzt mich an, und ich muß an eine großartige und realistische Frau namens Schewa denken, die sich über deine grenzenlose Eitelkeit vor Lachen ausschütten würde.
Zu den anderen sagte er: »Unser unfehlbarer Gallus hat den Staub selbstverständlich eingeplant. Und ich nehme an, daß er die Sonne, wenn sie nicht an der richtigen Stelle steht, schon zurechtrücken wird.«
Hier, auf der Windseite der Rampe, wo kein Staub die Sicht behinderte, konnte man das Vorrücken des Turms genau verfolgen. Aber unter dem Turm quoll unablässig eine Wolke weißen Staubs hervor, die einen dicken langen Schweif bildete, der die ganze Rampe einhüllte. Silva wußte, daß sich irgendwo in diesem Dreck Tausende von Juden und zwanzig Kohorten Legionäre befanden, aber er konnte nur kleine Gruppen von ihnen ausmachen, wenn der Wind gerade freundlich gesinnt war.
»Dieser Wind wird uns vielleicht noch Schwierigkeiten bereiten«, sagte er zum Tribunen Arvianus, »aber wir können uns darauf verlassen, daß Gallus ihn abstellt, wenn er ihm zu lästig wird.«
Arvianus, durch die gute Stimmung seines Befehlshabers und die Aufmerksamkeit, die ihm zuteil wurde, allzu übermütig geworden, erwiderte lachend: »Der arme Gallus! Zuerst hat er diesen ganzen Wirbel angezettelt, und jetzt frißt er seinen eigenen Staub.«
»Bei allen Göttern, Arvianus«, knurrte Silva zurück, »wenn dieser Tag erst vorüber ist, werde ich dir vielleicht befehlen, unserem guten Gallus persönlich und eigenhändig das Bad zu bereiten. Inzwischen aber wirst du dir selbst ein paar Schmutzflecken holen. Gehe unverzüglich zur Rampe und stelle fest, warum die Katapulte noch nicht schießen und ...«
Silvas Worte gingen im lauten Rufen seiner Offiziere und der umstehenden Prätorianer unter. Sie hatten die ersten Steine erblickt, die aus dem Staub aufstiegen, in der Luft einen großen Bogen beschrieben und hinter dem Westtor von Masada niedergingen. Und nun hörten sie, wie die starken Arme der Schleudermaschinen wieder und wieder gegen die Querstreben donnerten.
Arvianus seufzte erleichert auf.

Nie in seinem ganzen an Kämpfen und Schicksalsschlägen wahrhaft nicht armen Leben hatte Eleasar ben Jair diese Angst kennengelernt: Denn jetzt, nach einer Ewigkeit des Wartens, nahm sein Volk endlich den Kampf gegen die Römer auf – aber dieser Kampf verlief ganz und gar nicht so, wie er es sich vorgestellt hatte. Der Feind war kaum je zu sehen, er war versteckt hinter den Eisenplatten des großen Turms, der noch immer

unaufhaltsam gegen das Westtor vorrückte, er verbarg sich in den weißen Staubwolken, die wie Meereswogen über die Rampe schäumten.
Von den römischen Schleudermaschinen hatte er eine gewisse Bedrohung erwartet, aber auch nicht annähernd die Zerstörung, die sie bereits angerichtet hatten. Esau und Heth, die solche Angriffe bereits früher erlebt hatten, waren der Meinung gewesen, man könne den heranfliegenden Steinen mühelos ausweichen, wenn man nur entsprechend aufpaßte. Folglich hatte man eine Anzahl körperlich schwächerer Männer, darunter einige der kränklichen, entlang der Brustwehren postiert, damit sie das Herannahen der römischen Steine mit lauten Rufen ankündigten.
Jetzt gewahrte Eleasar mit Schrecken, wie dieses Warnsystem zusammenbrach. Die Schleudermaschinen zielten blind in die Staubwolken hinein. Sem und die anderen Bogenschützen, die Eleasar an der Brustwehr aufgestellt hatte, konnten für ihre Pfeile kaum Ziele ausmachen. Die großen, fünfzig Pfund schweren Steine schossen aus der blendend grellen Sonne herab, und ehe sie der Beobachter noch richtig erblickte, hatten sie auch schon eingeschlagen.
Sobald ihm klar wurde, daß die Römer ihre Katapulte nicht auf ausgewählte Ziele einstellten, sondern sich damit begnügten, ganz einfach den Bereich rings um das Tor zu zerstören, befahl Eleasar seinen Leuten, geschütztere Stellen aufzusuchen. Aber bis die Umgruppierung erfolgt war und sich die Verwirrung einigermaßen gelegt hatte, lagen neun seiner besten Leute tot am Boden, unter ihnen Javan, der Sohn des Tema, und vierzehn weitere waren so schwer verwundet, daß auch für sie der Kampf zu Ende war.
Ermutigen konnte Eleasar eigentlich nur die erstaunliche Veränderung seiner Ratsgenossen. Endlich schienen sie einig und entschlossen, und sogar der greinende Matthias hielt sich zurück und jammerte nicht mehr von Übergabe. Aber auch das Volk war verstummt. *Adonai!* Dort, im gefährlichsten Abschnitt des Walls, stand der alte Jakob, der Sohn des Sosas, ein Mann, der sich sonst sogar vor der Dunkelheit fürchtete, und brüllte den Römern seine Verachtung entgegen. Neben ihm, drohend ein Schwert schwingend, stand Meirus, der Sohn des Belgas, der nicht nur ein berufsmäßiger Dieb war, sondern auch häufig genug geprahlt hatte, er sei der faulste Mann auf Masada. Da waren Ardalus und Lud, Aram, Uzul, Onam, Kedar, Kus und Ham – bei der Verteilung der Lebensmittel waren sie stets die geschwätzigsten, störrischsten Unheilspropheten und Querulanten gewesen, Leute, von denen jeder wußte, daß sie sich mit recht üblen Tricks aus Jerusalem herausgeschwindelt hatten: Jetzt aber waren sie alle bereit, den Römern eine Schlacht zu liefern.
Eleasar hatte den Rat auf dem Dach von Herodes' altem Palast versammelt. Das Dach war vornehmlich aus Holz gebaut und schon äußerst bau-

fällig, doch von diesem Beobachtungsstand aus konnten sie den unheilvollen Turm im Auge behalten, ohne in die Schußlinie der Katapulte zu geraten. Wandten sie sich von der Sonne ab, konnten sie außerdem auf Masada selbst hinabblicken. Und was Eleasar ben Jair innerhalb der Zitadelle beobachten mußte, bereitete ihm große Sorgen:
Alle Frauen und Kinder hatten sich in der Nähe des verfallenen kleinen Badebassins zusammengefunden, an einem Platz also, der während der ganzen Belagerung für das Volk von Masada eine Oase unbeschwerten Frohsinns gewesen war. Die vergnügten Rufe der Kinder, die sich planschend im Wasser tummelten, und das unablässige halblaute Raunen der schwatzenden Mütter hatten den Anschein eines normalen Lebens erweckt, das man sonst auf Masada nirgendwo antraf. Jetzt jedoch hockten die Frauen schweigend beieinander und die Kinder drängten sich schreckerfüllt an sie. Sie standen erstarrt und reglos da, als seien sie bereits tot, dabei blickten sie unverwandt, zutiefst ungläubig und verständnislos auf das Westtor und die großen Steine, die dort niederkrachten.
Diese Augen, dachte Eleasar, werden mich immer und ewig verfolgen! Silva hatte recht gehabt: Sie hatten an jedes Wort von Eleasar ben Jair geglaubt. Die Römer würden niemals kommen. Und hatte ihnen Eleasar nicht die Stirn geboten? Die Römer würden in der Sonne zerschmelzen, denn Eleasar ben Jair hatte es gesagt.
Und jene Römer, die nicht in der Sonne zerschmolzen oder an Seuchen gestorben waren, würden keine Kraft mehr besitzen, gegen den Berg anzurennen, der ihre Welt geworden war. Trotzdem standen die Römer jetzt unmittelbar vor dem Tor.
Eleasar blickte weg, denn der Prüfung durch diese Augen konnte er nicht länger standhalten. Wenn sie ihm doch wenigstens Vorwürfe machen würden – aber ihr Vertrauen zu ihm war unerschütterlich. Sie verlangten Rettung und – schlimmer noch – erwarteten sie auch. Abigail hatte recht, als sie sagte, Gott habe das Volk in Masada verlassen. Und jetzt erinnerte er sich plötzlich, wie sie in geheimnisvolles Murmeln über ihre eigenen Zukunftspläne versunken war, nachdem sie Jehovas Gleichgültigkeit verflucht hatte.

Noch nie hatte der Tribun Rubrius Gallus eine Genugtuung empfunden wie diese. Alle seine geheimen Zweifel an der Eroberung Masadas schwanden jetzt, bis es tatsächlich schien, als könne er überhaupt nichts falsch machen. Die Rampe war nicht nur genau zum festgesetzten Zeitpunkt fertiggestellt worden, sie besaß auch genau das von ihm vor einem halben Jahr errechnete Gefälle. Die ganze Zeit über wußte er, daß eine Abweichung von auch nur zwei Grad in der Steigung unabsehbare, zum Teil unlösbare Schwierigkeiten hervorrufen würde. Eine stärkere Stei-

gung hätte ebenso wie eine zu große Nachgiebigkeit der Rampenoberfläche das Eigengewicht des Turmes verdoppelt oder gar verdreifacht. In beiden Fällen hätte er die Zahl der Juden an den Tauen entsprechend vergrößern müssen, dabei waren mehr Menschen auf der Rampe gar nicht unterzubringen. Auch die Seile und Flaschenzüge wären dann nicht stark genug gewesen. Und wo in aller Welt hätte er dickere Seile und größere Flaschenzüge auftreiben sollen? Rubrius Gallus gestand sich jetzt ein, daß er immer Qualen ausgestanden hatte, wenn er all das bedachte, was schiefgehen konnte.
Aber alles war in bester Ordnung. Das ganze Unternehmen ging reibungslos vonstatten. Trotzdem drängte es ihn, alles so genau zu überwachen wie zur Bauzeit – als habe er ein gefährliches Tier geschaffen und fürchte nun, es von der Leine zu lassen. Darum folgte er dem aufwärtsrückenden Turm, obwohl ihm der Staub die Kehle würgte, unablässig wischte er sich die entzündeten Augen, während er die kritischen Punkte überwachte. Oft konnte er kaum eine Armeslänge weit sehen, und seine Pioniere staunten ebenso wie die Sturm-Legionen und die Juden über den römischen Tribunen, der plötzlich aus dem Dreck auftauchte und ihr Elend mit ihnen teilte.
Er prüfte die Seile, kroch unter den Turm, um sich zu vergewissern, daß die Pioniere die Achsen auch ausreichend schmierten, inspizierte persönlich und ohne ausreichende Deckung die Flaschenzüge am Oberteil des Turms, kletterte in den Turm, stand auf einem der großen Querbalken und lauschte besorgt dem unablässigen Stöhnen und Quietschen der gewaltigen Maschine. Er erstickte fast, als er sich überzeugte, daß die Schaukelbewegungen die Konstruktion auch nicht übermäßig beanspruchten.
Später kletterte er zu dem Panzerturm hinauf, in dem die arabischen Bogenschützen auf ihren Einsatz warteten. Hier befand er sich über der dicken Staubwolke und konnte die ganze Rampe überblicken, er sah die zehntausend Juden, die auf Befehle warteten, und die gesamte Angriffsstreitmacht der Zehnten Legion. Auf einer Anhöhe hinter dieser Menschenmenge erkannte er Silvas *fasces* und Standarten. Mit Erleichterung stellte er fest, daß Silvas Befehlsstand bereits im Schatten lag – der Zeitplan wurde also genau eingehalten. Je näher sie der Festung kamen, desto unruhiger wurden, wie Gallus feststellte, die arabischen Bogenschützen. Er blickte durch einen der Schlitze, um sich zu vergewissern, daß die obersten Flaschenzüge nach wie vor glatt liefen, stieg dann den Turm hinab und tauchte wieder in den alles verhüllenden Staub ein. Jetzt galt es nachzusehen, ob der Rammbock, auf den alles ankam, vorschriftsmäßig nachrückte.
Mit einiger Besorgnis sah er, daß sich die Entfernung zwischen Turm und

Rammbock vergrößert hatte und blieb im Staubwirbel stehen, um zu überlegen, ob es praktischer sei, mehr Juden an den Seilen einzusetzen oder die an den Seilen Schuftenden noch stärker anzutreiben. Er fand noch eine dritte Möglichkeit und ließ weitere hundert Juden holen, die das Fahrgestell selbst schieben sollten. Dann begab er sich zurück zum Turm, der ihn wie ein Magnet anzog. Noch nie in seiner ganzen Laufbahn war er auf etwas so stolz gewesen.
Gallus schritt auf der Südseite der Rampe entlang der Judenkolonne hinauf, bis er den letzten Juden hinter sich gelassen hatte und nur noch das Seil vor sich sah, das langsam, Zoll für Zoll, an ihm vorbeiruckte. Plötzlich schlug der Wind um und die Sicht verbesserte sich. Instinktiv wandte Gallus die geröteten Augen hinauf nach Masada. Im selben Augenblick heftete ein Pfeil ihm die Hand, mit der er sein Gesicht vor dem Staub schützte, an den Mund. Als Rubrius Gallus niederstürzte, ragte der größte Teil des Schaftes ihm im Nacken heraus. Auf dem Schaft war in hebräischen Schriftzeichen eingeritzt: *Sem, Sohn des Ismael.*

Die Sonne schien eine glühende Wunde in die im Westen gelegenen Berge zu brennen, während Eleasar ben Jair seine Leute zu Leistungen antrieb, die er niemals für möglich gehalten hätte. Der große Turm stöhnte und kreischte wie ein Riese der Vorzeit in Todesqualen, aber er rückte unaufhaltsam näher – nichts konnte ihn mehr daran hindern, das Westtor zu erreichen. Als Eleasar die immer geringer werdende Entfernung zwischen Turm und Brustwehr abzuschätzen versuchte, sah er hinter dem Eisenbeschlag des Turms Augen aufblitzen. Er wußte, daß dies die arabischen Bogenschützen waren, die schon so viele seiner Leute getötet hatten.
Von Sems Ausguck südlich der Rampe konnte Eleasar jetzt einen Teil des Fahrgestells erkennen, das hinter dem Turm heraufgezogen wurde. Er sah den großen Rammbock, der darauf ruhte, und er begriff sofort, daß dieser Wagen, sobald der Turm seinen Standort erreicht hatte, durch seine Rückseite hereingezogen werden würde und der Mann, der den Rammbock bediente, dadurch völlig gedeckt war. Er stellte fest, daß auch die Römer Verluste erlitten hatten, denn wenn eine gelegentliche Brise den Staubvorhang beiseite schob, konnte man auf der Rampe nicht wenige tote Legionäre liegen sehen. Während er hoffte, die noch verbleibende Zeit, bis der Turm in Stellung gebracht war, genauer abschätzen zu können, sah er, wie Sem drei weitere Legionäre traf, die einen kurzen Augenblick lang aus ihrer Deckung auftauchten. »Ach, Sem«, rief er und umarmte ihn stürmisch, »wenn wir nur tausend hätten wie dich!«
Als der Turm nicht weiter als einen Speerwurf vom Tor entfernt war, ver-

ließ Eleasar Sem und rannte hinab zu den Wällen, wo sich das Volk drängte. Es hatte keinen Sinn mehr, die östlichen oder südlichen Wälle zu bemannen. Die Schlacht würde hier am Westtor geschlagen werden. Er traf die Reste seiner Kampftruppe so grimmig zum Widerstand entschlossen an, wie er nicht zu hoffen gewagt hatte. Sie würden dort stehen bleiben, wo sie jetzt standen, und sie würden kämpfen. Sie versicherten sich gegenseitig, wie sehr sie sich nach Römerblut an ihren Klingen sehnten und daß sie bereit seien, es mit den Römern aufzunehmen. Lauter schöne Worte, mußte Eleasar denken; es fiel ihm auf, daß jene, die bereits früher gegen die Römer gekämpft hatten, am wenigsten sagten.
Er beschloß, sie nicht daran zu erinnern, wie mutig die Römer in der Schlacht waren. Jedenfalls wollte er nicht davon sprechen, solange ihr Widerstandswille noch so heiß glühte. Es gab noch viel zu tun. So manches Schiff läge nicht auf dem Meeresgrund, wäre seine Besatzung nicht vorzeitig verzweifelt. Wer konnte wissen? Es hatte Stürme gegeben, die ohne vernünftige Erklärung plötzlich wieder abgeflaut waren, und sollte das dumpfe Aufschlagen der Katapultgeschosse etwa unheilkündender sein als das Krachen der Wellen?
Plötzlich tauchte überall, wohin er blickte, Abigail auf. Sie kam blinzelnd aus dem scharlachroten Sonnenuntergang auf ihn zu, und ihre feuchten Augen riefen ihn. Es gelang ihr sogar einmal, ihn beim Arm zu packen und heftig zu schütteln: »Jetzt!« rief sie. »Habe ich meinen kostbaren Atem zu Ehren einer Hyäne verschwendet? Wenn du noch länger wartest, werde ich singen, während die Ratten sich an deinem Gesicht gütlich tun. Ruf das Volk zusammen und sag ihm jetzt, wie es den Sieg erringen kann!«
Er schob sie beiseite und lief zur Mauer des Westpalastes, wo die meisten von denen sich versammelt hatten, die nicht auf den Wällen postiert waren. Er fragte sie, ob sie sterben wollten, und als sie das verneinten, befahl er ihnen, sich aufzuraffen und dem neben ihm stehenden Assur zu folgen, dem Sohn des Joktan. Sie hätten alles zu tun, was er ihnen befehle. Sie sollten jene Mauer niederreißen, die sie jetzt schützte, und aus ihr vor allem die großen Holzbalken herauszerren, auf denen der Palast ruhte. »Wir bauen eine Mauer innerhalb unserer Mauern!« verkündete er mit einer Stimme, die so zuversichtlich klang wie eh und je. »Und wir werden sie so bauen, daß kein römischer Rammbock und keine andere Vorrichtung sie zertrümmern kann!« Sodann erklärte er ihnen, sie sollten die großen Balken des Palastes nehmen, hinter das Westtor schleppen und dort parallel zueinander und ineinander verschränkt aufschichten, so daß sie ein großes Gitterwerk bildeten. Unterdessen werde er alle Frauen außer den schwangeren und stillenden Müttern zusammenrufen, damit sie Erde herbeischleppten, um die Hohlräume zwischen den Holzbalken

auszufüllen. Er hob die rechte Hand und hämmerte mit der Faust gegen die geöffneten Finger der linken, um so zu zeigen, daß die Mauer nur um so fester werden würde, je länger und heftiger der Rammbock gegen sie schlug.

»Masada gehört uns! Keine Macht der Erde kann uns von diesem Berg vertreiben! Ich verspreche euch, es wird unser bleiben – auf immer und ewig!«

Sie hatten sich gerade an die Arbeit gemacht, als der große Turm bis auf Speereslänge an das Westtor herankroch. Dann hielt er eine Weile inne, als habe ihn das Klettern erschöpft, setzte sich schließlich stöhnend und kreischend wieder in Bewegung, zerriß den letzten Staubschleier und stieß schwer und dumpf knirschend gegen das Tor.

Als ihm ein Bote die Nachricht vom Tod des Rubrius Gallus brachte, war Silva so tief betroffen, daß er sich unverzüglich in das Feldlazarett begab, wohin man den Toten geschafft hatte. Den Besuch von Militärlazaretten hatte er, wann immer es möglich war, vermieden; dort schien oft mehr Blut zu fließen als auf dem Schlachtfeld. Aber Gallus war ein hervorragender Offizier gewesen, der einen Abschiedsgruß von seinem Kommandeur verdient hatte. Wichtiger noch – Gallus war ihm ein Freund gewesen, und das machte den Besuch nur noch schrecklicher. Stand er vor einem im Kampf gefallenen Freund, so war Silva stets tiefer erschüttert, als wenn er einen Gefährten sah, der eines natürlichen Todes gestorben war. Man hatte die Stimme des Freundes noch im Ohr, die man ja vor kurzem noch gehört hatte; man erinnerte sich noch mühelos der vertrauten Gesten, während der Leib des Freundes schon still und reglos dalag.

Timoleon, der Grieche, wollte unbedingt erklären, warum er und seine Kollegen nichts mehr tun konnten. Er deutete mit den Händen auf seine sorgfältig ausgebreiteten chirurgischen Instrumente, darunter Lanzetten, Zangen, Brenneisen, Ätzmittel und Schädelsägen, und zitierte Dioskorides, seinen Lehrmeister in der Verwendung von Heilkräutern. »Opium«, verkündete er und hielt Silva eine Prise unter die Nase. »Wir finden es wirksamer als Alraune.«

Je länger er aus seiner medizinischen Sicht heraus schilderte, wie die jüdischen Bogenschützen mit ihren genau gezielten Schüssen weit mehr Römer töteten als verwundeten, desto mehr ärgerte Silva sich über sein manieriertes Griechisch und sein katzenhaftes Geschnurre. Er hörte Timoleons Rede über Gangräne und Wundrose nur mit halbem Ohr, denn er blickte in Gallus' zerfurchtes Antlitz und überlegte, wie er den Brief an die Hinterbliebenen abfassen sollte. »Unser treuer, tapferer Kamerad stürzte sich in eine Horde von Feinden ... Unerschrocken vor ihrer Überzahl ... Unser hochgeschätzter Freund, dieser große Offizier, kämpfte Auge in Auge mit dem Feind ... Er führte seine Soldaten durch die Mauer ... und wurde von einer Horde Juden aus dem Hinterhalt überfallen ... Unser tapferer Tribun und teurer Freund verschied mit euren Namen und dem Namen Roms auf den Lippen ... Ich bin überzeugt, der große Vespasian wird ihn dafür ehren ...« Silva seufzte. So ungefähr würde er schreiben. Man konnte schließlich nicht sagen, Gallus sei von einem Haufen ausgedörrter Steine so behext gewesen, daß er sich leichtfertig dem feindlichen Beschuß ausgesetzt habe. Oder daß er sich im Angesicht des Feindes gerade seine große Nase schneuzte und der Feind diese Tollkühnheit ausnutzte, um einen wertvollen Offizier des römischen Heeres zu töten.

Da Gallus ein Tribun und, wie jedermann wußte, ein Vertrauter Silvas war, hatte man den Pfeil aus seinem Mund entfernt, das Gesicht gesäubert und die zerfetzte Hand in eine halbwegs natürliche Lage gebracht. In seinem komplizierten Griechisch zählte Timoleon auf, was er alles getan hatte, um Gallus zu retten, erklärte, daß der Pfeil nacheinander die Hand, die Zunge, die Rachenhöhle und schließlich die Halsschlagader durchstoßen hatte, daß man die Wunden mit Diptam und anderen schmerzlindernden Mitteln behandelt hatte. Und während er so sprach, als bestünde noch irgendwelche Hoffnung, sein Leben zu retten, war Silvas einziger Gedanke, daß Gallus' große Nase jetzt noch monumentaler wirkte als je zuvor, seine Stirn aber viel weniger sorgenvoll.

Guter Gallus, mußte Silva denken, jetzt bist du also zu dem Abenteuer aufgebrochen, zu dem ich dir immer das Tor öffnen wollte. Aber selbst meine fesselndsten Bücher können es nicht mit dem aufnehmen, was du jetzt siehst, und ebensowenig kann sich die Rampe, die du gebaut hast, mit irgend etwas dort vergleichen. Das heißt, ich *glaube*, daß es sich so verhält, teurer Freund Gallus, und ich wünschte, du könntest mir irgendwie Kunde geben, daß es tatsächlich so ist. Ich bin schon traurig, daß ich jetzt in dieser Wüste aller Wüsten deine Gesellschaft für immer entbehren muß, aber ich wäre noch um vieles trauriger, wenn ich erfahren müßte, daß ein Mann von deinen Gaben, wenn er gestorben ist, nicht mehr wert ist als jeder andere. Dann müßte und würde ich sagen, daß wir Römer mit all unseren Taten nicht mehr vollbracht haben, als Zeit und Mühe zu vergeuden. Bist du nicht der gleichen Meinung, teurer Gallus? Hast du inzwischen vielleicht entdeckt, daß wir alle Narren und Toren sind – Juden wie Römer.

Die Dämmerung senkte sich über die Wüste, als Silva langsam zu seinem Befehlsstand zurückritt. Seine rechte Hand schmückte jetzt der goldene Ring, den Gallus als Tribun getragen hatte. Er wollte ihn zusammen mit dem Beileidsschreiben den Angehörigen übersenden; Ironie des Schicksals, daß dies das einzige Mal in seinem Leben war, daß er freiwillig einen Ring trug.

Attius, sein Adjutant, ritt neben ihm, und beide Männer hielten den Blick auf Masada gerichtet, das eben die letzten Strahlen der Sonne auffing. Silva konnte keinerlei Bewegung auf den Wällen feststellen und war überrascht, auch auf der Rampe wenig Betrieb zu sehen. Alles schien zu warten. Die Schleudermaschinen standen still, und die Helme der Legionäre waren so reglos wie Pflastersteine. Es fiel ihm plötzlich auch auf, daß die unaufhörlichen, schwer dröhnenden Stöße, die fast den ganzen Nachmittag lang die Wüstenluft erschüttert hatten, verstummt waren. In der Nähe des Rampensockels fing er einen Boten ab, der von seinem schnellen Lauf so atemlos war, daß er seine Meldung kaum vorbringen konnte. Der Tribun Sextus Cerealius lasse melden: In die Mauer der Juden sei eine Bresche geschlagen.

»Worauf wartet ihr dann noch?«

»Die Juden haben innerhalb der ersten eine zweite Mauer gebaut. Ich soll Ihnen mitteilen, daß der Rammbock nichts gegen sie auszurichten vermag.«

Ach, guter Gallus! Warum konntest du diesen Tag nicht überleben? Eine Mauer, in die ein solcher Rammbock keine Bresche schlagen kann, muß wirklich eine ganz einzigartige Mauer sein!

Silva stieg vom Pferd und übergab es Attius. Es war ein langer Aufstieg und er wäre lieber geritten, aber ein Mann zu Pferd hätte den Juden nur eine höchst willkommene Zielscheibe geboten. Er wies Attius an, den Befehlsstand an den Sockel der Rampe zu verlegen und dort mit dem Stab weitere Befehle abzuwarten. »Sag ihnen, es sei etwas schiefgegangen; wir werden möglicherweise noch die ganze Nacht damit zu tun haben. Fabatus soll für die Verpflegung der eingesetzten Kohorten sorgen, die Reserven können warten. Verständige Arvianus, er möge die Reiterei an die Rampe führen, wo sie sich in Bereitschaft halten und auf ein Signal hin sofort die Rampe erklimmen soll. Liberalius soll persönlich dafür sorgen, daß noch vor Einbruch der Nacht alle Wachtposten verdoppelt werden, vor allem entlang des östlichen Walles. Irgend etwas in dieser Sache kommt mir seltsam vor. Es würde mich nicht wundern, wenn die Juden einen Ausbruch planten.«

Silva übergab Attius seinen Mantel und machte sich auf den Weg. Er hatte noch keine hundert Schritte zurückgelegt, als die Schmerzen in seinem kranken Bein unerträglich wurden. Im letzten Tageslicht erreichte er den Angriffsturm, wo der Tribun Sextus Cerealius bereits nervös auf Weisungen wartete. Er war der Sohn jenes energischen Mannes, der die Fünfte Legion vor Jerusalem befehligt hatte. Die Vetternwirtschaft, mußte Silva denken, hat also wieder einmal über alle Vernunft gesiegt, denn Cerealius der Jüngere war nicht gerade ein Abbild seines tatkräftigen Vaters, er war vielmehr ein schüchterner, lernbegieriger Jüngling, der nach Silvas Mei-

nung vielleicht einen guten Dichter abgegeben hätte – ein tüchtiger Soldat jedenfalls war nicht aus ihm zu machen. Nur der duldsame Rubrius Gallus hatte sich bereit gefunden, ihn unter seine Fittiche zu nehmen – in der Hoffnung, einen Mann aus ihm zu machen. Daß Gallus fallen würde, war natürlich nicht vorauszusehen gewesen.
Silva erkannte, daß sich der Sturmangriff bereits um mehr als eine Stunde verzögert hatte, und dieses Kind stand ratlos herum und kaute an den Nägeln. Er durfte nicht vergessen, mit Titus über die Auswahl der Tribunen zu sprechen – besonders der jüngeren, denen im Ernstfall wichtige Entscheidungen übertragen wurden. Drei altgediente Zenturionen standen, ihre Wut nur mühsam verbergend, hinter dem jungen Cerealius, und Silva war überzeugt, daß jeder einzelne von ihnen, hätte er die nötige Befehlsgewalt besessen, mit den Schwierigkeiten fertig geworden wäre.
Silva kletterte, begleitet von Cerealius und den drei Zenturionen, in den gepanzerten Turm. Ein arabischer Bogenschütze mußte von seiner Schießscharte zurücktreten, damit Silva die durchbrochene Mauer von Masada in Augenschein nehmen konnte. Silva hatte eigentlich erwartet, irgendwelche Bewegung, vielleicht sogar ein Gesicht zu erblicken, aber er konnte nicht das geringste Lebenszeichen entdecken. Die Stille war unheimlich; dennoch hatte man ihn gewarnt: Wenn er auch nur für einen Augenblick die Deckung verließe, werde ihn unweigerlich ein Pfeil durchbohren.
Er sah, daß das Kopfstück des Rammbocks durch das zerbröckelte Mauerwerk des ursprünglichen Walls gedrungen und sich anscheinend in einer neu errichteten Sperre verklemmt hatte. Ohne Cerealius zu beobachten, wandte er sich direkt an die Zenturionen: »Würde es etwas nützen, den Turm näher heranzurücken? Wir könnten die Juden noch einmal zum Ziehen ansetzen.«
»Nein, Herr. Wir haben unter dem Turm nicht den nötigen festen Grund und außerdem würde sich der Winkel ändern. Die Schwierigkeit besteht in der Mauer selbst. Sie ist zum überwiegenden Teil aus Holz und gibt bei jedem Stoß nach.« Silva trat wieder an den Sehschlitz und erkannte, wie gefährlich der Versuch wäre, die neue Mauer zu erstürmen. Die Juden hätten alle Vorteile und könnten womöglich die Sturmtruppe der Zehnten Legion aufreiben, da sie es immer nur mit wenigen Mann auf einmal aufnehmen mußten. Für mehr als zwei oder drei Sturmleitern war ja einfach kein Platz.
Er wandte sich von dem Schlitz ab. »Wir haben Südwind«, sagte er nachdenklich. »Wenn wir sie nicht durchstoßen können, werden wir sie eben niederbrennen.«
Sein Vorschlag stieß auf weniger Begeisterung, als er gehofft hatte. Der Zenturion Lupus, der Dienstälteste der drei, den Silva als einen uner-

schrockenen Mann kannte, räusperte sich verlegen.
»Also? Na, was ist, Lupus?« fragte Silva. »Schüchternheit steht dir schlecht zu Gesicht. Was beunruhigt dich dabei?«
»Der Wind hier ist launenhaft wie eine Hure, Herr. Wenn wir die Mauer anzünden, und er dreht sich, verlieren wir vielleicht unseren Turm.«
Dies, erkannte Silva, war wieder einmal das uralte Dilemma, vor dem ein jeder Befehlshaber steht. Lupus hatte selbstverständlich recht. Man konnte sich ohne weiteres vorstellen, daß der Wind sich drehte und die Flammen dann die schmale Lücke übersprangen. Ebenso leicht konnte man sich auch vorstellen, was Vespasian und Titus zu der Nachricht sagen würden, daß die Eroberung von Masada infolge einer »unglücklichen Fehlbeurteilung« ihres geschätzten Befehlshabers in Judäa bedauerlicherweise noch mindestens drei Monate in Anspruch nehmen werde – sofern man in diesem Sommer überhaupt noch einen neuen Versuch machen konnte. Lupus, das wußte er, war von dem glühenden Wunsch beseelt, diese Schlacht zu gewinnen, aber er verschanzte sich und seine Truppe gleichzeitig hinter einem Panzer der Vorsicht. Vor Zeugen hatte er seine Bedenken geäußert und konnte seine Hände in Unschuld waschen, falls die Sache schiefging.
Silva erinnerte sich daran, daß Schlachten mit Vorsicht allein nicht zu gewinnen waren.
»Zündet sie an«, befahl er kurz.

Als Eleasar ben Jair die ersten flammenden Pfeile an den Sternen vorbeisausen sah, rief er Hillel, den Priester, zu sich und sagte: »Jetzt erhebe deine Stimme zu Jehova und bitte ihn darum, daß der Wind umschlägt. Er hat es offenbar satt, mir zuzuhören.«
Er beobachtete die flackernden Brände entlang der neuen Barrikade und merkte bald, daß die Flammen sich sehr rasch ausbreiteten; die Mauer konnte unmöglich über Nacht standhalten. Der Südwind blies die Flammen über das ganze Gebiet hinweg, auf dem sich noch weitere Verteidigungswerke hätten errichten lassen, Hitze und Lärm waren die eines ungeheuerlichen Hochofens. Der ganze westliche Teil von Masada war jetzt beleuchtet vom hellen Licht der Flammen, und zuweilen konnte Eleasar durch die Schlitze im gepanzerten Oberteil des Turms die Augen der spähenden Römer erblicken. Unterhalb und hinter dem Turm schimmerten die Helme der versammelten Kohorten. Er wußte, daß sie nur darauf warteten, bis das Feuer niedergebrannt war.
Alle seine Anführer waren jetzt um ihn versammelt, nicht nur der Rat, sondern auch Simon, der Sohn des Judas, Ebal, der Sohn Ludims, und Tarsis, der Sohn Elams – jeder das Oberhaupt einer Sikarierfamilie und alle zuverlässige Kämpfer. Es gab auf Masada keinen Mann, kein Weib,

kein Kind, das nicht auf die eine oder andere Art einem dieser Männer unterstand, und mit vielen von ihnen hatte Eleasar schon in anderen Schlachten gekämpft. Nie zuvor jedoch hatte er in ihren Gesichtern so viel Zweifel gesehen.

Er sagte zu ihnen: »Hört mich an! Ich will hören, was ihr zu sagen habt. Jetzt ist der Augenblick dafür gekommen. Wir brauchen unseren Verstand genauso notwendig wie die Kraft unserer Hände.«

Alexas hob die Hand: »Warum nicht nach Osten entfliehen, während die Römer auf unserer Westseite so beschäftigt sind? Wir können uns durch die östlichen Feldlager durchkämpfen. Sie sind nahezu verlassen.«

Josias, den Eleasar stets für einen besseren Bäcker als Krieger gehalten hatte, wurde plötzlich hysterisch: »Und was machen wir mit unseren Frauen und Kindern? Wir können sie doch nicht in eine offene Feldschlacht zerren!« Er begann zu weinen und zu klagen, Eleasar ben Jair habe sie alle betrogen.

Eleasar spürte den rebellischen Unterton in seinen Worten. Er war um so gefährlicher und unberechenbarer, da niemand den Versuch machte, Josias zum Schweigen zu bringen. Aus ihren Stimmen klang Verzweiflung, in ihren Augen stand der brennende Wunsch, sich zu rechtfertigen. Er sprach sehr langsam und bemühte sich, sie zu beruhigen: »Selbst wenn es einigen von uns gelänge, sich durch die Lager zu kämpfen und zu entkommen, selbst wenn die römische Reiterei uns nicht nachsetzen sollte, wir wären dann schutzlos in der offenen Wüste! Und um diese Jahreszeit ohne Wasser, fürchte ich ...«

»Ich bin im Negev einmal fast verdurstet«, meinte Ham, »und ich kann euch sagen, da ist mir eine römische Schwertklinge im Bauch noch lieber. Dabei könnte ich wenigstens auch noch einen Römer ins Jenseits befördern.«

»Und ich sage euch, wir könnten genug Wasser mitnehmen, um bis nach Engedi zu gelangen oder sogar bis Herodium! Die Juden dort werden sich unser annehmen ...«

»Ludim denkt wie ein Kind! Diese Zeiten sind längst vorbei!« brüllte Esau. »Alle Juden, die den Römern trotzen, sind hier auf Masada versammelt! Die anderen würden es nicht einmal wagen, uns zu grüßen!«

Tarsis räusperte sich nachdenklich und spuckte aus, wie es so seine Art war, wenn er Aufmerksamkeit erbitten wollte. Trotz seiner langen Liste von ermordeten Römern – und seine Opfer liegen von Cäsarea bis Jerusalem – war er im Grunde ein schüchterner Mann. Und er sprach so selten in einer Versammlung, daß Eleasar wußte, wenn er es hier versuchte, dann nur, weil auch er Angst hatte. Irgend etwas mußte sofort geschehen, um wieder Einigkeit zu schaffen, sonst herrschte nur noch heillose Anarchie.

Tarsis sagte: »Ich erinnere euch daran, daß die Römer für Geld alles tun. Raffen wir also zusammen, was wir besitzen, und werfen es in die Bresche! Und wenn sie sich bücken, um es aufzulesen, fallen wir über sie her!«
»Wir haben nicht genug Münzen, um auch nur drei Mann zu beschäftigen«, knurrte Javan.
»Das alles haben wir schon hundertmal durchgehechelt«, versetzte Eleasar. »Und wir stehen wieder vor der alten Wahl. Stellen wir uns zum Kampf oder versuchen wir, irgendwie zu entkommen? Bisher habe ich noch von keinem Fluchtplan gehört, der den Versuch gelohnt hätte.«
Eine hohe, dünne Stimme rief dazwischen: »Du hast uns in alles reingerissen! Du mußt uns hier auch wieder rausholen!«
Das war Uzul, der mit Sidon zu den Römern hatte hinabgehen wollen. »Warum hast du Silvas Angebot abgelehnt?«
»Ich habe euch gesagt, daß sein einziges Angebot die Sklaverei war. Mich vergangener Dinge zu beschuldigen, hilft uns jetzt nicht mehr weiter.«
»Und ich wiederhole, du solltest zu Silva hinuntergehen und ihm alles sagen, was er hören will. Bring ihn dazu, daß er es sich anders überlegt.«
»Ich bin nicht Gott.«
»Du führst dich aber auf wie er!«
Eleasar trat auf Uzul zu. Er hob die Hand, um ihm eine Ohrfeige zu versetzen, senkte sie aber wieder. »Du hast recht, Uzul«, seufzte er. »Aber ich bin nur ein kleiner Mann – wie du. Und das ist keine sehr angenehme Entdeckung, nicht war?«
Ein langes Schweigen senkte sich auf alle herab, und Eleasars Eingeständnis schien wie ein Echo aus den brüllenden Flammen zurückzuhallen. Dann, ganz plötzlich, als habe seine Verzweiflung die Natur umstimmen können, spürte Eleasar auf seiner Wange, daß der Wind sich drehte. Er konnte es zuerst nicht glauben, berührte sein Gesicht, blickte um sich und rannte dann zum äußersten Rand der Brustwehr, um zum Westtor hinüberzusehen. In fassungslosem Staunen stellte er fest, daß der Wind jetzt tatsächlich von Norden blies und die Flammen auf den römischen Turm zutrieb. Während er noch dastand, begannen die Römer bereits den oberen Teil des Turmes zu räumen, und auch die Legionäre zogen sich vor der Hitze der Flammen zurück.
»Hillel!« rief Eleasar triumphierend. »Gott hat dir geantwortet! Sag ihm unseren Dank!«
Jetzt, so wußte Eleasar, hatten sie die ganze Nacht, um das zu tun, was getan werden mußte, wenn sie doch noch den Sieg erringen wollten.

Die arabischen Bogenschützen im obersten Stock des Turms flohen als erste vor der unerträglichen Hitze. Sie stiegen hastig die Leiter hinab, und

sogar ihre römischen Zenturionen gaben zu, daß sie beinahe lebendig gebraten worden wären.
Die Flammen erreichten jedoch nicht die unteren Stockwerke des Turms, und auf der Rampe reichte das Feuer gerade aus, die kühle Nachtluft zu erwärmen. Dennoch wußte Silva in dem Augenblick, da der Wind sich drehte, daß er Masada in dieser Nacht nicht mehr nehmen konnte.
»Das muß dieser verdammte Ziegenbock gewesen sein«, meinte er zu dem Tribunen Metilius Nepos. Er versuchte, den Rückschlag auf die leichte Schulter zu nehmen, und zwar mehr um seiner selbst willen als wegen der Wirkung, die seine pietätlose Äußerung auf Nepos haben mochte. Er konnte sich nicht erinnern, daß das Kriegsglück jemals so launenhaft gewesen war. »Dieser verlauste Ziegenbock wollte nicht geopfert werden ... deshalb hat er die Auspizien verdorben. Ich dachte schon während der ganzen Zeremonie, daß er wie ein Semit aussieht.«
Silva rief den Tribunen Cerealius und seine Zenturionen zu sich und fragte sie, ob man die Taue lockern solle, damit der Turm die Rampe hinabrutsche vom Feuer weg. Cerealius blickte zu den Flammen hinauf und wußte keine Antwort (wie Silva es schon erwartet hatte). Der Zenturion Lupus aber, der ebenfalls aufmerksam die Flammen beobachtet hatte, erklärte schließlich: »Nach meiner Meinung, Herr, ist die Gefahr, den Turm einzubüßen, größer, wenn wir die Halteseile lösen. Unsere Flaschenzüge sind nicht für den Abstieg konstruiert. Eine plötzliche Überbelastung oder ein unvorhergesehenes Rutschen könnte uns die Verankerungen glattweg aus der Erde herausreißen. Ich bezweifle auch, daß die Flammen viel mehr ausrichten können, als die Eisenplatten zu erhitzen. Sehen Sie doch nur, wie trotz des Windes die Luft über dem Feuer aufsteigt.«
Silva wandte sich von der Feuersbrunst ab und betrachtete die langen Kolonnen von Legionären, die auf der Rampe postiert waren. Sie warteten bereits seit dem frühen Nachmittag, und er wußte genau, was in ihren Köpfen vorging. Inzwischen hatten sie höchstwahrscheinlich gelangweilt und nervös ihre gesamte Aggressivität von den Juden auf Näherliegendes übertragen. Woran lag die Verzögerung? Diese dämlichen Pioniere waren doch noch nie in der Lage gewesen, irgend etwas richtig zu machen, und schon gar nicht in der vorgesehenen Zeit. Ganz sicher, dachte Silva, wurde dabei auch seine Person mit allerlei Kraftausdrücken bedacht.
Er blickte zurück auf die hell erleuchteten Befestigungen von Masada. Die Juden, das wußte er, würden auch jetzt nicht freiwillig herabkommen; sie konnten aber wegen der Flammen an derselben Stelle auch keinen neuen Wall mehr errichten.
Silva nahm den Helm ab und winkte Attius heran. Er wischte sich Schweiß, Staub und Ruß aus dem Gesicht und sagte: »Blase zum Rück-

zug. Gib bekannt, daß wir Masada erst morgen früh nehmen werden.«
In sein Zelt zurückgekehrt, spürte Silva plötzlich, wie erschöpft er war. Auch nachdem Epos ihn gebadet hatte, konnte er keinen Schlaf finden. Schließlich stand er wieder auf und goß sich einen Becher Falerner Wein ein, betrachtete mit starrem Blick den im Kerzenlicht schimmernden Trank und schleuderte den Becher plötzlich quer durchs Zelt. Dann setzte er sich an den Tisch.
Lange Zeit saß er so da, blinzelte schlaftrunken in die Öllampe und bemühte sich, seine wirren Gedanken zu ordnen. Sollte er, wenn Masada morgen genommen wurde, der Alexandrinerin Schewa ein Geschenk machen und die Juden verschonen? Und wenn – wie sollte er es anstellen? Die Legionäre hatten schließlich nicht all diese Monate durchgestanden, um jetzt die Juden zu verhätscheln. Obendrein waren sie ein miserabler Haufen. Du bist ein gefühlsduseliger Schwachkopf. Schewa ist eine Frau mit praktischem Verstand. Sie begreift, daß du als Prokurator von Judäa bestimmte Pflichten hast und daß noch Schwierigkeiten genug auf dich zukommen werden, selbst wenn sich der Pöbel von Masada nicht wieder unter die Bevölkerung mischt und gegen Rom aufwiegelt. Wie wenig es diese Rebellen doch zu schätzen wissen, was man für sie tut, oder doch tun könnte! Ach, Schewa! Wie hast du nur das Unglück verdient, als Jüdin geboren zu sein?
Wenn es irgendwie gelänge, Eleasar ben Jair ohne ernstliche Verwundung gefangenzunehmen, würde es sich lohnen, ihn als eine Art Andenken in die Heimat zu schicken? Das war Falcos Idee gewesen – eine schlechte Idee, denn sie ließ die Vermutung aufkommen, daß der Krieg doch noch nicht zu Ende war, obwohl man offiziell schon lange den Sieg gefeiert hatte. Das Auftauchen eines jüdischen Führers in Rom zu diesem Zeitpunkt war genau das, was Vespasian nicht brauchen konnte. Er wollte lediglich hören, daß der letzte jüdische Aufrührer tot sei.
Silva lehnte sich weit in seinem Sessel zurück. Er zwang sich, nicht mehr an Schewa zu denken und begann einen Brief an Vespasian zu entwerfen.
Flavius Silva an Vespasian. Unser geschätzter Kaiser ...
Keine Vertraulichkeiten wie in einem Brief an Titus. Als nächstes natürlich den Buchstaben S für *Salutem. Während der Morgenstunden dieses Tages hatte ich die Ehre, die Zehnte Legion während der Eroberung von Masada zu befehligen* – das klang ungeschickt und wichtigtuerisch. Als wüßte Vespasian nicht ganz genau, wo sich die Zehnte Legion befindet. Außerdem verwendest du das Wort »während« zweimal im selben Satz.
Während der Morgenstunden dieses Tages hatte ich die Ehre – unsagbar hochtrabend, wo sich doch niemand so sehr über Aufgeblasenheit ärgert wie Vespasian.
An diesem Morgen, zu der und der Stunde, nahmen wir Masada. So, das

klang schon besser.
Silva schloß die Augen und döste vor sich hin; halb wachend, halb träumend sah er sich in Praeneste. Er stand mit Schewa auf der Terrasse, und Schewa lächelte. Dann tauchte Antonius Mamilianus auf und präsentierte eine Rechnung für den Bau eines Turms mit Speiseraum. Während Mamilianus sich in begeisterten Reden über die unvergleichliche Aussicht erging, die man während der Mahlzeiten habe, hörte Silva sich sagen: »Mein lieber Mann, wenn man pro Monat einen *As* Zinsen für ein Darlehen von 100 bezahlen muß, dann sind die Zinsen in hundert Monaten genauso hoch wie das Kapital. Mit anderen Worten, bei zwölf Prozent im Jahr kann ich mir den Turm nicht leisten und die Mahlzeiten, die darin aufgetischt werden, schon gar nicht. Blase die ganze Sache wieder ab.«
Dann tauchte Schewa in dem Turm auf und verkündete, sie sei nicht die Tochter eines Schiffsreeders aus Alexandria, sondern die des Bankiers Vibo, und all seine Schulden seien gestrichen.
Die Stimme von Rosianus Geminus weckte ihn.
»Herr«, knurrte er. »Der Wind hat sich wieder gedreht und die Juden haben ganz Masada in Brand gesteckt.«

VIII. *Das Brandopfer*

Rings um ihn tobte die Feuersbrunst, und selbst die Sterne verschwanden hinter dicken Rauchschwaden, die über die Höhe von Masada hintrieben. Die vom Südwind angefachten Flammen loderten an der südlichen Zitadelle, dann entlang der ganzen Ostseite bis hin zu den westlichen Kasematten, in denen die Sikarier, Pharisäer, Essener und Sadduzäer gehaust hatten. Die Priester hatten selbst an das Ritualbad und an den Holzbau der Synagoge Feuer gelegt. Die kleinen Paläste brannten bereits, ebenso das Haus, in dem die meisten Mitglieder des Rats gewohnt hatten. Die Flammen begannen gerade in der Nähe der Vorratshäuser aufzuzüngeln, als die Reste des Südpalastes einstürzten. Funkenkaskaden schossen über Masada hin und wurden vom Wind weitergetragen, der zum Sturm anschwoll, während die Flammen immer wilder um sich griffen.

Alles geschah so, wie Eleasar ben Jair es verlangt hatte: »Nicht ein einziges Stück Holz wollen wir den Römern zurücklassen! Zerstören wir alles, was uns kostbar war, und zeigen wir damit, wie sehr wir allen irdischen Besitz verachten. Werfen wir all unser Geld auf den Boden, damit es verstreut wird wie die Samenkörner eines giftigen Unkrauts. Laßt uns alle Waffen verbrennen, denn auch die glühenden Metallteile werden beweisen, wie viele wir besaßen. Brennen wir unsere Vorratsräume nieder, und zwar alle bis auf einen, der angefüllt ist mit Öl, Mehl und Feigen. Er soll zeigen, daß es uns nie an Nahrung mangelte. Lassen wir den Römern nichts als eine verkohlte Wüstenei zurück, denn verglichen mit unserem Felsen soll ihnen die Wüste dort unten wie eine erfrischende Oase erscheinen. Laßt uns dies alles tun, solange wir noch die Herren von Masada sind!«

Mirjam sah teilnahmslos zu, als rings um das Haus, das nahezu drei Jahre lang ihr Heim gewesen war, die ersten Flammen aufloderten. Neben ihr standen die Nachbarinnen, Atarah, das Weib des Alexas, Jerioth, das Weib des Heth, der als einer der ersten von einem Katapultstein getötet worden war, Scheba, das Weib des Javan, und Keturah, Assurs Weib.

Die Flammen erleuchteten den Hof, doch Mirjam schenkte den schreckerfüllten Augen und dem Schluchzen der Frauen keine Beachtung. Ja, als sie merkte, wie rasch das Feuer vordrang, ließ sie Reuben in ihrer Obhut und betrat gelassen und ohne Hast ihre Wohnung. Bald darauf kam sie wieder heraus und brachte ihre Schönheitsmittel mit, die sie wie selbstverständlich auf den zum Hof führenden Stufen ausbreitete.

Eleasar hatte gewünscht, daß sie ein Beispiel gebe. Also gut, mein geliebter Gemahl, der du mir allein mit deinem Herzen und deinen Augen so vieles gesagt hast. Mit deinem Wunsch erfülle ich auch den meinen. Mehr als zu irgendeiner anderen Zeit unseres gemeinsamen Lebens hoffe ich, daß du mich jetzt ansehen und nur Schönheit und treue Ergebenheit entdecken wirst. Wie wünsche ich, daß du immer und ewig glauben mögest, wir seien eins.

Während die Nachbarinnen ihr zuschauten, stellte Mirjam den Spiegel gegen eine Treppenstufe und hockte sich davor hin, sie rückte ihn zurecht, bis sie ihr Gesicht im Licht der Flammen sehen konnte. Dann nahm sie ihren breiten Kamm, blickte zu ihren Freundinnen hinüber und fing an, sich das Haar zu kämmen. Es gelang ihr sogar zu lächeln, während sie sagte, sie sei sich sehr wohl bewußt, daß alles, was sie gekannt und geliebt hatten, jetzt vernichtet würde. »Gleich euch«, fuhr sie mit fester Stimme fort, »schreit es laut auf in meinem Innern – aber kein römisches Ohr wird mich hören.«

Als sie ihr Haar geordnet hatte, warf sie einen Blick auf die Flammen und griff dann nach den Stäbchen für die Lidschatten. Behutsam tupfte sie damit auf die Palette, in deren Vertiefungen sich eine Mischung aus Antimon, Zink und Öl befand. Sie wartete, bis sie sicher war, daß ihre Finger nicht zitterten, mischte dann die blauen mit den grünen Farbtönen und schminkte sorgfältig ihre Lider. Das Weib des Eleasar ben Jair mußte jetzt stark sein. Sie prüfte nachdenklich ihr Aussehen, als müßte sie fürchten, im schwankenden Licht die Farbe vielleicht allzu dick aufgetragen zu haben.

Jerioth, das Weib des Heth, brach in wildes Schluchzen aus, als der Feuersturm die Flammen in ihren einstigen Wohnraum peitschte. Sie reckte die Faust zum schwarzen Himmel empor und rief: »Du bist nichts weiter als ein böser Gott, und ich speie dich an!«

Mirjam stockte nur für einen Augenblick und fuhr dann in ihrem Ritual fort. Neben ihrem Spiegel hatte sie zwei kleine Parfümfläschchen aufgestellt. Sie nahm zuerst das zylindrisch geformte und prüfte den Duft, stellte es aber dann zurück und nahm statt dessen die Myrrhe in der gewölbten Flasche. Sie tupfte sich einen Tropfen hinter jedes Ohr, auf die Jochbögen und endlich auf die Lippen.

Ohne Eile stand sie auf und sammelte Spiegel, Fläschchen, Palette und Spachtel wieder ein. Dann schritt sie zur Tür ihres eigenen Quartiers und warf alles gelassen in die Flammen. Sie winkte Reuben zu sich, streckte die Arme nach ihren Freundinnen aus und sagte: »Laßt uns zu den Männern gehen, die uns geliebt haben.«

Überall auf der Höhe von Masada herrschte rege Tätigkeit. Männer, die nie auch nur geahnt hatten, was die Vorratskammern enthielten, drangen

jetzt in sie ein und vernichteten, was sie vorfanden. Sie zerschlugen die Türen und benutzten deren Trümmer als Keulen, mit denen sie die langen Reihen von Tongefäßen zertrümmerten, eines nach dem anderen, dann ließen sie das Korn auf die Fußböden rieseln, bis sie knöcheltief darin wateten. Sie zerschmetterten die Krüge mit Feigen, Hülsenfrüchten und Obst. Sie brachen die Weinbehälter auf und taten sich an ihrem Inhalt gütlich. In ihrer Zerstörungswut nahmen sich aber nur wenige die Zeit, sich zu betrinken. Zuletzt gossen sie den Inhalt der vielen Ölkrüge über alles, was aus Holz war, und zündeten das Ganze an.
Andere Männer standen vor den brennenden Trümmern des Westpalastes und warfen alle Waffen, Schuppenpanzer und Pfeile, die ihnen in die Hände kamen, in die Flammen.
Hillel hatte der einstürzenden Synagoge den Rücken gekehrt, er, der Priester, zog es vor, die auflodernden Flammen zu beobachten, die rings um das Haus züngelten, in dem er mit Eleasar ben Jair und den Familien der Ratsmitglieder gewohnt hatte. Unter dem Fußboden seines kleinen Zimmers hatte er alle Silberschekel und Halbschekel vergraben, die er während seiner Amtszeit auf Masada sammeln konnte. Das Geld war für den Wiederaufbau des Tempels in Jerusalem bestimmt, und da Münzen nicht brennen, hatte er zunächst befürchtet, sie würden den Römern in die Hände fallen. Doch jetzt war er zufrieden! Das Geld würde für alle Zeiten verborgen bleiben.
Überall entlang der Kasematten legten die Juden Feuer an die improvisierten Quartiere, die ihre Heimstätten gewesen waren.
In der Ostkasematte, nördlich des Tores, das zum Schlangenpfad führte, hielt der alte Essener Simeon eine weiße Lederrolle in den Händen – von allen Dingen, die er geliebt hatte, war nur sie ihm geblieben. Es war das Buch der Psalmen, und er hielt es hoch gegen den Feuerschein, um noch ein letztes Mal die Schriftzüge betrachten zu können. Er hatte die Schriftrolle eigentlich zusammen mit seiner Schlafmatte und den beiden geflochtenen Körben, die seinen Hauptbesitz ausmachten, verbrennen wollen, aber dann konnte er den Gedanken einfach nicht ertragen, daß diese Worte zu Asche werden sollten. Er fiel auf die Knie und begann in verzweifelter Hast mit den bloßen Fingern in der dreckigen Erde zu wühlen. Er keuchte vor Anstrengung und seine Finger bluteten, bis er schließlich ein tiefes Loch ausgescharrt hatte. Als er merkte, daß die vordringende Feuersbrunst ihn schon fast erreicht hatte, küßte er die Schriftrolle und bettete sie liebevoll in die Erde. Dann deckte er seinen Schatz zu und verließ die Kasematte.
Alle kamen sie zu Eleasar ben Jair – Familien und Gruppen, die sich ungeachtet ihrer Sektenzugehörigkeit gebildet hatten. Sie kamen auf ihn zu wie Blätter, die der Wind vor sich hertrieb. Sie liefen rasch, hielten dann

plötzlich wieder inne, um sich noch einmal umzublicken und sich zu vergewissern, daß sie tatsächlich noch auf Masada waren. Ihre Stimmen vermischten sich, ihr Weinen und Wehklagen schwoll an und verebbte wieder, bis nur noch der Name Eleasar zu hören war. Manche dachten, Eleasar ben Jair würde jetzt ein Wunder wirken und sie erlösen, während andere meinten, er habe sich gleich zu Beginn der Feuersbrunst von den Wällen hinab in die Tiefe gestürzt.
Sie alle zog es zu der Stelle, an der Eleasar ben Jair zuletzt gesehen worden war, und alle hungerten und dürsteten sie nach irgendeiner Ermutigung. Sie trugen die weinenden Kinder im Arm, die sich vor der Verzweiflung ihrer Eltern mehr fürchteten als vor den Flammen.
Die wenigen alten Leute, die auf Masada noch am Leben waren, tauchten aus den Rauchschwaden auf und bahnten sich einen Weg zu Eleasar ben Jair, so als bedürfe er jetzt dringend ihrer Anwesenheit. Sie brachten nur ihre Stöcke und Krücken mit, und auch keiner der übrigen achthundertzwei Überlebenden von Jerusalem und Masada trug irgend etwas bei sich. Eleasar und alle anderen sollten sehen, daß sie sich wirklich allen Besitzes entäußert hatten.
Als sie Eleasar ben Jair erblickten, senkte sich Schweigen auf sie herab, und sogar das Wimmern der Kinder wurde leiser. Für kurze Zeit hörte man keinen Laut außer dem Knistern und Prasseln des großen Brandes. Eleasar stand – zusammen mit Mirjam – genau in der Mitte von Masada, zwischen dem Westpalast und dem Schlangenpfadtor. Hier waren Qualm und Rauch nicht ganz so dicht und die Hitze fast erträglich. Um ihn scharrten sich neun Männer, die er sorgfältig ausgewählt hatte: Kittim und Esau, Javan und Assur, Nimrod, Josias, Alexas, Ham und Abraham. Jeder dieser Männer war gleich Eleasar ben Jair mit einem Schwert bewaffnet.
Als sich das Volk bis auf ein paar Nachzügler um ihn versammelt hatte, begann Eleasar zu sprechen, zuerst sehr still und ruhig, als ginge es lediglich um die Ereignisse eines ganz normalen Tages. Er drückte den mehr als hundert Familien, die beim römischen Angriff ihre Männer verloren hatten, sein Mitgefühl aus und rühmte jene, die sich auf die eine oder andere Weise hervorgetan hatten. Als er sah, daß alle, die noch gehen konnten, sich in Reichweite seiner Stimme befanden, hob er die Hände und bat sie, ihn anzuhören. Sein Antlitz war ruß- und schweißverschmiert, sein großer kraftvoller Körper von Müdigkeit gebeugt, doch seine Augen blitzten im Feuerschein, als er einige seiner Zuhörer mit Namen anrief: »Ihr, Tema und Elam und Atarah und Dodamin und Put und Ludim und Scheba und Keturah und Tarsis und ihr anderen alle, die ich auf diesen Berg geführt habe, ihr müßt jetzt begreifen, daß uns noch eine Möglichkeit geblieben ist!« Er ergriff Mirjams Hand, drückte sie fest und dachte:

Gib mir von deinem unermeßlichen Mut, geliebte Frau! Nur noch ein Zoll trennt mich von dem Gedanken, daß ich ein Wahnsinniger bin, der Verrückte führt, und daß ich jetzt die letzte unfaßliche Wahrheit aussprechen muß. Alles verkrampft sich in mir, wenn ich nur daran denke, was ich von ihnen verlangen will.

»Wir sind alle Diener Gottes!« begann er. »Schon vor langer Zeit haben wir geschworen, niemals die Sklaven der Römer zu werden. Jetzt müssen wir den Beweis dafür erbringen, daß Gott allein unser Herr ist und es immerdar bleiben wird. Viele von uns gehörten zu den ersten, die der Macht Roms die Stirn boten. Aber ihr könnt mit eigenen Augen sehen, daß diese Macht uns morgen endgültig überwältigen wird.«

Er hielt inne, um die rauchgeschwärzten, erschöpften Gesichter zu betrachten, die zu ihm aufblickten, doch er forschte vergeblich nach einem Trost in ihnen. Er war im Begriff, ihnen Abigails Siegesplan mitzuteilen, und für einen Augenblick fragte er sich, ob sie nicht vielleicht eine Hexe sei, die ihn hinterlistig betrogen hatte.

Seine tiefe Stimme drang durch das Brüllen des Feuers. »Gott hat uns die Möglichkeit geschenkt, in Tapferkeit zu sterben und so den einzig möglichen Sieg über die Römer zu erringen! Ihr dürft gewiß sein, daß es Silvas Wunsch ist, uns gefangenzunehmen.

Unsere Männer können ihm von Nutzen sein. Ihr Starken und Kräftigen werdet geschunden und geprügelt, ob ihr nun arbeitet oder ob ihr ruht, und ihr werdet so lange mißhandelt, bis euer Geist völlig gebrochen ist und ihr nur ein Schatten euer selbst seid. Und schon nach kurzer Zeit dürft ihr im Dienste Roms sterben. Die meisten von uns wissen, daß auch die Schwachen arbeiten müssen, arbeiten, bis sie zusammenbrechen. Die Römer werden sich mit euch einen Spaß machen, sie lassen euch zu ihrer Belustigung mit wilden Tieren kämpfen. Ich versichere euch, das ist die Wahrheit!«

»Woher weißt du das alles?« fragte eine Stimme aus der Menge. »Es gibt viele Juden, die für die Römer arbeiten und am Leben geblieben sind.« Die anklagende Stimme kam von Hadad, dem Sohn des Jetur, und einen Augenblick lang wußte Eleasar nicht, was er ihm antworten sollte.

»Du vergißt, daß wir nicht wie die anderen Juden sind. Bevor wir nach Masada kamen, verlangten die Römer, daß wir sie als unsere Herren anerkennen, wir aber weigerten uns. Jetzt haben wir ihnen nahezu drei Jahre lang getrotzt. Glaubt irgendeiner von euch, daß sie uns danach noch barmherzig behandeln werden? Glaubt ihr wirklich, daß sie den Ärger vergessen werden, den wir ihnen gemacht haben? Sie werden über die Leiber ihrer eigenen Toten hier hereinkommen, und ich sage euch, sie werden weit über unsere schrecklichsten Befürchtungen hinaus Rache üben. Sie werden versessen darauf sein, so viele Männer wie möglich le-

bendig gefangenzunehmen, um den Sohn im Angesicht des Vaters foltern zu können. Sie werden unsere Kinder auf ihren Lanzenspitzen in die Luft heben, denn es sind die Kinder von außerordentlich hartnäckigen und starrsinnigen Juden, deren Samen niemals wieder Frucht bringen darf. Und was euch Frauen betrifft, ihr Weiber und Töchter unserer Freunde, so brauche ich euch nicht daran zu erinnern, daß Silvas Heer schon lange Zeit in der Wüste lagert. Jede Frau auf Masada wird vergewaltigt werden, bis sie zusammenbricht – dann aber wird man sie zu den Sterbenden und Toten werfen. Glaubt irgendeiner von euch wirklich, die Römer kämen mit köstlichen Geschenken zu den Juden von Masada? Wenn ihr das glaubt, so sage ich euch, ihr habt den Verstand verloren. Wir, die wir uns weigern, auf die Folterbank gelegt oder von wilden Tieren zerrissen zu werden, wir sind es, die bei gesundem Verstand sind!«
Eleasar hielt inne, denn ihm fiel plötzlich ein, daß er noch etwas hatte sagen wollen und daß er es vergessen hatte. Er fühlte, daß er auf einer Insel des Schweigens stand. Einen Augenblick lang versagten ihm bei diesem Gedanken die Nerven. Er spürte, daß mehr als achthundert Menschen auf seine nächsten Worte warteten, er konnte sehen, daß sogar die Kinder und jene, die ihm am ehesten widersprechen würden, jetzt still waren. Er warf einen Blick auf Mirjam, und ihr kurzer Blick drückte mehr Liebe aus, als sie in vielen Tagen mit Worten hätten sagen können. Er drückte ihre Hand ganz fest und flüsterte: »Du bist meine Kraft und meine Stärke.«
Er ließ ihre Hand los und nahm Javan, der neben ihm stand, das Schwert aus der Hand. Er hielt es dieser Mauer des Schweigens entgegen, bis er sah, daß alle Augen darauf gerichtet waren. Dann sagte er: »Der Tod ist Teil des Lebens. Gott bereitet uns vom Augenblick unserer Geburt an in seiner besonderen Weise auf ihn vor. Die Furcht vor dem Tod ist unserer Natur eingeboren, da er so oft unversehens an uns herantritt. Jene aber, die Zeit haben, über den Tod nachzudenken, sehen ihm mit innerem Frieden entgegen, als würden sie die Geheimnisse, die er birgt, bereits kennen.
Laßt uns in diesen letzten Stunden dieses Vorrecht nützen. Rauben wir den Römern ihren Sieg. Versagen wir ihren Schwertern das Vergnügen, indem wir unsere eigenen Schwerter verwenden – gehen wir in Freiheit aus dieser Welt!«
Eleasar senkte das Schwert und sprach leise weiter, so, als sei er zufällig zu einigen vertrauten Freunden getreten und wolle ihnen eine schwierige Frage erläutern.
»Die Männer, die hinter mir stehen, sind euch wohlbekannt. Durch das Los haben wir bestimmt, wer den anderen töten und wer als letzter aus dem Leben scheiden soll. Dieser letzte wird Assur sein, der Sohn des Joktan, der nicht gedenkt, die Römer morgen anders als auf seine Weise zu

begrüßen. Jene von euch, die aus Liebe zu ihren Familien begreiflicherweise zögern, werden vielleicht wünschen, daß man ihnen beistehe. Das werden wir auch. Wir haben genügend Waffen vor den Flammen gerettet, um jedem Mann eine in die Hand zu geben. Ist der Mann der Familie tot, so mag die Frau kommen und eine Waffe wählen, oder einer von uns wird den Schlag führen, wenn sie das vorzieht. Laßt uns gleich beginnen, denn wir haben nicht mehr viel Zeit! Mit dem Namen Gottes auf unseren Lippen wollen wir siegen und sterben – in uns aber seien nur Gedanken der Liebe und der Freiheit.«

Als das Volk von Masada sich gerade wieder zu zerstreuen begann, tauchte aus den dunklen Rauchsäulen Abigail auf. Sie schritt völlig ruhig durch das Gewirr, bis sie auf fünf kleine Kinder stieß, die ein wenig abseits von ihren Müttern standen. Sie erzählte ihnen sanft und leise von süßen und verlockenden Dingen, die ihrer harrten, und forderte sie auf, ihre Hand zu nehmen und sich mit ihr zu jenem wundersamen Ort hinwegzustehlen. Sie versprach ihnen, sie würden nur ganz kurz wegbleiben. Jene, die ihr Glauben schenkten und mit ihr gingen, waren Tamar, Esras Enkelin, Hodiah, die Tochter Kedars, Ismael, der Sohn des Magadatus, und Reuben, Eleasars Sohn. Keines der Kinder zählte mehr als fünf Jahre, als sie in den Rauchschwaden verschwanden.

Flavius Silva erhob sich beim ersten Tageslicht. Trotz eines unruhigen Schlafs fühlte er sich erfrischt, schließlich wußte er ja, daß an diesem Tag der Alptraum Masada endgültig sein Ende finden würde.

Er klatschte in die Hände, und als Epos erschien, gab er ihm durch ein Zeichen zu verstehen, daß er die Toilettenschüssel wünsche. Nachdem er sich erleichtert hatte, stieg er ins Bad und ließ den Tribunen Larcus Liberalius zu sich rufen.

Entspannt im lauwarmen, wohlriechenden Wasser liegend, bereitete es ihm großes Vergnügen, über seine erstaunliche Regeneration nachzusinnen – und dies alles war die Wirkung eines einzigen weiblichen Wesens. Hinweggefegt waren die schrecklichen Ängste der Impotenz, in dieser Wüste war für immer das quälende Gefühl der Einsamkeit vernichtet worden, das keine noch so große oder abwechslungsreiche Gesellschaft hatte zerstreuen können. Durch eine kleine Jüdin hatte Rom einen restlos ergebenen, nur seiner Aufgabe geweihten Flavius Silva zurückerhalten. Rom hatte wohl seinen Vespasian und seinen Titus als Thronerben, aber er brauchte auch seine Silvas.

Ergo. Unter Flavius Silva und seiner einheimischen Gemahlin könnte Judäa zur blühendsten aller römischen Kolonien werden.

Als Liberalius eintraf, begrüßte Silva ihn herzlich: »Meine Stimmung ist heute noch weitaus besser als gestern. Ich bin so kampfbegierig wie ein junger Tribun vor seiner ersten Schlacht. Und dabei habe ich elend schlecht geschlafen. Wie erklärst du dir das?«
»Ich glaube, Herr, wir alle spüren, daß der Sieg heute in der Luft liegt. Muß ich Sie, der Sie so viele Siege erlebt haben, daran erinnern, wie erregend und belebend das sein kann?«
»Dieser hier hat so lange auf sich warten lassen, daß er mir wohl mehr bedeutet als alle anderen.«
»Das Zusammentreffen widriger Umstände war höchst ungewöhnlich, Herr.«
»Eben, genau das. Und ich werde dafür sorgen, daß sie nie wieder zusammentreffen – deshalb habe ich dich hergerufen. Vielleicht haben wir die Juden nicht immer genügend davon überzeugt, daß wir wirklich meinen, was wir sagen. Vielleicht waren wir nicht konsequent genug, und sie haben Erleichterungen falsch ausgelegt. Wer weiß? Vielleicht glauben sie auch, wir fürchten uns vor ihnen. Nun denn, während meiner ruhelosen Nacht habe ich mir etwas ausgedacht, was uns vielleicht für lange Zeit nützen wird, aber ich zögere, die Sache wirklich auszuführen, bevor ich nicht noch die Meinung eines anderen dazu gehört habe. Du kennst unsere Juden so gut und genau wie nur irgendwer – was also hältst du von folgender Absicht: Der Sturmangriff soll wie geplant vor sich gehen, aber wir werden noch eine dritte Kohorte einsetzen, die den beiden ersten hart auf den Fersen folgt. Diese Kohorte ist nicht für den Einsatz im Kampf bestimmt, ja, sie wird sogar ausdrücklich Befehl erhalten, an den Kampfhandlungen nicht teilzunehmen. Statt dessen wird jeder Mann der Kohorte einen unserer Arbeitsjuden eskortieren. Er soll ihn in gutem körperlichen Zustand hinaufbringen, damit er dann genau sehen kann, was sich dort abspielt. Dann, wenn unser Geschäft erledigt ist, werden diese Juden die Toten begraben. Und wenn sie damit fertig sind, haben wir eine Überraschung für sie.« Silva stieg aus der Wanne und wartete ungeduldig, bis Epos ihn mit einem Badetuch abgerieben hatte. »Diesen Juden wirst du dann mitteilen, daß sie frei sind und sich in ihre Heimatorte zurückbegeben können. Jeder von ihnen wird ausreichend mit Wasser und Lebensmitteln versorgt, um die Wüste durchqueren zu können. Was hältst du davon, Liberalius?«
»Ich fürchte, ich kann Ihnen nicht ganz folgen, Herr. Die meisten Juden, die wir hier haben, sind kaum besser als Verbrecher, sie waren auf die eine oder andere Weise am Widerstand gegen uns beteiligt. Ich kann nicht recht einsehen, wie ihre Freilassung zur Ruhe in Palästina beitragen sollte.«
Liberalius zögerte unsicher, und Silva erkannte sofort, daß er nun

glaubte, zu freimütig gesprochen zu haben. »Soso ... nun komm schon, Liberalius, ich habe um deine Meinung und nicht um deine Zustimmung ersucht. Was wolltest du sonst noch sagen?«

»Nun denn, Herr, ich wäre bereit, tausend Sesterzen zu wetten, daß sich mehr als die Häfte dieses Lumpengesindels gegenseitig umbringen wird, noch ehe es aus der Wüste heraus ist.«

»Da hast du wahrscheinlich recht. Also verdopple die Anzahl. Mir geht es darum, rund hundert Zeugen zu bekommen, die überall in Palästina ihren Brüdern und Schwestern erzählen, was auf der Höhe von Masada geschah, wo die Zehnte Legion endgültig bewiesen hat, daß Rom auch meint, was es sagt.«

»Ich verstehe. Es wird geschehen, Herr. Nach dem heutigen Tag werden wir wesentlich mehr Juden zu verpflegen haben, als wir tatsächlich brauchen, und ich denke mir, je mehr von ihnen verschwinden werden, desto besser.«

»Noch etwas. Eine persönliche Angelegenheit. Ist dir bekannt, daß ich an einer gewissen jüdischen Familie ein besonderes Interesse habe?«

»Es stünde schlecht um meine Pflichtauffassung, wenn ich es nicht wüßte, Herr.«

»Ich will nicht, daß sie während der Ereignisse des heutigen Tages in der Nähe sind. Du wirst ihnen geben, was sie für eine bequeme Reise nach Cäsarea brauchen, und du wirst ihnen sagen, daß diejenigen von ihnen, die es wünschen, dort das Schiff nach Alexandria nehmen können. Sie sollen abreisen, sobald du deine Vorkehrungen getroffen hast, möglichst binnen einer Stunde.«

»Wird erledigt, Herr.«

»*Sie* wird ihre Verwandten nicht begleiten. Du wirst sie ersuchen – und ich wiederhole *ersuchen*, Liberalius –, *sobald es ihr genehm ist*, hier in dieses Zelt zu kommen und meine Rückkehr vom Berg abzuwarten. Irgendwelche Fragen?«

»Eine, Herr. Was soll ich tun, wenn sie nicht kommen will?«

Silva zögerte. Dann holte er tief Atem und sagte bestimmt: »Sag ihr ... mein Leben hängt davon ab.«

Vor dem blassen Elfenbeinhimmel hing der Rauch von Masada. Aber nur über dem Berg selbst verdunkelte der Qualm die Strahlen der Morgensonne, die unverändert heiß brannte. Als Silva aus seinem Zelt trat, war er wie betäubt von der Hitze, die ihm entgegenschlug. Die Kraft dieser Sonne schien ihn in die harte, scharfkantige Erde hineinzudrücken, und er hatte das Gefühl, daß sie sich in all den Waffen und Rüstungen so gleißend spiegelte, um seine Augen aufzuspießen. Eine Wolke von Fliegen schwärmte um sein Gesicht, und sein ganzer Körper war sofort in

Schweiß gebadet. Bei allen Göttern, dachte er, wir kommen aus dieser Wüste gerade noch rechtzeitig heraus!
Silva hatte gehofft, den Sturmangriff beschleunigen zu können, aber es wurde Vormittag, ehe alle Einheiten und die verwirrten Juden, die als Zeugen ausersehen waren, an Ort und Stelle versammelt waren; außerdem mußte der Munitionsvorrat für die Katapulte ergänzt werden. Dies alles war aber nicht weiter schlimm, dachte Silva. Schließlich kann man nicht an einem Tag die Sonne ausnützen und am nächsten Tag dann völlig außer acht lassen.
Er wartete also, bis die Sonne so hoch stand, daß sie den Juden keinen Vorteil mehr bot. Dann erteilte er den Angriffsbefehl. Die Rampe war ein stickiger Backofen, als die Katapulte die ersten Steine in die Luft schleuderten. Die Steine verschwanden im Rauch jenseits der verkohlten Bresche, und in der allgemeinen Stille ringsum konnten die Römer sogar ihr Aufschlagen hören. Von den Wällen kam keine Antwort. Silva hatte das auch nicht erwartet. Er war fest überzeugt davon, daß Eleasar seine Pfeile und seine Leute für jenen kritischen Zeitpunkt aufsparte, wenn die ersten Sturmleitern angelegt wurden.
Silva hatte jetzt selbst den Befehl über die Streitkräfte auf der Rampe übernommen. Diesmal durfte es keine unvorhergesehenen Verzögerungen geben. Wie ihm doch Rubrius Gallus fehlte! Der junge Cerealius hatte gemeldet, der rauchgeschwärzte Turm sei unbeschädigt und inzwischen wieder kühl genug für die Bogenschützen. Sehr gut. Der junge Mann war wenigstens wachsam und wußte, worauf es ankam.
Während er darauf wartete, daß die Sonne über den Wällen hervorbrach, ging Silva unter den Leuten der Zweiten und Vierten Kohorte umher, die als erste die Leitern erklimmen würden. Er berührte als Zeichen seiner Zuneigung die Helme jener Soldaten, die er erkannte, und er war darauf bedacht, auch jenen, die er nicht kannte, alles Gute zu wünschen.
Den Angriff zu verschieben, fand er nun, war ein kluger Beschluß gewesen. Trotz der Hitze schienen seine Legionäre jetzt frischer und von größerem Kampfgeist beseelt als gestern. Sie hatten, selbst wenn sie nur einen oder zwei Schritte taten, einen wiegenden elastischen Gang – ganz wie es sein sollte. Seine eigene Stimmung hob sich, als er unter den vielen schimmernden Helmen die energischen römischen Gesichter betrachtete, und nicht einmal sein Hinken beeinträchtigte seinen raschen Schritt, als er die Rampe hinaufging. Der Zenturion Rosianus Geminus war an seiner Seite, und er sagte zu ihm: »Gib mir hundert von dieser Sorte, und ich mache, daß die Welt sich von Osten nach Westen dreht.«
Als die Sonne endlich hoch genug stand, um die arabischen Bogenschützen im Turm nicht mehr zu blenden, ließ Silva die Sturmleitern bringen. Sie wurden im Laufschritt herbeigetragen und waren noch kaum an die

Felsmauern von Masada gelegt, als die Legionäre dichtgedrängt hinaufkletterten. Sie riefen einander Mut zu, sie verfluchten den Berg und brüllten ihm ihren Hohn und ihre Verachtung entgegen.
Silva wartete im Turm auf Eleasars Gegenschlag. Er war zu beiden Seiten von Arabern flankiert, die schußbereit dastanden, um die angreifenden Legionäre zu decken. Ihr Ziel war alles, was sich nur irgend rührte, aber bisher hatte nicht einer von ihnen einen Pfeil verschossen.
Silva sah ungläubig zu, wie der erste Legionär, ein Mann, der wegen seiner Geschicklichkeit als Kletterer den Spitznamen »die Gemse« trug, hinter dem dünnen Rauchvorhang verschwand.
Silva wandte sich lächelnd an Geminus: »Tapferer Bursche! Vergessen wir nicht, der Gemse die *Corona Muralis* zu verleihen.«
Ein zweiter Mann von derselben Leiter verschwand ebenfalls im dichten Qualm, und dann schwangen sich auch Leute der beiden anderen Leitern hinüber. Eine ganze Kohorte war bereits über die Wälle geklettert, als Silva bemerkte, daß die Bogenschützen noch nicht einen einzigen Pfeil abgeschossen hatten. Rasch stieg er vom Turm herab. Irgend etwas stimmte hier nicht. Der Jude hatte ihm eine Falle gestellt, aber für lange Manöverkritik war jetzt offensichtlich keine Zeit.
Während Geminus hinter ihm hertrabte und ihn zurückzuhalten versuchte, rannte Silva, so rasch sein Hinken es ihm gestattete, zu den Leitern. »Du möchtest am liebsten ein altes Weib oder einen von Falcos Buben aus mir machen!« brüllte er Geminus zu, stieß einen Legionär beiseite und nahm in der hinaufkletternden Kolonne seinen Platz ein.
Als Silva aus dem Rauch auftauchte, liefen neben ihm Geminus und drei Legionäre, die, voller Erstaunen darüber, daß ihr General bei ihnen war, beinahe vergaßen, ihre Schwerter zu ziehen. Sie folgten Silva, rannten aber nur wenige Schritte und blieben dann schaudernd stehen. Denn was immer der Glanz und die Pracht von Masada gewesen sein mochte, jetzt war nur noch eine riesige Brandstätte davon übriggeblieben, die in der Vormittagshitze knisterte und stank.
Silva traute seinen Augen nicht. Rings um sich sah er seine kampferprobten Legionäre, Männer, die auch in den blutigsten Feldzügen nie mit der Wimper gezuckt hatten. Jetzt standen sie da, vom Klettern und in der Erwartung des tödlichen Handgemenges schwer atmend, und starrten mit offenen Mündern und mit aufgerissenen Augen auf irgend etwas in der Ferne, das es gar nicht gab. Einige der Leute hatten die Helme abgenommen, andere ihre Schwerter in die Scheide gesteckt. Sie stießen Seufzer aus, warfen einander verstohlene Blicke zu und kratzten sich verdutzt die Backenbärte. Rings um sie herrschte ein Tod, den sie nicht begreifen konnten.

Silva schritt vorsichtig zwischen ihnen hindurch und prüfte die Umgebung des Gipfels, um einen möglichen Hinterhalt zu entdecken. Sicher würde von irgendwoher ein plötzlicher Überraschungsangriff erfolgen, das war doch immer so, überall auf der Welt und gleichgültig, wer der Feind war. Es mußte schon eine besondere Art von orientalischer Hinterhältigkeit sein, wenn die Juden sich so lange vor ihnen verbargen, obwohl es doch kaum noch etwas gab, wohinter sie sich verstecken konnten. Wo also waren die jüdischen Kämpfer?
Silva befahl den Legionären, die Helme wieder aufzusetzen und auf einen plötzlichen Angriff gefaßt zu sein. Dann rückten sie sehr langsam und vorsichtig vor, während sie ihre Blicke nach allen Richtungen schweifen ließen. Zuweilen schauten sie ängstlich zurück, doch dort sahen sie nur immer mehr Legionäre, die aus dem Rauch auftauchten. Sie wechselten kaum ein Wort miteinander, als fürchteten sie, dadurch den Bann zu brechen und die Juden wieder zum Leben zu erwecken. Denn sie hatten inzwischen entdeckt, daß sich nicht alle an einem Ort befanden. Hier, bei dieser rauchenden Ruine ein Mann, eine Frau und zwei Kinder, ruhig nebeneinander liegend, dort, auf dem ungeschützten Abhang, die Leichen von vier Familien, sorgfältig aufgereiht, dort ein älterer Mann und eine Frau allein, und Seite an Seite zwei alte Männer.
»Sie haben einander umgebracht«, flüsterte Silva, »und nicht einer von ihnen scheint Widerstand geleistet zu haben.« Er hielt den Atem an, denn sogar der Laut seiner geflüsterten Worte schien den Berg zu erschüttern.
Als Silvas Stabsoffiziere von dem tollkühnen Aufstieg ihres Generals erfuhren, eilten sie ihm unverzüglich auf die Bergeshöhe nach. Sie folgten ihm schweigend, während er ein Vorratshaus untersuchte, das nicht niedergebrannt war und in dem er reichliche Vorräte an Korn, Wein und Öl fand. Sie paßten sich Silvas langsamen, zögernden Schritten an und mit ihm sahen sie die Toten, eine Familie etwa oder einen Mann und seine Frau, die einander auf ewig in die Arme geschlossen hatten. Und von solch einem Anblick, das merkten sie, war Flavius Silva ganz besonders betroffen.
Die Sonne stand direkt über ihren Köpfen, und Masadas Antlitz schimmerte in der Hitze, als sie auf eine kräftig gebaute Frau mit auffallend heller Hautfarbe stießen. Neben ihr lag ein großer starker Mann, der sich anscheinend in sein eigenes Messer gestürzt hatte. Das Gesicht der Frau war ihm zugewandt. Silva war versucht, an irgendeinen Zauber zu glauben, denn nachdem er das Antlitz der Frau eine Weile betrachtet hatte, hätte er schwören können, es lächle.
Er ging um das Paar herum, um sich den Mann genauer anzusehen. Dann sagte er mit verstörter Stimme: »Dieser Mann war Eleasar ben Jair.« Plötzlich drehte er sich brüsk zu seinen Offizieren um und brüllte: »Ich

habe genug von dieser Leichenfledderei! Wir haben nichts erobert außer einem Felsen! Laßt mich allein!«
Sie wandten sich erschrocken ab; das Klirren ihrer Rüstungen zeigte an, daß sie sich entfernten.

Als das schwere Hämmern der Schleudermaschinen aufhörte, versuchte sie, nicht mehr an Masada zu denken. Sie brauchte diese kleine Zeitspanne, um ihrer selbst ganz sicher zu werden. Dies war sein Haus, und während dieser gestohlenen Augenblicke würde sie seine zufriedene Geliebte sein. Hier auf dem Tisch lagen seine Lieblingsbücher und hier die säuberlich aufgestapelten Rollen mit Meldungen und Mitteilungen aus seinem Heimatland, das so weit weg und so fremd war, daß sie sich keinen wirklichen Begriff davon machen konnte. Hier, neben den Schriftrollen, lagen sein Schreibzeug und der Zierdolch, den ihm sein Freund Rubrius Gallus geschenkt hatte, derselbe Dolch, der sich geweigert hatte, seinen Nacken zu durchbohren.
Hier standen sein Becher und der Krug mit Falerner Wein, der, wie er sagte, der beste Wein der Welt sei und der ihm beinahe zum Verhängnis geworden war. Wirst du mir verzeihen, lieber Flavius, wenn ich jetzt ein Geständnis ablege? Ich mag deinen Falerner Wein nicht. Er ist für einen Menschen des Ostens zu schwer, wie so viele andere Dinge auch, denn mein Volk ist nun einmal mehr für das Zarte und Feine. Außerdem sind wir, wie du selbst sagst, zuweilen übermäßig launenhaft und kapriziös. Mir fehlt der römische Ernst. Ich würde dir allzu oft Schande machen, lieber General, und ganz Rom würde sich über meine Versuche, eine Dame zu werden, kranklachen.
Aber ich liebe dich, mein Flavius. Ich kann es ebensowenig ändern, wie ich je mit Erfolg die römischen Damen nachahmen kann. Mein Gott erklärt, daß es deine Götter nicht gibt. So ist es auch mit uns. Wenn wir versuchen, miteinander zu leben, werden wir einander zerstören.
Ich möchte gern vergessen, daß du der Feind meines Volkes bist, aber das wird mir nie gelingen. Ich würde immer wieder daran denken und wahrscheinlich in den falschen Augenblicken. Da ich aber nichts daran ändere, wenn ich dich beschimpfe, wird dich mein mürrisches Betragen nur irritieren und du wirst meinem jüdischen Blut die Schuld daran geben. Dann wirst du mehr und mehr kleine Fehler an mir entdecken und sie gleichfalls meiner Abstammung zuschreiben, und mit der Zeit wird unser ganzes Glück verschwunden sein. Mich wiederum wird jedes deiner Worte, jede deiner Gesten beeinflussen. Selbst wenn du wirklich bescheiden bist, könnte das in meinen Augen ein Zeichen römischer Arroganz sein. Du

wirst mich vielleicht bitten, mich hinzusetzen oder aufzustehen, oder dieses und jenes zu essen, oder nicht zu essen, und ich werde es fertigbringen, in dieser Bitte den Befehl eines römischen Militärs zu sehen. Du wirst vielleicht sagen: Hier, dieser Schmuck ist für dich, und früher oder später würde ich denken, daß du damit nur in typisch römischer Protzerei großtun willst. In einem Haus wie Praeneste wird es vielleicht hin und wieder nötig sein, einen Sklaven wegen eines geringfügigen Vergehens zu strafen. Wie milde deine Strafe aber auch ausfiele – sie würde mir doch als empörende römische Grausamkeit vorkommen. Es ist wirklich unmöglich!

Ach, mein teurer, großer General, wie doch alles in mir kämpft! Wie ich zu rechtfertigen und zu verdammen suche! Wie ich mich bemühe, im Häßlichen das Schöne zu sehen! Eigentlich sollte ich jetzt, in diesem Augenblick, vor dir davonlaufen, ich sollte mich der Karawane nach Cäsarea anschließen. Sie kann noch nicht weit sein. Aber werde ich es tun? Meine Liebe zu dir hat mich so schwach gemacht, daß ich hierbleibe – als deine gehorsame Sklavin. Ich werde mich damit abfinden, daß du ein Römer bist. Es soll mir lieb und recht sein, auch wenn ich diese Herkunft schmähe. Heil dir, siegreicher Flavius Silva! Du hast die unglückliche Jüdin völlig erobert.

Sie vernahm viele kräftige Stimmen draußen vor dem Zelt und schloß aus den gelegentlichen griechischen Wendungen, daß es Silvas Offiziere sein mußten. Warum, überlegte sie, kehren sie schon zurück?

Sie lauschte angstvoll, obwohl die Stimme im Klirren des metallenen Rüstzeugs verschmolzen und im Knirschen der eisenbeschlagenen Sandalen auf dem harten Boden untergingen. Dann, als sie am Zelteingang vorüberkamen, konnte sie die Stimmen allmählich auseinanderhalten und sogar verstehen. Sie hielt den Atem an, damit ihr auch nichts entging.

»Ich glaube, ich gehe in die Berge hinauf und bleibe erst mal ein Weilchen allein.«

»Habt ihr Silvas Gesicht gesehen? Er sah aus wie ein geprügelter Hund.«

»Mehr wie ein mit der Axt erschlagener Ochse.«

Einer der Männer lachte im Vorbeigehen. Sie hatte vors Zelt treten wollen, jetzt aber blieb sie wie angewurzelt an ihrem Platz. Dann näherten sich neue Stimmen und gingen vorüber.

»Mir ist nach einem Bad zumute.«

»Ich werde mich betrinken.«

»Und ich dachte, ich hätte schon alles auf der Welt gesehen.«

»Einmal in Britannien ...«

»Ich kann nicht verstehen, wie ein Mann seine ganze Familie umbringen kann.«

»Und sie haben es alle getan. Nicht einer hat sich gedrückt.«

»Hast du gesehen, wie die Ratten und die Aasgeier schon beim Frühstück waren?«
Sie hielt sich die Ohren zu, während die Männer vorübergingen. Einen Augenblick lang hörte sie nur den Takt ihres wild pochenden Herzens. Dann, als weitere Soldaten herankamen, zwang sie sich wieder zuzuhören.
»Ich kann noch immer nicht glauben, daß wir den Berg wirklich kampflos genommen haben.«
»Wir haben ihn nicht genommen. Sie haben ihn uns vor die Füße geworfen.«
»Ich frage mich, wie Silva wohl über den Selbstmord unseres Gegners und seiner Angehörigen berichten wird.«
»Muß interessant zu lesen sein – aber niemand in der Zehnten wird eine Auszeichnung bekommen.«
»Es ist für alle Römer ein Schlag ins Gesicht.«
»Wer hat schon einen Willkommenskuß erwartet?«
»Wer könnte denn überhaupt einen stinkenden Juden küssen?«
»Unser edler General, zum Beispiel.«
Wieder erklang Lachen; dann hörte sie eine andere Stimme, die sagte: »Diesen Anblick so vieler säuberlich nebeneinander gelegter Juden werde ich so bald nicht vergessen.« Eine andere Stimme erwiderte mit fester Überzeugung: »Alle Juden sind verrückt«, wogegen ein dritter jedoch einwandte, daß sie gewiß niemand feige nennen könne. Schließlich verklangen ihre Stimmen und ihre Schritte. Es war wieder still.
Sie schloß die Augen, preßte die Hände an die Lippen und flüsterte: »Flavius... Flavius...« Und während der Name noch in ihren Gedanken widerhallte, begann sie hemmungslos zu schluchzen.
Endlich, als sich ihr Kummer etwas gelegt hatte, verlangte es sie danach, etwas zu berühren oder in der Hand zu halten, das ihm gehörte. Sie schritt wie im Traum zu seinem Tisch, ging langsam um ihn herum und streckte dann die Hand aus, um seine Fläche zu liebkosen.
Du hast gebeten, daß ich auf dich warte, und das will ich auch tun. Aber ich weiß jetzt, daß es auf meine Weise geschehen muß. Es war sehr unrömisch von dir, mir die Wahl zu lassen. Es war aber gleichzeitig so gefühllos, so sehr, sehr römisch, daß du annahmst, unser gemeinsames Leben könne von Dauer sein, nachdem es so viele Menschen meines Volkes mit ihrem Blut verflucht haben.
Sie blieb in der Nähe der Pergamentrollen stehen, ihre Hand fuhr langsam über die Tischplatte, bis sie den Zierdolch fand. Sie hielt ihn einen Augenblick lang in der Hand und zog ihn dann aus der Scheide, drehte die Klinge mehrmals um und blickte schließlich zu der Lücke im Zeltdach hinauf. Ohne den Blick zu senken, durchtrennte sie rasch die Adern beider Handgelenke. Dann ging sie vorsichtig zum Ruhebett und legte sich nieder.

Eine Weile stand Silva allein in der drückenden Hitze. Meinem Verstand, dachte er, ist jegliche Logik abhanden gekommen. Ich allein auf diesem Berg kannte meinen Widersacher, aber das ist es nicht, was mich so verwirrt. Es überrascht mich nicht sonderlich, daß ein Führer lieber den Tod als die Niederlage wählt. Was aber war mit den anderen? Wenn es ihnen so wichtig war, diesen armseligen Sieg gegen uns zu erringen, dann muß ich glauben, daß sie von einer Macht beseelt waren, die gewöhnliche Menschen nicht begreifen können.

Gewöhnliche Menschen? Wie du, Flavius Silva, abgewirtschafteter General der Armee? Du, der du bis ins Mark erschüttert bist! Wie wirst du deinem mächtigen Kaiser erklären, daß der Macht eine letzte Grenze gesetzt ist?

Oft hatte er die hoch über den Wolken thronende Villa des Herodes bewundert, und so zog es ihn jetzt zum Nordende von Masada. Er ging sehr langsam und so in Gedanken verloren, daß er beinahe mit Rosianus Geminus zusammenstieß, der in der Nähe der rauchenden Trümmer eines Tores stand und auf ihn wartete.

»Darf ich Sie stören, Herr?« fragte Geminus vorsichtig.

»Du hast es bereits getan.«

»Wir haben einige Gefangene gemacht.«

Silva richtete sich auf, ein erleichtertes Lächeln glitt über seine Züge. »Wirklich? Na also, dann ist mein Glaube an die Gebrechlichkeit des Menschengeschlechts endlich wiederhergestellt!«

»Herr, bitte dorthin.« Geminus drehte sich um und führte an den verkohlten Resten eines Baus vorbei, der anscheinend ein Badehaus gewesen war. Er bog scharf um die Ecke, trat durch einen Torbogen und schritt eine schmale Treppe hinab, die zum Palast des Herodes führte.

Gleich darauf kamen sie auf eine kreisrunde Terrasse, wo früher, wie Silva sogleich sah, ein bezaubernder Pavillon gestanden haben mußte. Hierher hatte er Schewa bringen wollen, hier hatte er gehofft, seinen Sieg zu feiern, wenn Masada endlich erobert wäre.

Jetzt sah er, daß sich auf der Terrasse zwei seiner Prätorianer sowie eine alte Frau und vier verschüchterte Kinder befanden.

»Das sind eure Gefangenen?«

»Mehr sind es nicht, Herr. Sie hatten sich in einer kleinen Zisterne ein Stockwerk weiter unten versteckt.«

Silva schüttelte den Kopf. Er blickte in die Augen der alten Frau und der Kinder und sah, daß sie keine Angst hatten. Beinahe trotzig sogar, mußte er denken. Sie fordern mich förmlich auf, sie zu töten.

Er fuhr sich mit der Hand über die Augen und machte dann eine vage Handbewegung, als suche er nach irgend etwas in der Luft. Er wollte die alte Frau griechisch ansprechen, überlegte es sich dann aber anders.

Seine Stimme hatte einen unerwartet harten Klang, als er zu Geminus sagte: »Ich will endlich hier heraus. Nimm diese Kinder und das alte Weib mit.«
Er drehte sich um und schickte sich an, die Treppe hinaufzugehen, blieb dann aber noch einmal kurz stehen. Während Geminus und die Prätorianer die Kinder und schließlich Abigail hinter ihm hinaufdrängten, sagte er: »Verbindet ihnen die Augen, bis sie den Berg ein gutes Stück hinab sind. Wenn sie das hier oben sehen, werden sie diesen Anblick im Leben nie mehr vergessen können.«
Silva hielt sich die Nase zu, während die kleine Gruppe zwischen den Trümmern hindurchschritt und schließlich zum Wall am Westtor gelangte, das noch immer rauchte. Er war unendlich erleichert, als sie durch den Belagerungsturm hinabstiegen und auf die Rampe hinaustraten. Er wies Geminus an, die Kinder und das alte Weib zu den nabatäischen Händlern zu bringen.
»Such die beste Familie aus, die du finden kannst. Sag ihr, sie wird aus meiner eigenen Tasche hundert Schekel für ihre Unterbringung und Verpflegung erhalten.«
Er sah ihnen nach, wie sie die Rampe hinuntergingen, sah sie so lange, bis sogar Geminus ganz klein geworden war. Dann nahm er den Helm ab und blickte zurück auf Masada. Es stand schweigend da und zerschmolz fast in der Hitze. Hoch über ihm segelte ein Geschwader von Aasgeiern an der Sonne vorbei. Während er den Schild abnahm und ihn zusammen mit dem Schwert über den Arm legte, dachte er darüber nach, ob Aasgeier wohl jemals den Unterschied zwischen Siegern und Besiegten lernen würden.
Er schauderte, er mußte das grauenvolle Bild Masadas jetzt unbedingt aus seinen Gedanken verbannen. Und dann vorwärts zu neuen und erfreulicheren Dingen! Schewa wartete auf ihn.
Sehr langsam begann er die Rampe hinabzuschreiten. Wie unbefriedigend das alles doch war! Er hatte mit dem Bau dieser monumentalen schiefen Ebene seine ganze Laufbahn aufs Spiel gesetzt, und doch würde er nie mehr Veranlassung haben, sie noch einmal zu erklimmen. Was aber sollte dieses Brüten! Jetzt gab es nur noch Schewa und Pläne, Pläne! Geliebte Frau, jetzt endlich können wir Pläne machen!
Sein Schritt beschleunigte sich, während er darüber nachdachte, was ihm nun noch zu tun bleibe. Noch einige Wochen in Palästina, um sicher zu sein, daß auch wirklich alles ruhig war, und dann zu Schiff nach Ostia. Stell es dir nur vor! Nach all diesen Jahren des Wartens bekommst du beides – Liebe und ehrenvolle Auszeichnungen!
Er lächelte, und als er merkte, daß er beinahe im Laufschritt die Rampe hinablief, lachte er leise über sein jugendliches Ungestüm.